CW01514322

Deutschland hat kapituliert, Hamburg liegt nach dem vernichtenden Bombenhagel der Alliierten in Trümmern. Unter britischer Besatzung soll die Entnazifizierung vorangetrieben werden. Colonel Lewis Morgan wird mit seiner Familie in die herrschaftliche Elbvilla der Familie Lubert einquartiert. Zum Entsetzen seiner Frau Rachael entscheidet er, dass der deutsche Hausherr und seine Tochter im Haus wohnen bleiben dürfen. Für Rachael zunächst eine unerträgliche Situation, doch nach und nach erkennt sie, wie falsch ihr Bild von den Deutschen ist – und es entwickelt sich eine unerhörte Nähe zwischen ihr und Lubert.

RHIDIAN BROOK, geboren 1964, schreibt Drehbücher für Film und Fernsehen, Kurzgeschichten und Romane. Er lebt mit seiner Familie in London.

RHIDIAN BROOK

Niemandsland

Roman

Aus dem Englischen
von Maria Andreas

btb

Die Originalausgabe erschien unter dem Titel *The Aftermath*
bei Viking, Penguin Group, London.

Verlagsgruppe Random House FSC® N001967

2. Auflage
Genehmigte Taschenbuchausgabe Dezember 2015
btb Verlag in der Verlagsgruppe Random House GmbH, München
Copyright © 2013 by Rhidian Brook
Copyright © der deutschsprachigen Ausgabe 2014
beim C. Bertelsmann Verlag in der Verlagsgruppe Random House
GmbH, München
Umschlaggestaltung: semper smile, München
nach einem Umschlagentwurf von buxdesign, München unter
Verwendung eines Motivs von © Cecil Beaton/Conde Nast; Car
Culture® Collection/Getty Images; Allan Danahar/Photodisc/
Getty Images
Druck und Einband: GGP Media GmbH, Pößneck
MP · Herstellung: sc
Printed in Germany
ISBN 978-3-442-71302-8

www.btb-verlag.de
www.facebook.com/btbverlag
Besuchen Sie auch unseren LiteraturBlog www.transatlantik.de

Dieses Buch ist Walter, Anthea, Colin, Sheila
und Kim Brook gewidmet

... und du sollst heißen: Der die Lücken zumauert
und die Wege ausbessert, dass man da wohnen könne.
Jesaja 58,12

Das kommt mir völlig blödsinnig vor – eine einzige
Familie in einem so riesigen Haus.
Evelyn Waugh, *Wiedersehen mit Brideshead*

September 1946

1

»Hier muss er sein, der Panther. Ich hab ihn gesehen. Berti hat ihn gesehen. Dietmar hat ihn auch gesehen. Schwarzes Fell wie 'n piekfeiner Pelzmantel. Und Zähne wie Klaviertasten. Den machen wir kalt. Müssen wir ja – wer sonst? Der Tommy vielleicht? Der Ami? Der Iwan? Der Franzose? Die kannst du vergessen. Alle zu beschäftigt. Die schauen doch bloß, was sie sich krallen können. Wie Hunde, die um einen Knochen raufen, an dem kein Fleisch mehr dran ist. Nee, da müssen wir selber ran. Wir machen das Biest kalt, bevor es uns kaltmacht. Dann sind wir aus dem Gröbsten raus.«

Der Junge, der Osi genannt wurde, rückte seinen Kopfschutz zurecht und führte die anderen durch die pulverisierte Landschaft dieser von den Briten zerbombten Stadt. Osi hatte den Tommy-Helm auf, den er in der Nähe der Alster aus einem Laster geklaut hatte. Der sah zwar nicht so schmissig aus wie die amerikanischen Helme aus seiner Sammlung, nicht einmal so schmissig wie die russischen, aber er passte am besten. Und er half Osi, auf Englisch zu fluchen, zu fluchen wie der Sergeant, der am Bahnhof Hamburg-Dammtor die Häftlinge zusammengeschissen hatte: »*Oi! Put your fucking hands up. Fucking up, I said! Where I can see them! Dumb bloody fucking Huns.*« Diese Männer hatten einen Augenblick gezögert, die Hände zu heben, nicht weil sie schwer von Begriff waren, sondern unterernährt und zu schwach. *Dumb-Bloody-Fucking-Huns!* Vom Hals abwärts war Osi in einem fantastischen, aus der Not geborenen Hybridstil gekleidet, ein Mischmasch aus Fetzen und Feinem: Unter dem Morgenmantel, der einmal einem Lebemann gehört hatte, trug er die Strickjacke einer alten Jungfer, ein kragenloses Opahemd und eine SA-Hose mit hochgekrempelten Beinen und einer Krawatte als Gürtel; seine an den Kappen durchlöcherten Schuhe stammten von einem Bahnhofsvorsteher, der schon lange nicht mehr lebte.

Die kleinen Wilden folgten ihrem Anführer über die Schutthalde, die Augen angstvoll aufgerissen, das Weiß darin in den schmutzigen Gesichtern noch weißer. Sie schlichen durch Moränen aus Ziegelgestein, bis sie zu einer Lichtung kamen, auf der in voller Länge eine Kirchturmspitze lag. Osi stoppte die anderen mit einem Handzeichen und griff im Morgenmantel nach seiner Luger. Er witterte.

»Da drinnen ist er. Ich kann ihn riechen. Riecht ihr ihn auch?«

Die Wilden schnüffelten wie nervöse Kaninchen. Osi presste sich gegen die gefällte Turmspitze und schob sich Stück für Stück an das offene Ende heran, die Pistole wie eine Wünschelrute vorgestreckt. Er blieb stehen und klopfte damit gegen den Stein, als wollte er sagen, da drinnen steckt's, das Biest. Und dann ein schwarzer Blitz – etwas schoss ins Freie. Die Wilden duckten sich, doch Osi machte einen Ausfallschritt, stellte sich breit in Positur, kniff ein Auge zu, zielte und feuerte.

»Stirb, Bestie!«

Die drückende, feuchte Luft dämpfte den Schuss, und das metallische *Zing* eines Querschlägers meldete: Ziel verfehlt.

»Hast du ihn getroffen?«

Osi ließ die Pistole sinken und stieß sie in den Gürtel.

»Wir kriegen ihn ein anderes Mal«, sagte er. »Suchen wir uns was zu essen.«

»Wir haben ein Haus für Sie gefunden, Sir.«

Captain Wilkins drückte seine Zigarette aus und legte den nikotingelben Zeigefinger auf den Hamburgplan, der hinter seinem Schreibtisch an der Wand hing. Er fuhr von dem Stecknadelkopf, der ihr provisorisches Hauptquartier markierte, nach Westen, weg von den ausgebombten Stadtteilen Hammerbrook und St. Georg, über St. Pauli und Altona bis zu dem einstigen Fischerdorf Blankenese, wo die Elbe einen Bogen macht und in Richtung Nordsee fließt. Der aus einem deutschen Vorkriegsreiseführer herausgerissene Stadtplan zeigte allerdings nicht, dass diese Ballungsgebiete nur noch eine Phantomstadt aus Schutt und Asche waren.

»Ein Prachtpalast direkt am Fluss. Hier.« Wilkins umkreiste mit dem Finger die Biegung am Ende der Elbchaussee, die parallel zum Elbstrom verlief. »Ich glaube, der wird nach Ihrem Geschmack sein, Sir.«

Geschmack? Das Wort gehörte einer anderen Welt an, einer Welt des Überflusses, ausgestattet mit allen zivilisatorischen Annehmlichkeiten. Woran Lewis Geschmack fand, war in den letzten Monaten auf eine kurze Liste unmittelbarer Grundbedürfnisse zusammengeschrumpft: 2500 Kalorien täglich, Tabak, Wärme. Ein »Prachtpalast am Fluss« kam ihm plötzlich vor wie die frivole Forderung eines ausschweifenden Königs.

»Sir?«

Lewis war wieder einmal »abwesend«, weggedriftet zu dem vielstimmigen Parlament in seinem Kopf, in dem er sich immer öfter in heiße Debatten mit Kollegen verstrickt sah.

»Wohnt da nicht schon jemand?«

Wilkins wusste nicht recht, was er mit dieser Bemerkung anfangen sollte. Sein Vorgesetzter hatte einen ausgezeichneten Leumund mit untadeliger militärischer Vergangenheit, aber auch immer wieder diese Anwandlungen, diesen anderen Blick auf die Dinge. Der junge Captain nahm Zuflucht zu den Leitsätzen aus dem Handbuch: »Diese Leute kennen kaum eine Moral, Sir. Sie sind eine Gefahr für uns und sich selbst. Sie müssen begreifen, wer das Sagen hat. Sie brauchen Führung. Eine feste, aber gerechte Hand.«

Lewis nickte und winkte ab, ersparte dem Captain weitere Ausführungen. Kälte und Kalorienknappheit hatten ihn gelehrt, auch die Worte zu rationieren.

»Das Haus gehört einer Familie namens Lubert. *Loo – bear – t*, mit hartem T. Die Frau ist bei den Bombardierungen umgekommen. Ihre Familie war im Lebensmittelhandel groß im Geschäft. Verbindungen zu den Blohm & Voss-Werften. Im Besitz etlicher Kornmühlen. Herr Lubert war Architekt. Er hat noch keinen Entlastungsbescheid, aber wahrscheinlich eine weiße Weste – schlimmstenfalls ein akzeptabler Grauton. Keine offenkundigen Nazi-Verbindungen.«

»Brot.«

»Sir?«

Lewis hatte den ganzen Tag noch nichts gegessen und deshalb unwillkürlich den kurzen Sprung von den Kornmühlen zum Brot gemacht; das Brot, das ihm vor Augen stand, war plötzlich gegenwärtiger, realer als der Captain vor dem Stadtplan auf der anderen Schreibtischseite.

»Weiter bitte – die Familie.« Lewis versuchte sich wenigstens den Anschein zu geben, als höre er seinem Captain zu; er nickte und hob fragend das Kinn.

Wilkins fuhr fort: »Luberts Frau starb 1943, im Feuersturm. Ein Kind – eine Tochter. Frieda, fünfzehn Jahre. Es gibt Personal, ein Dienstmädchen, eine Köchin und einen Gärtner. Der Gärtner ist ein geschickter Handwerker, Ex-Wehrmachtssoldat. Die Familie hat Verwandte, bei denen sie unterkommen kann.

Wir können das Personal ausquartieren, oder Sie übernehmen es. Die Leute sind einigermaßen sauber.«

Zur Aufklärung, wie weit ein deutscher Bürger mit dem Regime kollaboriert hatte, diente den Seelendurchleuchtern der britischen Militärregierung ein Fragebogen mit 131 Fragen. Auf dieser Grundlage wurden die Befragten in drei Gruppen eingeteilt, mit den Farbcodierungen Schwarz, Grau und Weiß und einigen Zwischentönen zwecks größerer Genauigkeit; entsprechend wurde mit den Personen weiter verfahren.

»Die erwarten die Beschlagnahme bereits. Sie müssen das Haus nur noch besichtigen, Sir, und die Leute rausschmeißen. Sie werden nicht enttäuscht sein.«

»Und die Leute? Werden die auch nicht enttäuscht sein?«

»Die Leute?«

»Die Luberts. Wenn ich sie rausschmeiße.«

»Die können sich den Luxus einer Enttäuschung nicht erlauben, Sir. Das sind Deutsche.«

»Ach, richtig. Wie dumm von mir.« Lewis beließ es dabei. Noch mehr solche Fragen, und dieser tüchtige junge Offizier mit der hochglanzpolierten Koppel und den makellosen Gamaschen würde ihn bei der Psychiatrie melden.

Er trat aus der überheizten Dependance des britischen Hauptquartiers in die frühe Kälte der letzten Septembertage. Sein Atem kondensierte zu Wölkchen. Er zog die Ziegenlederhandschuhe an, die Captain McLeod, ein amerikanischer Kavallerie-Offizier, ihm im Bremer Rathaus geschenkt hatte, am Tag, als die Alliierten die Grenzen bekannt gaben, die das neue Deutschland in Besatzungszonen aufteilten. »Sieht so aus, als hättet ihr die Arschkarte gezogen«, hatte McLeod gesagt, als er die Beschlüsse las. »Die Franzosen kriegen den Wein, wir kriegen das Panorama, und ihr kriegt die Ruinen.«

Lewis hatte inzwischen so lange inmitten der Ruinen gelebt,

dass er sie nicht mehr bemerkte. Seine Uniform passte zu einem Kommandanten in diesem viergeteilten neuen Deutschland, eine Art internationales Halbzivil, das in dieser orientierungslosen, von immer neuen Regelungen überrannten Nachkriegszeit anstandslos durchging.

Lewis schätzte die amerikanischen Handschuhe, aber die meiste Freude hatte er an seinem Schaffellmantel, der von der russischen Front zu ihm gefunden hatte – der Amerikaner hatte ihn einem deutschen Luftwaffe-Leutnant abgeknöpft, der ihn wiederum von einem gefangen genommenen Rote-Armee-Obristen einkassiert hatte. Wenn es mit dem Wetter so weiterging, würde Lewis ihn bald tragen.

Es war eine Erleichterung, von Wilkins wegzukommen. Der junge Offizier gehörte zu der neuen Brigade von Staatsdienern, aus denen sich die »Kontrollkommission für Deutschland« zusammensetzte, wie sich die Militärregierung der britischen Besatzungszone nannte, eine aufgeblähte Truppe von Klemmbrett-Strategen, die sich als Architekten des Wiederaufbaus begriffen. Wenige davon hatten den Krieg tatsächlich erlebt oder einen Deutschen auch nur gesehen, was es ihnen erlaubte, auf abstraktem Weg Entscheidungen zu fällen, die sie alsdann im Brustton der Überzeugung verkündeten. Wilkins würde sicher bald zum Major befördert.

Lewis zog ein versilbertes Zigarettenetui aus dem Mantel und klappte es auf. Das spiegelglatte Metall, das er regelmäßig polierte, blinkte in der Sonne. Das Etui war das Einzige von materiellem Wert, das er bei sich hatte, ein Abschiedsgeschenk von Rachael, das sie ihm vor drei Jahren zugesteckt hatte, am Gartentor ihres letzten richtigen Hauses in Amersham. »Denk an mich, wenn du rauchst«, hatte sie ihn aufgefordert, und das hatte er auch versucht, fünfzig-, sechzigmal am Tag, drei Jahre lang, ein kleines Ritual, das die Flamme der Liebe am Brennen halten sollte. Er zündete sich eine Zigarette an und dachte an diese Flamme. Mit dem räumlichen und zeitlichen Abstand fiel es leicht, sie sich heißer vorzustellen, als sie war. Die Erinnerung an den Sex mit seiner Frau, an ihren olivenglatten Körper, an seine Rundungen hatte ihm durch die kalten und einsamen Monate geholfen (je länger der Krieg dauerte, desto glatter erschien ihm ihr Körper, desto üppiger seine Kurven). Mit diesem Fantasiebild seiner Frau hatte er sich so angefreundet, dass ihn die Aussicht, sie tatsächlich bald zu berühren und ihren Duft einzuatmen, eher beunruhigte.

Ein windschnittiger schwarzer Mercedes 540K mit einem britischen Wimpel auf der Motorhaube hielt vor der Treppe des Hauptquartiers. Der Union Jack war das einzige Unstimmige daran. Trotz der belastenden Nazi-Assoziationen mochte Lewis den Wagen, seine Linien, das seidige Schnurren seines Motors. Er hatte etwas von einem Ozeandampfer, und der extrem verhaltene Fahrstil seines Chauffeurs, Herrn Schröders, verstärkte noch den Eindruck schiffsähnlichen Dahingleitens. Der Wagen hätte sich auch durch noch so viele britische Hoheitszeichen nicht »entgermanisieren« lassen. Zum britischen Militärpersonal passte der plumpe, wuchtige Austin 16, nicht aber diese raubtierhaft schöne Limousine, die die ganze Welt eroberte.

Lewis stieg die Stufen herunter und salutierte andeutungsweise vor seinem Fahrer.

Schröder, ein dünner, unrasierter Mensch mit schwarzem Umhang und schwarzer Mütze, sprang aus dem Fahrersitz und ging rasch zur Fondtür auf der anderen Seite. Er verbeugte sich kurz in Lewis' Richtung und öffnete die Tür, wobei sein Umhang die Bewegung schwungvoll unterstrich.

»Der vordere Sitz tut's auch, Herr Schröder.«

Schröder schien Lewis' Selbstbescheidung zu irritieren. »Nein, Herr Kommandant.«

»*Wirklich. Das ist sehr gut*«, wiederholte Lewis mit seinen paar Brocken Deutsch.

»Bitte, Herr Oberst.«

Schröder schlug die Fondtür wieder zu und hob die Hand: Lewis sollte keinen Finger rühren.

Lewis spielte mit und trat zurück, fand aber die Unterwürfigkeit des Deutschen deprimierend; das war die Körpersprache des Besiegten, der um die Gunst des Siegers buhlt. Im Wagen gab Lewis seinem Chauffeur den Zettel mit der Adresse des Hauses, das für die nächste Zukunft wohl sein Zuhause würde. Der Fahrer warf nur einen kurzen Blick darauf und nickte; das Ziel fand seine Billigung.

Schröder musste um die Bombenkrater herumkurven, die das Kopfsteinpflaster mit Pockennarben überzogen hatten, ebenso um die Rinnsale von Menschen, die benommen und matt dahintrotteten, ohne bestimmtes Ziel, beladen mit den Überbleibseln ihres früheren Lebens, eingepackt in Bündeln, Säcken, Kisten und Kartons. Eine schwere, fast greifbare Unruhe ging von ihnen aus; sie wirkten wie zurückgeworfen in das Entwicklungsstadium nomadischer Sammler.

Der Nachhall eines gewaltigen Lärms hing über der Szene. Etwas nicht von dieser Welt hatte dreingeschlagen und diesen Ort zu einem wüsten Puzzle zersprengt, das wieder zu dem alten Bild zusammengesetzt werden sollte. Aber hier ließ sich nichts mehr zusammensetzen, das alte Bild würde nie mehr erstehen. Dies war die Stunde Null. Diese Leute fingen ganz von vorne an und scharrten aus dem Nichts das Nötigste zusammen. Zwei Frauen schoben und zogen gemeinsam einen Pferdewagen, auf dem sich Möbel türmten. Ein Mann mit Aktentasche schritt voran, als suche er das Büro, wo er gearbeitet hatte; er würdigte das ungeheuerliche Zerstörungswerk keines Blickes, als wäre diese apokalyptische Architektur ganz normal.

So weit das Auge reichte, dehnten sich die Trümmer dieser Stadt; der Schutt reichte bis zum ersten Stock jedes noch stehenden Gebäudes. Schwer zu glauben, dass hier einmal Menschen Zeitung gelesen, Kuchen gebacken und überlegt hatten, welche Bilder sie an die Wohnzimmerwände hängen sollten. An einer Straßenseite ragte eine Kirchenfassade auf, mit Himmel statt Buntglas und Wind statt einer Gemeinde. Auf der anderen Straßenseite standen Mietshäuser da wie riesige Puppenhäuser, vollständig erhalten bis auf die Fassaden, die komplett weggebrochen waren und so jedem erlaubten, in die Zimmer mit ihren Möbeln hineinzusehen. In einem dieser Zimmer stand vor einem Frisiertisch eine Frau und bürstete, blind für Wind, Wetter und fremde Blicke, einem kleinen Mädchen liebevoll die Haare.

Ein Stück weiter unten an der Straße hatten sich ein paar Frauen und Kinder um Schutthaufen versammelt, stöberten nach Essbarem oder versuchten Bruchstücke ihres alten Lebens zu retten. Schwarze Kreuze kennzeichneten Stellen, wo Leichen lagen, die noch beerdigt werden mussten. Und überall ragten die seltsamen Röhrenkamine einer unterirdischen Stadt aus dem Boden und bliesen schwarzen Rauch in den Himmel. »Kaninchen?«, fragte Lewis, der aus verborgenen Löchern graue Wesen auftauchen sah.

»Trümmerkinder!«, sagte Schröder mit plötzlichem Zorn. Und Lewis sah, dass die hochschnellenden Geschöpfe tatsächlich Kinder waren, vom Mercedes aus ihren Löchern gelockt.

»Ungeziefer!«, spie Schröder unnötig heftig den drei Kindern entgegen, die ihm vor den Kühler liefen – ob Jungen oder Mädchen, war kaum zu erkennen. Schröder hupte warnend, aber das schwarze heranrollende Ungetüm schreckte sie nicht. Sie wichen nicht von der Stelle und zwangen den Wagen zum Anhalten.

»Weg! Aber zack, zack!«, schrie Schröder, der so in Wut geraten war, dass seine Halsschlagadern pochten. Er drückte noch einmal auf die Hupe, aber eines der Kinder, ein Junge mit Morgenmantel und englischem Helm, marschierte furchtlos zur Beifahrerseite, wo Lewis saß, sprang auf das Trittbrett und klopfte an die Scheibe. »Haste was für mich, Tommy? Sandwich? Schokolade?«

»Runter da! Aber plötzlich!« Schröder sprühte Lewis Spucke ins Gesicht, als er sich über den Colonel beugte und dem Jungen mit der Faust drohte. Inzwischen waren die beiden anderen Kinder auf die Motorhaube geklettert und versuchten, den Chromstern mit den drei Strahlen abzupflücken.

Schröder drehte sich um und sprang aus dem Wagen. Er stürzte auf die Kinder los, die von der Motorhaube hüpften und sich in Sicherheit bringen wollten, und erwischte den Zipfel eines Nachthemds. Er zerrte das verwahrloste Kind zu sich heran, packte es mit einer Hand am Kragen und begann, auf es einzuprügeln.

»Schröder!« Zum ersten Mal seit Monaten wurde Lewis laut und war selbst so überrascht darüber, dass sich seine Stimme überschlug.

Schröder schien ihn nicht zu hören und drosch barbarisch weiter.

»Halt!« Lewis stieg aus, um dazwischenzugehen; die anderen Kinder wichen zurück vor Angst, dass jetzt auch sie Dresche kriegten. Diesmal hörte der Fahrer und hielt mit einer seltsamen Miene inne, halb beschämt, halb selbstgerecht. Er ließ das Kind laufen und kehrte unter Gegrummel zum Wagen zurück, noch keuchend von der Anstrengung.

Lewis rief den Kindern auf Deutsch zu: »*Hierbleiben!*«

Der älteste Junge machte kehrt und kam auf den Engländer zu, seine Kumpel folgten ihm zögernd. Weitere kleine Wilde kamen heran – vielleicht fiel auch für sie etwas ab –, verwahrloste Kinder, unkenntlich vor Schmutz. Aus der Nähe nahm Lewis den säuerlichen Ketongeruch des Hungers wahr. Alle streckten diesem freundlichen englischen Gott, der in seiner schwarzen Kutsche vorbeifuhr, flehende Hände entgegen. Lewis holte aus dem Auto seinen Rucksack, in dem er eine Tafel Schokolade und eine Orange verstaut hatte. Er händigte die Schokolade dem Ältesten aus.

»*Verteilen!*«, wies er ihn an. Dann gab er die Orange dem kleinsten Kind, einem vielleicht fünf- oder sechsjährigen Mädchen, dessen Leben so lang war wie der Krieg, und wiederholte die Aufforderung, die Frucht zu teilen. Aber das Mädchen biss sofort hinein wie in einen Apfel und begann zu kauen – Schale, Kerne, alles. Lewis versuchte mit Gesten zu erklären, dass die Frucht geschält werden müsse, aber die Kleine schirmte ihr Geschenk mit der Hand ab, aus Angst, sie müsse es zurückgeben.

Mehr Kinder drängten mit ausgestreckten Händen heran, darunter auch ein einbeiniger Junge, der sich auf einen Golfschläger stützte.

»Schokolade, Tommy! Schokolade, Tommy!«, riefen sie.

Lewis konnte nichts Essbares mehr verteilen, hatte aber etwas noch Wertvolleres. Er nahm sein Zigarettenetui heraus und klopfte zehn Players heraus. Die reichte er dem ältesten Jungen, dem die ohnehin schon aufgerissenen Augen hervortraten, als er das Gold in seinen Händen sah und spürte. Lewis wusste, dass seine Transaktion illegal war – er hatte erstens mit Deutschen fraternisiert und zweitens dem Schwarzmarkthandel Vorschub geleistet. Aber das war ihm egal, diese zehn Players würden bei einem Bauern in Nahrungsmittel umgesetzt. Die Gesetze und Vorschriften, die die neue Ordnungsmacht erlassen hatte, waren am Schreibtisch ersonnen, in einer Atmosphäre von Rache und

Angst. Aber jetzt und bis auf Weiteres war er, Lewis, auf diesem Stück Land das Gesetz.

Stefan Lubert stand vor seinem verbliebenen Personal – dem hinkenden Gärtner Richard, dem stets atemlosen Dienstmädchen Heike und der dickschädeligen Köchin Greta, die den Haushalt seit dreißig Jahren versorgte – und gab letzte Anweisungen. Heike weinte schon jetzt.

»Seien Sie höflich und verhalten Sie sich bei ihm nicht anders als bei mir. Sie auch, Heike? Alle, bitte. Wenn der britische Offizier Ihnen anbietet, für ihn zu arbeiten, zieren Sie sich nicht und nehmen Sie an. Ich bin nicht beleidigt, sondern froh, wenn Sie hierbleiben und ein Auge auf die Dinge haben.«

Er beugte sich vor und wischte eine Träne von Heikes runder Wange.

»Heike, ich bitte Sie! Keine Tränen mehr. Seien Sie dankbar, dass wir nicht die Russen hier haben. Die Engländer sind vielleicht unkultiviert, aber nicht brutal.«

»Möchten Sie, dass ich Erfrischungen serviere, Herr Lubert?«, fragte Heike gequält.

»Selbstverständlich. Das ist ein Gebot der Höflichkeit.«

»Wir haben keine Kekse«, erklärte Greta. »Nur den Kuchen.«

»Wunderbar. Machen Sie Tee, keinen Kaffee. Kaffee haben wir sowieso nicht, dann passt es ja. Und servieren Sie in der Bibliothek. Hier ist es zu hell.« Lubert hatte gehofft, der Offizier käme an einem trüben, grauen Tag, aber die Frühherbstsonne strahlte mit ihrem schönsten Licht durch die Jugendstil-Buntglasscheiben, die das hohe Fenster gegenüber der Galerie schmückten, fiel auf den Boden der Eingangshalle und machte das Haus nur noch einladender. »Wo ist denn Frieda?«

»In ihrem Zimmer, Herr Lubert«, sagte Heike.

Lubert stählte sich innerlich. Der Krieg war seit über einem Jahr vorbei, aber seine Tochter hatte immer noch nicht kapituliert. Er musste ihren kleinen Putsch auf der Stelle niederschlagen. Müde stieg er die Treppe hoch, klopfte an Friedas Zimmer und rief wiederholt ihren Namen. Er wartete auf eine Antwort, die, wie er schon wusste, nicht kommen würde. Schließlich trat er ein. Frieda lag auf ihrem Bett, die gestreckten Beine ein paar Zentimeter über die Matratze angehoben. Auf den Füßen balancierte sie ein Buch, eine signierte Ausgabe von Thomas Manns *Zauberberg*, die seine Frau ihm zum dreißigsten Geburtstag geschenkt hatte. Frieda reagierte nicht auf die Anwesenheit ihres Vaters, sondern konzentrierte sich weiter darauf, die mit dem Gewicht beschwerten Beine in der Luft zu halten. Sie begannen vor Anstrengung zu zittern. Wie lange hielt sie diese Position schon? Eine, zwei, fünf Minuten? Sie begann heftig durch die Nase zu atmen, um die Anstrengung zu überdecken, sie wollte keine Schwäche zeigen. Ihre Kraft war beeindruckend, aber freudlos. Frieda führte diese Übung wie vieles andere aus der BDM-Zeit auch nach dem Krieg gewissenhaft weiter.

Kraft ohne Freude.

Friedas Gesicht lief rot an, Schweißperlen traten ihr auf die Stirn. Als ihre Beine von einer Seite zur anderen zu schwanken begannen, ließ sie sie nicht etwa fallen, sondern senkte sie kontrolliert, wie aus eigenem Willen.

»Du solltest es mit Shakespeare probieren, oder vielleicht mit dem Atlas«, sagte Lubert. »Das wäre eine bessere Kraftprobe.« Zwar wurden seine Witze in der Regel mit schneidender Wucht abgeschmettert, aber ein leichter Ton war immer noch seine bevorzugte Waffe gegen ihre Humorlosigkeit und finstere Laune.

»Die Bücher sind doch egal«, sagte sie.

»Der englische Offizier wird gleich da sein«, sagte er.

Frieda setzte sich mit einem Ruck auf, ohne sich mit den Armen abzustützen. Sie schwang die Beine auf den Boden und wischte sich den Schweiß aus der Stirn in ihre geflochtenen Haare. Der hässliche, herausfordernde Blick, den sie sich seit ein paar Jahren angewöhnt hatte, tat Lubert weh. Sie starrte ihren Vater an.

»Ich möchte gern, dass du ihn begrüßt«, sagte er.

»Wieso?«

»Weil ...«

»Weil du Mutters Haus kampflos aufgeben wirst.«

»Frieda. Red nicht so. Komm doch runter. Für Mutti?«

»Sie würde nicht ausziehen. Sie würde das nie zulassen.«

»Komm.«

»Nein. Du musst schon bittebitte sagen!«

»Ich möchte gern, dass du jetzt runterkommst. Bitte.«

»Blöder Bettler.«

Ihm klopfte das Herz. Weil er ohnehin jedes Blickduell mit seiner Tochter verlor, wandte er sich ab und ging. Unten an der Treppe fiel sein Blick zufällig in den Spiegel. Er sah hager und bleich aus, seine Nase hatte etwas von ihren energischen Konturen verloren, aber er hoffte, dies wäre von Vorteil. Er trug den Anzug mit den meisten Mottenlöchern. Er wusste, dass er sein Haus würde aufgeben müssen, eines der prächtigsten an der Elbchaussee, zu dem ein englischer Offizier mittleren Dienstgrads, ausgehungert nach Luxus, nicht Nein sagen würde. Trotzdem war es wichtig, den richtigen Eindruck zu vermitteln. Lubert hatte gehört, dass die Alliierten sich seit der Kapitulation Kostbarkeiten aller Art unter den Nagel rissen, und die Engländer waren als Imperialisten und Kulturbanausen bekannt dafür, dass sie die Kulturgüter anderer malträtierten; er sorgte sich vor allem um die Gemälde Fernand Légers und die Holzschnitte Emil Noldes, die in den Haupträumen hingen. Aber er redete sich ein, wenn er sich nur richtig verhielte, würde sich der englische Offizier eine gute Meinung über ihn bilden und seinen Besitz nicht schädigen. Er stocherte in der Asche von gestern Abend und ordnete die Holzreste ein wenig anders an, um deutlich zu machen, dass sie Möbel verbrannt hatten. Dann zog er das Jackett aus, lockerte die Krawatte und nahm eine Pose zwischen Respekt und Würde ein: Er ließ die Hände seitlich hängen und stellte ein Bein etwas schräg. Aber dann hatte er das Gefühl, dies sei zu lässig, zu formlos, zu vertraulich, käme seinem wahren Ich zu nahe. Er schlüpfte wieder ins Jackett, zog die Krawatte fest, strich sich die Haare glatt nach hinten und stand aufrechter, die Hände kleinlaut vor der Hose verschränkt. So war es besser: So trat ein Mann auf, der bereit war, sein Haus ohne Groll abzutreten.

Lewis und Schröder sprachen die restliche Fahrt kein Wort. Lewis sah, wie Schröders Lippen sich bewegten, wie er die Begegnung mit den verwahrlosten Kindern noch einmal durchspielte und stumm seinem Ekel und Ärger Ausdruck gab, aber er sagte lieber nichts mehr dazu. Bald erreichten sie die äußere Stadtgrenze, den Rand des Gebiets, das die Briten und Amerikaner vor drei Jahren so gründlich zerbombt hatten. Der Belag der platanengesäumten Straße war hier unversehrt, hinter den hohen Hecken und Toren lagen intakte Villen. Dies war die Elbchaussee mit den Häusern der Bankiers und Kaufleute, die Hamburg so reich und seinen Hafen und die Industrie- und Arbeiterviertel zu einem so attraktiven Bombenziel gemacht hatten. Diese Häuser waren größer, moderner und eindrucksvoller als alles, was Lewis außerhalb von London gesehen hatte, eindrucksvoller als jedes Haus, das er für sich selbst ins Auge gefasst hätte.

Die Villa Lubert war das letzte Haus an der Straße, bevor

sie sich in einem Bogen von der Elbe entfernte. Als Lewis die Villa zum ersten Mal sah, fragte er sich, ob Captain Wilkins wohl ein Irrtum unterlaufen war. Das Haus, das am Ende einer langen, pappelbestandenen Auffahrt lag, sah aus wie eine riesige, weiße Hochzeitstorte, ein wahrer Prachtbau mit Portikus und einem großen, halbrunden Balkon, der auf glyzinienumrankten Säulen ruhte. Er ging zur Elbe hinaus, die etwa zweihundert Meter entfernt vorbeifloss. Zum Eingangsbereich im Hochparterre, gut einen Meter über der Bodenkante, führte ein imposanter steinerner Treppenaufgang hinauf. Auf Lewis wirkten die strahlende Eleganz und schiere Größe des Hauses wie ein Schock. Es war nicht direkt ein Palast, aber doch eine Residenz, die besser zu einem General oder Kanzler gepasst hätte als zu einem hochgedienten Colonel, der nie ein eigenes Haus besessen hatte.

Als der Mercedes in die Auffahrt einbog, sah Lewis drei Personen – zwei Frauen und einen Mann, wohl der Gärtner –, die sich zur Begrüßung aufgestellt hatten. Ein hochgewachsener Gentleman in einem zu weiten Anzug kam die Treppe herunter und trat dazu. Schröder folgte dem Bogen der Auffahrt und kam genau vor dem Begrüßungskomitee zum Stehen. Lewis wartete nicht, bis sein Chauffeur ihm die Tür öffnete, sondern stieg gleich aus und ging auf den Mann zu, in dem er Herrn Lubert vermutete. Lewis salutierte schon halb und ließ erst im letzten Moment die Hand sinken, um die seines Gastgebers zu schütteln.

»*Guten Abend*«, sagte er. »Colonel Lewis Morgan.«

»Willkommen, Herr Oberst. Wir können gern Englisch sprechen.«

Lubert umschloss Lewis' Hand mit einem freundlich festen Händedruck. Selbst durch die Handschuhe fühlte sich Luberts Hand wärmer an als seine eigene. Lewis nickte den Frauen und dem Gärtner zu. Die Dienstmädchen verbeugten sich, die Jüngere sah ihn neugierig an, als wäre er der letzte Vertreter eines untergegangenen Stammes. Sie schien ihn lustig zu finden – vielleicht seine deutsche Aussprache oder seine merkwürdige Uniform –, und Lewis erwiderte ihr Lächeln.

»Und das ist Richard.«

Der Gärtner schlug die Hacken zusammen und streckte ihm den Arm entgegen.

Lewis ergriff seine schwielige Hand und ließ sich den Arm auf und nieder zerren wie einen Motorkolben.

»Bitte kommen Sie herein«, sagte Lubert.

Schröder blieb auf Lewis' Geheiß im Wagen zurück, wo er bei offener Tür auf dem Fahrersitz saß, die Füße auf dem Trittbrett, nach der Zurechtweisung immer noch schmollend. Lewis folgte Lubert die Stufen hoch ins Haus.

Drinnen offenbarte das Haus sein wahres Wesen. Lewis gefiel die Einrichtung nicht besonders, die futuristischen Möbel und die sperrige, schwierige Kunst an den Wänden – das war ihm zu modern, zu überspannt. Aber die Qualität des Baus, die ganze durchdachte Anlage überragte alles, was er an englischen Häusern gesehen hatte, um Klassen – sogar das Domizil der Bayliss-Hilliers, ein Herrenhaus in Amersham, das Rachael neidvoll als Nonplusultra aller Wohnarchitektur betrachtete. Während Lubert ihn durch sein Heim führte und ihm liebenswürdig die Funktion der Räume und die Geschichte des Hauses erläuterte, begann Lewis sich auszumalen, wie Rachael zum ersten Mal hereinträte und die klaren, luftigen Linien dieser Räume sähe, wie ihre Augen weit würden angesichts der Grandezza ringsum – die marmornen Fensterbänke, der Flügel, der Speiseaufzug, die Dienstmädchenzimmer, die Bibliothek, das Herrenzimmer, die Kunstwerke. Und während er sich das vorstellte, überkam ihn die plötzliche, unerwartete Hoffnung, dass dieses Haus sie irgendwie für die mageren Jahre der Trennung entschädigen würde, die der Krieg ihnen auferlegt hatte.

»Haben Sie Kinder?«, fragte Lubert, als sie die Treppe zu den Schlafräumen hochstiegen.

»Ja. Einen Sohn. Edmund.« Lewis sprach den Namen aus, als müsse er sich erst erinnern.

»Dann hätte Edmund vielleicht gern dieses Zimmer?«

Lubert führte Lewis in einen Raum voller Spielsachen, überwiegend Spielzeug für Mädchen. Ein Schaukelpferd mit Glubschaugen und einer Porzellanpuppe auf dem Damensattel war ganz nach hinten geräumt. Am Fußende eines kleinen Himmelbetts stand, groß wie eine Hundehütte, ein Puppenhaus im Stil eines alten englischen Stadthauses. Auf dem Dach saßen mehrere mittelgroße Puppen und ließen die Beine über die Mansardenzimmer baumeln – eine Phalanx von Porzellanriesinnen, die ein fremdes Haus besetzten.

»Ihr Sohn wird sich nicht an den Mädchensachen stören?«, fragte Lubert.

Lewis war nicht sicher, was Edmund mochte oder nicht mochte. Sein Sohn war zehn gewesen, als er ihn zum letzten Mal gesehen hatte. Aber nur wenige Kinder hätten etwas gegen einen so großen Raum mit so vielen Schätzen.

»Natürlich nicht«, sagte er.

Mit jedem weiteren prächtigen Zimmer, jedem weiteren intimen Detail, das ihm über die Familie mitgeteilt wurde – »hier kommen wir gern her, um die Schiffe anzuschauen; hier spielen wir gern Karten« –, fühlte sich Lewis unwohler, als häufte ihm Lubert glühende Kohlen aufs Haupt. Ein Anflug von Feindseligkeit oder zumindest ein spröder, stummer Widerstand wäre ihm lieber gewesen, dann hätte er sich verhärten können, und seine Aufgabe wäre ihm leichter gefallen. Aber diese freundliche, fast heimelige Führung durch das Haus machte alles noch schlimmer. Als sie schließlich beim Schlafzimmer des Hausherrn anlangten – dem achten Zimmer auf diesem Stockwerk, mit einem hohen, eher schmalen französischen Bett und darüber einem Ölgemälde, eine mittelalterliche Stadt mit grünen Turmspitzen –, war ihm hundeelend.

»Meine deutsche Lieblingsstadt«, sagte Lubert, als er Lewis die Türme anstarren und nachdenken sah. »Lübeck. Sie sollten sich, wenn möglich, die Stadt einmal ansehen.«

Lewis warf einen letzten Blick auf das Bild, ging dann zu den hohen Glastüren und schaute hinaus auf den Garten und die Elbe dahinter.

»Claudia – meine Frau – hat im Sommer gern hier draußen gesessen.« Lubert öffnete die Türen, die auf den Balkon führten. »Die Elbe«, erklärte er, trat hinaus und beschrieb mit dem Arm einen weiten Bogen. Die Elbe war ein richtig großer, europäischer Strom, mächtiger und langsamer als jeder Fluss in England; hier erreichte sie fast ihre größte Breite – das andere Ufer lag vielleicht eine halbe Meile entfernt. Dieser Fluss und die Lasten, die er trug, hatten Luberts Haus und die meisten anderen am Nordufer erbaut.

»Sie fließt in unsere Nordsee. Ihre *North Sea*?«, fragte Lubert.

»Letzten Endes ist es dasselbe Meer«, sagte Lewis.

Das schien Lubert zu gefallen, er wiederholte den Satz. »Dasselbe Meer. Ja.«

Andere hätten Luberts Darbietung vielleicht als Versuch betrachtet, Lewis ein schlechtes Gewissen einzujagen, oder hätten in seiner aufrechten Haltung die ganze Überheblichkeit und Arroganz eines Volks entdeckt, das nach der Zerstörung der Welt getrachtet hatte und jetzt die Folgen tragen musste; aber Lewis sah das nicht so. Er erkannte in Lubert einen kultivierten, privilegierten Menschen, der sich demütigte und an die letzten Strohhalme des Anstands klammerte, um den Schaden in seinem bereits ruinierten Leben zu begrenzen. Natürlich zielte Luberts ganzer Auftritt darauf ab, ihn für sich einzunehmen, den Schlag irgendwie abzumildern oder Lewis dazu zu bringen, vielleicht ganz von seinem Vorhaben abzurücken. Aber weder konnte er Lubert deshalb verurteilen, noch konnte er sich in einen künstlichen Zorn hineinsteigern oder den kühlen, rein zweckmäßig entscheidenden Tatmenschen spielen.

»Ihr Haus ist wunderbar, Herr Lubert«, sagte er.

Lubert verneigte sich dankend.

»Es ist mehr, als ich brauche – mehr, als meine Familie braucht«, fuhr Lewis fort. »Und … sicher viel mehr, als wir gewöhnt sind.«

Lubert wartete, dass Lewis zum Ende käme, seine Augen fingen an zu leuchten, in der Vorahnung eines überraschenden Rückzugs.

Lewis blickte über den großen Fluss, der in ihr »gemeinsames« Meer floss – das Meer, das ihm gerade seine eigene, fremd gewordene Familie entgegentrug. »Ich möchte gern eine andere Regelung vorschlagen«, sagte er.

2

»›Gleich werden Sie einem fremden Volk in einem fremden, feindlichen Land begegnen. Halten Sie sich unbedingt von den Deutschen fern. Gehen Sie auf der Straße nicht neben ihnen, schütteln Sie ihnen nicht die Hand, besuchen Sie sie nicht in ihren Wohnungen. Verzichten Sie auf gemeinsamen Sport und sonstige Veranstaltungen. Versuchen Sie nicht, freundlich zu sein – das wird Ihnen als Schwäche ausgelegt. Weisen Sie die Deutschen in ihre Schranken. Zeigen Sie keinen Hass, das würde den Deutschen nur schmeicheln. Bleiben Sie stets kühl, korrekt, knapp und würdevoll auf Distanz. Jedes Frater…Fraternisieren ist unerwünscht.‹«

Edmund wiederholte das Wort. »Fraternisieren? Was heißt denn das? Mummy?«

Bei den Worten »kühl, korrekt, knapp« war Rachael abgeschweift; sie malte sich aus, wie sie unbekannten Deutschen in der geforderten Weise entgegentreten würde. Edmund las gerade in der offiziellen Informationsbroschüre *Sie fahren nach Deutschland*, die jede britische Familie mit Reiseziel Deutschland ausgehändigt bekam, Teil eines Reisepakets mit vielen Süßigkeiten und einem dicken Bündel Zeitschriften. Edmund laut vorlesen zu lassen, war Rachaels neue Taktik, ein einfacher Trick, mit dem sie ihn dazu brachte, sich mit der Welt zu beschäftigen, während sie ihren eigenen Gedanken nachhängen konnte.

»Hmmm?«

»Da steht, wir dürfen nicht mit den Deutschen fraternisieren. Was bedeutet das?«

»Das bedeutet ... freundlich sein. Wir sollen keine Beziehungen zu ihnen aufnehmen.«

Edmund ließ sich das durch den Kopf gehen. »Nicht mal, wenn wir jemand mögen?«

»Wir werden mit den Leuten nichts zu tun haben, Ed. Es wird nicht nötig sein, dass du dich mit ihnen anfreundest.«

Aber Edmunds Wissbegier war wie eine Hydra; kaum hatte Rachael die letzte Frage geköpft, wuchsen drei neue nach.

»Wird Deutschland wie eine neue Kolonie sein?«

»So in der Art, ja.«

Wie sehr hatte ihr Lewis in den letzten drei Jahren für das ständige Frage-Antwort-Pingpong gefehlt! Der intelligente, neugierige Edmund brauchte ein Gegenüber, einen Resonanzboden. Aber Lewis war weit weg gewesen, und da sich Rachaels aufmerksames Ich, das sie früher einmal besessen hatte, bis auf Weiteres davongemacht hatte, beantwortete sie Eds Fragen meist nur mit einem abwesenden, gedankenverlorenen Nicken. Edmund hatte sich so an die verzögerten Reaktionen seiner Mutter gewöhnt, dass er alles zweimal sagte, als wäre sie eine alte, schwerhörige Tante, mit der man Geduld haben musste.

»Müssen die jetzt Englisch lernen?«

»Das kann gut sein, Ed, ja. Bitte lies weiter.«

Edmund fuhr fort:

»›Auf den ersten Blick werden Sie wahrscheinlich denken, dass uns die Deutschen sehr ähneln. Sie sehen aus wie wir, nur gibt es weniger Vertreter des drahtigen Typs und mehr große, korpulente, blonde Männer und Frauen, vor allem im Norden. Aber der Schein trügt: In Wirklichkeit sind sie uns nicht so ähnlich.‹« Edmund nickte erleichtert. Doch was dann kam, brachte ihn richtig aus der Fassung. »›Die Deutschen sind sehr musikliebend. Beethoven, Wagner und Bach waren alles Deutsche.‹« Er brach verwirrt ab. »Stimmt das? Bach war ein Deutscher?«

Bach war ein Deutscher, doch Rachael brachte es kaum über sich, es zu bestätigen. Das Schöne gehörte doch auf die Seite der Guten, oder?

»Deutschland war damals anders«, sagte sie. »Lies weiter. Das ist interessant...«

Die Broschüre weckte in Rachael schlichte, beruhigende Emotionen. Sie stimmte der Grundaussage zu: Letztlich sind die Deutschen einfach böse. Diese Vorstellung hatte dem großen Ziel gedient, sie alle durch den Krieg zu bringen, hatte einen Konsens erzeugt, durch den sich jede Frage nach sonstigen Schuldigen erübrigte. Man konnte den Deutschen die Schuld an so gut wie allem geben, was in der Welt schieflief: an Missernten, am Brotpreis, an der laxen Moral der jungen Generation, am Rückgang der Gottesdienstbesuche. Eine ganze Weile hatte sich Rachael dieser Meinung angeschlossen, die ihr eine Pauschalerklärung auch für ihre persönlichen, eher banalen Widrigkeiten lieferte.

Dann hatte eines Tages im Frühling 1942 eine Heinkel He 111, die von einem Luftangriff auf die Raffinerien von Milford Haven zurückkehrte, eine übrig gebliebene Bombe als Ballast abgeworfen. Diese Bombe hatte ihren vierzehnjährigen Sohn Michael getötet und das Haus ihrer Schwester zerstört; sie selbst war wie eine Marionette quer durch das ganze Wohnzimmer geschleudert worden. Zwar stand sie unverletzt aus den Trümmern auf, aber tief in ihr hatte sich, keinem Chirurgen zugänglich, ein Phantomsplitter festgesetzt, der ihre Gedanken vergiftete und ins Stolpern brachte. Diese sinnlose Bombe hatte ihren Glauben, dass das Leben grundsätzlich gut war, vernichtet und wie Staub in den Äther geblasen; ihr blieb ein Dröhnen im Kopf, das mit dem Ende des Kriegs nur noch lauter wurde.

Im kleinen Kreis ihrer Bekannten hatten andere, statistisch gesehen, höhere Verluste erlitten – beide Söhne der Blakes waren bei der Landung der Alliierten in der Normandie umgekommen; als George Davies aus der Kriegsgefangenschaft zurückkehrte, musste er erfahren, dass seine Frau und seine Kinder bei einem Bombenangriff auf Cardiff getötet worden waren. Doch Rachael fand im Kummer der anderen keinen Trost. Schmerz ist ein ureigener Besitz und bleibt durch eine Demokratie des Leidens ungemildert.

Die Deutschen zu verteufeln brachte ihr nur kurze Erleichterung. Nach der Explosion hatte sie durch die glimmenden, dachlosen Sparren in den Himmel geblickt und sich vorgestellt, wie die Soldaten lachend nach Deutschland zurückflogen. Aber Männer zu verurteilen, die ihre Pflicht taten, hinterließ in ihr nur Leere. Sie hatte kurz an die Schuld ihres Führers gedacht, aber jeder Gedanke an diesen Mann schien das Andenken ihres Sohnes zu besudeln.

Als nach einigen Wochen ihr Gefühl zurückkehrte, entdeckte sie, dass sie nicht mehr beten konnte wie früher immer; gleichzeitig stellten sich unerwartete Zweifel ein, ob es Gott überhaupt gab. Dieser Gott, den sie sich immer an ihrer Seite vorgestellt hatte, fühlte sich plötzlich genauso fern und abstrakt an wie ein »Führer«. Sie reagierte nicht mit dem erbitterten Aufschrei einer Gläubigen – mit Gott zu hadern setzt Glauben voraus –, sondern mit dem Schweigen eines Menschen, der sich fragt, ob er je wirklich geglaubt hat. Reverend Prings Worte, wir würden »am Leid wachsen«, verstärkten nur das seltsame Gefühl göttlicher Abwesenheit. Als der Pastor damit trösten wollte, dass auch der Gott, an den sie glaubten, einen Sohn verloren hatte, konterte sie mit überraschender Schärfe, ER habe den seinen wenigstens nach drei Tagen zurückbekommen. Der verblüffte Pastor ließ dies ein paar Augenblicke so stehen, bis er ihr im beruhigendsten Tonfall, dessen er mächtig war, erklärte, dass alle, die an *jene* Auferstehung glaubten, dieselbe Hoffnung haben durften. Rachael schüttelte den Kopf. Sie hatte den zerschlagenen Körper ihres Sohnes gesehen, als er unter den Balken hervorgezogen wurde, das unschuldige Gesicht weiß von Staub und Tod. Für Michael würde es keine Auferstehung geben.

In harten Zeiten war Selbstmitleid ein streng rationiertes Gut, mit dem man sich lieber nicht in der Öffentlichkeit zeigte. Dennoch ließ in Rachael der Eindruck nicht nach, dass der Krieg ihr besonders übel mitgespielt hatte – sie fühlte sich wie König Lear als jemand, *an dem gesündigt ward, mehr als er sündigte*. Ohne einen Gott, den sie zur Rechenschaft ziehen konnte, kehrte sie bei der Suche nach einem Schuldigen auf die Erde zurück und fand auch einen. Es war nicht der, den sie erwartet hatte, und sie schob den Gedanken erst auf ihre »angegriffenen Nerven«, wie Doktor Mayfield es formuliert hatte, und versuchte ihn zu unterdrücken. Lewis – der einen guten, einen heroischen Krieg erlebt hatte – war, als es passierte, weit weg gewesen und hatte in Wiltshire Rekruten ausgebildet. Seine Idee war es gewesen, dass sie von Amersham in den sicheren Westen gehen sollten, »weit weg von der Reichweite der deutschen Luftwaffe und den für sie interessanten Zielen«, und er hatte auch darauf bestanden, dass sie die Jungs mitnahm; allerdings konnte er unmöglich vorhersehen, dass eine deutsche Flugzeugbesatzung nur, weil sie möglichst schnell nach Hause wollte, ausgerechnet dort eine einsame Bombe abwerfen würde. Aber Trauer, vermischt mit anderem unausgesprochenem Groll, kann einen Schwarm lärmender Gedanken aus dem Käfig lassen, die schwer wieder einzufangen sind. Wenn es in Rachael am lautesten tobte, schob sich Lewis' Gesicht vor alles andere, und dass er nicht da war, vergrößerte seine Schuld. Wenn sie irgendwem Vorwürfe machte, dann ihm.

»Mummy? Mit wem redest du denn jetzt?«, fragte Edmund. Wieder hatten ihre Tagträume sie entführt, und wieder war es der arme Edmund, ihr jüngerer und einziger überlebender Sohn, der sie zurückrufen musste. Durch die Tabuisierung ihres Kummers war alles nach innen gedrängt worden, ins Private, und manchmal entfernte sie sich so weit von der Welt, dass sie jedes Gefühl für Ort und Zeit verlor. Rachael versuchte, sich wieder im Hier und Jetzt einzufinden.

»Mit niemandem, Ed. Ich dachte nur gerade …«, sagte sie. »Mir ist gerade eingefallen … dass ich noch eine Karte für dich habe.« Sie nahm ihr Päckchen Wills aus der Handtasche und zündete sich eine Zigarette an – Doktor Mayfield hatte ihr das Rauchen als »gut für die Nerven« empfohlen. Sie zog die Sammelkarte aus dem Päckchen und gab sie Edmund, der sie begeistert nahm, dann aber wieder hinwarf.

»Die hab ich schon«, sagte er.

Rachael sah sich die Karte an. Die Abbildung zeigte, wie man Fenster gegen Druckwellen schützt. »Die haben noch die langweiligen Karten mit den Kriegsinformationen«, maulte Edmund. »Kannst du nicht mal eine andere Marke rauchen?«

»Dein Vater hat bestimmt neue. Ich glaube, er raucht immer noch seine Players.«

Rachael klopfte die Zigarette über dem Aschenbecher ab und wischte sich ein paar Ascheflocken vom Tweedrock. Zum ersten Mal seit einem Jahr hatte sie beim Ankleiden an Lewis gedacht – sie hatte ihn zuletzt drei kurze, seltsame Tage nach dem 8. Mai 1945 gesehen, als sie sich wie der einzige Mensch in ganz Großbritannien vorkam, der nicht ausgelassen feiern konnte. Jetzt trug sie den Tweedrock, in dem er sie »toll« fand, wie er, ganz untypisch für ihn, einmal gesagt hatte, und hatte sich mit *Je Reviens* eingesprüht, das er ihr aus Frankreich mitgebracht hatte (»ein Knaller«). Nach den Jahren, in denen man Mäntel aus Vorhängen geschneidert und die Lippen mit Rote-Bete-Saft geschminkt hatte, war ihre Aufmachung fast aufreizend.

Rachaels Blick fiel auf ihr Spiegelbild im Zugfenster, und da bemerkte sie zum ersten Mal die Frau und das Kind, ein etwa zehnjähriges Mädchen, die ihr gegenübersaßen, die eine in die Broschüre vertieft, die andere in ein Comic-Heft. In den Augen der Frau meinte Rachael ein abfälliges Urteil zu lesen.

»Ich glaube, das ist wichtig, Lucy«, sagte sie zu ihrer Tochter. »Premierminister Attlee hat eine Botschaft für uns.« Die Frau las aus der Broschüre vor: »›Die Deutschen werden britische Frauen als Vertreterinnen des britischen Empire betrachten und von ihrem Verhalten und dem ihrer Kinder Rückschlüsse auf die britische Lebensart ziehen, weit mehr als vom Verhalten der Streitkräfte.‹ Daran müssen wir immer denken«, sagte sie. Zwar sah sie dabei ihre Tochter an, doch Rachael spürte, dass die Worte an sie gerichtet waren. Zweifellos hielt diese Musterbritin die viel zu schick gekleidete, zerstreute, in sich versunkene Frau, die ihren Sohn kaum zur Kenntnis nahm und vor sich hin murmelte, für eine selbstsüchtige Ehefrau und ausgesprochen schlechte Mutter, denkbar ungeeignet, ihr Land zu repräsentieren.

»Nachdem die Bombe eingeschlagen hatte, gab es eine Art Pause, alles stand still …« Edmund hielt dramatisch inne. »Und dann wurde jedes Geräusch weggesaugt und die ganze Luft, und meine Mutter … wurde zehn Meter durchs Haus geschleudert.«

Edmund lebte mit seinen elf Jahren in aufregenden Zeiten: Er fuhr auf einem umgebauten deutschen Truppenschiff über die Nordsee seinem Vater entgegen, einem echten Kriegshelden, und würde in einem Land wohnen, in dem das mächtigste, verwerflichste Regime der ganzen Geschichte geherrscht hatte. Besser noch: Er war mit Kriegsgeschichten gerüstet, die die Geschichten aller anderen in den Schatten stellten.

Die Bombe, der Edmunds Bruder zum Opfer gefallen war,

hatte auch seine Mutter drei Meter oder sieben Meter (vor dem richtigen Publikum sogar zehn Meter) durch das Wohnzimmer seiner Tante geschleudert. Seitdem litt sie an einem leichten Zittern und brach schnell in Tränen aus (sie weinte beim geringsten Anlass – klassische Musik im Radio, ein hinkender Vogel im Garten), aber das konnte Edmund ihr verzeihen, schließlich lag es ganz klar an Michaels Tod und ihrem knappen Überleben. Wie sie dem Tod von der Schippe gesprungen war, machte ihn irgendwie stolz und lieferte ihm eine gute Geschichte, die er immer weiter ausschmückte.

Jetzt schmückte er sie gerade vor Zuhörern aus, die einwandfrei ein »Zehn-Meter-Publikum« waren: ein etwa dreizehnjähriges Mädchen mit Schönheitsfleck, ein rothaariger Junge, der wie elf aussah, und ein älterer, vielleicht sechzehnjähriger Junge in einer Sportjacke mit Hahnentrittmuster. Die Aufregung der Überfahrt setzte zwar alle Klassenunterschiede vorübergehend außer Kraft, aber Edmund rechnete sich unwillkürlich seinen Platz in dieser neuen Gesellschaft aus, und noch bevor vom militärischen Rang der Väter die Rede war, vermutete Edmund, dass er mit Rotschopf und Schönheitsfleck zumindest auf Augenhöhe war und fast sicher höhergestellt als Hahnentritt, der abseits saß, so tat, als ließe ihn die Überlebensgeschichte von Edmunds Mutter kalt, die Asche von seiner Zigarette schnippte und sich die brillantineglänzenden Haare zurückstrich.

Trotz der betonten Gleichgültigkeit, die Hahnentritt zur Schau trug, spürte Edmund, dass er gebannt zuhörte. Edmund hatte gerade den Moment beschrieben, als die Bombe in das Haus einschlug, einschließlich des donnernden Aufpralls und der eigenartigen Druck- und Sogkräfte der Explosion, die seine Mutter ihm zu erklären versucht hatte. Der Bericht traf im Großen und Ganzen zu, bis auf das *Wam-wam-wam* der Flugabwehrkanonen, über die Narbeth, die kleine Marktgemeinde im ländlichen Wales, gar nicht verfügt hatte. Edmund erwähnte auch nicht eigens, dass er selbst am Tag des Bombeneinschlags auf einem benachbarten Bauernhof gewesen war.

»Zehn Meter? Das ist fast ... dreimal so weit, wie diese Kabine lang ist.« Rotschopf verfolgte die imaginäre Schleuderstrecke der »Fliegenden Mutter« mit einer Kopfdrehung und untermalte ihre Landung irgendwo jenseits des Decks mit einem abschließenden »Mann!«. Wie um allen Zweifeln den Riegel vorzuschieben, beendete Edmund seine Geschichte mit der unbestreitbaren Tatsache von Michaels Tod, dessen Einzelheiten nicht weiter ausgeführt werden mussten.

»Mein Bruder hatte weniger Glück.«

Nachdem Edmund mit der Geschichte *Wie meine Mutter dem Tod entkam* den Respekt seiner Zuhörer gewonnen hatte, war ihm nun mit der Geschichte *Wie mein Bruder starb* ihr Mitgefühl sicher.

Es hieß, jeder habe seine eigene »Bombengeschichte«, aber Edmund war noch niemandem begegnet, dessen Geschichte es mit der seinen aufnehmen konnte. Er wartete, ob einer der drei nun etwas beisteuern würde. Rotschopf räusperte sich und erwähnte einen Cousin, der ums Leben gekommen war, während er sich mit zehn anderen Zuschauern im Alhambra-Kino in Bromley *Vom Winde verweht* angesehen hatte, aber er hatte diesen Cousin nicht sehr gut gekannt. Hahnentritt blieb stumm, doch Edmund deutete sein Grinsen so, dass er gleich mit einer eigenen Geschichte auftrumpfen würde: *Tod durch V1-Rakete? Deutscher Pilot von Baum aufgespießt?* Egal. Edmund konnte, wenn nötig, noch eine weitere Geschichte aus dem Ärmel zaubern.

Er zog seine Spielkarten heraus. »Wisst ihr, wie man ein Kartenhaus baut?«, fragte er, breitete die Karten aus und stellte auf dem Ausziehtisch das Fundament der Pyramide auf. Das Rollen des Schiffs verschärfte die Bedingungen.

»Wir müssen unsere Kabine mit einer anderen Familie teilen«, sagte Schönheitsfleck. »Mein Vater ist nur Captain.« Sie hatte innerlich bereits die Größe von Edmunds Unterbringung vermessen, die dem Rang seines Vaters entsprach. »Aber meine Mutter hofft, dass er bald Major wird, dann kriegen wir ein besseres Haus in Deutschland. Was hat dein Vater denn für einen Rang?«

Edmund warf einen raschen Blick zu Hahnentritt hinüber, um sich zu vergewissern, dass er zuhörte. Hier bot sich die Chance, seinen größten Trumpf lässig und bescheiden auszuspielen. Wenn *Wie meine Mutter dem Tod entkam* ein Full House war, dann war *Wie mein Vater einen Orden verdiente* sein Royal Flush.

»Am Anfang des Kriegs war er auch nur Captain. Er wurde rasch zum Major befördert, hat einen Orden bekommen und wurde noch einmal befördert – vom Major direkt zum Colonel, den Lieutenant Colonel hat er übersprungen.«

»Wofür hat er denn den Orden bekommen?« Hahnentritt hatte angebissen; seine Aussprache verriet Edmund, dass er aus unteren Schichten kam, aber eine höhere Bildung anstrebte: Sicher bereitete er sich auf die Aufnahme in einer staatlichen Grammar School vor, aber auch noch so viel Sprechtraining konnte seine Herkunft nicht verschleiern.

Edmund brauchte kaum eine Aufforderung; er erzählte, wie sein Vater in die Ems gesprungen war, zur Rettung zweier Pioniere, die in einem Laster eingeschlossen waren. Und wie er aufpassen musste, dass ein deutscher Scharfschütze nicht auf ihn aufmerksam wurde. Edmund erzählte die Geschichte nicht zum ersten Mal und hatte gelernt, dramatisch innezuhalten, kurz bevor sein Vater, nachdem er eine Strecke getaucht war und die Männer befreit hatte, wieder an Land kam und es auch noch schaffte, den Scharfschützen mit einer Granate auszuschalten. Danach herrschte ehrfürchtige Stille, bis Hahnentritt fragte:

»Was hat er denn für einen Orden gekriegt?«

»Den OBT – Orden für besondere Tapferkeit.«

»Ach so. Orden für besondere Trottel, meinst du.« Hahnentritt lachte spöttisch; damit stiegen Zweifel in den Zuhörern hoch wie das Emswasser im Laster. Edmund merkte, wie seine Geschichte zu sinken begann. Schönheitsfleck stellte mit einer Aussage, der alle zustimmen konnten, wieder eine gewisse Einigkeit her:

»Nur ein toter Deutscher ist ein guter Deutscher.«

Edmund und Rotschopf nickten, während Schönheitsfleck weitere Einblicke in die wahre Natur der Deutschen von sich gab, Einblicke, die sie auf dem Knie ihrer Großmutter erworben hatte:

»Meine Oma hat immer gesagt, wenn du ihnen in die Augen schaust, kannst du den Teufel sehen ...«

Auch Rotschopf hatte seine Hausaufgaben gemacht: »Wir dürfen nicht mit ihnen reden und sie schon gar nicht anlächeln. Und sie müssen vor uns salutieren und tun, was wir sagen.«

»Und wir dürfen nicht mit ihnen fraternisieren«, fügte Edmund hinzu, erfreut, dass er das neue Wort anbringen konnte.

Hahnentritt zündete sich wieder eine an und schüttelte den Kopf. Edmund bewunderte ihn insgeheim, wie er den Rauch durch die Nase ausstieß und absolut nichts glaubte, was die anderen sagten.

»Jetzt hört mir mal zu. Ihr habt ja keine Ahnung. Es gibt nur eins, was ihr über Deutschland zu wissen braucht ...« Er streckte ihnen seine Zigarette hin. »Mit einer einzigen davon könnt ihr ein ganzes Brot kaufen. Mit hundert ein Fahrrad. Wenn ihr genug Zigaretten habt, könnt ihr leben wie ein König.«

Damit zog Hahnentritt noch einmal mit übertriebener Inbrunst an seiner Zigarette und blies ihnen den Rauch ins Gesicht, sodass alle blinzeln mussten außer Edmund, der die

Augen lange genug aufriss, um sein Kartenhaus zusammenstürzen zu sehen.

Der Club der »Frauen der bereits in Deutschland stationierten Militärs« versammelte sich im Gesellschaftsraum des Schiffes. Man hatte sich bemüht, die Herkunft dieses Schiffes zu vertuschen; alle Spuren, dass es einst die Waffen-SS zu den frisch eroberten Häfen Oslo und Bergen transportiert hatte, waren mit limettengrüner und cremeweißer Farbe überpinselt und mit fröhlichen Wimpeln überdeckt. Nur das schärfste Adlerauge würde auf der Reling an Deck den alten Schriftzug bemerken, der der Welt kundtat, dass der Gefreite Tobias Messer lange genug hier gestanden hatte, um seinen Namen für die Nachwelt einzuritzen.

Die *Empire Halladale* war das Flaggschiff der Operation Familienzusammenführung, und seine Passagiere waren Vertreter einer immer noch großen Weltmacht, einer Nation, die sogar in mageren Zeiten in der Lage war, ihren Bürgern Sondervergünstigungen zu bieten. Der Zeitpunkt war gut gewählt, um England zu verlassen, um wegzukommen von den Comicfiguren Potato Pete und Doctor Carrot, die nicht nur Kinder ermutigen sollten, Gemüse aus dem heimischen Vorgarten zu essen, wegzukommen von den »Strümpfen«, die man sich mit eingekochter Brühe auf die Beine malte, weg vom gnadenlosen Sparzwang. Dieser kleine schwimmende Ableger des Empire schien sich über alle diese Nöte lustig zu machen und versprach für die nahe Zukunft ein Leben auf großem Fuß.

Rachael saß mit drei Offiziersfrauen zusammen und verglich Listen von Haushaltsinventar. Die ihre umfasste drei Seiten, schließlich war sie die Frau eines Colonel, die von Mrs. Burnham (Frau eines Majors) zweieinhalb Seiten und die von Mrs. Eliot und Mrs. Thompson (Captains) zwei Seiten. Was gäbe es für einen schlagenderen Beweis für das Wunder der britischen Bürokratie: Sogar in diesen bankrotten Zeiten scharrte sie die nötigen Gelder zusammen, um entscheiden zu können, dass die Frau eines Captain kein Teeservice für vier Personen benötigte, eine Majorsfrau jedoch das volle Speiseservice und nur die Frauen befehlshabender Offiziere dazu noch eine Portweinkaraffe. Rachael war die Ranghöchste der Gruppe, trat aber gern hinter Mrs. Burnham zurück, der geborenen Rädelsführerin. Diese selbstbewusste Frau, die sich gern den Anstrich von Glamour gab, war schlagfertig, vulgär und wusste alles besser. Sie brachte ein konspiratives Moment in die Gruppe und beseelte sie mit dem Gefühl, das Unternehmen Deutschland sei ein Abenteuer, eine Chance, die man mit beiden Händen packen musste. Die durch und durch versnobte Mrs. Thompson hing an ihren Lippen. Nur Mrs. Eliot mangelte es an Begeisterung. Ihr war übel, seit das Schiff in Tilbury in See gestochen war, und ihre Gesichtsfarbe glich sich immer mehr dem Graugrün des allgegenwärtigen Teegeschirrs an.

»Geht's Ihnen schon besser?«, erkundigte sich Rachael.

»Der Tee hilft.«

»Lassen Sie sich ihn schmecken, solange Sie ihn kriegen«, empfahl Mrs. Burnham. »Die Deutschen sind vielleicht Kaffee-Experten, aber von Tee verstehen sie rein gar nichts.«

Mrs. Burnham hatte ihre Liste bereits eingehend geprüft und bemängelte das Fehlen von Gewürzen, Servietten und Kelchgläsern. Jetzt wandte sie ihre Aufmerksamkeit Rachael zu.

»Alles vorhanden?«

Rachael hatte wenig an ihrer Liste auszusetzen, aber Lewis' Beförderung gleich über zwei Ränge hinweg hatte sie in neue Höhen mit neuen Anspruchsberechtigungen katapultiert. Nun stand sie unter Druck und musste zeigen, dass sie sich ganz selbstverständlich in besseren Kreisen bewegen konnte.

»Sherrygläser wären schön gewesen.«

Mrs. Burnham brachte gleich in gespieltem Ernst eine Beschwerde vor: »Da bleibt einem doch die Spucke weg! Sherrygläser sind für die Frau des Kommandanten einfach ein Muss. Sonst hagelt es Anfragen ans Unterhaus!«

Alle brachen in Gelächter aus, und Rachael freute sich, jemanden um sich zu haben, der sie zum Lachen brachte. Mrs. Burnham drückte aus, was Rachael empfand, aber nicht in Worte fassen konnte. Alles Triste, Beschränkte, Steife sollte im grauen, ausgebrannten England zurückbleiben. Dort würde man Mrs. Burnham wohl als dreist und ordinär einstufen, aber hier, auf unbekanntem Terrain und frei von den Zwängen des Protokolls, trat sie mit der ungenierten Selbstsicherheit einer Pionierin in der Neuen Welt auf.

Da stellte die vernünftige Mrs. Eliot eine Frage, die die gehobene Stimmung dämpfte. »Stimmt es, dass es wegen der Bombardierungen einen Mangel an geeigneten Häusern für Familien gibt? Als George mir das letzte Mal schrieb, war er nicht sicher, wo wir unterkommen würden.«

Mrs. Burnham fegte alle Zweifel beiseite. »Die haben schon mit der Beschlagnahme von Häusern begonnen. Wir werden jede Menge Platz haben.«

»Ich habe gehört, ihre Häuser sollen gut ausgestattet sein«, steuerte Mrs. Thompson bei. »Vor allem die Küchen.«

»Na, die Küche kümmert mich als Allerletztes«, sagte Mrs. Burnham. »Mir geht es ums Schlafzimmer. Und mit einem großen, bequemen Bett rechne ich schon!« Sie lachte auf, und Rachael bemerkte den Blutandrang an ihrem Hals, einen roten Fleck, einer lasziven Brosche gleich.

Doch Mrs. Eliot war immer noch in Unruhe wegen der Wohnungsnot.

»Aber wo sollen die dann hin?«

»Wer denn?«

»Die deutschen Familien … die, von denen wir die Häuser beschlagnahmen.«

»Notunterkünfte.« Mrs. Burnham feuerte das Wort ab wie eine Ladung Schrotkugeln.

»Notunterkünfte?«

»Notunterkünfte«, wiederholte sie.

Mrs. Eliot versuchte sich die Unterkünfte vorzustellen, und wie die deutschen Familien dort wohnen würden.

»Wie schrecklich«, sagte sie.

»Ich glaube kaum, dass hier Mitleid angebracht ist«, sagte Rachael überraschend heftig.

»Sehr richtig.« Mrs. Burnham applaudierte. »Die können verdammt noch mal ein Stück zusammenrücken und uns Platz machen. Das ist das Mindeste, was sie tun können.«

»Das finde ich auch«, pflichtete Mrs. Thompson bei. Und mit diesem Mehrheitsbeschluss wurde das unangenehme Thema der deutschen Familien und ihrer Unterkünfte fallen gelassen. Als die Frauen untereinander zu plaudern begannen, wandte sich Mrs. Burnham an Rachael. Sie dämpfte vertraulich die Stimme.

»Na dann. Wann haben Sie denn das letzte Mal Ihren Mann gesehen?« Mrs. Burnhams roter Fleck schien zu glühen, und unter ihrem billigen Parfum nahm Rachael den süßen, fast würzigen Duft ihrer Haut wahr.

»Bei der Siegesfeier. Drei Tage lang.«

»Na, dann habt ihr beide ja was nachzuholen.«

»Ich fürchte, ich habe mich in den letzten Jahren ein bisschen zu sehr daran gewöhnt, das Bett für mich allein zu haben.« Rachael war von ihrem Geständnis selbst überrascht, aber diese dralle, lebhafte Person schien eine solche Offenheit geradezu einzufordern.

In Wahrheit war Lewis für Rachael zum Phantom geworden, halb Mann, halb Vorstellung. Natürlich hatten sie einmal eine intime Beziehung gehabt. Aber da wurde nicht viel geredet, es geschah einfach. Es war immer schnörkellos und unkompliziert gewesen, und auch – da war sie sich sicher – genussvoll und ausgewogen im Geben und Nehmen. Trotzdem konnte sie sich an Intimitäten weder erinnern noch sie sich vorstellen; umso beunruhigender war Mrs. Burnhams Frage. Rachael war auf dem Weg in ein feindliches Land, wo sie ein ungewisses neues Leben beginnen sollte, aber die größte Unbekannte darin war nicht der Feind, sondern ihr Mann. Es war ein Jahr her, seit sie »einen Moment miteinander gehabt« hatten, wie er es gern nannte, als sie frisch verheiratet waren, oder »sich geliebt« hatten, ein Ausdruck, den sie mutig benutzte, weil sie sich an seinem verborgenen tieferen Sinn freute. Aber jetzt verschwamm das Ereignis im Halbdunkel, eine Umschlingung, die sich im enttäuschenden Kriegsende verlor.

»Also, ich weiß nicht, wie es bei Ihnen ist, aber ich habe vor, mich für die gestohlenen Jahre schadlos zu halten.« Mrs. Burnham zog tief und vielsagend an ihrer Zigarette, beugte sich vor und ließ noch einen Extrawürfel Zucker in ihren Tee fallen. Und obwohl Rachael ihren Tee seit fünf Jahren nicht mehr süßte, nahm auch sie zwei Würfel und tat es ihr gleich.

3

Lewis beobachtete die britischen Soldaten, die sich auf dem Bahnsteig von Hamburg-Dammtor versammelten. Fast alle waren sie hier, um ihre Frau abzuholen, und für manche würde mit dem Zug aus Cuxhaven eine monatelange, sogar jahrelange Trennung enden.

Siebzehn Monate waren seit den Siegesfeiern in London vergangen, diesen auf seltsame Weise immer matter werdenden drei Tagen, siebzehn Monate war es her, seit er Rachael in Fleisch und Blut gesehen, ihren farnduftenden Atem wahrgenommen, ihr Klavierspiel gehört hatte. Er wäre nun nicht mehr auf den Schnappschuss von ihr angewiesen, aufgenommen an einem herrlichen Julitag an einem Strand in Pembrokeshire. Er hatte das Foto hinter das Gummiband in seinem Zigarettenetui geklemmt. Rachael glich darauf dem Sommer in seiner höchsten Blüte: das weite Blumenkleid, der Kopf in kesser Schräglage – sogar in Schwarz-Weiß sah man ihre Wangen blühen. Lewis war kein Augenmensch und deshalb selbst verblüfft, wie viele Bilder und Szenen er während ihrer Trennung heraufbeschwören konnte – weniger die stilisierten, perfekten Posen des romantischen Kinos, sondern mehr die vertrauten, spontanen Momente, die ein Film nicht zeigen kann oder darf. Meist kehrte er zu dem Tag zurück, als er Rachael seiner Familie vorstellte – seine Schwester Kate war überwältigt, dass er eine so tolle Eroberung gemacht hatte, und sofort angetan , und zu dem spontanen mitternächtlichen Ausflug zur Carmarthan Bay, wo ihnen beim Nacktschwimmen schleimige Algen um die Glieder strichen.

Dass Rachael nun gleich vor ihm stehen würde, gefährdete all das; während er wartete und rauchte, dachte er über die Person nach, die aus dem Zug steigen würde. Wie würde die echte Rachael im Vergleich mit der schnell in die Tasche gesteckten, bewunderten Foto-Rachael abschneiden? Der Rachael, die ihm durch den ganzen Krieg zugelächelt hatte, bei jedem Wetter, in jeder Situation?

Lewis steckte das Bild wieder hinter das Gummiband, über das kleinere Foto von Michael, und ließ das Etui zuschnappen. Er zog ein letztes Mal an seiner Zigarette und schnippte sie auf die Gleise. Über ihm, im glaslosen Gerüst des Bahnhofsdachs, nisteten Vögel, wo immer sie konnten. Ein plötzlicher Freudenschrei lenkte Lewis' Blick wieder nach unten, wo zwischen den Gleisen ein ausgemergelter, vielleicht sechzigjähriger Mann den immer noch glimmenden Zigarettenstummel betastete, den Tabakgehalt begutachtete und »danke, danke, danke« murmelte, immer wieder. In normalen Zeiten hätte der begeisterte Dank des Mannes für diesen winzigen Glücksfund wie Sarkasmus geklungen, doch in der Stunde Null war eine weggeworfene Kippe Manna aus einem gottverlassenen Himmel. Lewis war zwischen Mitleid und Abscheu hin und her gerissen, aber wieder einmal siegte das Mitleid. Er zog aus seinem Silberetui drei Zigaretten heraus, bückte sich und hielt sie dem Mann hin. Der starrte die frischen Zigaretten einen Augenblick lang an und wagte kaum zuzugreifen, falls sie sich doch nur als Trugbild erwiesen.

»*Nimm. Schnell!*«, sagte Lewis auf Deutsch; ihm war bewusst, dass die meisten der Soldaten hier seine Gutmütigkeit missbilligen würden. Der Mann griff nach den Zigaretten, hielt die Hand darüber und ließ sie dann flink in seinem Mantel verschwinden.

Als Lewis sich wieder aufrichtete, sah er zwei Männer den

Bahnsteig entlang auf sich zukommen. Der eine war Captain Wilkins, sichtlich aufgekratzt bei der Aussicht, seine Frau wiederzusehen, von der er ständig und schamlos als von seinem »Rosenblättchen« erzählte. Lewis, dem es schon schwerfiel, seine Zuneigung zu Rachael vor Rachael selbst in Worte zu fassen, geschweige denn vor anderen Leuten, bewunderte insgeheim seine Nummer zwei für diesen Hang zur treuen Gattenliebe. Wilkins war in diesem Punkt richtig infantil und plauderte Intimitäten aus wie ein jugendlicher Liebhaber, der nicht an sich halten kann. Einmal las er ein Gedicht vor, das er »Für mein Rosenblättchen« geschrieben hatte; es enthielt die Zeilen: »Ich will dich gießen, du meine Blume, und dich mit meiner Liebe überfluten.«

Wilkins' Begleiter hatte die Krone eines Majors auf den Epauletten. Mit seinem seidigen schwarzen Haar und den hübschen Augen sah er unenglisch, ja exotisch aus, aber hellwach, und Lewis spürte sofort die Notwendigkeit, in seiner Gegenwart einen Gang höher zu schalten. Wilkins stellte ihn vor:

»Sir, das ist Major Burnham. Nachrichtendienst. Hier, um die Schwarzen unter den Weißen und Grauen und was sonst noch alles rauszupicken.«

Statt zu salutieren, schüttelte Burnham Lewis die Hand. Die Leute vom Nachrichtendienst hatten ihre eigene Hierarchie und ließen einen rasch spüren, dass sie vor den regulären Truppen nicht viel Respekt hatten, waren sie doch ihrer Meinung nach für die Aufgabe, einen zerschlagenen Staat wiederaufzubauen, schlecht gerüstet. Dass Burnham nicht salutierte, war Lewis egal; aber an seinen abgezirkelten Bewegungen und präzisen Aussagen erkannte er gleich, dass Burnham sich als Mann auf einer Mission begriff.

Während Burnham böse auf den mageren Müllsammler starrte, füllte Wilkins die Pause. »Wir haben für den Major erst gestern ein Haus gefunden. Nicht weit von Ihnen, Sir. Auf der Elbchaussee.« Lewis' Nummer zwei hatte bereits ein Gespür für die unkonventionellen Ansichten seines Vorgesetzten, für seine Vorlieben und Abneigungen und seinen Hang, freimütig seine Meinung zu sagen. Er ahnte eine Kollision. »Sie werden fast Nachbarn sein«, fügte er hinzu.

Burnham musterte immer noch den Alten, der jetzt auf den Bahnsteig geklettert war und die Hand ausstreckte, zweifellos in der Hoffnung, die Freunde des Colonels genauso freigiebig zu finden. Burnham sagte in einwandfreiem Deutsch:

»Wenn Sie nicht verschwinden, lasse ich Sie verhaften.«

Der Mann hob beschwichtigend die Hände und wich mit einer Verbeugung zurück, dann schlurfte er davon, so schnell ihn seine schwachen Beine trugen.

Burnham verzog das Gesicht. »Der Gestank von diesen Leuten.«

»Das bringt eine 900-Kalorien-Diät eben so mit sich«, erwiderte Lewis.

»Wenigstens machen sie nicht so viel Ärger, wenn sie hungrig sind«, sagte Burnham mit einem freudlosen Lächeln.

»Da ist was dran«, warf Wilkins ein, stets bemüht, die Wogen zu glätten. Burnham nickte, fixierte Lewis aber mit einem gut einstudierten, fragenden Starren. Der weithin gellende Pfiff des einfahrenden Zugs ersparte Lewis die Erklärung, dass Burnham falschlag. Völlig falsch.

»Warum rennen uns die ganzen Kinder nach?«

Edmund beugte sich zu der halb geöffneten Scheibe ihres Wagens hinaus. Rudel deutscher Kinder rannten mit ausgestreckten Händen neben dem ankommenden Zug her, der so weit abgebremst hatte, dass sie gut mitlaufen konnten. Die Kinder riefen die Namen der heiligen Dreifaltigkeit an, »Schokolade, Zigaretten, Sandwich«, aber die Passagiere dieses Zugs waren mit dem erwarteten und akzeptierten Ritual, Rationen hinauszuwerfen, nicht vertraut, und so regneten keine mildtätigen Gaben herab.

»Vielleicht wollen sie sehen, wie wir aussehen«, war alles, was Rachael einfiel. »Wir sind fast da.«

»Sind das Deutsche?«

»Ja. Jetzt komm. Zieh dir deinen Mantel an.«

»Die sehen aber nicht besonders deutsch aus.«

Rachael rückte Edmunds Krawatte zurecht. Sie leckte sich den Finger nass und wischte damit einen Fleck von seiner Wange, dann strich sie ihm noch die Haare glatt.

»Schau mal, wie du aussiehst. Was wird dein Vater denken?«

Gepäckträger, zahlreicher als die Passagiere, standen am Bahnsteig bereit, um die Koffer und Taschen zu übernehmen, damit die Neuankömmlinge unbeschwert nach ihren Männern und Vätern suchen konnten. Nachdem Rachael ihren Koffer einem alten Mann mit fahler Haut und großem Diensteifer überlassen hatte, stieg sie aus dem Zug hinunter in den turbulenten Strom aus Tweedkostümen, Hüten, Puder und Lippenstift, der sich den wartenden Männern entgegenwälzte. Sie konnte bereits wiedervereinte Paare sehen, die sich in den Dampfschwaden umarmten. Wie versprochen, hielt sich die Frau des Majors für verlorene Zeiten schadlos. Mrs. Burnham stöckelte auf ihren Mann zu, umfasste sein Kinn und küsste ihn ganz schamlos mit offenem Mund. Rachael durchlief ein begehrlicher Schauer. Sie würde Lewis in der Öffentlichkeit nie so küssen; das wäre ihr selbst in den Zeiten der ersten Verliebtheit zu gewagt erschienen.

Rachael entdeckte Lewis, bevor er sie sah. Er mischte sich nicht unter die Menge, sondern stand abseits, mit einem etwas ängstlichen, verletzlichen Gesicht. Da machte ihr Herz genau, was die Geschichten in *Woman's Realm* berichteten, nämlich einen Sprung, es schlug ihr bis zum Hals, ihr Atem ging schneller. Einen Augenblick lang empfand sie eine starke Zuneigung, die aber schwand, sobald Lewis sie sah und seine Augen sich nur kurz weiteten. Dann aber breitete sich auf seinem Gesicht ein Lächeln aus, für Edmund bestimmt, der auf seinen Vater zurannte. Lewis verstrubbelte seinem Sohn zur Begrüßung die eben erst geglätteten Haare und gab einen nervösen Kommentar zur vergangenen Zeit ab:

»Ja, so was! Lang wie eine Bohnenstange!«

»Hallo, Dad!«

Lewis wandte den Blick nicht von Edmund und betrachtete sprachlos die Veränderungen, die für Erwachsene immer so überraschend und für Kinder ganz normal sind, bis er sich nicht länger hinter seinem Sohn verstecken konnte. Er sah Rachael an und gab ihr einen flüchtigen Kuss, der halb auf den Lippen, halb auf der Wange landete.

»Gute Reise gehabt?«, fragte er.

»Die Überfahrt war ein bisschen rau.«

»Gehen wir doch als Erstes einen Tee trinken – wenn wir Glück haben, bekommen wir Strudel dazu.«

»Die Deutschen können keinen Tee kochen«, platzte Edmund dazwischen, der gern etwas beisteuern wollte.

Lewis lachte. Das war eines der wenigen Klischees, die tatsächlich zutrafen.

»Sie werden langsam besser.«

Mit Augen groß wie Untertassen registrierte Edmund alle Einzelheiten ringsum. Plötzlich deutete er aufgeregt auf eine Szene, die sich in einiger Entfernung abspielte.

»Was machen die denn da?«

»Ach, du meine Güte«, flüsterte Rachael.

Auf einer Brücke, die über die Gleise führte, hielten zwei

Kinder einen Jungen kopfüber übers Geländer, direkt vor einen heranfahrenden Zug. Der in der Luft baumelnde Junge hielt einen Golfschläger in den Händen, und einen Augenblick lang sah es aus, als würde die Lokomotive ihn erfassen. Doch der Zug fuhr knapp unter ihm durch, und der Junge schlug Kohlenstücke vom Tender, die von unten wartenden Frauen in aufgehobenen Röcken aufgefangen wurden.

»Dürfen die denn das?«, fragte Ed voller Bewunderung.

»Nicht offiziell«, antwortete Lewis.

»Wirst du nicht einschreiten?«

Lewis zwinkerte seinem Sohn verschwörerisch zu. »Ich habe nichts gesehen«, sagte er. Und damit steuerte er seine Familie zum Ausgang, bevor heiklere Fragen aufkamen.

Das Atlantic, Hamburgs stattlichstes Hotel, hatte den Krieg unbeschadet überstanden und war in der Wüste der Entbehrung eine Oase, in der der Luxus blühte. Diesen Eindruck bestätigte der »Palmengarten« im Großen Salon. Unter Topfpalmen spielten Musiker für die Tee trinkenden Briten, die hier ein paar Stunden die grauen Jahre vergessen und sich am farbenprächtigsten Außenposten wähnen konnten. Lewis vertraute darauf, dass die verblichene Grandezza, das Zeremoniell rund um den Tee, die dezenten Wechselgesänge von klapperndem Besteck und teppichgedämpfter Konversation das Ihre tun und eine Atmosphäre behaglicher Geborgenheit schaffen würden, die er für seine schwierige Ankündigung brauchte. Nur mit der Musik war er nicht ganz glücklich. Normalerweise spielten die Musiker des Hauses die schwungvollen, fröhlichen Nummern, die bei den Engländern so beliebt waren, aber die heutigen Künstler, ein Pianist und eine Sängerin, legten ihre ganze Seele in ein melancholisches, auf Deutsch gesungenes Lied, das Gegenteil der erwarteten musikalischen Untermalung. Schwer verdauliche Nachrichten sollten mit Wohlfühlmusik unterlegt sein; was immer die Musiker da spielten, das Programm musste geändert werden.

Rachael erkannte das Schubert-Lied sofort und überließ sich seinen abgründigen Strömungen. Ihr Apfelstrudel blieb unberührt stehen, denn sie nährte sich von der Musik und hörte mit gebannter Aufmerksamkeit zu wie keiner sonst im Raum. Neben ihr schlang Edmund seinen Strudel in sich hinein und schoss eine Frage nach der anderen auf seinen Vater ab. Während des Kriegs hatte sich ein schier unerschöpflicher Vorrat aufgestaut, und alle verlangten eine sofortige Antwort. Lewis rauchte und tat sein Bestes, um den Wissensdurst seines Sohnes zu stillen, während er auf den richtigen Moment wartete, in dem er die Künstler um eine andere Musik bitten könnte.

»Ist Deutschland jetzt wie eine Kolonie?«

»Eigentlich nicht. Wir werden es wieder zurückgeben. Wenn wir es in Ordnung gebracht haben.«

»Haben wir die beste Zone?«

»Es heißt, die Amerikaner haben das Panorama, die Franzosen den Wein und wir die Ruinen.«

»Das kommt mir aber nicht fair vor.«

»Na ja, wir sind schließlich schuld an den Ruinen.«

»Und was ist mit den Russen?«

»Mit den Russen? Also, die haben die Bauernhöfe. Aber das ist eine andere Geschichte. Wie schmeckt dir dein Strudel, Schatz?«

Lewis sah, wie Rachael sich rasch eine Träne aus dem Auge wischte. Sie spießte ein Stückchen Strudel auf die Gabel, um davon abzulenken – zu spät:

»Mummy weint schon wieder.«

Genauso gut hätte Edmund auf dem Tisch eine Signalrakete zünden können, die die letzten siebzehn Monate für seinen Va-

54

ter beleuchtete; in ihrem Schein sah Lewis mehr, als er wissen wollte oder verarbeiten konnte. Diese Kürzestversion von Rachaels Leben in der letzten Zeit zeigte nur die Spitze des Eisbergs. Lewis hatte gehofft, dass die Ärzte, die Zeit und der Abstand die Wunden inzwischen vielleicht geheilt hätten.

»Sei nicht albern, Ed«, sagte Rachael. »Das ist nur die Musik. Du weißt doch, dass mich traurige Musik immer zum Weinen bringt.«

Als die Sängerin endete und niemand applaudierte, sah Lewis seine Chance, die Trübsal zu vertreiben. Er stand auf, um seine Bitte vorzutragen, doch Rachael erriet seine Absicht: »Bitte keine anderen Lieder ...«

»Ein bisschen fröhlicher könnte die Musik schon sein, meinst du nicht?«

Rachael fügte sich mit einem enttäuschten Achselzucken und wandte sich an Edmund: »Bitte sag zu deinem Vater keine solchen Sachen mehr. Damit beunruhigst du ihn nur.«

»Tut mir leid«, sagte Edmund.

Als Lewis der Sängerin seine Bitte zuflüsterte, bemerkte Rachael ihr schmerzliches, gezwungenes Lächeln; vielleicht war sie eine Interpretin von internationalem Rang, die letzte Überlebende eines dezimierten Ensembles, gezwungen, sich dem Geschmack von Banausen zu beugen. Als Lewis zum Tisch zurückkehrte, schlug der Pianist die Eröffnungstakte von »Run, Rabbit, Run« an, und ohne das geringste Zögern wechselte die Sängerin aus den existenziellen Tiefen deutscher Sehnsucht in die seichten Gewässer englischer Frivolität.

»Das ist besser«, sagte Lewis. »Dieses Land braucht ein neues Lied.«

Nachdem die spritzige Melodie die Stimmung verändert hatte, wollte Lewis keine Zigarettenlänge mehr warten, sondern beschloss, es hinter sich zu bringen. Verkaufstalent war ihm nicht in die Wiege gelegt worden, und seine Versuche, jemandem etwas anzudrehen, stützten sich schwer auf Superlative wie »wunderbar« und »fantastisch« und ihre Verstärker »wirklich« und »echt«.

»Ich habe Neues von dem Haus zu berichten, das uns zugeteilt wurde. Es ist wirklich wunderbar. Viel größer als unseres in Amersham. Sogar noch größer als das von Auntie Clara. Es gibt ein Billardzimmer. Und einen Flügel.« Hier machte er eine Pause, damit Rachael das Bild vor sich sah. »Wir haben eine fantastische Aussicht auf die Elbe. Überall hängen interessante Gemälde von Künstlern, die ziemlich berühmt sind, glaube ich. Was noch? Ach ja. Es gibt einen Speiseaufzug.«

»Darf ich da mal mitfahren?«, fragte Edmund.

Lewis lachte, und sogar Rachael musste mitlachen. Das Lachen tat ihnen allen gut.

»Da wird die Köchin etwas dagegen haben«, sagte Lewis. »Wir haben nämlich Personal: ein Dienstmädchen, eine Köchin und einen Gärtner.«

»Spricht das Personal Englisch?«, fragte Rachael, die nun Anteil an dem Gespräch nahm.

»Die meisten Deutschen kennen ein paar Wörter. Und du wirst auch schnell einiges aufschnappen.«

Lewis hielt inne. Was nun kommen musste, hatte er mehrmals im Stillen geprobt. Sollte er an die Menschlichkeit appellieren, Mitgefühl für die Luberts wecken, wie er selbst es empfunden hatte? Sollte er seiner Frau und seinem Sohn begreiflich machen, dass die Luberts Menschen waren wie sie? Oder sollte er sich an die konkreten Fakten halten, sollte sagen, dass dieses Haus groß genug war für zwanzig Personen und es nur reine Raffgier wäre, die Besitzer hinauszuwerfen? Wie er es auch anpackte, immer war es ein Versuch, eine Granate in Watte zu wickeln.

»Das Haus gehört Herrn Lubert. Er ist Architekt. Ein kultivierter Mensch. Seine Frau ist im Krieg umgekommen. Er hat eine Tochter, die nicht viel älter ist als du, Ed. Sie heißt Frieda, glaube ich … Jedenfalls ist ihr Haus … also, es ist riesig. Groß genug, dass zwanzig Leute darin wohnen könnten. Und es hat eine völlig abgetrennte Wohnung im Dachgeschoss …«

Rachael begann schwer zu atmen und rutschte auf dem Stuhl herum.

»Tatsache ist, dass das Haus groß genug ist für uns alle. Sie werden in der Wohnung oben wohnen, und wir können den Rest des Hauses für uns haben.«

Rachael war nicht sicher, ob sie richtig gehört hatte.

»Wir werden mit ihnen zusammenwohnen?«, fragte sie.

»Wir werden kaum merken, dass sie da sind. Sie sind nur zu zweit. Sie können einen anderen Eingang benutzen, sind völlig eigenständig. Sie haben dort oben alles, was sie brauchen.«

»Wir werden mit Deutschen zusammenwohnen?«, fragte Edmund.

»Nicht richtig zusammenwohnen. Aber ja, wir werden ein Haus mit ihnen teilen. Stell dir ein Mehrfamilienhaus vor, mit ihnen im obersten Stock.«

Rachael hatte das Bedürfnis, etwas zu tun, und so goss sie sich noch Tee ein, ohne ihn wirklich zu wollen, ohne richtig hinzusehen. Sie stieß dabei das Milchkännchen um, und Lewis, der froh war, dass er etwas Praktisches tun konnte, breitete eine Serviette darüber und rief einen Kellner.

»Aber ich verstehe nicht ganz«, fuhr Rachael fort. »Machen die anderen Familien das auch so?«

»Keine Familie hat ein so großes Haus bekommen. Das lässt sich nicht vergleichen.«

Rachael konnte diese Leute nicht brauchen. Egal, wie grandios das Haus war, mit wie vielen Zimmern ausgestattet, wie exquisit die Kunst oder das Klavier – selbst wenn es ein Palast mit separaten Flügeln und Außengebäuden wäre, sähe sie trotzdem keinen Platz für einen Deutschen darin. Sie suchte in ihrer Handtasche nach einer Zigarette und war entschlossen, sich nicht, wie üblich, von Lewis Feuer geben zu lassen, aber er hatte seinen amerikanischen Zippo schon gezückt, und als sie sich vorbeugte, umfasste er ihre Hand, die nun zitterte, mit der seinen.

»Warte, bis du es siehst. Es ist ein wunderbares Haus.«

Lewis fuhr seine Attacken immer zweigleisig. Sollte der schonende Versuch nicht überzeugen, konnte er ihnen immer noch einen harten Schlag verpassen, indem er sie mit den krassen sozialen Gegensätzen konfrontierte, sie durch die schlimmsten Gegenden fuhr, die Hamburg zu bieten hatte. Er instruierte Schröder, ihm mit dem Austin 16, in dem das Gepäck verladen war, auf einem kleinen Umweg durch die Ruinen zu folgen, »damit Frau und Sohn die Situation besser verstehen«.

Lewis steuerte mit übertriebener Vorsicht um die Bombenkrater in der Straße herum, aber in den ersten paar Minuten konnte er seinen Vortrag, mit dem er falsche Vorstellungen zurechtrücken wollte, nicht loswerden, weil der Mercedes seinen Sohn in helle Aufregung versetzte. Er saß zwischen Mutter und Vater, stieß atemlose Begeisterungsschreie aus und schwärmte schamlos von der großartigen technischen Leistung, die dieser Wagen darstellte. Nachdem die Tatsache, dass Bach ein Deutscher war, Edmund schon einmal ins Schlingern gebracht hatte, fiel sein Überlegenheitsgefühl angesichts der unglaublichen Schönheit der stählernen Bestie in sich zusammen.

»Der kann ja zweihundert fahren!«

»Das sind aber Kilometer, nicht Meilen.«

»Können wir das ausprobieren?«

»Ich glaube nicht, dass das auf diesen Straßen möglich ist, Ed.« Das war das Stichwort für seine erste Killer-Statistik: »Wusstest du, dass wir an einem einzigen Wochenende mehr Bomben auf Hamburg abgeworfen haben als die Deutschen im ganzen Krieg auf London?« Das war an Edmund gerichtet, doch auch Rachael sollte es hören; er wollte, dass sie das ganze Gewicht dieser Aussage erfasste, dass sie ihre Vorurteile und ihr Selbstmitleid ablegte. Fast wie bestellt bekamen sie die Zerstörung Hamburgs ringsum nun in ihrem ganzen Ausmaß zu Gesicht, und wenn die Ruinen zunächst nicht anders wirkten als das innere Bild, das sie von London, Conventry und Bristol hatten, wurde mit jedem Meter deutlicher, dass die Verwüstung hier doch von einer anderen Größenordnung war. Hier stand kein Bauwerk mehr, weder vor ihnen noch hinter ihnen, noch links oder rechts. Hier gab es nur noch Schutt und Menschen, die wie Flüsse am Straßenrand dahinzogen.

»Aber die haben doch angefangen, oder, Dad?«

Lewis nickte. Natürlich. Sie hatten angefangen. Sie hatten damit begonnen, als ein Zauberkünstler alle ihre Missstände in einem großen Topf verrührte, mit jedem gereckten Arm, jeder getragenen Armbinde, mit jeder Kundgebung, die sie besuchten, mit jeder Straße, die sie bauten, mit jeder Ungeheuerlichkeit, der sie applaudierten. Jedes verwüstete Geschäft, jedes startende Flugzeug, jede abgeworfene Bombe war ein Anfang gewesen. Sie hatten angefangen. Aber wo waren SIE? Wo war denn jetzt die Herrenrasse, die ganze Kontinente schluckte? Das konnten doch nicht diese erbärmlich gekleideten, geschwächten Troglodyten sein, die sich die kaputten Straßen entlangschleppten?

»Die sehen gar nicht aus wie Deutsche, Dad.«

»Nein.«

Von Rachael kam immer noch nichts.

»Siehst du die schwarzen Kreuze? Die markieren die Stellen,

wo noch eine Leiche unter dem Schutt begraben ist. Es werden immer noch über eine Million deutscher Zivilisten vermisst.«

Lewis sah Rachael an, ob irgendetwas davon zu ihr durchsickerte, aber sie trug eine entschlossene Ausdruckslosigkeit zur Schau.

Na, dann mach eben so ein Gesicht, dachte Lewis. Du wirst es noch früh genug begreifen.

Sie fuhren an mehreren Familien vorbei, die die Überbleibsel eines ganzen Lebens auf einem Karren zogen.

»Wo gehen die alle hin?«, fragte Edmund.

»Das sind Flüchtlinge, die in die Stadt zurückkehren. Oder Leute, die aus ihrem Zuhause hinausgeworfen wurden, um unsereinem Platz zu machen.«

»Mummy sagt, die wohnen in Notunterkünften.«

»Tun sie auch. Aber es gibt nicht genug. Wir bauen jeden Monat ein neues Lager.« Irgendwann würde er ihnen zeigen müssen, wie ein Flüchtlingslager aussah.

»Sind das solche Lager, wie wir sie in den Wochenschauen gesehen haben?«, fragte Edmund.

»Nein. Nicht solche.«

»Aber die verdienen es doch, oder? Nach allem, was sie getan haben. In diesen Lagern?«

Lewis musste seinen Ärger im Zaum halten. Durchatmen. Er soll das nicht wissen.

»Dad?«

Draußen zogen an beiden Straßenrändern Leute vorbei, denen nur der Wunsch nach dem täglichen Brot ins Gesicht geschrieben stand, nach der Stillung unmittelbarer Bedürfnisse und Verschonung von weiteren Übeln, aber Lewis konnte sich nicht noch weiter aus dem Fenster lehnen, um sie zu verteidigen. Er musste auch etwas von Gerechtigkeit sagen …

»Manche verdienen es, Ed. Ja.«

Da ließ sich Rachael zu ihren einzigen Worten auf dieser kurzen Fahrt herbei:

»Natürlich verdienen sie es.«

Als der seltsame Konvoi – der stämmige, wackere britische Austin hinter dem windschnittigen, alles im Sturm erobernden deutschen Mercedes – die Auffahrt mit dem knirschenden Kies entlangfuhr, sah Stefan Lubert auf die Uhr und kam die Stufen herunter, um die neuen Bewohner zu begrüßen. Er zog sein Jackett straff und bemühte sich, würdevoll, demütig und dankbar zugleich auszusehen – eine schwierige Mischung für einen Mann seines Temperaments. Neben ihm standen Heike und Greta in Reih und Glied, bereit, der neuen Familie ihre Dienste anzubieten. Er spürte ihre Nervosität und hörte ihre geflüsterten Bemerkungen:

»Die sind nicht so hässlich wie andere Engländer.«

»Mir gefällt, was sie anhaben.«

»Der arme Herr – er ist so tapfer.«

»Die Dame ist hübsch …«

»Nicht so hübsch wie Frau Lubert.«

Greta war natürlich dem Andenken ihrer alten Herrschaft treu, aber hübsch war Claudia eigentlich nicht gewesen. Attraktiv, ja – elegant, anmutig, mit einer kühnen Adlernase, aber hübsch nicht. Mrs. Morgan dagegen war, wie Heike spontan bemerkt hatte, tatsächlich hübsch, worüber auch ihr steinernes Gesicht, das sich nicht zu dem kleinsten Lächeln verzog, nicht hinwegtäuschen konnte. Kastanienbraunes Haar, große Mandelaugen, ein kleiner Mund mit vollen Lippen, zierlich, aber wohlgerundet, hellbraune Haut. Wo kam sie her? Doch bestimmt nicht aus England. Sie musste keltischer Abstammung sein. Vielleicht sogar spanischer.

»Glücklich sieht sie nicht aus.«

»Vielleicht ist sie daran gewöhnt, in einem Schloss zu leben.«
Der Colonel kam auf Lubert zu und schüttelte ihm herzlich
die Hand.

»Frieda wollte Sie auch begrüßen, aber ihr ist nicht gut«,
sagte Lubert. »Ich hoffe, Sie verzeihen ihre Abwesenheit.«

»Selbstverständlich«, antwortete Lewis und winkte Rachael
heran. »Das ist meine Frau.«

Lubert streckte die Hand aus, aber Rachael tat nichts der-
gleichen.

»*How do you do?*«, fragte Lubert höflich, zog die Hand zurück, führte die Bewegung in einem schwungvollen Bogen weiter und wies auf seine Dienstboten. »Mein Personal. Heike.
Greta. Richard sind Sie schon am Tor begegnet. Ich empfehle
sie Ihnen an.«

Heike machte einen tiefen Knicks, Greta einen gerade noch
angedeuteten.

Immer noch kam von Rachael kein Wort, bemerkte Lubert.
Vielleicht war sie bei der Fahrt durch die Ruinen in Starre
verfallen.

»Und Edmund«, sagte Lewis, drehte sich um und rief seinen
Sohn zu sich. »Ed!«

In seiner Aufregung war Edmund zum Rasen hinüberge-
laufen, wo er jetzt mit ausgestreckten Armen wie ein Flugzeug
herumkreiste und Kriegsgeräusche von sich gab. Der Junge
machte sich offenbar keine Gedanken, und Lubert lachte, wie
um zu zeigen, dass ihm das nichts ausmachte. Aber Rachael
fand ihren Sohn peinlich.

»Ed! Hör auf damit! Komm und sag Hallo.«

Lubert war von ihrer Stimme überrascht. Sie spricht!

Edmund lief herbei, um Herrn Lubert und das Personal zu
begrüßen. Heike kicherte über seine Faxen.

»*How do you do?*«, sagte Edmund zu Lubert.

»Willkommen in deinem neuen Zuhause«, antwortete der.
»Ich hoffe, es wird dir hier gefallen.«

Lewis hat nicht übertrieben, dachte Rachael. Das Haus war
wirklich wunderbar. Er hatte es ihr vielleicht sogar unter Wert
verkauft, wahrscheinlich weil er keinen Blick für das Besondere
daran hatte, aber auch weil er sich nicht so recht wohlfühlte mit
der ganzen Großartigkeit. Er war frei von gesellschaftlichem
Ehrgeiz und den materiellen Ansprüchen, die seine Kollegen
umtrieben, was Rachael, der soziale Abstufungen schärfer bewusst waren, immer an ihm geliebt hatte; aber jetzt, warum
auch immer, ärgerte sie sich darüber. Bei der Hausführung, die
Herr Lubert mit ihnen machte, fühlte sie sich im Zwiespalt;
einerseits drängte es sie dazu, dem Deutschen zu zeigen, dass
sie Herausragendes erkannte und Kultur sehr wohl zu schätzen wusste, andererseits wollte sie mit ihrem allgemeinen Miss-
behagen nicht hinter dem Berg halten. Mit jedem Raum, den
er erläuterte, verschärfte sich ihr Gefühl von Unterlegenheit
und Fremdheit. Egal, was er sagte, sie hörte immer nur: »Sie
sind hier willkommen, aber es ist immer noch mein Haus.« Als
sie den Balkon mit der Aussicht auf den Fluss erreichten, hatte
Rachael genug. Herr Lubert erbot sich, ihnen noch seine eigene
Wohnung ganz oben im Haus zu zeigen, doch sie brach die
Tour ab – sie sei müde von der Reise. Der Schock der Konfrontation mit ihren neuen Lebensumständen hatte ihre Müdigkeit
eher vertrieben, aber sie konnte diesen weltmännischen und –
oder bildete sie sich das ein? – leicht unverschämten Deutschen
nicht länger ertragen, der Englisch mit perfektem Tonfall und
ohne das albern Gestelzte des Oxford-Englisch sprach. Rachael hatte halb gehofft, das Fehlen einer gemeinsamen Sprache
würde die Dinge vereinfachen und klare Verhältnisse schaffen,
aber bei dem mühelosen Englisch dieses Mannes drohten Kom-

plikationen, wenn die Grenzen nicht von vornherein klar und energisch abgesteckt würden.

Als Lewis später seinem Sohn Gute Nacht sagen wollte, fand er ihn auf dem Boden liegen. Edmund hatte das Puppenhaus in die Mitte des Raums gezogen, und Lewis erkannte, dass es bereits in eine Kleinausgabe der Villa Lubert verwandelt war. Edmund hatte die Mansarde möbliert, wo die deutsche Familie jetzt wohnte, und fingergroße Püppchen in die Zimmer gestellt, eine männliche für Lubert und eine weibliche für seine Tochter; drei weitere verkörperten ihn selbst, Lewis und Rachael.

»Zeit zum Schlafengehen, Ed.«

Edmund stand auf und kletterte in das Himmelbett.

Lewis hatte seinen Sohn schon lange nicht mehr ins Bett gebracht und hatte keine Ahnung mehr vom üblichen Ablauf: Sollte er ihm eine Geschichte vorlesen? Ein bisschen mit ihm reden? Ihm anbieten, ein Gebet zu sprechen? Statt alledem zog er die Decke über Edmunds Brust und seinen Stoffsoldaten Cuthbert. Lewis hätte seinem Sohn gern über die Stirn gestreichelt und ihm liebevoll eine Locke aus den Augen geschoben, aber er traute sich nicht und tätschelte stattdessen den Soldaten.

»Wie gefällt's dir hier?«, fragte er.

»Es ist riesig«, antwortete Edmund.

»Glaubst du, dass du gern hier wohnen wirst?«

Ed nickte. »Warum ist das Mädchen nicht runtergekommen und hat uns begrüßt?«

»Ich glaube, es geht ihr nicht gut. Aber du wirst sie bald kennenlernen. Vielleicht könnt ihr miteinander spielen.«

»Ist das erlaubt?«

»Natürlich. Wenn wir uns alle eingelebt haben.«

Edmund holte Luft, als ob er noch etwas sagen wollte, aber da hatte sein Vater schon die Nachttischlampe ausgeknipst.

»Gute Nacht, Ed.«

»Gute Nacht, Dad.«

Damit verließ Lewis das Zimmer, und Edmund war mit seinen Gedanken allein. Er hatte die Begegnung lieber nicht erwähnt, die er vor einer Stunde gehabt hatte, als er den Flur entlang zur Treppe der Luberts geschlendert war.

Er hatte nur einen Blick hinaufwerfen wollen, nichts weiter. Er war das erste Treppenstück hinaufgestiegen, und als er zum Absatz kam, wo die Stufen die Richtung wechselten, stieß er auf ein Mädchen mit einem blonden Pferdeschwanz. Sie stemmte die Arme links und rechts gegen die Wände und hielt die Beine angehoben, mitten in der Luft, wie bei einer gymnastischen Übung auf dem Turnpferd.

»Hallo«, hatte er gesagt. Er stand da und sah sie neugierig an. Ob das Frieda war? Sie sah gesund aus und bei vollen Kräften, überhaupt nicht krank.

»Bist du Frieda?«, hatte er gefragt.

Aber das Mädchen starrte ihn nur an, die Beine weiter in einer perfekten Waagrechten. Dann begann sie ganz langsam die Beine zu spreizen, bis ihr Schlüpfer sichtbar wurde. Edmund konnte nicht wegsehen, er war wie hypnotisiert. Wie lange er glotzend dastand, wusste er nicht – es kam ihm vor wie mehrere Minuten. Aber dann wurde er jäh aus seiner Trance gerissen, als das Mädchen ihn plötzlich anzischte, wie eine Katze fauchend. Er wich zurück, die Treppe hinunter, ohne den Blick von ihr zu wenden, aus Furcht, sie könnte sich plötzlich auf ihn stürzen.

Lubert schrak aus einem Albtraum hoch und fand sich in einem unbekannten Zimmer, in einem Haus, das ihm nicht länger gehörte. In den ersten, ungewissen Sekunden des Erwachens wusste er nicht genau, wo er war, und hielt verwirrt Ausschau nach Anhaltspunkten. Ort und Zeit verschwammen, und seine Erinnerung brachte ihn in das Einzelbett im Sommerhaus seiner Großmutter auf der Insel Sylt zurück, in dasselbe Bett, wo er und Claudia sich einst geliebt hatten, während seine Schwestern unten in der Küche Hummer und Krebse für das Abendessen zubereiteten. Wie geschickt hatten die jungen Liebenden die Zeit genutzt, während die Panzer zerhämmert wurden und von dem knarzenden Kopfbrett und ihren ekstatischen Schreien nichts zu hören war!

Lubert schlug die Augen auf. Das Licht, das durch den halb offenen Vorhang schien, zerstörte die Illusion: Er lag nicht in seinem eigenen Bett (dort lagen jetzt ein anderer Mann und eine andere Frau); er befand sich in dem Zimmer, in dem sein früherer Chauffeur Friedrich gewohnt hatte, bevor der Krieg ihn gezwungen hatte, Personal zu entlassen. Danach hatte Claudia das Zimmer als Dependance ihres immer aus allen Nähten platzenden Ankleidezimmers benutzt. Lubert war in seinem Haus, aber nicht länger der Hausherr, und die Hausherrin war fort, nie wieder würde er ihren Duft einatmen und sie liebkosen. Oder doch – er konnte ihren Duft noch wahrnehmen oder zumindest die Erinnerung an den Sommer damals mit ihr. Die Daunendecke mit dem Seidenbezug, unter der er jetzt lag, hatte einmal zu jenem Sylter Sommerhaus gehört, bevor die Häuser auf der Insel von der Luftwaffe einkassiert wurden, die dort ihre Basis für Wasserflugzeuge errichtete. Die Decke roch immer noch nach Meer, und mit dem Geruch waren die lebhaften Bilder aufgestiegen.

Lubert zog die Decke bis zur Nase, sog den Geruch ein und wurde wieder zu dem Tag zurückversetzt, als er mit seiner Verlobten die Treppe herunterkam zu dem Festessen, das seine Schwestern zubereitet hatten. Claudia war hochrot im Gesicht; ihr Duft an seinen Fingern – Kräuter und Salzfisch – mischte sich mit der Bouillabaisse, und als er verstohlen an seinen Händen roch, um sich Claudias Leidenschaft zurückzurufen, lächelte sie ihm über den Tisch hinweg zu. Während Lubert sich der Erinnerung überließ, stieg der Geruch seiner Erregung unter der Bettdecke hoch und lud ihn ein, die Szene noch einmal nachzuspielen.

Er empfand danach keinerlei Skrupel, sondern nur ein leicht kränkendes Gefühl, dass das alles war, was ihm blieb: Erinnerungen, aufbereitet und neu gemischt für eine rasche, mechanische Befriedigung. Er setzte sich auf und spürte die lauwarme Samenpfütze auf seinem Bauch schon erkalten. Verschwendet. Ohne Sinn und Zweck. Über diese Hinterlassenschaft des Kriegs dachte Lubert mehr nach als über die Ruinen, die materielle Zerstörung oder die Schrecklichkeiten: über den Abbruch und die Neuordnung von Beziehungen, die einmal unzerstörbar schienen. Millionen Liebende hatten die Liebe ihres Lebens verloren und mussten von vorne anfangen. Für manche – die unglücklich Verheirateten und alle, die nicht zusammenpassten – war dieser Bruch natürlich eine Chance. Die Scherze seiner Fabrikkollegen verrieten, dass der Männermangel eine gute Sache für sie war. Es gab einfach mehr Frauen, unter denen man wählen konnte, und mehr Frauen, die selbst auf der Suche waren – eine neue Variante von Angebot und Nachfrage. Aber Lubert wollte weder wählen noch gewählt werden; die Frau, die er ebenso gewählt hatte wie sie ihn, war, auch wenn es sie nicht mehr gab, für ihn immer noch präsenter als jeder Gedanke an eine künftige Beziehung.

Er wischte sich die Hand an seinem Nachthemd ab, stieg aus dem Bett und zog den Vorhang ganz zu. Im Raum standen noch überall Dinge herum, die er in der unerwarteten Frist, die ihm der Colonel eingeräumt hatte, hastig aus seinem Arbeitszimmer und dem ehelichen Schlafzimmer nach oben getragen hatte. Es waren die Dinge, die er, wie schon oft überlegt, beim Ausbruch eines Feuers als Erstes retten würde: sein Architektenreißbrett und seine Arbeitsutensilien; die gepressten Blumen von seiner Hochzeit und zwei der wertvollsten, meistgeliebten Kunstwerke im Haus: Légers Selbstporträt und ein weiblicher Akt von Julius Schnorr von Carolsfeld. Als Lubert seinen Besitz so dezimieren musste, erlebte er statt Schmerz über den Verlust das unerwartete Hochgefühl, fast nackt zu sein, so unbeschwert, dass er überallhin gehen konnte.

Am Fenster spähte er auf den beleuchteten Rasen hinaus. Der Viertelmond zeigte sich am kalten, klaren Purpurhimmel, aber das Licht, das in den Garten hinausfiel, kam aus dem Schlafzimmer – seinem ehemaligen Schlafzimmer –, wo der freundliche, redliche britische Offizier und seine hübsche, aber innerlich brodelnde Frau sich nach einer langen Trennung zweifellos wieder annäherten. Lubert versuchte nicht daran zu denken, aber wenn er diese Gedanken unterdrückte, sprang ihm die Szene nur noch deutlicher vor Augen: Sie waren in seinem Bett; vielleicht ließen sie das Licht an, um besser zu sehen, was sie verpasst hatten; vielleicht redeten sie stundenlang, bevor sie sich liebten, oder sie liebten sich erst, redeten und liebten sich wieder. Lagen sie, wie es ihm und Claudia immer am liebsten war, ohne Decke auf dem Bett, oder waren sie leise, verstohlene Liebende, die sich unter dem Leinen verbargen?

Das Licht unten im Schlafzimmer erlosch, der Balkon, der Garten und die Bäume flossen zu einem einzigen Schwarz zusammen, über dem sich die Sterne am Himmel verdichteten. Die neuen Besatzer seines alten Betts mussten die Rituale der Wiedervereinigung abgeschlossen haben. Und damit schlüpfte Lubert wieder unter die salzduftende Decke seines Einzelbetts.

Rachael saß an ihrem neuen Frisiertisch in ihrem neuen Schlafzimmer und bürstete sich die Haare. Sie stellte sich vor, wie direkt über ihr, in der Dachwohnung, Herr Lubert sich auf die Nacht vorbereitete und über *diese Frau* lachte, die so unhöflich war und außerdem den Maler eines der Bilder, auf das er im Billardzimmer besonders hingewiesen hatte, nicht kannte – wer war das? Léger? Von dem hatte sie noch nie gehört.

Sie wollte von ihrem nierenförmigen Frisierhocker gar nicht mehr aufstehen. Wenn ihr der Mann von oben mit Herablassung begegnete, so spürte sie von dem Mann hinter sich Beifall – und Erwartung. Im schräg gestellten Seitenflügel des Spiegels sah sie, wie Lewis im Pyjama auf dem hohen, schmalen Bett saß und sie beobachtete, halb gereizt, halb erregt. Unfreundlichkeit jeder Art war Lewis zuwider; dass er noch nichts zu ihr gesagt hatte, lag vielleicht daran, dass er auf »einen Moment« mit ihr hoffte. Rachael hielt im Bürsten inne, sie wollte nicht die falschen Signale aussenden. Der erwartete Moment ihrer körperlichen Vereinigung war gekommen, aber sie war zur Hingabe nicht bereit.

»Magst du das Haus nicht?«, fragte Lewis. Das war behutsam formuliert, aber für seine Verhältnisse fast eine Konfrontation.

»Es wäre mir lieber, der Besitzer würde nicht darin wohnen.«

Rachael sah Lewis nach seinem Zigarettenetui greifen, eine Zigarette herausnehmen und anzünden. Ein Kampfreflex: sich mit Munition für die Schlacht versorgen. Schwieriges Gelände musste durchquert werden: Licht aufflammen lassen.

»Du hättest ein bisschen freundlicher zu ihm sein können«, sagte er. Durchaus berechtigt – sie war unfreundlich gewesen. Aber Rachael brauchte kein rotes Tuch, um auf Lewis loszugehen. Ihr Lachen kam hysterischer heraus, als sie sich fühlte, ihre Worte jedoch wählte sie sehr bewusst. Ein Streit würde den Sex auf ein anderes Mal hinausschieben.

»Was? So tun, als wäre alles Friede, Freude, Eierkuchen? Als wären wir auf derselben Seite?«

»Das sind wir auch. Auf derselben Seite«, sagte Lewis.

Rachael stand auf, zog das Nachthemd, das ihre Brüste modellierte, vom Körper weg und ging zu dem schmalen Bett hinüber. Sie klopfte die Kissen so zurecht, dass sie aufrecht sitzen konnte. Ihr Buch – Agatha Christies *Der Tod wartet* – lag schon auf dem Nachttisch, ihr Fluchthelfer, falls Lewis hartnäckig bliebe.

Vielleicht weil er spürte, wie ihm die Gelegenheit entglitt, fragte er nun tatsächlich: »Werden wir … einen Moment miteinander haben?«

»Muss das sein? Jetzt?«

»Muss nicht sein.«

»Es wäre für mich ein bisschen seltsam. Mit denen da über uns. Und die letzten drei Tage waren sehr lang.«

»Schon gut. Du bist müde. Ich verstehe.«

Wenn er sie einfach ohne zu reden genommen hätte, sie überrascht hätte, dann hätte sie vielleicht mitgemacht; vielleicht wäre es gewesen wie früher.

Sie griff zu ihrem Buch.

»Hast du wirklich jeden Tag geweint?«

Rachael verspannte sich. Er wollte reden.

»Hätte Edmund das bloß nicht gesagt … Ich könnte ihn … sonst was.«

»Aber … hast du?«

»Mayfield meint, meine Nerven sind immer noch recht schwach.«

»Was ist mit Pring? Hast du dich mit ihm unterhalten?«

»Ich gehe nicht mehr in die Kirche.«

Das zuzugeben tat gut, war eigenartig befriedigend. Aber sie lieferte keine weitere Erklärung. Lewis, der wenig unter »Angst« litt (das neue Wort, das Mayfield jetzt im Munde führte), hatte die Frage in einem praktischen Sinn gemeint. In Wirklichkeit wollte er wissen: Warst du auch unter Leuten, oder hast du dich abgekapselt? Er würde aus ihrer Antwort keinesfalls schließen, dass es keinen Gott für sie gab, weil ER eine verirrte Bombe nicht an genau diesem Ort hätte landen lassen, genau in dem Moment, als Michael die Treppe herunterkam, weil sie ihn gerufen hatte.

Rachael spürte Druck hinter den Schleusentoren. Sie hatte ihn mehrere Tage zurückgehalten, aber nun war er da.

»Für dich ist es nicht so schlimm«, sagte sie. »Du warst nicht dabei. Du hast anscheinend nicht dieselben Gefühle wie ich.«

»Ich hatte nicht viel Zeit für Gefühle«, sagte Lewis. Eine ehrliche, aber unzulängliche Antwort.

»Aber warum empfindest du nicht auch so?« Sie ersparte ihm den Erklärungsversuch. »Schon gut. Du hast deine Arbeit. Du musst ein Land wiederaufbauen ...« Und damit sprengte die verdammte Flut alle Tore. »... Das Land, das mir meinen ... wunderbaren Sohn genommen hat!«

Bei der Erinnerung an Michael schluchzte sie ganz ähnlich wie früher als kleines Mädchen: Das Schluchzen erfasste ihr ganzes Zwerchfell und zwang sie, stoßweise nach Luft zu ringen. Lewis legte ihr die Hand auf den Rücken und streichelte sie, hatte aber keinen Zugang zur Kammer, in der ihr Schmerz verschlossen war.

»Und jetzt zwingst du mich dazu, mit diesen Leuten zu leben.«

»Alle hier – alle in diesem Haus – haben Verluste erlitten.«

»Das ist mir egal. Und wenn jeder auf der Welt einen Sohn

verloren hätte, wäre es mir auch egal. Der Schmerz bleibt derselbe. Ich wurde überhaupt nicht gefragt…«

»Keiner von uns wurde gefragt. Aber wir müssen das Beste aus der Lage machen…«

»Das Beste. Immer das Beste! Du machst dir anscheinend mehr Gedanken um die Bedürfnisse unserer Feinde.«

»Rach. Bitte. Sie sind nicht mehr unsere Feinde. Sie liegen vernichtet am Boden. Alles muss wiederaufgebaut werden.«

Rachael schlug sich gegen ihr Brustbein und schwieg, um zwischen den Schluchzern wieder zu Atem zu kommen.

»Kannst du auch das wiederaufbauen?«, fragte sie ihn. Halb wünschte sie sich, er wäre dieser Herausforderung gewachsen, halb hoffte sie, er würde sie einfach in Ruhe lassen, sie ihrer Gebrochenheit überlassen, die irgendwo auch tröstlich und bequem war.

4

Frieda beendete ihre Morgengymnastik mit dem Medizinball und zog sich für die Schule an. Sie hatte keine Schuluniform (seit der KATASTROPHE hatte wenig Unterricht stattgefunden) und entschied sich für ihren BDM-Paraderock, eine weiße Bluse und Turnschuhe – eine kleine Provokation der Behörden und eine Kampfansage an ihren Vater, der sie aufgefordert hatte, die Kleider des alten Regimes auszusortieren. Der demütigende Rückzug in das Dachgeschoss des Hauses spornte sie nur noch mehr zum Widerstand gegen ihren Vater an. Er ermunterte sie dazu, ihr neues Zimmer ein bisschen gemütlicher zu machen, fand, es sehe »ein wenig spartanisch« aus, und schlug vor, dass sie ein paar Bilder aufhängte und das Schaukelpferd aus ihrem alten Zimmer hochholte, aber ihr gefiel es so. Sie stellte sich gern vor, sie sei ein Spartanerkind, ausgestoßen aus dem komfortablen Zuhause der Familie in die Trümmer eines zerstörten Lands, wo sie lernen musste zu überleben. Die einzige Dekoration, die sie sich zugestand, war ein gerahmtes Mustertuch, das ihre Mutter gestickt hatte. Darauf waren drei Figuren zu sehen, ein Mann mit einer Architekten-Reißschiene in der Hand, eine Frau mit einem Blumenstrauß und ein Mädchen, das die Frau an der Hand fasste. Sie standen vor einem Haus am Fluss, am Horizont fuhr ein rotes Segelboot vorbei. Ihre Mutter hatte ihr die Stickerei zum elften Geburtstag geschenkt. Das war im Juli 1942 gewesen, an dem Tag, an dem die ersten britischen Bomben auf Hamburg fielen, und ein Jahr vor dem Feuersturm.

Wenigstens war der Umzug nach oben eine Chance gewesen, die alten Spielsachen loszuwerden, vor allem diese englischen Bücher, die ihr Vater ihr während der Luftangriffe immer unbedingt vorlesen wollte: *Alice im Wunderland*, *Der glückliche Prinz* von Oscar Wilde, *Robinson Cruso*e. Damit wollte er sie vom Dröhnen der Bomber und dem *Tak-tak-tak* der zurückfeuernden Heimatflak ablenken. »Die Fantasie ist unsere Waffe, mit der wir uns verteidigen«, sagte er gern. Aber die Geschichten konnten ihre Mutter nicht zurückbringen.

Frieda legte den Medizinball in die Mitte des Gymnastikreifens und hockte sich über den Nachttopf. Als sie fertig war, hob sie ihn hoch und trug ihn aus ihrem Zimmer. Sie ging in die »Britische Zone« hinunter, zu ihrem alten Zimmer, wo ihr anvisiertes Ziel mit ihrem Puppenhaus spielte. Sie sah Edmund durch die offene Tür zu, wie er im Dachgeschoss eine Szene mit einer weiblichen und männlichen Puppe aufführte, und obwohl sie den Dialog nicht ganz verstand, war aus der Anordnung der Puppen klar, wen sie darstellten.

»Der kleine Junge spielt mit Püppchen«, sagte Frieda auf Englisch und lachte ihn aus.

Edmund blickte auf und sah Frieda mit dem Nachttopf in der Tür stehen. Er fragte sich, ob sie wohl einen interkulturellen Austausch anbahnen wollte.

»Hallo«, sagte er und probierte dann seinen eben erlernten Gruß aus: »*Guten Tag, Fräulein Lubert.*«

Frieda streckte ihm den Nachttopf entgegen, als wollte sie sagen: »Für dich«, und stellte ihn mitten im Zimmer auf den Boden. Dann trat sie mit einem eigenartigen Lächeln den Rückzug an, schloss die Tür hinter sich und hinterließ zu Füßen dieses glücklichen Prinzen ihr heißes, goldenes Geschenk.

Auf dem Weg zur Schule kam Frieda an mehreren, mit Kitteln und Kopftüchern dick vermummten Frauen vorbei, die in Richtung Stadt liefen, wo sie für einen Teller Suppe, einen Laib Brot und, wenn sie Glück hatten, ein paar Lebensmittelmarken Berge von Schutt durchsehen und wiederverwertbare Mauerbrocken und Ziegel zu Haufen sortieren würden. Viele hatten Schaufeln dabei, ein paar machten Scherze, froh, dass sie Arbeit hatten. Frieda wäre viel lieber mit ihnen gegangen. Seit dem Sommer 1943, als die britischen Bomber fast jede Schule in der Stadt zerstörten, hatte sie keinen regelmäßigen Unterricht mehr gehabt. Aber jetzt hatten die Briten das alte Rathaus wiedereröffnet und einen großen Raum mit Sperrholzplatten in »Klassenzimmer« unterteilt. Der Bezirk quoll über von Flüchtlingen, deshalb gab es für den vorhandenen Raum zu viele Kinder, sodass ein großer Teil von ihnen auf dem kalten Boden hocken musste. Trotz dieser Schwierigkeiten und der mangelnden Grundausstattung – es fehlte an Stiften, Papier und Lehrbüchern – stand für die Briten die Schulbildung deutscher Kinder ganz oben auf der Prioritätenliste. Sie waren regelrecht besessen davon. Nach dem Entlausen der Köpfe musste auch das Denken entlaust werden: Den Kindern wurde beigebracht, dass der Führer (den die Briten respektlos beim Vornamen nannten) und der Nationalsozialismus Übel waren, die es mit Stumpf und Stiel auszurotten galt. Die Lehrer redeten von Demokratie, stellten Fragen, um herauszufinden, was die Kinder wussten und nicht wussten, und staunten über ihre Ignoranz. Friedas Lehrer Mr. Groves bemühte sich zwar, freundlich zu sein, nannte alle beim Vornamen und saß lieber mitten in der Klasse, als vorn zu stehen, doch Frieda fand den Unterricht demütigend. Sie hatte beschlossen, auf keine der gestellten Fragen zu antworten, selbst wenn sie die Antwort wusste.

Als sie sich dem Rathaus näherte, sah sie, dass die Tore verschlossen waren und sich mehrere Kinder vor einer Bekanntmachung versammelt hatten, die an der Backsteinmauer angeschlagen war. Auf Deutsch wurde verkündet: »Schule auf Befehl der Militärregierung geschlossen.« Einige englische Militärpolizisten standen herum, und neben den Geländern parkten drei Armeelastwagen mit Planenverdeck. Ein Captain wandte sich auf Deutsch an die Kinder:

»Wer unter dreizehn ist, kann nach Hause gehen; wer über dreizehn ist und kräftig genug, kann beim Trümmerräumen helfen. Ihr werdet für eure Arbeit mit Lebensmittelmarken bezahlt, bekommt eine Mahlzeit und werdet hierher zurückgebracht, bevor es dunkel ist.«

Da brach Jubel aus, und alle Kinder, die mindestens dreizehn waren – und viele, die es eindeutig noch nicht waren – drängten zu den Lastern, die zu den Ruinen fuhren. Die Aussicht auf eine Mahlzeit heute und vielleicht auch morgen war unwiderstehlich. Obwohl Frieda ein relativ herzhaftes Frühstück verzehrt hatte und auch bei ihrer Rückkehr wieder etwas zu essen bekommen würde, war sie lieber draußen als zu Hause. Sie folgte der hungrigen Herde und kletterte auf die Ladefläche eines der Laster. Der Junge neben ihr war etwa vierzehn und schon ein erfahrener Trümmerräumer. Während sie unter Gerüttel und Geholper zum westlichen Vorort Altona gekarrt wurden, prahlte er mit seinen Taten:

»Es ist nicht schlecht, weißt du. Ich habe eine Halskette gefunden und gegen ein Huhn eingetauscht. Und die geben dir ein gutes Essen. Auf meiner letzten Schicht gab es Brot und Suppe mit Wurststücken.«

»War es echte Wurst?«, fragte ein anderer Junge. »Meistens ist es Hundefleisch. Oder Schlimmeres.«

»Echte Wurst!«, bekräftigte der Junge. »Bierwurst, Bratwurst, Rinderwurst, Jagdwurst, Grützwurst, Pinkel, Landjäger …« Er betete ihnen die vollständige Wurstlitanei langsam, ehrfürchtig und sehnsüchtig vor, ließ eine ganze Metzgerei erstehen, und die Kinder rissen die Augen in Erwartung des Festmahls noch weiter auf.

Zwanzig Minuten später sprangen sie unter der Plane hervor auf das Ruinenfeld von Altona. Hier waren die Häuser so plattgemacht, dass man bis nach St. Pauli hinübersehen konnte, zu den alten, wie durch ein Wunder intakt gebliebenen Lagerhäusern und Fleeten der Speicherstadt auf den alten Halbinseln Kehrwieder und Wandrahm. Eine Armee von Frauen stand bereits zu einer Menschenkette aufgereiht, in der Schuttbrocken weitergereicht wurden, und manche der Räumerinnen freuten sich gar nicht über den Anblick der Kinder, die helfen kamen: »Schaut die kleinen Ratten an, kommen unsere Rationen klauen.«

Frieda nahm ihren Platz in der Kette ein. Ihr Nachbar, der die Backsteine an sie weitergab, war ein vielleicht siebzehnjähriger junger Mann, der über die allgemeine Aufregung erhaben schien. Er strahlte eine gelangweilte Energie aus und arbeitete mit müheloser Kraft; mit der blauen Jacke, an der kein Knopf fehlte, war er gut gekleidet. Während er ihr die Brocken reichte, sang sie geistesabwesend ein Lied, das sie oft beim BDM gesungen hatte:

Wir werden weiter marschieren
Wenn alles in Scherben fällt,
Denn heute, da hört uns Deutschland
Und morgen die ganze Welt.

Und liegt vom Kampfe in Trümmern
Die ganze Welt zuhauf,
Das soll uns den Teufel kümmern,
Wir bauen sie wieder auf.

Als sie zur dritten Strophe kam, spürte sie seine warme Hand auf dem Handgelenk.

»Vorsicht, junge Dame!«, unterbrach er sie, den Blick auf die britischen Wachtposten gerichtet. »Manche könnten das Lied erkennen.«

»Ist mir doch egal«, erwiderte sie dem gut aussehenden Mann mit den vielen Knöpfen. Und empfand dabei ein befreiendes Machtgefühl.

Er sah sie abschätzend an. »Du bist nicht zu jung, um erschossen zu werden, weißt du. Wie alt bist du denn?«

»Sechzehn«, log sie.

Nur ein paar Meter weiter standen zwei einfache Soldaten, die witzelnd und rauchend die Arbeit oberflächlich überwachten.

»Die sind so blöd«, sagte sie. »Führen sich auf, als ob ihnen das Land gehört.«

Er lachte. »Wir machen die Arbeit. Die stehen rum und machen ihre Späßchen. Was folgt daraus? Die Blöden sind wir.«

Frieda wurde rot, fühlte sich bei einer Dummheit ertappt. Sie hielt den Mund und arbeitete weiter. Die Nähe des jungen Mannes war angenehm. Sie sog seinen rauchig-würzigen Schweißgeruch ein und bewunderte seine glatten, sehnigen Unterarme. Jedes Mal, wenn er ihr einen Ziegel weiterreichte, fiel ihr Blick kurz auf eine Narbe an der Innenseite seines Arms, die die Form einer Doppelacht hatte. Vielleicht war es auch ein Leberfleck. Als er ihren Blick bemerkte, hielt er inne und krempelte den Ärmel darüber.

Da blaffte einer der Soldaten: »He, Blondie!« Frieda fuhr bei dem plötzlichen Anschiss zusammen. »Beweg dich. *Schneller!*«

Der junge Mann knöpfte seine Ärmelmanschette zu und nahm die Arbeit wieder auf. Nach kurzer Zeit fing er Friedas zögernden, fragenden Blick auf.

»Ich heiße Albert«, sagte er. »Und du?«

»Frieda.«

»Frieda«, wiederholte er.

Sie hatte ihren Namen nie gemocht, aber aus seinem Mund klang ihr Name neu, irgendwie beeindruckend.

»Der Name gefällt mir. Ein guter deutscher Name«, fuhr er fort. Seine Bewunderung hüllte sie ein wie eine Daunendecke.

»Das ist die Kurzform von Friederike. Und bedeutet … Friedensfürstin«, sagte Frieda.

Da nahm er ihre Hand und schüttelte sie höflich.

»Sehr erfreut«, sagte er. »Eine echte deutsche Frau.«

Weiter oben in der Kette ertönte ein Ruf: »Leiche!« Alle hielten inne und schauten zu der Frau, die gerufen hatte und jetzt einen Schritt von ihrer Entdeckung zurückwich. Andere Frauen traten vor und zogen weitere Ziegel weg, bis ein Skelettarm aus den Ruinen ragte, eine Hand, die sich flehend zur Seite neigte. Die Frauen zerrten die Ziegel nun hastiger weg, wie um in einem Wettrennen gegen die Zeit mögliche Überlebende zu retten; ein paar Sekunden später hatten sie den Rest des Skeletts freigelegt, dann ein zweites, kleineres, das mit gespreizten Beinen darunter lag, in Koitusstellung. Der intime archäologische Fund verschlug den starrenden Frauen die Sprache.

Frieda verließ ihren Platz in der Kette und ging hin, um sich den Fund näher anzusehen. Sie starrte auf die toten Liebenden in ihrer letzten Umklammerung und fühlte sich im Gegensatz zu den anderen, die Abscheu zeigten, auf eigenartige Weise zu ihnen hingezogen.

»Schon gut! Zurück in die Reihe, *los*! Das ist kein Kino hier, verdammt!«

Zwei Briten kamen herüber und scheuchten die Gaffer davon, dann gingen sie selber gucken. Einer von ihnen stellte sich breitbeinig über die kleine Mulde, die zur Grabhöhle des Paars geworden war, und sah hinunter.

»Keine schlechte Art, sich zu verabschieden«, sagte er zu seinem Kumpel. »Ein letzter Fick, bevor die Lichter ausgehen.«

»Die sehen aus, als hätten sie weiter ihren Spaß«, antwortete sein Kamerad, und sie lachten. Zu spät bemerkten sie, dass es immer noch ein Publikum gab, das zu ihnen hersah. »Jetzt aber los, Leute. Zurück an die Arbeit!«

Frieda war wie erstarrt. Ihr Blick haftete an den goldenen Eheringen, die die beiden Toten an den Fingern trugen. Wenigstens waren sie gemeinsam gestorben, gleichzeitig. Nicht wie ihre Eltern. Der Tommy, der mit gespreizten Beinen über dem Loch stand, hatte die Ringe ebenfalls gesehen. Er bückte sich und zog sie ab, brach dabei in der Eile einen Finger ab. Dann hielt er die Ringe hoch, um das Goldgewicht zu prüfen; anschließend händigte er einen Ring seinem Kollegen aus. »Die könnt ihr sowieso nicht mitnehmen«, sagte er zu den Toten und schob den zweiten Ring in seine Tasche. »*Steckt die Knochen in einen Sack!*«, rief er auf Deutsch den Frauen zu.

Frieda kehrte in die Kette auf ihren Platz neben Albert zurück. Ihre Augen schwammen in Tränen. Das lag weniger daran, dass sie Mitleid mit dem toten Paar hatte, sondern mehr an ihrer Verachtung für die Menschen, die für ihr Ende verantwortlich waren, und an der Trauer über den Verlust ihrer eigenen Mutter, deren Leiche nie gefunden worden war.

»Ich muss hier drinnen mehr Licht haben. Ich möchte, dass Sie diese Dinger fortschaffen. Heike? Die Pflanzen?«

Rachael winkte zu dem anstößigen Grün, das eines der Erkerfenster ausfüllte und in ihren Augen nur das Licht wegnahm, nach dem sie sich nach den langen Monaten, die sie in einer düsteren Wohnung mit niedrigen Decken hatte aushalten müssen, so sehnte. Außer in Wintergärten hatte Rachael noch nie so viele Pflanzen in den Wohnräumen eines Hauses gesehen, ihr war nur die allgegenwärtige Aspidistra vertraut. Vielleicht galt es in Deutschland als das Nonplusultra guten Geschmacks, einen Raum mit Gestrüpp zu füllen, aber sie konnte damit nicht leben.

Heike ging zur ersten beanstandeten Pflanze, einer grünen Yuccapalme mit wächsernen, fast plastikartigen Blättern, und bückte sich, um sie hochzuheben. Sie zögerte, sah Rachael noch einmal an und deutete unsicher auf die Tür, um sich doppelt zu vergewissern, ob das auch wirklich die Absicht der Hausherrin war.

»Ja. Stellen Sie sie in ein anderes Zimmer. Danke.« Rachael glich ihr fehlendes Deutsch durch eine überdeutliche englische Aussprache aus; bei *thank you* rutschte ihr ungewollt das *you* besonders schwergewichtig heraus, was das Dienstmädchen anscheinend lustig fand. Als Heike die Pflanze aus dem Zimmer trug, kicherte sie erst und errötete dann wegen ihres Gekichers, wohl eher ein Zeichen von Nervosität als von Aufmüpfigkeit. Doch Rachael ärgerte sich, dass Heike sich über sie amüsierte, als verriete ihre Anordnung eine komische fremde Eigenart.

Rachael war dabei, in ihrem neuen Zuhause ihre ersten Territorialansprüche durchzusetzen; sie brachte sie mit einer klaren Knappheit vor, die Premier Attlee sicher für gut befunden hätte. Selbst wenn ihr Ton wegen sprachlicher Defizite und ihrer Unerfahrenheit im Umgang mit Personal schärfer klang als beabsichtigt, war es wichtig, dass sie sich von Anfang an behauptete und die Grenzen absteckte, mit denen ein Leben unter einem Dach vielleicht möglich war. Aber auch noch so viel Geschirr und Gläser aus Armeebeständen oder umgestellte Möbel konnten etwas an der Tatsache ändern, dass sie im Haus eines anderen wohnte, im Bett eines anderen schlief und sich durch den Raum eines anderen bewegte. Alle ihre Eingriffe – der Abtransport der Pflanzen, die züchtige Verhüllung einer Aktskulptur in der Eingangshalle, der Austausch der Esszimmerstühle gegen die bequemeren Korbstühle aus der Küche – hoben den Charakter des Hauses nur noch stärker hervor. Wenn Rachael durch die Zimmer ging, war ihr, als flüsterten die Wände mit spöttischer Herablassung: *Du gehörst nicht hierher, jetzt nicht und auch in Zukunft nicht.*

Diese Selbstherrlichkeit des Hauses schien sich auf das Personal zu übertragen, das sich zwar beflissen gab, mechanisch nickte und sich verbeugte, Rachael aber – davon war sie überzeugt – als Hochstaplerin betrachtete, als Naive, die zu unverdientem Glück gekommen war. Das spürte Rachael vor allem bei der wortkargen, müden Greta, die der Familie am längsten gedient hatte und sich ihr am stärksten zugehörig fühlte. Der vernichtende, enttäuschte Blick, mit dem sie Rachael ansah, war der Blick einer königlichen Bediensteten, die mehrere Königinnen hatte kommen und gehen sehen, von denen keine der ersten das Wasser reichen konnte. Rachael spürte, dass das Haus immer noch im Bann seiner einstigen Herrin stand, die in den Blicken und der Haltung des Personals nach wie vor machtvoll präsent war. Das Zögern und die Unsicherheit, mit denen die Dienstboten auf Rachaels Anweisungen reagierten, verhüllten kaum ihre wahre Meinung: *Unsere Herrschaft hätte das nie so gemacht.*

Beim ersten Gang durch das Haus hatte Rachael innerlich die Stacheln aufgestellt. Es waren nicht nur die Pflanzen: Die Möbel, die Armaturen, der größte Teil der Inneneinrichtung waren ihr ein Gräuel. Sie wusste, dass sie es in gewisser Weise mit Herausragendem zu tun hatte, konnte aber mit diesem Stil nicht warm werden, geschweige denn ihn sich zu eigen machen. Und während sie die Weite und Proportionen der Räume schätzte, fand sie den Minimalismus der Möbel eher einschüchternd als befreiend. Sie wünschte sich Raum und Licht, wollte es aber gleichzeitig gemütlich und heimelig haben. Wenn sie das Haus beschreiben sollte, würde sie das Wort »modern« benutzen, in einem durchaus abwertenden Sinn. Die Stühle zum Beispiel waren auf ihre nackteste Funktion reduziert, an ihnen war nichts Weiches, Bequemes, Charmantes – sie besaßen nichts von dem, was Rachael bei einem Stuhl für notwendig erachtete. Dasselbe galt für die Sideboards, die Lampen, die Tische. Sie hatten nichts Hübsches, Verspieltes, Behagliches. Alles im Haus schien ihr ein bisschen zu ausgeklügelt, zu klinisch, zu seelenlos. Zu vieles beleidigte das Auge einer Waliserin aus der Mittelschicht, die mit dunklen viktorianischen Möbeln, Kaminfeuern, Klavieren, vernünftig-harmlosen Kupferstichen von Schlössern und botanischen Drucken aufgewachsen war. Nur der Salon mit seinem Bösendorfer aus Ebenholz und der Ottomane kam einem Raum nahe, in dem sie sich wirklich länger aufhalten wollte. Wenn sie diesen seltsamen Sessel in der Ecke fortschaffte, ihn vielleicht durch das schlichte, zweisitzige Kastensofa aus dem Schlafzimmer ersetzte, könnte sie sich ein bisschen heimischer fühlen.

Rachael besah sich den Liegesessel mit dem Lederbezug und dem Chromgestell. War er überhaupt zum Sitzen gedacht? Er sah aus, als könnten darauf schmerzhafte Operationen stattfinden. Vielleicht war es gar kein Sessel, sondern ein »Objekt«. Oder vielleicht beides. Vielleicht war das die Idee dahinter. Ideen hin oder her, der Sessel gefiel ihr nicht.

»Sie sollten ihn ausprobieren.«

Sie drehte sich um und stand vor Herrn Lubert, der unverständlicherweise die marineblaue Montur eines Automechanikers trug und einen großen Schlüsselbund in der Hand hielt. Er sah zerzaust aus, sein ungekämmtes Haar stand nach oben und zur Seite, als hätte er mit feuchten Haaren geschlafen. Lewis kämmte sein Haar stets mit Brillantine zurück und achtete darauf, dass es immer glänzte und tadellos saß, als gehöre es mit zur Uniform. Luberts ungebändigte, jungenhafte Frisur passte eher zu einem Deserteur oder einem Künstler, der mit Gewalt ein Nonkonformist sein wollte.

»Das ist ein Mies van der Rohe. Bauhaus?«

Luberts Erscheinung, seine Aufmachung, seine Haare, seine Ungezwungenheit brachten sie dermaßen aus der Fassung, dass seine Worte nicht zu ihr durchdrangen.

»Der Sessel«, erklärte Lubert. »Es lohnt sich, ihn einmal auszuprobieren. Er gilt als einer der bequemsten Sitzmöbel, die je erfunden wurden.«

»Er sieht aber nicht so aus«, sagte Rachael. »Er sieht aus – wie das Gegenteil.«

Lubert lächelte – ein bisschen zu großspurig, ein bisschen zu vertraulich.

»Oh. Ein interessanter Einwand. Der Sessel wurde von jemandem entworfen, der allen ›unnötigen Zierrat‹ ablehnt – kann man das so nennen?«

Rachael überlegte immer noch, wie sie sich in dieser Situation verhalten solle. Was für ein Auftreten wäre angemessen? Was sollte sie von seiner Antwort halten? Warum trug er einen blauen Overall? Und sein Englisch … Das Englisch des Mannes war so natürlich, dass sie sich immer ins Gedächtnis rufen musste, einen Deutschen vor sich zu haben, mit dem sie auf keinen Fall fraternisieren durfte; alle Kommunikation hatte sich auf das praktisch Notwendige zu beschränken. Lubert monologisierte immer noch.

»Van der Rohe gehörte zur Bauhaus-Schule. Dort wollte man die Dinge vereinfachen«, fuhr er fort. »Sie auf ihre Funktion zurückführen. Das war die Philosophie.«

»Braucht man eine Philosophie, um einen bequemen Stuhl zu bauen?«, fragte Rachael schroff, zu ihrer eigenen Überraschung. Das hätte reichen müssen, um dieses bereits unangenehm lange Gespräch abzuwürgen.

Aber Luberts Gesicht leuchtete auf.

»Das ist es ja gerade! Hinter jedem Artefakt, hinter jedem Objekt steckt eine Philosophie!«

Sie musste diesen Dialog beenden. Er schuf einen unerwünschten Präzedenzfall für künftige Begegnungen. Die klaren Grenzen, die sie anstrebte und auch schon begonnen hatte abzustecken, wurden hier überschritten.

Herr Lubert hielt ihr den Schlüsselring hin.

»Als Herrin des Hauses sollten Sie das hier haben. Die Schlüssel zu jedem Zimmer, mit Beschriftung.«

Rachael nahm die Schlüssel entgegen. »Herrin des Hauses.« Weder fühlte sie sich so, noch glaubte sie, dass sie diese Rolle überzeugend ausfüllen konnte.

»Ich hoffe, Sie haben gut geschlafen, Mrs. Morgan«, fügte er hinzu.

Rachael beschloss, aus dieser unschuldigen Floskel eine unpassende Vertraulichkeit herauszuhören und klare Verhältnisse zu schaffen.

»Herr Lubert, eines möchte ich von Anfang an klarstellen. Ich fühle mich nicht wohl mit diesem Arrangement – dass ich ein Haus mit Ihnen teile. Und ich halte es für richtig und angemessen, dass wir die Kommunikation auf das Notwendige begrenzen. Wir müssen natürlich die Gebote der Höflichkeit beachten, aber ich finde es nicht passend, dass wir … eine Freundlichkeit vorschützen, die … unserer Situation hier nicht … förderlich ist. Wir brauchen klare Demarkationslinien.«

Lubert nickte zu dem kategorischen Abbruch des Gesprächs, schien aber nicht im Mindesten überzeugt und fuhr zu Rachaels großen Erstaunen fort, auf die sorgloseste Art zu lächeln.

»Ich werde mein Bestes tun, um nicht zu freundlich zu sein,

Mrs. Morgan«, sagte er. Damit verbeugte er sich und verließ den Raum.

»*Guten Morgen alle.*«

»Guten Morgen, Herr Gouverneur. Guten Morgen, Herr Oberst.«

»*Es ist… kalt.*« Lewis schlang die Arme um den Oberkörper und schlug sich mit den behandschuhten Händen auf die Arme. Alle stimmten zu. Es war sehr kalt.

Lewis hatte es sich zum Prinzip gemacht, stehen zu bleiben und alle Deutschen zu begrüßen, die an die Tore des Hauptquartiers für den Bezirk Pinneberg gekommen waren, eine beschlagnahmte Bibliothek. Heute hatten sich mehr Leute dort versammelt als sonst. An ihrem kondensierenden Atem konnte man sehen, dass der Winter nahte, und die in der Regel unterwürfige, fügsame Menge wirkte verdrossen. Mit dem bevorstehenden Wechsel der Jahreszeit wurde es dringlich, einen Schlafplatz in einem der Auffanglager zu sichern.

Lewis wünschte den Leuten einen guten Morgen, verbeugte sich vor den Frauen, lächelte den Kindern zu und salutierte vor den Männern. Die Kinder kicherten, die Frauen knicksten, die Männer erwiderten den Salut und winkten mit den Papieren, von denen sie sich ein Bett, ein Dach über dem Kopf erhofften. Durch seine Verbindlichkeit versuchte Lewis den Leuten zu vermitteln, dass alles gut werden und eine gewisse Normalität einkehren würde. Doch der Gestank des Hungers in ihrem Atem, den Major Burnham so brutal benannt hatte und bei dem auch Lewis sich bewusst zusammenreißen musste, um nicht zurückzuprallen – dieser Hungergeruch erinnerte penetrant daran, dass die Briten nach über einem Jahr Besatzung immer noch nicht in der Lage waren, für die grundlegendsten Bedürfnisse der Menschen zu sorgen.

Lewis betrat das Militärgelände und nahm sich vor, den Stacheldraht, der ihre Büros umgab, entfernen zu lassen. Er war nicht sicher, wen oder was dieser Zaun eigentlich draußen halten sollte, aber die Militärregierung dachte anscheinend, sie müsse sich vor allerlei Bestien schützen: vor dem Werwolf, dieser nur in der Fantasie existierenden militanten Widerstandsbewegung gegen die siegreichen Alliierten, vor den verwilderten Kindern, die im Schutt herumstöberten, vor den lüsternen, infizierten deutschen Frauen auf Männerjagd. Dann gingen auch Gerüchte um, dass Tiere aus dem bombardierten Tierpark Hagenbeck ausgebrochen waren und immer noch frei durch die Hamburger Vororte streiften. Doch der hässliche Draht, mit dem die Behörden sich umwickelt hatten, machte höchstens die Briten zu Zootieren und die Einheimischen zu gaffenden Besuchern, die vor den nervösen, exotischen Kreaturen hinter dem Zaun Grimassen schnitten.

Captain Wilkins saß an seinem Schreibtisch und las in einer Broschüre.

»Morgen, Wilkins.«

»Morgen, Sir.«

»Was lesen Sie denn da?«

»*Der Charakter der Deutschen* von Brigadegeneral W. E. von Cutsem. Die Militärregierung drängt darauf, dass wir uns wieder damit vertraut machen. Wir sollen uns unbedingt mit den gefährlichen Elementen im deutschen Wesen auseinandersetzen, bevor wir hier wieder alles zum Laufen bringen. Cutsem hat ganz recht: ›Hass wird vielleicht nicht offen gezeigt, aber er ist vorhanden, schwelt unter der Oberfläche und kann jederzeit wieder in seiner ganzen Grausamkeit und Bitterkeit hervorbrechen. Halten Sie sich stets vor Augen: Dieses Volk weiß nicht, wann es geschlagen ist.‹«

Lewis stand immer noch herum und zögerte, sich hinter seinen Schreibtisch zu setzen. Schreibtischarbeit erschien ihm als eine Art Entmannung. Er sah seinen jungen Adjutanten mit kaum verhohlenem Ärger an.

»Wilkins. Wie lange sind Sie schon hier?«

»Vier Monate sind es jetzt, Sir.«

»Und mit wie vielen Deutschen haben Sie gesprochen?«

»Uns ist eigentlich nicht erlaubt, mit ihnen zu sprechen, Sir.«

»Aber Sie müssen doch ein paar Gespräche mit einigen Deutschen geführt haben. Sie beobachtet haben. Ihnen begegnet sein.«

»Ein oder zwei, Sir.«

»Und was empfinden Sie bei solchen Begegnungen?«

»Sir?«

»Haben Sie Angst? Schlägt Ihnen Hass entgegen? Sehen Sie die Leute an und denken, ein Pistolenschuss, und es kommt zum Aufstand? Ist das ein Volk, das nur auf das Signal wartet, uns zu stürzen?«

»Schwer zu sagen, Sir.«

»Aber versuchen Sie's doch mal. Versuchen Sie, es zu sagen. Haben Sie die Leute an den Toren gesehen? Wenn Sie sich diese Streuner und Straßenkinder anschauen, diese Skelette, diese gelbgesichtigen, stinkenden, heimatlosen Menschen, die sich für Nahrungsmittel und Obdach untertänigst bücken, schleimen und mit den Füßen scharren, denken Sie dann: O Gott, ja, ich muss diese Leute daran erinnern, dass sie besiegt sind?«

Wilkins gab ein Gemurmel von sich, aber Lewis erwartete gar keine Antwort.

»Ich bin noch keinem einzigen Deutschen begegnet, dem es schwerfällt zu glauben, dass er besiegt wurde, Wilkins. Ich glaube, dass die Deutschen diese Tatsache akzeptiert haben, ausnahmslos, und sogar froh und erleichtert darüber sind. Der echte Unterschied zwischen ihnen und uns besteht darin, dass sie nach Strich und Faden verarscht worden sind, und das wissen sie auch. Wir sind diejenigen, die viel zu lange brauchen, um das zu kapieren.«

»Sir.« Wilkins legte die Anstoß erregende Broschüre weg und nahm Papiere in die Hand, die weniger Zündstoff enthielten. Er sah fast gekränkt aus. In der Stimme seines Chefs lag heute eine ungewohnte Schärfe.

Lewis hob sofort die Hand, um sich zu entschuldigen. Er stand hinter jedem Wort, aber das war alles viel zu emotional aus ihm herausgebrochen, mit der Gereiztheit und Enttäuschung, die sich seit Rachaels Ankunft in Hamburg in ihm aufgestaut hatten. Er schlief schlecht. Zwar redete er sich – und Rachael – ein, dies läge daran, dass er sich monatelang hemmungslos in beschlagnahmten Hotelbetten hatte breitmachen können und nun ein Bett teilen musste, aber die Wahrheit war, dass ihre Ankunft nicht die ersehnte Erfüllung brachte. Er hatte gehofft, dass Rachael es genauso energisch mit ihrer neuen Umgebung aufnehmen würde wie damals in ihrer ersten Bleibe, einer finsteren, farblosen Mietwohnung in Shrivenham. Früher hatte sie sich sehr schnell auf veränderte Umstände eingestellt, aber hier wirkte sie völlig antriebslos und fand alles nur abstoßend. Und ihn dazu. Michaels Tod lastete immer noch schwerer auf ihr, als er gedacht hatte. Er hatte die Lage nicht nur falsch eingeschätzt, sondern noch verschlimmert, weil er erst das Falsche gesagt hatte und dann ganz verstummt war. Hier, bei der Arbeit, besaß er Eloquenz, Leidenschaft, Überzeugungskraft. Mit Rachael erlebte er sich als unfähig, wie stranguliert. Und nach zwei Wochen hatten sie immer noch keinen »Moment« miteinander gehabt.

Natürlich war Wilkins nicht schuld daran; er hatte überhaupt nichts damit zu tun.

»Ich schlage Ihnen vor, dass Sie mehr ausgehen, Wilkins.

Machen Sie sich mit den Leuten bekannt. Das ist das beste Gegenmittel gegen dieses theoretische Geschwafel. Es hilft nicht, dass unser Hauptquartier gerade in dieser Gegend liegt; Sie müssen sich die realen Bedingungen ein paar Meilen weiter östlich ansehen. Fraternisieren Sie! Das ist ein Befehl.«

»Sir ...«

Es klopfte, und Captain Barkers rundes, fröhliches Gesicht erschien in der Tür. Er ließ die Szene auf sich wirken, spürte dicke Luft und entschied sich dafür, den Rest seiner Person draußen auf dem Gang zu belassen.

»Sir, die Frauen sind da, die sich bei Ihnen vorstellen wollen.«

»Gut, Barker. Danke. Wie viele sind gekommen?«

»Ich habe die Auswahl auf drei reduziert.«

»Wie haben Sie denn das geschafft?«

»Ich habe die Hübschesten genommen, Sir.«

Lewis erlaubte sich ein Lächeln. Die britische Besatzungszone in Deutschland mochte sich zum Mekka für Leute entwickelt haben, die sonst nirgendwohin passten – überflüssig gewordene Mitarbeiter der indischen Kolonialverwaltung, politische Abenteurer, anderswo gescheiterte Beamte und faule Polizisten –, aber ab und zu fand sich eine echte Perle. Eine solche war Barker; er arbeitete stets hart, bewahrte dabei aber eine leichte Hand; er war weder auf kleinlichen Gewinn aus, noch war er anderswo gescheitert; er hatte gesagt, er sei nach Deutschland gekommen, um etwas zu bewirken, und schien frei von dem oft salbungsvollen Dünkel, mit dem so viele von der neuen jungen Offiziersgeneration hier antraten. Eine solche Redlichkeit funkelte in der Düsternis und gab Lewis die Hoffnung, dass er wirklich auf jemanden bauen konnte.

»Können sie gut Englisch?«

Barker warf einen Blick auf den Gang zurück und deutete mit einer Geste an, dass die Frauen in Hörweite waren.

»Jede spricht fließend«, sagte er. »Um die Sache einzugrenzen, habe ich sie aufgefordert, mir möglichst viele englische Fußballmannschaften zu nennen. Eine kannte sogar Crewe Alexandra.«

»Glauben Sie, dass auch der Nachrichtendienst solche raffinierten Beurteilungskriterien heranzieht?«

»Natürlich nicht, Sir. Der Nachrichtendienst würde sich die Hässlichen herauspicken.«

Crewe Alexandra war die Erste. Lewis erhob sich, als sie hereinkam, und winkte sie zu dem Stuhl auf der anderen Seite seines Schreibtischs. Er schob die Akten beiseite, die ihm die Sicht versperrten. Mit ihrem breitrandigen Hut und dem Samtmantel ähnelte sie einer aristokratischen Suffragette, ein Eindruck, der durch ihre übergroßen Armeestiefel noch verstärkt wurde. Sie hatte ein breites, eckiges Gesicht mit dichten Augenbrauen und ungewöhnlichen Wolfsaugen, mit denen sie Lewis gleichzeitig ansah und durch ihn hindurchblickte. Er hatte das seltsame Gefühl, ihr schon einmal begegnet zu sein, und obwohl das gar nicht sein konnte, errötete er, als verrate dieser Gedanke eine tiefe, unpassende Gefühlsregung. Er sammelte sich und überflog den von Barker hastig getippten Bericht.

»Ursula Paulus. Geboren am 12. März 1918. In Wismar?«

»Ja. Das ist richtig.«

Seit dem Krieg war es viel schwerer geworden, das Alter einer Person zu schätzen. Verlust, Trennung, Entbehrung und eine gnadenlose Mangelernährung hatten jeden altern lassen, vor allem die Frauen. Furchen vertieften einstige Speckgrübchen, Haare wurden grau und dünn, waren ausgerauft oder farb- und kraftlos vom Schock. Lewis sah im Gesicht dieser Frau mehr Lebenserfahrung, mehr Klugheit, mehr Schmerz als bei den meisten Achtundzwanzigjährigen.

»Sie stammen von Rügen?«

»Ja.«

»Wie sind Sie nach Hamburg gekommen?«

»Zu Fuß.« Sie sah auf ihre Stiefel hinunter. »Es tut mir leid. Ich konnte noch keine besseren Schuhe auftreiben.«

»Ich mache meine Entscheidung nicht von einer modischen Erscheinung abhängig, Frau Paulus. Wo haben Sie Englisch gelernt?«

»Ich habe es an einer Grundschule auf der Insel unterrichtet.«

»Wollten Sie nicht auf Rügen bleiben?«

Lewis las in ihrem Kopfschütteln die Antwort: die Russen. Sie sagte: »Die Russen gehen nicht sehr freundlich mit deutschen Frauen um.«

»Das ist eine Untertreibung.«

»Könnte man auch sagen ... ein Euphemismus?«

Lewis nickte. Ganz schön clever, wie die Amerikaner gern sagten.

»Sprechen Sie Russisch?«

»Ein bisschen.«

»Das könnte nützlich sein. Wenn es nach den Sowjets geht, sprechen wir am Ende vielleicht alle Russisch.«

Lewis blätterte wieder in Barkers Aufzeichnungen.

»Sie haben im Krieg in der Marinebasis Klopstock gedient. Was haben Sie dort gemacht?«

»Ich war ... was Sie Stenografin nennen.«

»Was ist mit Ihrem Mann? Hat er Arbeit?«

»Er ist Anfang des Kriegs gestorben.«

»Entschuldigen Sie ... hier steht, Sie sind verheiratet ...«

»Nun, das bin ich auch ... Bis ich wieder heirate.«

Lewis entschuldigte sich mit einer Handbewegung. »Ich verstehe. Ihr verstorbener Mann hat in der Luftwaffe gedient.«

»Ja. Er ist in Frankreich ums Leben gekommen. In den ersten Kriegswochen.«

»Das tut mir leid.« Lewis hob die Hand und wippte ungeduldig mit dem Bein. »Also, Frau Paulus: Für die Stelle als Dolmetscherin bewerben sich Hunderte deutscher Frauen – warum sollte ich mich gerade für Sie entscheiden?«

Ursula lächelte seltsam. »Man will doch nicht frieren.«

Ihre ehrliche Antwort brachte Lewis zum Schmunzeln. Er beugte sich flüchtig über die Akten der anderen, aber selbst das nur pro forma. Er hatte sich entschieden. Er würde ein Vorstellungsgespräch mit den beiden anderen Bewerberinnen führen müssen, aber keine würde etwas an der Entscheidung ändern, die er bereits gefällt hatte. Es drängte ihn, mit seiner Arbeit weiterzukommen, auch war er allergisch gegen das Herumsitzen am Schreibtisch, aber Frau Paulus hatte ihn für sich gewonnen, bevor er überhaupt dazu gekommen war, die Qualität ihrer Englischkenntnisse oder ihre Eignung für die Tätigkeit zu prüfen. Er brauchte Menschen von einer so klaglosen Anmut um sich. Und er wollte mehr über diese Stiefel wissen – woher sie kamen, über welche Straßen sie gelaufen waren, welche Erfahrungen die Frau darin gemacht hatte. Er sah schon vor sich, wie er sie, vielleicht unterwegs im Auto, danach fragte, hörte sie schon die Geschichte erzählen, wie sie von Rügen nach Hamburg gelaufen war, um den Russen zu entkommen. Er griff in einen der frisch gelieferten Kartons mit Fragebögen, zog einen Bogen heraus und händigte ihn ihr aus.

»Es ist Vorschrift, dass Sie den ausfüllen. Ich entschuldige mich im Voraus für die Dummheit einiger Fragen.« Dann nahm er etwas aus seiner Schreibtischschublade: ein Heftchen mit Gutscheinen der britischen Streitkräfte. Er riss zwei heraus und reichte sie ihr.

»Bitte kaufen Sie sich damit neue Schuhe.« Sie nahm die Marken zögernd entgegen, als zweifle sie an seinen Absichten – sollte das ein Test sein?

»Bitte«, ermunterte Lewis sie. »Die Dolmetscherin eines Kommandanten muss entsprechend auftreten.«

Da verlor Ursula ihre Fassung; sie seufzte, als ließe sie einen lang angehaltenen Atemzug endlich los, streckte beide Hände über den Schreibtisch und umklammerte Lewis' Hand. Sie dankte ihm überschwänglich auf Deutsch, besann sich dann und dankte auf Englisch.

»Danke, Colonel. Danke.«

Tommy, Ami, Iwan, Franzos.
Tommy, Ami, Iwan, Franzos.
Stinken, klauen wie die Raben,
klauen alles, was wir haben,
Tommy, Ami, Iwan, Franzos.
Tommy, Ami, Iwan, Franzos.

Die kleinen Wilden begannen das Spottlied leise und wurden immer lauter, bis schließlich der »Franzos« fast herausgespien wurde. Sie sangen das Lied weniger als Ausdruck von Renitenz, sondern um sich von der beißenden Kälte abzulenken. Diesmal versiegte der Gesang schon nach zwei Runden.

Osi saß auf seinem Koffer und warf ein Gesangbuch in das Lagerfeuer. Während die Flammen von Grün über Blau zu Orange changierten, rückten die Wilden näher an das Feuer im Bombenkrater heran, um seine schwache Wärme zu spüren. Osi dachte nach, was er sagen sollte. Sie hatten die Nase voll vom ständigen Umziehen, Umziehen, Umziehen, aber genau das würden sie wieder tun müssen.

Die aufgelassene Kirche war ihr Zuhause, seit sie den Tierpark Hagenbeck verlassen hatten, wo sie drei Monate unentdeckt in der Höhle unter den künstlichen Klippen des Affenfelsens gelebt hatten. Gottes kaputte Häuser waren sichere Orte, um sich zu verkriechen, hatten aber auch ihre Grenzen. Die Christuskirche hatte vom Einschlag einer Bombe im Dach ein Loch und im Altarraum eine Grube so groß wie ein Auto. Diese Riesenpocke bot sich von selbst als Feuerstelle an, und sie hatten dort verschwenderisch die Kirchenbänke aus Hartholz verfeuert und seit dem Kälteeinbruch auch Bücher verbrannt, als Erstes die heiligen Texte ringsum. Bücher waren zum Anzünden gut, aber schlechtes Brennmaterial, sie loderten schnell und hell, gaben aber kaum Wärme ab. Dietmar hatte in einem Schubkarren Walter Scotts gesammelte Werke angeschleppt, die er in der alten Universitätsbibliothek gefunden hatte, aber mit denen waren sie in wenigen Stunden durch. Eine Million Wörter, die fünf Kinder kaum eine Nacht warm hielten! Jetzt gab es nichts mehr zu verbrennen. Osi sah zu, wie die letzten Seiten Gotteslob in schwarze Flocken zerfielen und in das Gewölbe hinaufwehten. Da befand er, dass der Moment gekommen war. Er klatschte in die Hände.

»Hört mal. Morgen werden wir die Elbchaussee langlaufen. Da am Fluss sind Häuser, wo die hohen Tommy-Tiere wohnen. Der Tommy reißt sich alle schönen Häuser unter den Nagel, quartiert sich aber nicht in alle ein. Manchmal stellt er das Schild ›beschlagnahmt‹ vors Haus, aber es bleibt leer, bis die Familie aus England kommt. Und manchmal kommt sie auch gar nicht, und das Haus bleibt weiter leer, und die vergessen, dass keiner drin ist. Berti hat so ein Haus gefunden, in das wir bald einziehen können.«

»Mir gefällt's hier, im Haus von Gott«, entgegnete Otto. »Hier sind wir sicher. Und niemand sagt uns, was wir tun sollen.«

Osi blieb beharrlich. »Wir können hier nicht mehr bleiben. Du schlotterst so furchtbar, dass ich nicht schlafen kann. Wir suchen uns das Haus von einem fetten Bankier mit Sesseln und

Betten und goldenen Wasserhähnen. Da haben wir alle unser eigenes Bad. Und die Badewannen sind so groß, dass uns das Wasser bis über die Knie geht. Nicht wie in Hammerbrook, wo wir den alten Langermaid nebenan gehört haben, wie er in seiner Wanne furzt. Wenn wir ein Haus gefunden haben, werden wir die ganzen Flüchtlinge aus Polen und Ostpreußen in die DP-Lager einschmuggeln. Diese Armleuchter sind so verzweifelt, dass sie zu allem bereit sind. Die brauchen Papiere, Arbeit und was zu essen. Mit denen können wir prima handeln. Bald sind wir dann Millionäre und kaufen uns unsere eigene Villa am Fluss.«

»Aber wenn wir kein leeres Haus finden?«, fragte Otto.

»Dann holen wir uns eben, was vom Tisch der hohen Tommy-Tiere abfällt.« Osi sog ungeduldig Luft ein. »Ernst? Bist du dabei?«

Ernst nickte.

»Siegfried?«

Siegfried hob die Hand.

»Und du, Dietmar?«

Dietmar hörte nicht zu. Er strich mit den Fingern über die filigrane Steinmetzarbeit eines herabgestürzten, gesprungenen Altaraufsatzes, auf dem in vier Szenen das Leben Jesu dargestellt war: Geburt, Taufe, Kreuzigung, Auferstehung. Er strich über die Figuren aus weißem Granit und versuchte die Geschichte zu entschlüsseln, die der kalte Stein erzählte. Er trug eine aufgeblasene Schwimmweste mit herabbaumelnder Pfeife und Taschenlampe und leuchtete mit der Lampe auf das Werk, um es näher zu untersuchen. Der Granitblock hatte sich beim Einschlag vom Altar gelöst, war auf den Boden gekracht und mittendurch gebrochen. Osi brauchte Dietmars Zustimmung. Obwohl er seit dem Feuersturm nicht mehr ganz richtig im Kopf war und zu wirrem, sich verbohrendem Gefasel neigte, war Dietmar nützlich. Er sah älter aus als der Rest und kannte sich in der Stadt gut aus.

»Diet?«

Dietmar war immer noch in die Betrachtung des religiösen Kunstwerks versunken. »Wer soll das denn sein?«, fragte er und fuhr mit dem Finger über die Gestalt von Jesus.

»Das ist Jesus der Christus«, sagte Otto. »Der Retter der Welt.«

Es folgte ein halb ehrfürchtiges, halb zweifelndes Schweigen.

Dietmar bestrahlte mit seiner schwachen Funzel die Taufszene. »Warum hat er einen Vogel auf dem Kopf?« Er begann, sich in der Hocke hin und her zu wiegen. »Warum ist der Vogel da?«

Dietmar brauchte eine Antwort, und es war wichtig, dass Osi als sein Anführer ihm diese Antwort lieferte. Osi sah die Taube an, die über dem halb untergetauchten Heiland schwebte. Er kombinierte ein paar konfuse Bruchstücke von Geschichten, die seine Mutter ihm erzählt hatte, und versuchte einen Zusammenhang herzustellen.

»Jesus hat mit einer Menge Tiere auf einem Schiff gewohnt. Aber Vögel mochte er besonders gern. Vor allem Spatzen.«

Dietmar war nun zu Jesus am Kreuz gelangt, eine Szene, die ihn sehr aufregte.

»Warum bringen die ihn um?«, fragte Dietmar. »Warum bringen die ihn um?«

»Beruhig dich, Diet! Das ist doch nur eine Figur.«

»Warum bringen die ihn um? Warum?«

»Er war Jude«, sagte Siegfried.

»Er war Jude. Er war Jude«, wiederholte Dietmar und schien einen Moment lang beschwichtigt. »Er war Jude. Er redete mit Tieren. Er hat auf einem Schiff gewohnt.«

»Mein Vater hat mir einen germanischen Namen gegeben,

keinen christlichen«, sagte Siegfried. »Er hat gesagt, die Christen sind Schwächlinge.«

»Sind die Tommys Christen?«, fragte Ernst.

»Tommys glauben an Demockerie. Und an den König von Windsor«, erklärte Osi resolut. Er wollte weiterkommen.

»Wie können wir dem Tommy vertrauen?«, wandte Siegfried ein. »Erst bringt er uns um, dann verteilt er Schokolade.«

»Genug gequatscht!«, sagte Osi, heiser vor Ungeduld. Von dem Rauch und dem Staub, die er beim Feuersturm eingeatmet hatte, hatte er eine Lungenschwäche und eine eigenartige, raspelnde Flüsterstimme davongetragen. Der Tommy hatte sein Haus dem Erdboden gleichgemacht und seine Nachbarn eingeäschert, aber die verglühten Toten, deren Asche er eingeatmet hatte, hatten ihm einen unerwarteten Bonus verschafft: ein raues Krächzen, mit dem er Kinder so erschrecken konnte, dass sie ihm gehorchten, oder Erwachsene so amüsierte oder entsetzte, dass sie ihm etwas schenkten. Er stellte sich auf seinen Koffer.

»Ich weiß besser als ihr alle, wie die englischen Blechengel den großen Feuerball vom Himmel geworfen haben. Ich hab zugesehen, und mir sind dabei fast die Augen übergekocht. Der Film ist in meinem Kopf, den kann ich mir anschauen, ohne im Kintopp dafür zu zahlen. Ich kann sehen, wie ganze Hauswände wegbrechen, mitsamt den Bildern, die noch dranhängen, ich kann ein Klavier durch die Luft fliegen sehen und mit Rums und Pling zerbersten hören, überall flattern Blätter von Büchern rum. Das ist alles hier drin gespeichert. Manchmal kommen die Bilder von selber. Aber ich will sie nicht mehr. Jetzt gibt es andere Filme, zum Beispiel *Heinrich V.* oder *Der Zauberer von Oz*. Und der Tommy ist nicht so schlimm. Ich weiß, dass er mit plumpen, bescheuerten Kisten rumfährt. Aber er hat auch sein Gutes. Wir brauchen nicht mehr ständig Hurra schreien wie früher. Jetzt heißt es nicht mehr alle vier Sekunden Aufstehen,

Hinsetzen, Salutieren. Ihr könnt jetzt sagen, was ihr wollt, ohne dass euch irgendwelche Scheißkerle abknallen oder verpfeifen. Das nennt sich Demockerie. Und der Tommy macht über alles Witze. Sogar über den Führer. Kennt ihr den? Warum hat Hitler Selbstmord begangen? Weil man ihm die Gasrechnung gezeigt hat.«

Ernst lachte laut, aber die anderen sahen sich an. Sogar jetzt noch schien das eine Blasphemie, die zu weit ging.

Osi sprang von seinem Koffer und baute sich auf. »Ich will hier nicht länger rumhängen. Los, wir gehen.«

»Ich will nicht gehen«, sagte Otto. »Ich mag das Haus von Gott.«

»Du kannst natürlich dableiben, Otto, wenn du willst«, sagte Osi. »Aber wir besorgen uns ein Haus mit Bad und so weichen Betten, dass du glaubst, du bist im Himmel. Ich hab genug von den Löchern im Boden. Ich hab genug von Zoos. Und Kirchen. Wir werden bald leben wie bei Kaisers höchstpersönlich.«

Da war Otto drauf und dran, sich von Osis Prophezeiungen mitreißen zu lassen.

Osi sprang auf die letzten Glutreste und stampfte sie aus.

»Wer kommt mit?«

Ernst stand als Erster auf.

Siegfried setzte seinen Hut auf und sagte: »Los, wir gehen und legen uns in so ne beknackte Badewanne.«

Dietmar sah endlich von dem Altaraufsatz hoch und vollendete die neue Liturgie: »Los, wir gehen und legen uns in die Badewanne.«

5

Als der Herbst in den Winter überging, hatte Rachael das Gefühl, die Tage würden nicht nur kürzer, sondern schleppten sich auch immer zäher dahin. Lewis war den ganzen Tag hart am Arbeiten, und das Personal nahm ihr die Pflichten ab, die sie früher selbst erledigt hatte. So gab es für sie wenig zu tun und zu viel Zeit dafür. Als hätte Lewis dies vorausgesehen, hatte er sie ermutigt, wieder Klavier zu spielen. »Es fehlt mir, dich spielen zu hören«, sagte er und fügte hinzu, es würde ihr »guttun«. Er war von ihrem Spiel immer aufrichtig begeistert gewesen und hielt sie in seiner blinden Loyalität für besser, als sie war; in Wirklichkeit aber lag ihm, wie sie sehr wohl wusste, vor allem daran, dass sie ihre Gedanken von »wenig hilfreichen« Dingen abwandte. Und so setzte sie sich jeden Vormittag an den kleinen Konzert-Bösendorfer und spielte, während Edmund von Herrn König unterrichtet wurde, einem Lehrer, den Lewis in einem der Flüchtlingslager ausfindig gemacht hatte.

Sie hätte sich freuen sollen, dass ihr ein so schönes Instrument zur Verfügung stand, aber ganz so einfach war es nicht. Seit Michaels Tod hatte sie kein Klavier mehr angerührt. Ihr älterer Sohn war ein sehr begabter Schüler gewesen, und das Klavierspiel war für sie sehr eng mit ihm verbunden. Er hatte sich immer bei dem alten Norbeck-Klavier herumgedrückt, dessen Kauf Lewis von seinem mageren Unteroffiziersgehalt hatte abstottern müssen. Immer wieder hatte Michael sie gebeten, für ihn Schuberts unheimlichen »Erlkönig« mit der bedrohlich wirkenden, eindringlichen Melodie und dem tragischen Handlungsbogen zu singen, die Geschichte von dem kranken Jungen, der seinen Vater drängte, schneller zu reiten, überzeugt, der Erlkönig verfolge ihn und trachte ihm nach dem Leben.

Sie hatte mit etwas Leichtem begonnen, das sie auswendig konnte – Debussys »La Fille aux Cheveux de Lin«. Sie schaffte es bis zur Mitte, dann brach sie ab. Was darin alles mitschwang, war einfach zu viel. Sie legte die Stirn auf die Deckelkante und bemühte sich, wieder ruhig zu werden. Sie brauchte neue Musik. Wie hatte Lewis am ersten Tag im Hotel Atlantic gesagt? »Dieses Land braucht ein neues Lied.« Sie suchte in der Klavierbank nach Musik, die nicht mit so viel Ballast befrachtet war. In der Bank lagen viele Noten: ein Bach-Präludium (zu vertraut), ein Chopin-Nocturne, das kniffliger war, als es aussah (zu melancholisch), und sogar ihre Lieblingssonate von Beethoven, seine letzte (zu schwierig). Auf allen Notenblättern stand mit Tinte der Name »C. Lubert«. Wenn die vorige Dame des Hauses alles gespielt hatte, worauf sie ihren Namen gesetzt hatte, musste sie mehr als eine Salonpianistin gewesen sein, denn nur jemand mit beachtlichem technischem Können würde diese Stücke zur eigenen Unterhaltung spielen. Rachaels Neugier war geweckt, aber auch ein gewisser Konkurrenzneid; schnell entstand in ihr ein Bild von Claudia Lubert, wie sie am Flügel saß und (selbstverständlich) Beethovens ätherische und komplexe zweiunddreißigste Sonate spielte, in einem Raum voller Zuhörer, die sich Rachael als deutsche Crème de la Crème vorstellte: Bohemiens, Künstler, Dichter und Architekten, dazu ranghohe Militärs. Die Phantomrivalin in diesem idealisierten Bild war natürlich perfekt: Claudia Lubert brillierte mit einem vergeistigten Spiel, ganz beherrschte, austarierte Leidenschaft. Und wie bescheiden sie den begeisterten Applaus entgegennahm! Rachaels Fantasie malte jedes Detail der Szene aus, nur das Gesicht der Heldin fehlte.

Rachael entschied sich für eine kurze Komposition von Schumann mit dem Titel *Warum?*. Sie kannte das Stück nicht, konnte aber gut vom Blatt spielen und lernte rasch. Das klapprige Klavier ihrer Eltern hatte ihr ganz neue Welten weit über den Provinzalltag hinaus eröffnet, Reisen, die nichts kosteten und sie im Handumdrehen in die Ferne versetzten. Rachael hätte das Klavierspiel zu ihrem Beruf machen können, aber die Ehe, die Kinder und der Krieg hatten ihre Entwicklung beschnitten, Rachael beschränkte sich auf Weihnachts- und Geburtstagsfeiern und ab und zu ein bisschen Salongeklimper bei einer Cocktailparty. Dieses Stück sah vielversprechend aus. Es war langsam und duftig, sodass sie leicht hineinfand, und als sie einmal über das reine Erfassen des Notentexts hinaus war, begegnete ihr eine Komposition mit Tiefe in den Pausen und einer großen Sehnsucht in der Melodie. Es war, als hätte sie einen kleinen, aber sehr tiefen See entdeckt und tauchte hinein. Sie spielte das Stück immer wieder, wie eine eifrige Schülerin, die für ein Examen übt, fest entschlossen, das Stück zu meistern, und sich schließlich darin verliert. Zum ersten Mal seit Monaten spürte sie wieder tief im Inneren die Bedeutung der Dinge. Sie hatte im Spiel ein unerwartetes Heilmittel gefunden. Es hatte sie nicht nur von »wenig Hilfreichem« abgelenkt. Sie hatte tatsächlich sich selbst vergessen können.

Eines Nachmittags in der ersten Novemberwoche wollte Rachael noch eine Stunde üben, bevor Lewis nach Hause käme. Als sie sich dem Salon näherte, hörte sie jemanden ihr neues Stück spielen – und zwar schlecht. Sie trat in den Raum und fand Herrn Lubert in seiner blauen Montur über die Tasten gebeugt. Er spielte das Schumann-Stück mit einer angespannten Konzentration, die fehlendes Talent wettmachen sollte. Und vor Anstrengung sah sein gut geschnittenes Gesicht ziemlich dümmlich aus.

»Herr Lubert?«

Er war so bemüht, keinen Fehler zu machen, dass er sie erst gar nicht hörte.

Rachael trat zu dem aufgestellten Deckel, wo er sie nicht übersehen konnte, und wiederholte seinen Namen noch einmal lauter.

»Herr Lubert!«

Lubert schrak überrascht zusammen und hob zur Entschuldigung die Hände, die sich an dem Instrument vergangen hatten. Er stand so abrupt auf, dass die Klavierbank über das Eichenparkett scharrte, und klappte den Tastendeckel zu.

»*Bitte verzeihen Sie mir*, Mrs. Morgan.« Sie hörte ihn zum ersten Mal Deutsch sprechen. »Ich hätte Sie fragen müssen. Ich bitte vielmals um Entschuldigung, Mrs. Morgan.«

Rachael wusste nicht recht, was sie sagen sollte, und in dem kurzen Schweigen, das nun folgte, fuhr sie sich befangen durch die Haare.

»Ich habe früher jeden Tag eine halbe Stunde geübt«, sagte er. »Eine alte Gewohnheit ... schwer abzulegen.«

Darauf wollte sie nicht eingehen, um ihn nicht weiter zu ermutigen. Doch Lubert fuhr schon auf seine vertrauliche Art fort:

»Ich spiele sehr schlecht. Egal, wie viel ich übe. Fürchterlich, ich weiß. Aber es hilft mir ... ich spiele nicht, um besser zu werden. Nur, um zu ... um mich zu erinnern und um zu vergessen. Ich habe gehört, dass Sie sehr gut spielen. Ihr Sohn hat mir erzählt, dass Sie eine ausgezeichnete Pianistin sind.«

Bei den wenigen knappen Wortwechseln, die sie bisher hatten, hatte Rachael gespürt, wie Herr Lubert Haken auswarf und sie mit Fragen ködern wollte. Obwohl sie eigentlich gern geantwortet hätte, zog sie sich auf ihre ursprüngliche Position zurück, hinter ihre ursprüngliche Vereinbarung.

»Ich dachte, wir hätten uns auf gewisse Grenzen geeinigt, Herr Lubert.«

»Ja. Es tut mir leid. Ich wollte auch vorher zu Ihnen kommen und fragen. Aber heute bin ich früher von der Fabrik zurückgekehrt. Es hat einen Protest gegeben. Ich wollte den Tag vergessen, habe mich dann aber selbst vergessen. Es tut mir wirklich leid, Mrs. Morgan.« Dabei kräuselte er die Augenbrauen, seine Miene schwankte zwischen dreist und fragend. Rachael wurde nicht ganz schlau aus ihm.

Er durchbrach ihr zögerliches Schweigen.

»*Morgan* – ich habe mich schon gefragt, ob das in England ein geläufiger Name ist.«

»Es ist ein walisischer Name«, antwortete sie. Sie knabberte an dem Köder.

»Wales …«, sagte er nachdenklich. »Ich habe gehört, das sei ein kleines, aber schönes Land.«

»Groß genug, um bombardiert zu werden.«

Wie lästig es ihr fiel, in dieser Rolle gefangen zu sein – eine der Rollen, in die sie vor anderen Leuten widerstrebend schlüpfte: die »trauernde Mutter«, die »distanzierte Gattin« und jetzt die »barsche Besatzerin«. Für Letztere musste sie sich am meisten anstrengen, und Lubert schien von ihrer Darstellung auch nicht überzeugt, nahm sie gar nicht zur Kenntnis. Mit einem verständnisvollen Nicken wischte er ihren Seitenhieb einfach weg. Sie errötete über ihren patzigen Ausbruch, den er mit solcher Eleganz parierte.

»Ich werde mit Colonel Morgan besprechen, wie Sie den Flügel nutzen können«, sagte sie einigermaßen versöhnlich.

»Danke, Mrs. Morgan … ich wäre Ihnen sehr verbunden.« Sein Lächeln wirkte aufrichtig dankbar.

»Ich sehe, dass Ihre Frau gespielt hat?«, fragte Rachael und deutete auf den Namenszug oben auf den Noten.

»Claudia hatte viele Talente ... Sie ...« Lubert brach ab. Dass sie seine Frau erwähnt hatte, brachte ihn ins Stolpern. Seine Fassade bröckelte, die kecke Arroganz verflog. »Aber sie war völlig unmusikalisch. Die Pianistin war meine Mutter.«

Rachael war über diese Nachricht erleichtert, die ihr Fantasiebild von Luberts in jeder Hinsicht brillanter Frau zerstörte. Aber ihre Neugier blieb unbefriedigt. Der Ausdruck in seinen Augen, wenn er von ihr sprach, das Zögern zwischen den Worten ...

»Ich habe mich gefragt, was der Titel des Stücks bedeutet: *Wa-rum*. Das heißt wohl: weshalb, wieso?«

Sowohl die Frage selbst als auch Rachaels Aussprache des deutschen Worts waren ein Zugeständnis. Bisher hatte sie sich der korrekten Aussprache des deutschen *W* stur widersetzt.

»So ganz genau entspricht das Deutsche dem Englischen nicht. Im Titel des Stücks schwingt auch mit: ›Warum ist das geschehen? Was hat das für einen Sinn?‹ Ungefähr in diese Richtung geht es, glaube ich.«

»Es ist ... wunderschön.«

»Es ist ... himmlisch.«

Rachael nickte zustimmend. Das Stück war tatsächlich himmlisch. Irgendwie das Höchste an musikalischer Vollendung. Aber wie ein Reisender, der plötzlich merkt, dass er zu weit auf eine nicht in der Karte verzeichnete Straße abgeirrt ist, blickte Rachael auf ihren inneren Kompass und trat den Rückzug an.

»Ich spreche mit Colonel Morgan«, sagte sie. Und mit einer leichten Neigung des Kopfes verließ sie den Raum.

Edmund strich mit der Hand über die Buchrücken in der Bibliothek, ganze Welten unter den Fingerspitzen. Er suchte nicht nach einem Buch, das er lesen könnte – im Moment reichte ihm die Berührung –, sondern lotete nur seine neue Spielwiese aus.

Mit den geräumigen, geheimnisvollen Zimmern, den Science-Fiction-Möbeln und den unberechenbaren Begegnungen versorgte ihn das Haus mit allen Geschichten und Abenteuern, die er brauchte. Es war weniger ein Wohnhaus als ein lebendiges, reales Bühnenbild für ein Drama, in dem er die Hauptrolle spielte. Während seine Mutter leisetrat wie eine nervöse Zweitbesetzung, ging Edmund mit seinem Handlanger Cuthbert von Raum zu Raum wie der Protagonist eines Kriminalromans, dessen Bestimmung es war, das Rätsel zu lösen.

Frieda war auf dieser Bühne seine offensichtliche Gegenspielerin. Ihr Verhalten stieß ihn nicht ab, sondern erhöhte nur ihren Reiz. Nach dem Bild der allerersten Begegnung auf der Treppe, dem flüchtigen Blick auf etwas, was er nicht begriff, aber wovon er mehr sehen wollte, zog es ihn immer wieder voller Hoffnung zum Aufgang, der zu den Luberts führte. Das Geschenk des vollen Nachttopfs erschien ihm als Warnung, aber auch als Einladung. Er hätte sich davor ekeln sollen, hätte auf Gefahren aufmerksam werden sollen (er fragte sich, ob er seinen Eltern davon berichten sollte). Aber er wusste, dass ihn dieses Geschenk an einen spannenden Ort führen würde wie eine wacklige Brücke über eine Schlucht, hinter der das Dickicht eines exotischen Dschungels voller geheimer Gerüche und Geräusche lag. Sogar ihr Urin, der das Delfter Porzellangefäß füllte, verströmte einen geheimnisvollen Geruch und machte ein faszinierendes Geräusch, als er ihn in die Toilette goss.

»Suchst du nach einem bestimmten Buch?«

Herr Lubert war, noch immer im Blaumann, auf dem Weg zum Flügel durch die Bibliothek gekommen. Wenn Frieda Edmunds Gegenspielerin war, dann war der zwinkernde Herr Lubert ein überraschender Verbündeter. Er schien keine der deutschen Eigenschaften zu haben, die in der Broschüre mit solcher Vehemenz dargestellt waren. Er war weder hochmütig noch stolz, sondern nur selbstsicher und freundlich; er hatte nichts Bierernstes, Finsteres an sich, sondern strahlte eine gewisse Leichtigkeit aus – sein Gesicht mit den funkelnden Augen, den bebenden Nasenflügeln und den gekräuselten Mundwinkeln schien immer am Rand eines Lachens. In den letzten Wochen hatte Edmund festgestellt, dass er diesen Deutschen mochte; er wirkte aufrichtig interessiert, wollte alles über Wales wissen (»Was ist das für ein Land?«) und über das Leben während des Kriegs (»War dein Vater lange weg?«); er fragte sogar, ob seine Mutter sich eingewöhne (»Ich hoffe, sie kann sich hier zu Hause fühlen«). Und er wusste viel. Das letzte Mal, als Edmund ihn in der Eingangshalle getroffen hatte, hatte Herr Lubert darauf hingewiesen, dass die Zinnsoldaten mit den roten Uniformjacken, die Edmund die Treppe hinauf und hinunter marschieren ließ, Modelle der Truppen waren, die George III., der englische König mit den deutschen Wurzeln, nach Amerika gesandt hatte, um gegen die Aufständischen im amerikanischen Unabhängigkeitskrieg zu kämpfen.

»Ich habe mich nur umgesehen«, sagte Edmund. »Sind die Bücher alle auf Deutsch?«

»Die meisten. Aber manche sind auch auf Englisch. Vor allem die Kinderbücher. Du kannst gern jedes Buch hier lesen. Und wenn du sehr aufmerksam suchst, wirst du ein Geheimfach finden.« Herr Lubert setzte eine verschwörerische Miene auf, sah über die Schulter nach hinten, ob ein Dienstmädchen oder eine Mutter in der Nähe war, fuhr dann mit dem Finger das zweite Regal von unten entlang und hielt bei einem Buch in der Mitte an. Er zog es heraus und zeigte Edmund den Umschlag. Darauf war eine Kohlezeichnung von vier Gestalten auf einem klapprigen Planwagen zu sehen, die vor einer unsichtbaren Gefahr flohen; der Titel lautete *Vom Winde verweht*.

»Das war das Lieblingsbuch meiner Frau«, sagte er. Dann

verstummte er und wurde einen Moment lang traurig und nachdenklich. Das erinnerte Edmund daran, wie seine Mutter in ihre Gedanken abdriftete, aber Herr Lubert fasste sich rasch wieder und fuhr fort.

»Wir haben den Film in den ersten Kriegsjahren gesehen. Er hat ihr nicht so gut gefallen wie das Buch. Wir haben deswegen sogar gestritten. Ich mochte den Film sehr. Clark Gable am Schluss: *I don't give a damn!*«

Edmund kannte das Zitat nicht, fand es aber toll, dass Lubert einen amerikanischen Akzent nachmachen und so lustvoll und überlegen »*damn*« sagen konnte.

»Hast du den Film auch gesehen?«

»Meine Mutter hat ihn gesehen«, antwortete Edmund. »Mit meiner Tante.«

»Ein sehr aufregender Film. Deine Mutter erinnert mich ein bisschen an die Schauspielerin Vivien Leigh. Egal. Schau dir mal hier die Öffnung an.« Er deutete auf die Lücke im Regal, griff hinein und zog eine bunte Schachtel kubanischer Zigarren heraus. Dann schob er sie wieder zurück und stellte das Buch davor.

»Erzähl bloß niemandem davon. Nicht einmal meine Frau wusste von dem Fach. Ein Mann braucht eben seine Geheimnisse.«

Später half Edmund seiner Mutter bei der Kontrolle des Geschirrs, das endlich geliefert worden war, einen Monat zu spät, und nun auf dem Esszimmertisch ausgebreitet stand wie ein futuristisches Stadtmodell. Er hatte gerade alle Teile des salbeigrünen Speiseservices durchgezählt und seine Mutter damit ebenso beeindruckt wie beunruhigt, dass er es auf Deutsch souverän und korrekt bis zur Zahl Zwölf schaffte. Sie war mit dem Besteck erst zur Hälfte durch, erleichtert, dass es endlich gekommen war und sie nicht Herrn Luberts Angebot annehmen musste, inzwischen sein zugegeben erlesenes, massives Silberbesteck zu benutzen.

»Mummy, wie sieht Vivien Leigh eigentlich aus?«

»Vivien Leigh?«

»Ist sie hübsch?«

»Warum fragst du das?«

»Weil Herr Lubert gesagt hat, dass du aussiehst wie sie.«

Edmund teilte ihr das in der Hoffnung mit, es würde sie gegenüber dem ehemaligen Hausherrn milder stimmen, aber aus unerklärlichen Gründen lief sie rot an und wurde kratzbürstig. Vielleicht war Vivien Leigh hässlich.

»Wann – oder vielmehr warum – hast du mit Herrn Lubert gesprochen?«

»Er hat mir nur … was gezeigt.«

»Was denn?«

»Ein paar … Spielsachen und Bücher.«

»Du darfst ihn nicht ermuntern, Edmund. Wenn euer Umgang zu vertraulich wird, macht das die Situation nur schwieriger.«

»Aber er scheint sehr nett zu sein … Er …«

»Nur weil jemand nett erscheint, muss er es noch lange nicht sein«, erwiderte Rachael. »Pass auf, dass du nicht zu viel mit ihm redest, oder mit seiner Tochter. Das schafft nur böses Blut.«

Edmund nickte. Er würde auf keinen Fall erwähnen, was er und Frieda da unter der Gürtellinie verhandelten. Wenn sich seine Mutter schon bei Herrn Luberts Freundlichkeit so anstellte, würde sie wegen der Mätzchen seiner Tochter, die mit der Unterwäsche blitzte und ihren Pisspott darbot, garantiert außer sich geraten.

»Kann ich draußen im Garten spielen?«

»Kannst du. Aber streun nicht zu weit herum. Und zieh deinen Pullover an. Es ist kalt draußen.«

Auf dem Weg hinaus lief Edmund Heike über den Weg, die sich bemüht hatte, auf leisen Füßen unbemerkt von einer Tür zur anderen zu witschen. »*Guten Morgen, kleine Mädel*«, sagte er, als sie vorbeihuschte, einfach, um ein paar neu gelernte Wörter zu kombinieren. Ihm gefielen diese deutschen Wörter: Sie waren geradlinig, präzise und hatten aneinandergereiht eine hämmernde Rhythmik.

Heike knickste, bevor sie weiter nach oben lief, aus Gründen, die er nicht durchschaute, ungemein erheitert.

Edmund betrat den Wintergarten und ging durch die Glastür hinaus. Er lief über den Rasen zu den üppigen, immergrünen Rhododendren, eine natürliche Grundstücksgrenze. Die Büsche waren dreimal so hoch wie er, die Pflanzung so breit, dass sie eine Welt für sich bildete, durchzogen von einem dichten Gewirr sich kreuzender Pfade. Die letzten Blüten hatten den Höhepunkt ihrer Schönheit schon knapp überschritten und welkten ihrem jährlichen Tod entgegen, waren aber immer noch prachtvoll genug, um einen glaubwürdigen Dschungel heraufzubeschwören, und Edmund brach durch das Dickicht wie ein Pizarro oder Cortés, schlug die Zweige mit einer imaginären Machete beiseite und verlor sich in dieser Fantasie, bis er zu einem Maschendrahtzaun gelangte, der von Menschen gezogenen Grundstücksgrenze.

Vor ihm dehnte sich eine Wiese, begrenzt vom Fluss, der die Anwohner von den brutalen Kriegsfolgen abgeschottet hatte, aber auch an deren Nähe erinnerte. Gestrüpp und Flecken nackter Erde schlugen Wunden in das Gras. Die paar Schuppen und Hühnerställe am hinteren Ende waren in barackenartige Unterkünfte umfunktioniert. Dort konnte Edmund um ein kleines Feuer herum einige Gestalten ausmachen, anscheinend Kinder. Und mitten in der Wiese stand reglos ein dürrer Esel mit aufgetriebenem Bauch.

Edmund sprang über den Zaun und lief über das Feld, um sich das Tier näher anzusehen. Selbst als er ganz dicht bei ihm war, bewegte es sich nicht, zuckte nicht und ließ den Schwanz schlaff hängen. Der Hals war fleckig von wunden Stellen, und es schien kaum die Kraft zu haben, den eigenen Kopf zu tragen; die Knochen traten so scharf hervor, dass man meinen konnte, sie würden gleich die müde Haut durchstoßen. »Armer Esel«, sagte Edmund, und angesichts des hoffnungslosen Zustands dieses Geschöpfs und seiner trostlosen Miene traten ihm Tränen in die Augen. Er war überrascht. Er hatte nicht einmal um seinen Bruder Tränen vergossen, und nun weinte er wegen eines so geringen Tiers, eines deutschen noch dazu – obwohl er nicht sicher war, ob Tiere überhaupt eine Nationalität besaßen. Er griff in die Tasche und holte einen Würfel Zucker heraus, den er aus der Küche genommen hatte, als Greta oben war. Er hielt ihn dem Esel vor das Maul, aber nicht einmal damit konnte er das Tier zu einer Reaktion bewegen.

»Mein Mittagessen!«

Edmund drehte sich in die Richtung, aus der der Ruf kam, und sah sich mit der verrückten, gespenstischen Erscheinung eines Jungen mit russischer Kosakenmütze und Morgenmantel konfrontiert. Er marschierte auf Edmund zu und ließ dabei mit einer heiseren, krächzenden Stimme einen Strom deutscher Wörter auf ihn niedergehen. Ein paar Meter hinter ihm folgten weitere Kinder.

»Finger weg!«, rief der Junge mit einem aggressiven Ton, aber Edmund fühlte sich nicht bedroht. Sein Auftritt hatte durchaus etwas Komisches, Affektiertes, sicher zog er für seine Bande eine Show ab. »Das ist mein Mittagessen!«, wiederholte er, und Edmund zog seine Hand vom Maul des Esels weg. Die anderen Kinder bauten sich neben ihrem verrückt behüteten Anführer auf, der nun begann, Edmund zu umkreisen und die Luft um ihn herum schnüffelnd einzusaugen. Die Kleider der Kinder sahen aus, als hätten sie sie hastig aus der Garderobe einer Komödiantentruppe zusammengeklaut. Plötzlich kam sich Edmund mit seinen stinknormalen Sachen auffällig vor, mit den braunen Schnürschuhen, den wollenen Kniestrümpfen, den grauen Shorts, dem Viyella-Hemd und dem Pullover mit dem V-Ausschnitt. Nun umkreiste ihn die ganze Bande, und die Kinder begannen ihn anzufassen. Einer von ihnen, ein Junge mit aufgeblasener Schwimmweste, bückte sich sogar und berührte Edmunds glänzende Schuhspitze, dann stupste er ihn in die Rippen wie der Späher einer alten Zivilisation, der ausgesandt worden war, um Kontakt mit einem Wesen aus der Zukunft aufzunehmen und ihm auf den Zahn zu fühlen.

»Englisch?«, fragte der Anführer.

»*Yes*«, antwortete Edmund, und alle blieben beim Klang des einsilbigen Worts stehen.

»*Yes!*«, rief der verrückt Behutete und versuchte Edmunds klare Aussprache nachzuahmen.

»*Yes!*«, wiederholten die verwilderten Kinder.

»*Fuck my arse, Captain!*«, sagte der Anführer plötzlich.

Edmund staunte, wie dreist der Junge verbotene Worte benutzte. Er hätte am liebsten gelacht, nahm sich aber zusammen.

»*Damn bloody hell fuck-bastards and cunts! You are fucking dumb bloody Hun scum fuck!*« Der Junge wuchtete englische Kraftausdrücke herum wie Handgranaten. Dann deutete er auf Edmund, damit er seine Aussprache kommentiere, ja korrigiere: »Du. Tommy... sag *bloody hell*. Jetzt du.«

»*Bloody hell*«, sagte Edmund mit Genuss; es machte ihm Spaß, das Verbotene auszusprechen und dafür Bewunderung zu ernten. Ein Chor von »*Bloody hells*« schallte von der Bande zurück, und ihr Anführer bemühte sich besonders um eine perfekte Aussprache:

»Bla-die … häll! Bla-die häll. Sag noch mal ›bla-die häll‹, bitte!«

»*Bloody hell.*« Edmund kam ihm gern entgegen. »*Bloody hell and … piss … and shit and bugger!*«

»Piss und Schitt! Piss und Schitt! Und Bagger!«

Edmund nickte, befand die Aussprache für gut. Der interkulturelle Austausch schien zu flutschen, und alle entspannten sich. Der Anführer strahlte, aber der Junge mit der Schwimmweste wollte mehr als Flüche und umkreiste Edmund weiter, strich mit einem begehrlichen Blick über den Pullover aus Shetlandwolle und murmelte Worte, die Edmund nicht verstand. Der Anführer schnauzte Schwimmweste an:

»Diet! Lass ihn in Ruhe!« Er zeigte mit dem Finger auf ihn und winkte ihn weg. Aber Schwimmweste hörte ihn entweder nicht oder konnte es einfach nicht lassen. Er begann an Edmunds Pullover zu zerren, und obwohl Edmund seine Hand wegzuschlagen versuchte, ließen die dürren, verzweifelten Finger nicht locker und dehnten, als Edmund sich wegdrehte, den Pullover aus der Form. Da packte Edmund, nicht ganz von seinem Tun überzeugt, den Jungen an der Schulter und am Kragen seiner Schwimmweste und hob ihn hoch, und das mit einer Leichtigkeit, die ihn sowohl erschreckte als auch anstachelte. Ein paar Sekunden lang hielt er den Jungen in der Luft, dann drehte er ihn herum, ließ ihn fallen und stieß ihn gleichzeitig von sich weg. Sobald Schwimmweste festen Boden unter sich hatte, warf er sich wieder auf Edmund, die Finger zu Krallen gekrümmt, und fing an, ihm mit seinen schmutzigen, splittrigen Fingernägeln das Gesicht zu zerkratzen. Die anderen Kinder bildeten einen Kreis um sie herum und johlten, schrien, knurrten sogar. Schwimmweste packte Edmund am Hals und versuchte, den Engländer in den Schwitzkasten zu nehmen, aber er hatte keine Kraft, nur eine nervöse Energie, die rasch verbraucht war, und Edmund gelang es schnell, ihn niederzuringen; er stemmte ihm das Knie auf die Brust und drückte ihn gegen den Boden. Schwimmweste wand sich, zappelte und spuckte, aber er konnte Edmund nichts anhaben. Das Johlen ringsum steigerte sich zur Raserei. »Bring ihn um! Bring ihn um! Bring ihn um!«, wurde da geschrien. Edmund brauchte keine Übersetzung, um zu begreifen, was das bedeutete. Der Anführer trat auf ihn zu und gab Edmund einen Stock, mit dem er dem Besiegten den Todesstoß versetzen sollte. Edmund nahm ihn aus Höflichkeit, hatte aber nicht vor, ihn zu benutzen. Stattdessen hob er das Knie von dem Besiegten und trat zurück, als der Junge unter dem Hohn seiner vermeintlichen Freunde davonkroch.

Der Anführer sah halb amüsiert, halb bewundernd zu, wie sich Edmund den Staub von seinen Shorts klopfte. »Guter Tommy«, sagte er. »*Fucking* guter Tommy. Ich heiße Osi.«

Edmund streckte die Hand aus: »Edmund.«

Osi sah Edmunds Hand an, nahm sie aber nicht; er starrte sie nur an und begann dann ein Gespräch mit jemand anderem.

»Mutti. Er ist in Ordnung. Er ist ein guter Tommy. Er wird mir helfen.«

Er hielt das Ohr schief und schien auf eine Antwort, auf die Erlaubnis einer höheren Kraft zu warten. Diese Antwort traf offenbar ein, da Osi nickte. Er sagte zu Edmund: »Guter Tommy, besorg mir Kippen.« Er zog an einer imaginären Zigarette und deutete auf seine Brust. »Kippen für mich«, sagte er wieder und rieb sich in Vorfreude den Bauch. Er deutete auf die Ställe hinüber, wo das Feuer brannte und noch mehr Gestalten herumliefen. »Bring das dorthin. Das ist mein Haus.« Dann sah er über die Wiese zu der Hecke um die Villa Lubert und fragte: »Ist das dein Haus?«

Edmund verfügte nicht über die sprachlichen Möglichkeiten, um die verzwickten Besitzverhältnisse zu erklären. Er nickte nur und antwortete in seinem eigenen Denglisch:

»Das ist *my house*.«

Lewis hörte nur mit halbem Ohr zu, als Rachael beim Abendessen die Frage ansprach, ob Lubert Klavier üben dürfe.

»Meinst du, wir sollten ihn spielen lassen? Ich bin nicht sicher. Ich habe Angst, dadurch könnte alles noch komplizierter werden.«

»Warum sollte es?«, fragte Lewis.

»Ich weiß nicht. Vielleicht setzen wir damit ein falsches Signal. Ich will nicht kleinlich sein. Aber wenn wir den kleinen Finger reichen, nimmt er zum Schluss die ganze Hand. Vielleicht ist es gesünder für uns alle, wenn wir unsere Bereiche strikt trennen. Dann hat alles seinen Platz. Ach, ich weiß auch nicht.«

Ich weiß auch nicht. Damit begann und endete jeder zweite ihrer Gedanken. Unentschlossenheit wurde geradezu ihr Markenzeichen. Lewis war ihr keine Hilfe. Hörte er überhaupt zu? Sie sah, dass seine Aufmerksamkeit besetzt war – besetzt von den Besetzten. Sein Denken war in zwei Zonen geteilt; die größere, weitaus interessantere war die Arbeitszone mit den vielen bedürftigen Unterzonen. Alles ging gut, solange die zweite Zone – die häusliche Zone, bewohnt von ihr und Edmund, von den Luberts und dem Personal – für sich selbst sorgte und von Lewis nur minimales Engagement verlangte. Rachael wusste, dass sie ihn fragen sollte, wie sein Tag verlaufen war; das war wichtiger als ihr Anliegen. Aber im Moment wünschte sie sich einfach, dass er sich mit ihrer kleinen Zone befasste, so unbedeutend sie auch war.

»Und?«

»Das liegt ganz bei dir, Schatz. Ich sehe nicht, was es schaden könnte«, sagte er.

Rachael musterte ihn. Sprach da sein übliches, entgegenkommendes Wesen aus ihm? Sie hatte den Verdacht, dass er sie nur abwimmeln wollte, und fuhr deshalb fort: »Wann wäre eine gute Zeit – was meinst du? Morgens, bevor er zur Arbeit geht? Oder nachmittags? Am Abend wäre es wahrscheinlich unpassend.«

Lewis legte sein Besteck ab, um zu zeigen, dass er nachdachte.

»Lass ihn eine halbe Stunde spielen, zu einer Zeit, die dir passt.«

Rachael durchschaute seine Taktik. Er spielte Tennis mit einer Partnerin, die Trainerstunden brauchte, keine vernichtende Niederlage. Er hätte ihr einen Ball hinschmettern können, der ihr keine Chance gelassen hätte, aber er wollte, dass sie weiterspielte, und gab deshalb ihren Aufschlag freundlich und sauber zurück, schlug den Ball genau in die richtige Ecke und ließ ihr Raum, um ihn zurückzuschlagen. Das war seine Art, sich einem echten Spiel zu entziehen.

Rachael fragte sich, warum die Situation so schwierig für sie war. Sie hatte Lubert mit dem Eindruck zurückgelassen, sie hätte nichts dagegen, dass er spielte. Sie hatte doch auch nichts dagegen, oder? Und dass Lewis nichts dagegen hätte, stand von vornherein fest. Also hätte sie auf der Stelle, noch am Flügel, ihre Zustimmung erteilen können, ohne ihren Mann zu behelligen. Warum ihn also mit diesem verdrucksten, langatmigen Geschwätz belästigen? Warum erwartete sie von ihm Entscheidungen über Banalitäten wie Klaviergeklimper und Grünpflanzen, wenn er es mit Menschen zu tun hatte, die Nahrung und Kleidung brauchten? Sie wusste selbst, dass sie unvernünftig war, konnte aber nicht dagegen an.

»Dann werde ich Herrn Lubert informieren, dass er spielen kann ... also, jeden Nachmittag. Um vier. Eine halbe Stunde. Eine Stunde.« Allein das zu äußern kam ihr vor wie eine ungeheure Leistung.

»Gut«, sagte Lewis hörbar erleichtert. »Dann wäre das geregelt.«

Die drei aßen eine Weile schweigend weiter. Lewis war als Erster fertig, legte sein Messer und seine Gabel quer über den Teller und tupfte sich den Mund mit einer Damastserviette ab. Er klopfte auf die Armlehnen seines Stuhls.

»Ich freue mich, dass du diesem Haus deine Persönlichkeit aufprägst. Diese Stühle sind viel bequemer als die Lederdinger.« Er ließ seinen Küchenkorbstuhl beifällig quietschen und knarzen. In Wirklichkeit hatte sie sehr wenig verändert, aber sie widersprach ihm nicht.

»Wie findest du das Personal?«, fuhr er in diesem spürbar künstlichen Gesprächston fort.

»Die schauen mich immer noch an, als würden sie kein Wort verstehen, das ich sage.«

»Warum setzt du dich nicht zu Eds Unterricht dazu? Eignest dir ein paar Grundkenntnisse an?«

»Ach, ich glaube, die verstehen mich vollkommen. Die wollen nur nicht. Manchmal habe ich das Gefühl, sie lachen über mich.«

Lewis sagte nichts dazu. Er wandte sich an Edmund, der Erbsen auf seinem Teller herumschob.

»Und wie läuft es mit Herrn König? *Sehr gut?*«

Rachael goss sich ein Glas Wasser ein, um ihren Ärger hinunterzuspülen, und begann dann, die Teller aufeinanderzustellen, bis ihr einfiel, dass das nun zu den Aufgaben anderer gehörte.

Edmund war satt und inszenierte nun mit den Essensresten seine eigenen Schlachten: Die Erbsen landeten auf der Bratensauce und bildeten dort einen Brückenkopf, bevor sie in das Kartoffelbreiland eindrangen.

»*Sehr gut, Vater.*«

Lewis lachte. »Du bist einen Monat hier und hast schon eine bessere Aussprache als ich.«

»Warum lerne ich eigentlich Deutsch, wenn wir nicht mit ihnen reden dürfen?«, fragte Edmund.

»Red ruhig mit ihnen, Ed. Ich ermuntere dich sogar ausdrücklich dazu. Je besser wir einander verstehen, desto schneller klappt der Wiederaufbau.«

»Wie lange wird der dauern?«

Diesmal sah Lewis Rachael in die Augen. Er musste seine Antwort sorgfältig abwägen.

»Die Optimisten glauben, zehn Jahre. Die Pessimisten glauben, fünfzig.«

»Dann denkst du garantiert, dass fünf Jahre reichen«, sagte sie.

Lewis ergab sich mit einem Lächeln – sie kannte ihn zu gut. »Wie ist das nun, Ed – ist es dir schon gelungen, mit Frieda zu reden?«

Edmund schüttelte den Kopf. »Sie ist ein bisschen älter als ich.«

»Vielleicht sollten wir mal an einem Abend Canasta oder Cribbage spielen. Oder mit dem Projektor einen Film anschauen.«

Heike kam mit einem Tablett herein, auf dem sie die Teller stapelte. Das Dienstmädchen bewegte sich mit der üblichen Scheu, flitzte so schnell wie möglich herein und hinaus wie eine Schwalbe, die vor den Augen des Bauern Körner stiehlt.

»*Köstlich, Fräulein Heike*«, sagte Lewis auf Deutsch.

»*Sie sind köstlich, Fräulein Heike*«, plapperte Edmund nach wie ein Papagei, ohne seinen Fehler zu bemerken.

Heike erstickte ein Kichern, verbeugte sich und sammelte weiter das Geschirr ein. Sie blieb bei Rachael stehen, die von ihrer Portion kaum die Hälfte gegessen hatte.

»Sind Sie fertig, Mrs. Morgan?«

Rachael bedeutete ihr mit einem Winken, sie könne ihren Teller abräumen.

Edmund sah zu, wie das Dienstmädchen die Teller zu dem Speiseaufzug trug und in die Luke schob. Dann zog Heike kurz an dem Seil, und das Tablett wurde von unsichtbarer Hand in die Küche hinunterbefördert.

Rachael wartete, bis Heike den Raum verlassen hatte, und sagte dann:

»Siehst du? Sie hat es schon wieder gemacht. Hat hämisch gegrinst.«

»Sie ist nur nervös. Lebt in dem Schrecken, dass sie einen Fehler macht und ihre Stelle verliert. Jeder Deutsche, der Arbeit hat, sitzt wie auf Kohlen.«

»Warum verteidigst du die Deutschen eigentlich die ganze Zeit?«

Lewis zuckte mit den Achseln. Das war für seine Verhältnisse fast ein Ausdruck von Verzweiflung. Er nahm sein Zigarettenetui heraus, ließ es aufschnappen und bot Rachael eine an.

Sie hätte eigentlich gern geraucht, lehnte aber ab.

»Ich rauche meine später.«

Lewis klopfte die Zigarette auf den Tisch, steckte sie zwischen die Lippen, zündete sie an, nahm einen tiefen Zug und ließ den Rauch entspannt durch die Nase ausströmen.

Die quietschenden Seilrollen des Speiseaufzugs kündigten die Ankunft einer Nachspeise an.

»Geht der bis ganz hinauf zu den Luberts?«, fragte Edmund.

»Ich möchte nicht, dass du damit spielst, Ed«, sagte Rachael. »Das ist kein Spielzeug.«

Er nickte. »Werden wir auch Dienstboten haben, wenn wir wieder zurück in England sind – wie Auntie Clara früher?«, fragte er.

»Nur ganz reiche Leute können sich jetzt Dienstboten leisten«, erwiderte Lewis.

»Aber Herr Lubert hat doch auch Dienstboten, und er arbeitet in einer Fabrik.«

»Nur bis zu seiner Entlastung. Dann kann er wieder als Architekt arbeiten.«

»Entlastung?«, fragte Rachael.

»Wenn geklärt ist, dass er keine Verbindungen zu den Nazis hatte.«

»Ist er denn noch nicht entlastet?«

»Das ist sicher nur eine Formalität.«

»Ich dachte, das hättest du als Erstes überprüft.«

»Lubert ist sauber. Mach dir keine Gedanken.«

»Aber das weißt du doch gar nicht.«

»Barker hat seinen Hintergrund umfassend geprüft. Bei dem leisesten Hinweis auf irgendwelche Vergehen hätte ich ihn nie hierbleiben lassen. Rachael … bitte.«

Edmund kam zu dem Schluss, dies sei der gegebene Moment, um Gute Nacht zu sagen. Hier bahnte sich wieder eines jener Gespräche an, bei denen die Erwachsenen Kinder nicht brauchen können.

»Darf ich jetzt aufstehen?«, fragte er.

»Ja. Natürlich«, antwortete Rachael.

Edmund gab ihr einen Kuss; sein Vater strubbelte ihm über die Haare.

»Tu nichts, was ich nicht auch tun würde«, sagte er.

Als Edmund den Raum verließ, konnte er hören, wie seine Eltern ihren ungelösten Konflikt wieder aufgriffen. Ihre Stimmen hoben und senkten sich im angespannten Tonfall eindringlicher Bitten und Rechtfertigungen, wie er es manchmal bei ihnen hörte. Ein Streit der Eltern lieferte ihm die perfekte Deckung. Er ging in sein Zimmer hinauf, holte Cuthbert, nahm von seinem Schreibtisch einen Stift und Papier und ging dann mit allem zur Luke des Speiseaufzugs am Treppenabsatz des ersten Stocks, direkt vor dem Schlafzimmer seiner Eltern. Er hob die Schiebetür und sah im Eck des Schachts, der sich über drei Geschosse des Hauses erstreckte, ein einzelnes Seil hängen. Er zog daran, und ein paar Augenblicke später kam der Aufzug von der Küche hoch. Er legte Cuthbert auf die Ladefläche, kritzelte eine Notiz und steckte sie unter die Bärenfellmütze seines Grenadiers.

»Beschaffen Sie so viel Zucker, wie Sie können, Captain, und bringen Sie ihn zum Stützpunkt zurück.«

»Sind Sie sicher, dass das erlaubt ist, Sir?«

»Tun Sie, was ich sage, Cuthbert – Sie machen das schon. Wir treffen uns um 20.00 Uhr im Souterrain. Passen Sie auf, dass Sie unterwegs keinem Erwachsenen begegnen.«

»Zu Befehl, Colonel.«

Edmund zog an dem Seil, und nach ein paar Sekunden verschwand Cuthbert in der Tiefe. Edmund schloss die Schiebetür und schlich auf Zehenspitzen die Treppe hinunter zur Küche, immer auf dem Mittelläufer, der seine Schritte dämpfte.

In der Küche rollte Heike Teig aus und sang ein Lied aus dem Radio mit, ein Lied auf Englisch, gesungen von einer Frau mit rauchiger Stimme und ausländischem Akzent. Heike hatte großen Spaß daran, die tiefe Stimme der Sängerin nachzuahmen.

»*Guten Abend, Fräulein Heike.*«

Das Dienstmädchen schrie auf, als Edmund so überraschend hereinkam, und benahm sich, als wäre sie beim Hören eines

Feindsenders ertappt worden. Sie schaltete das Radio aus und wischte sich die Hände an der Schürze ab.

»Guten Abend, Mr. Edmund.«

Edmund ging geradewegs zur Luke. Er schob die Tür hoch, zog den Zettel unter Cuthberts Mütze heraus und gab ihn Heike. Sie sah ihn an und las laut vor: »*Zucker?*«

»*Bitte.*«

Heike tat missbilligend, spielte das Spiel aber gern mit. Sie ging zur Speisekammer und kam mit drei Zuckerwürfeln zurück. Sie legte sie auf einen Teller, und da sie das Spiel begriffen hatte, stellte sie den Teller in die Luke, neben den Stoffsoldaten. Edmund gab Cuthbert seinen Befehl:

»Bringen Sie die Vorräte zum Stützpunkt zurück, Captain.«

»Zu Befehl, Colonel.«

Edmund zog am Seil, schloss die Luke, dankte Heike und lief die Treppe hoch, um den zurückkehrenden Helden in Empfang zu nehmen. Im ersten Stock angekommen, schob er die Lukentür auf, doch die Ladefläche war leer. Er zog noch einmal an dem Seil und wartete, aber nichts regte sich. Er zog ein drittes Mal – wieder nichts. Dann streckte er wagemutig den Kopf in den Schacht und sah nach unten. Nichts als schwarz. Er drehte den Kopf, sah nach oben und erkannte, dass der Aufzug ein Stockwerk höher stehen geblieben war, bei der Wohnung der Luberts. Vielleicht hatte Herr Lubert den Transport abgefangen und gedacht, der Zucker sei für ihn. Egal. Edmund gönnte ihn den Luberts. Sie brauchten die Kalorien. Er nahm den Kopf wieder aus dem Schacht, zog noch einmal am Seil, und diesmal setzte sich der Aufzug nach unten in Bewegung. Das Seil vibrierte, Laufrollen quietschten, die Ladefläche kam herab.

Kaum war sie in Sicht und hielt an der Luke, sah Edmund, dass etwas nicht stimmte: Cuthbert fehlte der Kopf. Edmund

nahm den enthaupteten Torso von der Ladefläche und untersuchte ihn. Weiße Wolle und gelbe Füllung quollen aus dem
Loch, wo der Kopf gesessen hatte. Vielleicht hatte er sich irgendwo verfangen – er war immer etwas lose gewesen – und war
abgerissen, aber der physikalische Befund sprach dagegen. Und
erst jetzt bemerkte Edmund, dass der Zucker vom Teller verschwunden war.

Lewis zog sich langsam aus und wartete auf ein Signal, ein Zeichen von Rachael, dass sie sich heute lieben würden. Er stand
in Hemd und Hose in seinem begehbaren Garderobenschrank,
öffnete Knopf für Knopf das Hemd, machte eine Pause, um
eine Manschette zu inspizieren, tat so, als wäre ein Fussel dort,
dehnte die Sekunden, um Rachael Zeit zu geben. Früher einmal
war dieser Eiertanz unnötig gewesen, da hatte sie genauso oft
die Initiative ergriffen wie er, und das Fragen fiel leicht. Aber
nun wurde ihm plötzlich die Fähigkeit abverlangt, Nuancen
einer Sprache zu begreifen und auszulegen, die Lewis seit über
einem Jahr nicht mehr gesprochen hatte.

Er zog sein Hemd aus und stand mit nacktem Oberkörper da.
Es war selten, dass sie sich liebten, wenn sie einmal ihre Schlaf-
sachen anhatten. Schlüpfte er zu schnell in seinen Pyjama, dann
würde sie das so verstehen, dass sie den Laden für heute dicht-
machen konnte. Die Gelegenheit musste beim Ausziehen oder
kurz davor ergriffen werden, wenn einer von ihnen – meist er –
einen »gemeinsamen Moment« vorschlug. Deshalb hatte es die
Liebe im Winter schwerer. Rachael fror leicht und trödelte nicht
lange herum, bevor sie ihr Nachthemd überzog, und obwohl es
im Schlafzimmer warm war wie auch im übrigen Haus, das so
gut geheizt wurde, dass man von der Kälte draußen nichts mitbekam, musste Lewis handeln, bevor die Atmosphäre zwischen
ihnen zu sehr abkühlte. Dass er das kichernde Dienstmädchen

in Schutz genommen hatte, dass Luberts Status so vage blieb, hatte sie verärgert; trotzdem war Lewis entschlossen. Diese Zeit der Dürre musste enden, er musste etwas unternehmen.

Rachael saß am Frisiertisch, ausgekleidet bis aufs Unterhemd, zog mit einer Hand ihr Haar nach hinten und entfernte mit der anderen ihr Make-up. Lewis sah ihr bei ihrer routinierten Gesichtsreinigung zu; der Liebreiz ihrer nackten Arme und aufrechten, zierlichen Schultern wurde ihm zur Qual.

»Wollen wir …« Seine Stimme verebbte.

Rachael hatte eine der kleinen Schubladen im Frisiertisch aufgezogen und entdeckte darin ein Collier mit kunstreich verknüpften Granaten, das fein klickte und knisterte, als sie es an die Nachttischlampe hielt.

»Das muss … ihr gehört haben.«

Sie hielt sich die kalten Steine an den Hals und wog sie dann auf dem Handrücken. »Wie hübsch.«

»Darling? Wollen wir nicht endlich …?« Er sagte das bestimmter, mit mehr Nachdruck als sonst. Hatten sie nicht einmal gelobt, einander beizustehen – das bezog sich doch auch auf ihre körperlichen Bedürfnisse? Wenn sie ihn jetzt abwies, war er bereit, damit zu argumentieren.

Rachael legte das Collier beiseite und warf einen schmutzigen Wattebausch in den Papierkorb. »Hast du ein Dings?« Ihr Gesicht blieb neutral, verriet weder Verlangen noch Ablehnung. Aber das genügte ihm schon. Seine Erregung wuchs. Bebend vor Erwartung wühlte er in seinen Sachen nach den Kondomen, die allen Streitkräften in ganz Deutschland zusammen mit den Zigaretten ausgehändigt wurden. Für jede Lust und Sucht des Soldaten war gesorgt.

Lewis sah Rachael aufstehen und im Unterhemd unter das Leintuch gleiten. Ihre Bewegungen hatten immer noch nichts Suggestives, Lasziveses oder auch nur Erwartungsvolles, aber das war ihm egal. Er riss ein Kondom von dem Sechserstreifen und ging zum Bett, seine Erektion stieß schon gegen die Hose. Er setzte sich mit dem Rücken zu ihr auf die Bettkante, hoffte, dass sie nichts bemerkt hatte, zog die Socken herunter und versuchte sich zu beruhigen.

Rachael beugte sich auf seine Seite und nahm sein silbernes Zigarettenetui in die Hand.

»Hast du beim Rauchen an mich gedacht?«, fragte sie.

»Sechzigmal am Tag.«

»Das brauchst du nicht zu sagen.«

»Aber es stimmt. Ich habe es mir ausgerechnet. Wir waren 32 000 Zigaretten lang getrennt«, sagte er.

»Und wenn du an mich gedacht hast, woran hast du dann gedacht?«

»Am meisten?« Er antwortete ehrlich. »An diesen Moment jetzt.«

Rachael sah ihn überrascht an. »Hast du's da?«

Er biss die metallene Hülle auf, fingerte das Kondom heraus und deponierte es auf dem Kissen, dann zog er die Hose und die Unterwäsche aus. Rachael legte das Zigarettenetui wieder zurück und setzte sich auf, um das Unterhemd über den Kopf und die Schultern zu streifen. Sogar diese flüchtig erblickte Routinebewegung war für ihn von unglaublichem Reiz. Er schlüpfte unters Leintuch, verbarg sich immer noch, fühlte sich unsicher und verletzlich. Sie lag auf der Seite, ihm zugewandt, den Kopf auf den Ellbogen gestützt. Wenn sie nackt waren, ging alle Zuversicht, alles Selbstvertrauen von ihm auf sie über. Es war, als rutsche er die Rangordnung vom Colonel nach unten zum einfachen Soldaten, während sie zur Feldmarschallin aufstieg.

Rachael nahm die Gummihülle.

»Soll ich's dir draufmachen?«

Lewis konnte nicht antworten. Er nickte nur, doch als sie

unter dem Leintuch die Hand nach ihm ausstreckte, fing er sie ab und zog sie an sich, um sie zu küssen. Er wollte, dass alles ein bisschen langsamer ging, musste sich bremsen. Er war sich selbst weit voraus. Sie küssten sich, aber Rachaels Lippen blieben geschlossen, öffneten sich nicht. Sie entzog sich ihm, um mit ihrer Aufgabe fortzufahren, schlug das Leintuch zurück, um ihm das Kondom überzustreifen. Lewis legte sich auf den Rücken, um es ihr leichter zu machen, versuchte sich auf die Zimmerdecke mit den gerillten Randleisten zu konzentrieren, aber selbst ihre erste, kalte, mechanische Berührung war mehr, als er aushalten konnte, und er ejakulierte mit einem Aufstöhnen, in dem sich Lust und Erleichterung mit Verzweiflung mischten.

»Ah! Ich bin zu früh gekommen. Das tut mir leid.«

»Ist schon in Ordnung«, sagte Rachael.

»Tut mir leid«, wiederholte er.

»Du bist schon in Fratton ausgestiegen.«

»Bin kaum aus Waterloo rausgekommen.«

Rachaels scheinbarer Mangel an Enttäuschung verstärkte die seine. Er ärgerte sich über sich selbst. Disziplin und Geduld, seine ureigenen Wesenszüge, hatten ihn im Stich gelassen, als er sie am meisten brauchte. Und dass sie Fratton erwähnte, die letzte Station vor Portsmouth, erinnerte ihn nur an die Zeit, als ihr Verlangen immer größer war als ihre Vernunft.

Er griff zu dem Handtuch, das er neben sich gelegt hatte, und wischte sich ab.

»Die Pause war zu lang. Ich bin nicht gewöhnt, dass ...«

»Ist schon gut.« Und Rachael berührte sein Gesicht, strich ihm über die Stirn.

»Ich ...«

»Schschsch. Das ist doch nur verständlich.«

»Und was ist mit dir?«, fragte er.

»Mir geht's gut.«

»Sicher?«

»Ja. Mir geht's gut, aber ich friere.« Damit setzte sie sich auf, zog ihr Nachthemd unter dem Kissen hervor und schlüpfte hinein.

Auch Lewis setzte sich auf und schwang die Beine auf den Boden; seine Enttäuschung ließ schon nach. Sogar diese verkürzte Befriedigung war besser als gar keine. Sie hatte die aufgestaute, kolikartige Gereiztheit gelöst, die ihm in den letzten Wochen zu schaffen gemacht hatte. Als er dann im Pyjama unter der Decke lag und das Licht ausgeknipst hatte, war er in Gedanken schon in die Zone zurückgekehrt, in der er sich am sichersten und leistungsfähigsten fühlte: zu den weniger komplizierten Bedürfnissen von tausend gesichtslosen Deutschen und zur Rehabilitation eines ganzen Landes.

Lange, nachdem Lewis eingeschlafen war, lag Rachael wie immer auf der linken Seite und lauschte ihrem Herzschlag. Sie starrte auf das glitzernde Häufchen des Granatcolliers auf ihrem Nachttisch, beleuchtet vom Mondlicht, das durch den halb offenen Vorhang fiel. Sie beschloss, Herrn Lubert das Collier möglichst bald zurückzugeben, wobei sie allerdings mehr von Neugier als von Korrektheit getrieben wurde. Sie wollte mehr über die Frau wissen, die das Collier einst getragen hatte. Das Schmuckstück hatte eine Sequenz funkelnder Szenen ausgelöst, in denen Frau Lubert als Star auftrat. Und während die imaginäre Heldin in jeder dieser Charakterskizzen anmutig und elegant erschien, blieb ihr Gesicht vage und allgemein, nicht mehr als eine Maske weltläufiger Gewandtheit. Rachael wollte den Szenen ein Gesicht geben. Man könnte fast sagen, sie brauchte ein konkretes Bild, um es loslassen zu können. Vielleicht würde Lubert ihr ein Foto zeigen, und damit wäre die Sache erledigt. Unter dem Deckmantel der Freundlichkeit und Redlichkeit könnte sie etwas klären, was seit ihrer Ankunft in diesem Haus an ihr nagte.

»Wo wohnst du denn?«, fragte Albert.

Nach einer langen Schicht, in der sie die Trümmer einer zerstörten Schule in St. Pauli weggeräumt hatten, standen sie vor dem Lastwagen Schlange. Frieda hatte hart gearbeitet und sich den ganzen Tag bedeckt gehalten. Dank Albert freute sie sich auf die Arbeit, die sie anfangs als beschämend, als Strafe empfunden hatte; jetzt konnte sie ihr sogar etwas abgewinnen.

»An der Elbchaussee, in der Nähe vom Jenischpark.«

»In einem der großen Häuser?«

Sie nickte unsicher, wusste nicht, ob das gut war oder schlecht.

»Dann kommst du aus einer reichen Familie?«

Frieda zuckte mit den Achseln.

»Nicht mehr.«

»Aber ihr wohnt immer noch in eurem Haus?«

Wieder nickte sie. Seine Fragen zielten in eine Richtung, die ihr peinlich war; ihr graute davor, ihre jetzigen Lebensumstände erklären zu müssen.

»Ich wohne nicht weit weg von dir«, sagte er.

»Wo denn?« Sie war erleichtert, dass ihr sozialer Status ihn nicht abschreckte.

»Ich zeig's dir, wenn du magst.«

Die Schutträumer auf der Ladefläche des Lasters waren eine sehr gemischte Truppe aus Hamburgern der Mittelschicht und aus Arbeitern, die vom Osten herangeschwemmt wurden wie Treibgut. Die Frauen hatten sich feste Turbane aus Stoffstreifen um die Haare gewickelt und trugen die viel zu großen Mäntel ihrer toten Männer; sie sahen aus wie die Fischweiber vom Hafen Landungsbrücken und rochen auch so. Die wenigen Männer fielen kaum auf; bis auf Albert waren sie mittleren Alters.

Egal, welche Position sie früher im Leben gehabt hatten, alle umklammerten ihre Essensmarken, Lohn für ihre Tagesarbeit und nun ihr einziger Ehrgeiz.

Frieda saß so dicht neben Albert, dass sich ihre Beine berührten; beide hörten dem Chor der Klagen ringsum zu. Als Solist tat sich heute ein entkräfteter Mann hervor, dem daran lag, alle über seinen wirklichen Beruf aufzuklären.

»Bei dieser Arbeit kann man unmöglich warm bleiben. Erst wird einem heiß und man schwitzt, dann wird der Schweiß kalt und klamm.«

»Wenigstens werden wir bezahlt«, erwiderte eine der Frauen.

»Ich bin Zahnarzt. Ich habe einen hoch spezialisierten Beruf. Ich bin für solche Arbeit nicht geschaffen.«

»Was ist am Zähneziehen so besonders?«, gab die Frau scharf zurück. »Magda hier ist eine Generalsgattin. Und ich war Rundfunksprecherin, habe in der Konzerthalle die Programme angesagt.«

Der Zahnarzt, dessen Gesicht aschgrau vor Staub und Enttäuschung war, wollte sich nur beklagen, aber nicht streiten. Streiten zehrte an der Energie. »Ich sag ja bloß«, brummte er, schon am Verstummen.

Ein dicker Mann, dessen Bartstoppeln nahtlos in seine Haarstoppeln übergingen, griff in die Tasche und zog einen Packen Lutscher heraus, die mit den Briten ins Land gekommen waren. Er hielt sie wie einen Strauß Zwergtulpen. »Nicht so gut für die Beißerchen, was, Steytler? Aber gut für deinen üblen Mundgeruch. Und betäubt den quälenden Hunger. Wenn du geschickt bist, hält einer davon eine ganze Stunde.« Er steckte sich einen Lutscher in den Mund und gab eine übertriebene Vorführung des Lutschgenusses.

»Dann verteilen Sie sie doch!«, sagte die Generalsgattin mit der Autorität einer Frau, die es gewohnt ist, sich durchzusetzen.

»Das kostet aber«, sagte der großmäulige Preuße.

Magda schüttelte den Kopf. »Haben Sie gar kein Scham-gefühl?«

»Ich habe eine Familie zu ernähren. Diese Essensmarken reichen nicht. Ich habe nicht einmal Geld für Licht. Jedes Mal, wenn ich Geld in den Stromzähler stecke, denke ich mir, ich sollte damit lieber etwas zu essen kaufen.«

»Besser im Dunkeln sitzen als hungern«, sagte die frühere Rundfunksprecherin.

»Man braucht nicht zu hungern, wenn man bereit ist, hier und dort ein bisschen was mitgehen zu lassen. Sogar der Bischof von Köln sagt, dass es in Ordnung ist, Kohlen zu klauen, um zu überleben. Das ist das elfte Gebot.«

»Die zwingen uns, kriminell zu werden«, sagte der Zahn-arzt.

»Für kriminell halten die uns sowieso.«

»Ich bin kein Krimineller. Und habe ein reines Gewissen«, fuhr der Zahnarzt fort.

»Ach was, da stecken wir doch alle drin«, sagte der Preuße. »Die können uns nicht alle einsperren.«

»Klopfen Sie sich ruhig alleine an die Brust«, widersprach der Zahnarzt. »Ich habe nur meine Pflicht getan, das ist meine ganze Schuld. Zähne und Löcher sind bei allen gleich, da ist es doch egal, wem der Mund gehört. Ich habe schließlich den hippokratischen Eid geleistet.«

Alle brachen in Gelächter aus.

Frieda wollte dem dummen Kerl einen Schuss vor den Bug verpassen und setzte schon zum Sprechen an, da legte ihr Albert wieder die Hand auf den Arm wie vor ein paar Tagen, als sie vor den rauchenden, herumblödelnden Tommys ihr BDM-Lied gesummt hatte. Er warf ihr einen kurzen, verschwörerischen Blick zu. *Die sind das nicht wert*, schien er zu sagen. Frieda überlief ein herrlicher Schauer, als sie spürte, dass sich ein kleines Bündnis zwischen ihnen anbahnte.

»Dieser Fleck … an deinem Arm. Ist das ein Leberfleck?«

»Nicht hier«, sagte er. Sein Blick signalisierte Redeverbot.

Ohne Vorankündigung stand er auf und schlug mit der flachen Hand zweimal gegen die Seitenwand, dass der Laster halten sollte. Der Fahrer kam dem Wunsch nach, und Albert und Frieda sprangen hinaus. Sie waren in Blankenese, wenige Kilometer von der Villa Lubert entfernt; die Elbchaussee verlief hier landeinwärts. Die Sonne ging gerade über der alten Stadt Stade unter, die auf der anderen Seite des Wassers lag, und ließ das Land wie im Feuerschein leuchten.

»Geh nicht neben mir«, sagte Albert und zog die Jackenaufschläge hoch, um sein Gesicht zu verbergen. »Bleib mindestens zwanzig Schritt hinter mir.«

»Wie weit ist es?«

Albert lief los, ohne zu antworten; er lief so schnell, dass Frieda den Eindruck hatte, er wolle sie abschütteln. Sie musste immer wieder ein Stück rennen, damit sie ihn nicht aus dem Blick verlor.

Das ehemalige Fischerdorf Blankenese war in dieser flachen Gegend einzigartig, weil sich die alten Häuschen und ein paar neue Villen um einen steilen Hügel kauerten, wie man es von mittelalterlichen Dörfern kennt. Frieda war vor dem Krieg öfter mit ihrer Mutter hergekommen, um von einer Bootshaus-Schenke aus die Schiffe zu beobachten, die stromaufwärts und -abwärts fuhren. Dabei wurden in der Schenke die Nationalhymnen aller fremden Frachter gespielt, die in Hamburg einliefen. Heute war die Elbe leer bis auf einen schwerfälligen Kreuzer der britischen Marine. Am Himmel hingen grauschwarze, schneeschwere Wolken, bereit, das Dorf in ein Märchengewand zu hüllen.

Albert stieg den Hügel hinauf, Frieda hielt sich knapp hinter ihm. Sie fragte sich, welches Haus seines sein könnte. Schließlich bog er von der Straße ab und trat durch das Gartentor eines Reetdachhauses. Er ging den Weg entlang, der zur Haustür führte, sah nach links und rechts und bog dann rasch zum Seiteneingang ab. Er spähte durch die matten Gitterfenster ins Innere. Als Frieda ihm auf dem Plattenweg folgte, dachte sie an Hänsel und Gretel, die sich im Wald verirrt hatten und auf ein Pfefferkuchenhaus stießen. Dann gerieten ihr die Märchen etwas durcheinander, und sie verpasste Albert die Rolle des Prinzen, der sie aus einem langen Schlaf weckte und vor einem Vater rettete, welcher, wie sich zum Glück herausstellte, gar nicht ihr leiblicher Vater war.

»Wie lange wohnst du schon hier?«, fragte sie, als sie ihm durch die Tür folgte.

»Nicht lange.«

Das Haus war voller Teppiche, Kissen und Überwürfe. Albert wuchtete einen schweren Kelim auf einen Sessel und setzte sich darauf, um seine Stiefel aufzuschnüren. »Das Haus gehört einem Militärarzt, Major Scheibli. Er sitzt in einem Lager fest und wartet auf seine Entlastung.«

Frieda sah ein Foto des Arztes in der Wüste, im Beiwagen eines Motorrads, eine staubige Schutzbrille vor den Augen, ein rotes Kreuz auf dem Helm. Auf der Brust trug er das Eiserne Kreuz.

»Du kennst einen Kriegshelden?«, fragte Frieda, nahm das Foto in die Hand und betrachtete es.

»Ich kenne ihn nicht. Ich leihe mir nur kurz sein Haus. Wenn die Briten das können, warum nicht auch wir?«

»Vielleicht stecken sie ihn ins Gefängnis. Wenn er ein Held ist.«

»Sobald die Briten herausfinden, dass er unter Rommel

gekämpft hat, werden sie ihn laufen lassen. Ich muss sowieso weiterziehen. Mich haben schon zu viele Leute kommen und gehen sehen. Ich habe auch schon ein anderes Haus gefunden. Noch näher bei dir. In der Elbchaussee.«

»Dann werden wir ja Nachbarn.«

Albert nickte. »Und was hat deine Familie getan, um so reich zu werden?«

»Mein Vater ist Architekt ... die Familie meiner Mutter hat mit den Werften zu tun.«

Alberts Augen leuchteten auf. »Blohm & Voss?«

Sie nickte.

»Haben deine Eltern nichts dagegen, wenn du so durch die Gegend ziehst?«

»Meine Mutter ist tot. Und ... was mein Vater denkt, ist mir egal.«

»Wird er dich nicht suchen gehen?«

»Er arbeitet tagsüber bei Zeiss. Ich kann kommen und gehen, wie ich will.«

Albert zog sich behutsam erst den einen Stiefel vom Fuß, dann den anderen. Er stand auf, ging zum Küchenbereich hinüber und suchte nach Brennholz, das er in den Herd schieben könnte. Der Kohleeimer war leer, im Korb war auch kein Holz. Er sah sich um, bis sein Blick auf einen handgeschnitzten dreibeinigen Hocker in der Ecke fiel. Er ging hinüber und schmetterte ihn dreimal auf den Steinboden, bis nur noch Kleinholz übrig blieb.

»Ich warte schon lange darauf, dass ich den verbrennen kann.«

Er schob die Holzstücke in den Ofen und zündete sie an. Dann füllte er einen großen Topf mit Wasser und stellte ihn auf die Herdplatte.

»Wie kommt es, dass du immer noch in deinem Haus wohnen darfst? Ich dachte, die Tommys hätten sich die besten unter den Nagel gerissen.«

Frieda zupfte an ihren Fingernägeln und begann mit der Erklärung. Mit wachsendem Eifer und Groll berichtete sie, warum sie mit der englischen Familie das Haus teilten, berichtete von der merkwürdigen Entscheidung des Colonel, sie im Haus bleiben zu lassen, obwohl er sie hätte hinauswerfen können oder sollen. Sie berichtete von der Frau des Colonel mit den zitternden Händen, die Selbstgespräche führte, von ihrem Sohn, der mit Friedas Puppenhaus spielte und stets einen Stoffsoldaten mit sich herumschleppte. Während sie die Lage beschrieb, wurde Alberts Haltung immer straffer, und sein Interesse erwachte.

»Was macht der Tommy-Colonel?«

»Er ist der Kommandant von Pinneberg. Ich weiß nicht, was er genau macht. Er ist kaum da«, antwortete Frieda. »Es ist eine Schande. Er fährt mit dem gleichen Auto, das auch der Führer benutzt hat.« Das fügte sie hinzu, um ihn zu beeindrucken, aber Albert sah nur nachdenklich vor sich hin; die Information beschäftigte ihn.

Er lief in dem Zimmer hin und her. »Er ist der Kommandant?«, fragte er noch einmal nach.

Sie nickte, konnte aber immer noch nicht erkennen, ob er erfreut war oder entsetzt.

»Das ist gut. Das ist sehr gut.«

Da wurde es Frieda ganz warm. Plötzlich schien es, als hätte die demütigende Beschlagnahmung einen Sinn. Albert gab ihr das Gefühl, dass sie ihm einiges zu bieten hatte. Er kehrte zu dem Topf zurück und prüfte mit dem Finger die Wassertemperatur. Dann zog er sich aus bis auf die Unterhose. An seinen Bewegungen war nichts Überflüssiges, an seinem Körper saß kein Gramm zu viel. In Friedas Augen war er vollkommen. Mitsamt seiner Doppelachtnarbe.

»Du hast mir noch nicht erzählt, was das ist«, sagte sie.

Er berührte die Narbe und sah Frieda an.

»Das ist das Erkennungszeichen der Widerstandsbewegung. Für alle, die sich mit der Niederlage nicht abfinden. Da.«

Er streckte den Arm aus, damit auch sie die Narbe betasten konnte. Sie fuhr mit dem Finger die erste Acht nach, dann die zweite, spürte die kleinen Wülste des Narbengewebes. »Wie wurde das gemacht?«

Albert ging zu einer Kommode hinüber und holte aus einer Schublade ein Päckchen Zigaretten.

»Damit.«

Er zündete eine Zigarette an, nahm einen tiefen Zug und bot sie dann Frieda an. Unbeholfen steckte sie sie tief in den Mund und atmete ein. Sofort prustete und hustete sie, und Albert stieß ein unerwartet hohes, gicksendes Lachen aus – mehr das Lachen eines Jungen als eines Mannes.

»Nicht so viel! Langsam. So.«

Er nahm ihr die Zigarette wieder ab und zeigte es ihr: »Nur ein bisschen.« Er zog kurz daran und gab ihr die Zigarette zurück. Sie nahm sie und betrachtete sie einen Moment. Statt noch einmal daran zu ziehen, hielt sie sie hoch in die Luft wie ein Zauberer, der gleich einen Zaubertrick vorführen wird. Als sie seiner Aufmerksamkeit gewiss war, drehte sie die Zigarette um, dass die Glut zur anderen Hand zeigte, die sie der Zigarette geöffnet entgegenhielt. Dann bewegte sie die Zigarette auf ihre Handfläche zu, als wolle sie sie dort ausdrücken.

Albert fing die Zigarette ab und nahm sie wieder selbst zwischen die Finger.

»Das wäre die Verschwendung einer guten Zigarette.«

Frieda spürte Tränen hochsteigen. Erst war sie eine echte deutsche Frau, im nächsten Moment ein dummes kleines Mädchen.

Albert streckte ihr beide Handrücken hin.

»Siehst du das?«

Frieda sah ihn unsicher an, wusste nicht, was er wollte.

»Was siehst du?« Er hielt ihr seine Hände so dicht vors Gesicht, dass sie die Haut, seine Finger und seine Fingernägel wie vergrößert sah. Doch sie schwieg aus Angst, sie könnte etwas Dummes antworten. Wenn sie ihm gefallen wollte, hielt sie am besten den Mund. Hinter geschlossenen Türen, abgeschirmt von fremden Blicken hatte sich der wachsame, vorsichtige junge Mann verwandelt – Albert strahlte nun etwas Machtvolles aus, ließ etwas Aufgestautes, bisher Zurückgehaltenes heraus.

»Siehst du diese Fingernägel?« Seine Fingernägel waren wie die ihren noch schwarz von der Arbeit des Tages. Mit dem Daumennagel kratzte er etwas Schmutz unter dem Nagel seines Mittelfingers hervor und hielt den Krümel hoch, damit sie ihn genauer betrachten konnte: kleine Ascheflocken, mit Staub verbacken. »Der Staub unserer Stadt. Die Asche unserer Leute. Schau. Hier.« Er hielt ihr ein paar Brösel hin. »Die Überreste eines kleinen deutschen Mädchens. Siehst du das?« Und er streute die »Überreste eines kleinen deutschen Mädchens« in seine Handfläche, hob sie an den Mund und leckte sie ab, vermengte sie mit seinem Speichel und schluckte sie herunter. Er kratzte noch mehr Staub hervor und hielt ihn Frieda auf seiner Handfläche hin, damit sie ihn ableckte. »Die Asche unschuldiger deutscher Kinder, die nie erleben werden, was wir erleben, nie sehen werden, was wir sehen.« Frieda nahm seine Hand und leckte die »Asche unschuldiger deutscher Kinder« ab, nahm sie in sich auf. Dann umfasste Albert Friedas Handgelenke. Er zog ihre Hände zu sich und öffnete sie. Er strich mit dem Finger von der Handfläche über die weiche, helle Haut ihres Innenarms bis zu ihrer Ellenbeuge und zurück.

»Du kannst Deutschland nicht helfen, wenn du dir Wunden

beibringst«, sagte er. »Aber weil du in diesem Haus lebst, kannst du sehr nützlich sein – für die Bewegung. Wir brauchen Sachen, die wir auf dem Schwarzmarkt verkaufen können: Zigaretten, Medikamente, Schmuck, Kleidung. Alles von Wert, alles, was wir zu Geld machen können. Kannst du uns helfen?«

Sie nickte. »Wer ist *wir*?«

»Der Widerstand. Du wirst uns bald genug kennenlernen.«

»Seid ihr viele?«

Er hob plötzlich ihr Kinn und küsste sie, stieß ihr die Zunge in den Mund, sodass sie die bitteren Spuren der Tagesarbeit schmecken konnte. Sie war schon früher geküsst und berührt worden – in der stickigen Blockhütte im Sommerlager, wo sich die Mädchen des BDM und die Hitlerjugend gemeinsam einquartieren sollten, um die »gesunden Freuden des Lebens kennenzulernen und zu erforschen« – aber was sie hier erlebte, war ganz anders. Der Junge, der damals seine Finger in ihren Körper gestoßen hatte, war noch ein halbes Kind gewesen, und mehrere seiner Freunde hatten darauf bestanden, zuzusehen, während sie dalag und nichts empfand. Verglichen mit diesem Jungen war Albert ein Mann.

»Du musst für mich ein paar Dinge über den Colonel herausfinden. Wenn er der Kommandant ist, hat er Informationen.«

Sie nickte wieder.

Nach diesem Kuss würde sie sogar zu den Russen gehen, wenn er es von ihr verlangte.

Er zog sie näher an sich heran.

»Aber du darfst niemandem von mir erzählen. Verstehst du?« Er hielt sie so fest, dass es wehtat, und Frieda erschrak über seinen wilden Blick.

»Ja.«

»Es gibt mich nicht. Sag mir das!«

»Es gibt … dich nicht.«

Er löste seinen Griff und lächelte. »Gut.« Er ging zu der Jacke hinüber, die auf dem Stuhlrücken hing, und zog aus einer Tasche etwas hervor, was wie ein Röhrchen Tabletten aussah. Er nahm eine Tablette heraus und spülte sie mit einem Glas Wasser hinunter. Dann tigerte er durch den Raum und setzte sich auf eine Sesselkante, seine Beine zappelten vor nervöser Energie. Seine ruhige Überlegenheit war völlig dahin.

»Warum nimmst du das Medikament?«

»Es hilft mir wach zu bleiben.«

Mit einem Mal wirkte Albert verstört und traumatisiert. Erst mochte Frieda es nicht glauben – das passte nicht zu ihrer Vorstellung von ihm, beeinträchtigte in ihren Augen seine Männlichkeit. Aber dann regten sich noch andere Gefühle in ihr. Sie streckte die Hand aus, berührte sein Gesicht und strich ihm über die Stirn, wie ihre Mutter es immer getan hatte, wenn sie beim Dröhnen der Bomber nicht einschlafen konnte, weil sie Angst hatte, im Schlaf in einer schrecklichen Feuersbrunst zu sterben. »Was ist, wenn ich mitten in einem Traum bin, wenn ich sterbe?«, hatte sie immer wieder gefragt. Und ihre Mutter antwortete immer wieder: »Die werden dir nichts tun.« Wie von selbst wiederholte sie nun diese Worte, als sie Alberts Gesicht liebkoste.

»Die werden dir nichts tun.«

Albert zuckte erst zurück. Als ein Mensch, der noch nie so berührt worden war, wusste er nicht, was er mit ihrer Geste anfangen sollte. Er ließ sich Friedas Streicheln einmal gefallen, auch ein zweites Mal, aber dann entzog er sich ihr und brummte, er wolle sich den Staub abwaschen. Was immer ihn quälte, durch Berührung ließ es sich nicht zähmen.

Als die Morgans vor dem Kamin in der Eingangshalle saßen und Cribbage spielten, erschienen auf der Treppe Herr Lubert und ein paar Schritte hinter ihm, widerstrebend und kleinlaut, Frieda.

»Bitte entschuldigen Sie die Unterbrechung.« Lubert machte ein strenges Gesicht.

Lewis stand auf. »Herr Lubert. Wir haben uns gerade darüber unterhalten … wir haben gerade gesagt – nicht wahr, Darling? –, dass Sie doch an einem Abend zu uns herunterkommen sollten, auf ein Spiel. Oder wir könnten uns vielleicht einen Film ansehen. Ist alles in Ordnung bei Ihnen?«

Lubert nickte und wartete auf Frieda. Sie stand einen Schritt hinter ihm, sodass er sie nicht mehr sehen konnte und gezwungen war, sich nach ihr umzudrehen.

»Wir sind gekommen … Frieda ist gekommen … um sich zu entschuldigen.«

Rachael sah das Mädchen an. Frieda hatte die Augen zu Boden geschlagen; sie ließ einen Arm herunterhängen, den anderen hielt sie angewinkelt und kratzte nervös an dem hängenden Arm herum.

»Weshalb?«, fragte Lewis.

»Deshalb.« Lubert streckte ihm Cuthberts Kopf hin.

»Sie haben ihn gefunden!«, rief Edmund.

»Frieda?« Lubert trat einen Schritt zurück und überließ ihr das Parkett.

Nach qualvoll langem Schweigen, das Rachael am liebsten gebrochen hätte, allen versichert hätte, es stecke bestimmt nichts von Bedeutung dahinter, begann Frieda zu sprechen.

»Es tut mir leid.« Ihre Worte waren kaum hörbar.

»Auf Englisch!«, fuhr Lubert sie an, immer noch steif und gezwungen.

»*I am sorry*«, sagte Frieda.

Dass Frieda Englisch sprach – und es gut sprach –, war für Rachael eine Überraschung.

»Danke für deine Entschuldigung, Frieda«, sagte Rachael.

»Und zu Edmund auch«, bedrängte Lubert sie weiter.

»*I am sorry*«, sagte Frieda noch einmal und sah dabei Edmund an.

»Schon in Ordnung«, sagte Edmund. »Ist nicht so wichtig.«

»Bei allem Respekt, es *ist* wichtig, Edmund«, sagte Lubert. Er hielt ihm Cuthberts Kopf hin. »Der gehört dir.«

»Er gehört mir!«, rief Frieda, drehte sich um und lief davon, flüchtete die Treppe hoch, immer drei Stufen auf einmal nehmend.

Lubert schrie hinter ihr her: »Frieda! Komm sofort zurück!«, und einen Moment sah es aus, als würde er gleich hinter ihr herjagen.

»Herr Lubert«, schaltete sich Rachael ein, »bitte. Sie… hat genug getan. Ihre Entschuldigung wurde angenommen.«

»Ah!« Lubert schleuderte in einer Verzweiflungsgeste die Arme in die Luft. »Meine Tochter ist… voller Groll und Wut. Ich… entschuldige mich dafür.«

»Herr Lubert. Ich… wir wissen Friedas Entschuldigung zu schätzen und haben sie akzeptiert«, beschwichtigte Lewis. »Für sie muss die Sache schlimmer sein als für alle anderen.«

»Diese ganzen Unannehmlichkeiten…«, sagte Lubert. »Vielleicht sollten wir… nach Kiel gehen und bei meiner Schwägerin wohnen.«

»Das ist nicht nötig«, sagte Rachael entschieden. »Geben Sie her.« Sie streckte die Hand aus, und Lubert gab ihr den abgetrennten Kopf. »Den kann ich leicht wieder annähen.«

Lubert verbeugte sich vor Rachael. »Vielen Dank.« Dann klickte er, nur halb im Ernst, vor dem Colonel die Hacken zusammen. »Colonel.« Schließlich wandte er sich an Edmund. »Es tut mir leid. Ich verspreche dir, so etwas wird nicht wieder vorkommen.«

6

»Gefällt dir meine Frisur? Sei ehrlich.«

»Ja.«

»Findest du nicht, dass ich damit aussehe wie ein Pudel?«

»Nein. Sie steht dir.«

»Hm. Was heißt das nun wieder, Rachael Morgan? Das klingt nicht sehr nach Kompliment. Sehe ich aus wie eine verwöhnte, verzogene Zicke? Ach, egal. Renate, meine Friseuse, sagt, das ist der neueste Schrei. ›Se Kattarin-Hepbörn-Luk.‹ Renate hat schlechte Zähne und singt amerikanische Songs mit einem Akzent, dass dir schlecht wird, aber mit Haarnadeln und Lockenwicklern ist sie eine Virtuosin. Du solltest sie mal an deine Haare ranlassen.«

»Meinst du?«

Susan Burnham schwieg einen Moment und musterte Rachael mit gespielter Verzweiflung.

»Klar, meine ich. Schau dich doch an: Du siehst aus wie ein verwilderter Garten. Du machst nichts aus dir. Denk an die Konkurrenz, die wir hier haben. In dieser Stadt gibt es doppelt so viele deutsche Frauen wie Männer. Wir müssen unsere Männer vor sich selbst schützen, damit sie nicht in die falsche Richtung gucken: Blick – nach rechts!«

Dabei salutierte sie sexy, und Rachael hörte den seltenen Klang ihres eigenen Lachens, dieses hexenhafte Kichern, das man aus ihrem Mund nicht vermutet hätte, für Lewis einer der Gründe, wie er immer sagte, warum er sich in sie verliebt hatte.

Auf der zwanzigminütigen Autofahrt zum NAAFI in Hamburg Mitte lachte Rachael noch viel mehr. Sie saßen auf der Rückbank von Mrs. Burnham glupschäugigem Käfer, einem der neuen Volkswagen, die jeder hier zu fahren schien. Der Rücksitz war unbequem wie eine Kirchenbank, der Motor lärmte wie ein Doppeldecker, und sie mussten sich schreiend unterhalten, trotzdem machte der Käfer einfach gute Laune.

Der Ausflug war mehr Expedition als Einkaufsfahrt. Susan Burnham frotzelte über alles, vom Auto (»Komische kleine Kiste, alles verkehrt rum, sieht aus wie ein Marienkäfer, aber mir gefällt sie«) bis zu intimen Details ihres Ehelebens (»Seit ich hier bin, rammeln wir wie die Karnickel«) – es hätte nicht viel gefehlt, und sie hätte den Akt selbst beschrieben. »Ich weiß auch nicht, was es ist, aber hier liegt was in der Luft. Spürst du das nicht? Ich fühle mich hier einfach anders, als hätten wir die Erlaubnis, mal so richtig auf den Putz zu hauen. Sehr befreiend!« Mrs. Burnham war vulgär, darüber ließ sich nicht hinwegsehen; trotzdem vertraute Rachael ihr. Sie mochte schamlos sein, war aber auch großzügig; bei aller Laszivität war sie ehrlich und sprach nur aus, was andere sich im Stillen dachten; sie wollte vielleicht die soziale Stufenleiter hinauf, konnte diese Leiter aber auch jederzeit in die Ecke stellen. Und sie ließ sich nie einen Spaß entgehen.

»Was ist mit euch beiden? Habt ihr die verlorene Zeit auch wieder aufgeholt?«

Rachael warf einen verstohlenen Blick auf den Fahrer, einen jungen Mann, der nicht viel älter war als Michael und denselben flaumigen, im Nacken spitz zulaufenden Haaransatz hatte wie ihr verstorbener Sohn. Unter dem Rand seiner Trambahnfahrerkappe mussten ihm die Ohren brennen.

»Kümmer dich nicht um Erich. Er versteht nichts. Das stimmt doch, Erich?«

»Bitte, Frau Burnham?«

»Nichts. Fahren Sie weiter.«

Mrs. Burnham zog sich im Rückspiegel die Lippen nach; damit sie sich sehen konnte, verrenkte sie sich, beugte sich über Rachael hinweg nach vorn und quetschte ihren üppigen Busen zwischen die beiden Vordersitze. Erich sah ebenfalls in den Spiegel und gleich wieder weg; seine Hände auf dem Lenkrad zuckten.

»Na? Wie war's?«

»Ich habe nichts zu berichten.«

»Ach, komm schon, Rachael Morgan. Das reicht mir nicht. Auntie Susan will alles wissen.«

»Wirklich …«

»Gar nichts?«

»Nein, eigentlich nicht. Wie findest du es, dass wir Personal haben?«

»Nein, nein, nein. So leicht entkommst du mir nicht, Rachael, keine Chance. Das ist aber nicht gut. Hast du die Lust verloren?«

Rachael hatte einfach noch nie über ihr Sexualleben gesprochen; nicht einmal Doktor Mayfield mit seinen neumodischen Ideen zu Neurosen, Manien und Libido hatte das Thema weiterverfolgt. Sie hatte immer angenommen, dass man über Sex, genau wie über Religion, einfach nicht redete, nicht einmal mit der Person, mit der man ihn hatte.

»Woran liegt das denn genau?«

Rachael schüttelte den Kopf und versuchte sich zu vergegenwärtigen, woran es lag. Sie sah nur die Schlafzimmerdecke mit den feinen Stuckleisten und dem Schwanenflügel-Lampenschirm, sah, wie Lewis die Kondomhülle aufbiss.

»Ehrlich gesagt sehen wir uns gar nicht so viel. Er arbeitet …«

»… hart. Sicher. Aber das tun sie doch alle. Du musst das Heft in die Hand nehmen. Du kannst dich nicht einfach darauf verlassen, dass der richtige Moment schon kommen wird.«

Rachael spürte etwas Störendes im Hals. »Susan... ich möchte lieber nicht darüber reden.«

»Na klar. Man geniert sich, wenn etwas schwierig und unangenehm wird, was natürlich und schön sein sollte. Aber es ist wichtig. Nicht weniger wichtig als die Arbeit unserer Männer. Ich behaupte sogar, dass unsere Männer, wenn es in diesem Punkt klappt, besser arbeiten.«

»Das sollte Privatsache bleiben.«

»Da bin ich ganz anderer Meinung. Wir sollten viel mehr darüber reden. Ein gesundes Sexualleben in der Ehe hat mehr Einfluss, als man glaubt. Ganze Kriege hätten verhindert werden können, wenn die Leute dem Sex genauso viel Zeit und Mühe gewidmet hätten wie der Eroberung der Welt. Davon bin ich überzeugt. Hitler, dieser kleine Widerling, hätte sich lieber eine richtige Frau suchen sollen als diese Sekretärinnenschlampe. Stalin hat rumgehurt. Mussolini hatte massenhaft Geliebte – aber wer weiß? Letzten Endes wurde der Krieg von verheirateten Männern gewonnen, die regelmäßig in den Genuss von Sex kamen – da bin ich sicher!«

Rachael musste über Susan Burnhams Theorie lächeln, die aber auch eine Folge befremdender, unerwünschter Bilder wachrief: Hitler im Schlafanzug, Stalin in den Armen einer fülligen Prostituierten aus dem Kaukasus und der mit seiner Geliebten kopfüber aufgehängte Mussolini, aufgequollen und verprügelt...

»Als Nächstes wirfst du mir noch vor, dass ich einen Krieg anzettle!«

»Solange wir befreundet sind, werde ich weiterfragen. Und stochern und meine Nase in deine Angelegenheiten stecken. Das ist meine Pflicht. Keith hat mir erzählt, dass sie nächste Woche diesen lumpigen Sozialisten treffen. Shaw? Vermutlich wird Lewis dabei sein?«

»Er hat erwähnt, dass er ein paar wichtige Tage vor sich hat. Aber er erzählt mir wenig von seiner Arbeit. Die lässt er lieber vor der Tür.«

»Hast du schon seine Dolmetscherin unter die Lupe genommen?«

»Sollte ich das?«

»Ich habe darauf bestanden, dass Keith die Hässlichste nimmt, die er auftreiben konnte – meine Güte, ist das eine Vogelscheuche, richtig zum Fürchten! Lad die von Lewis unbedingt demnächst zum Tee ein und schau sie dir gut an. Wenn sie auch nur im Entferntesten vorzeigbar ist, lass sie rauswerfen.«

Die Vorstellung, dass eine andere Frau Lewis nachstellen könnte, beunruhigte Rachael seltsamerweise keinen Moment. Wenn sie sich einer Sache sicher war, dann der, dass er nie in Versuchung geraten würde.

»Du musst die Dinge fester in den Griff kriegen. Ich würde mich von Keith nie mit Phrasen wie ›Ich habe ein paar wichtige Tage vor mir‹ abspeisen lassen. Was ist daran so wichtig, dass er es mir nicht sagen kann? Besteh auf Informationen. Gib dich nicht zufrieden, bis du sie bekommst. O ja, ich sorge dafür, dass ich weiß, was los ist, und kriege immer alles raus. Weißt du was? Keith hat die meisten seiner Befragungstechniken von mir gelernt.«

»Mag er seine Arbeit?«

»Ich habe gehört, dass er sehr gut darin ist. Er ist geduldig. Ich glaube, das ist entscheidend. Ich würde einen sehr schlechten Vernehmungsoffizier abgeben.«

»Erzählst du ihm denn alles?«

»Alles, was er wissen muss.« Mrs. Burnham zwinkerte. Sie steckte die Kappe auf ihren Lippenstift, drückte die Lippen zusammen und öffnete sie mit einem Schmatzen. Dann lehnte sie sich wieder an die Rückbank. »Mach dir keine Sorgen. Deine

Geheimnisse sind bei mir sicher aufgehoben. Wenn es darum geht, aus mir was rauszuquetschen, ist Keith eine Niete.«

Rachael fand das wenig beruhigend. Sie hatte Susan nichts von Bedeutung erzählt; dennoch hatte sie das Gefühl, sie habe zu viel von sich – und Lewis – preisgegeben und Susan zu viel Raum für alle möglichen Spekulationen geöffnet.

»Wir haben keine Geheimnisse. Es geht uns gut. Es wird schon noch.«

Da sah Susan Rachael an, wie Erwachsene ein Kind ansehen, das verkündet hat, es werde gleich zum Mond fliegen.

Der Laden der britischen Streitkräfte war in einem hübschen, intakten zweistöckigen Gebäude in der Nähe der Alster untergebracht. Auf dem Weg dorthin fuhren sie an der Oper mit ihrem zerbombten Zuschauerraum vorbei, dann an dem Astra-Kino, in dem nachmittags *Henry V* mit Laurence Olivier auf Englisch lief und abends *Heinrich V.* mit Laurence Olivier auf Deutsch. Als Beweis hingen zwei Filmplakate nebeneinander.

»Eine Stunde, Erich«, sagte Mrs. Burnham, als sie vor dem Laden hielten. »*Zurück in einer Stunde.*«

Auf der Straße standen ein paar Frauen mit Plakaten um den Hals. Erst hielt Rachael sie für protestierende Demonstrantinnen, doch als sie näher kam, sah sie, dass auf jedem Plakat das Foto eines Mannes klebte – des vermissten Ehemannes, Sohnes, Bruders –, mit einer kurzen Biografie, einer Kontaktadresse und der flehentlichen Bitte um Information. Das Gesicht auf dem ersten Plakat zog Rachaels Aufmerksamkeit auf sich. Der Mann hieß Robert Schloss und war Zahlmeister gewesen. Er trug die harmlose Stoffmütze einer Ordonnanz und eine Brille mit dünnem Metallrand. Etwas in der Rundung seines Kinns und in seinem offenen Gesicht erinnerten sie an Michael. Plötzlich wollte Rachael alles über Herrn Schloss wissen. Die Kontaktadresse war …

»*Bitte?*«, sagte die Frau hoffnungsvoll. »*Haben Sie ihn gesehen?*«

Rachael blickte von dem Plakat auf, ins Gesicht der Frau. Sie hatte ihren eleganten Hut mit einem Halstuch unter dem Kinn festgebunden, dass sich die Krempe hochwölbte wie die Haube einer Schäferin. Die Frau sah Rachael mit einer verzweifelten, geradezu lächerlichen Erwartung an, als wüsste sie womöglich etwas über ihren vermissten Mann und wäre eigens hergekommen, um ihr die Nachricht zu überbringen.

»*Haben Sie ihn gesehen?*«, wiederholte die Frau.

Rachael spürte Mrs. Burnhams Hand an ihrem Ellbogen.

»Selbstverständlich nicht! *Lassen Sie sie in Ruhe!*« Mrs. Burnham wedelte die Trauernde davon und brummte zu Rachael: »Vergiss nicht, dass die hinter unseren Männern her sind.« Unterdessen schob sie sie am eigentlichen Haupteingang des Gebäudes vorbei zu einer unauffälligen Tür in einer Seitenstraße. Man würde nie auf die Idee kommen, dort hineinzugehen, außer man wusste Bescheid. Die Schaufensterfront des Gebäudes war schwarz verhängt, damit draußen von dem Warenangebot nichts zu sehen war.

»Die wollen nicht, dass die Deutschen reinsehen können, damit sie sich nicht benachteiligter fühlen als sowieso schon«, erklärte Mrs. Burnham. »Aber eigentlich glaube ich, das macht die Sache noch schlimmer.«

Rachael stimmte ihr zu. Die Verdunkelung weckte höchstens Neugier. Dass die Waren verborgen wurden, zeugte weniger von Feingefühl als von dem Eingeständnis, dass die meisten der Passanten sich diese Dinge nicht leisten konnten. Und trotz aller Beteuerungen der Militärregierung war der Markt in der Besatzungszone offensichtlich zweigeteilt. in einen für die Einheimischen und einen für die Besatzer. »Willst du meine ehrliche Meinung wissen?«, fuhr Mrs. Burnham fort. »Ich glaube, die

Militärregierung will, dass uns die Deutschen für reicher halten, als wir sind. Ist doch Ehrensache, dass das Heimatland der Besatzer immer noch als reich und mächtig gilt.«

Im Inneren des Ladens schien sich diese zynische Ansicht zu bestätigen. Die Fenster waren verdunkelt, nicht weil den Briten ihre Reichtümer peinlich waren, sondern weil sie sich für den Mangel schämten. Hätten die Deutschen das ganze Warenangebot sehen können, wären sie von dessen Dürftigkeit überrascht gewesen. Wahrscheinlich hätten sie beunruhigt festgestellt, dass das Land, das ihre Staatsgeschäfte führte, kaum seine eigenen Bürger anständig verpflegen konnte.

»Das Einkaufen hier ist nur erträglich, weil ich weiß, dass ich mehr Auswahl habe als meine Schwester in East Sheen. In England wird jetzt das Brot rationiert. Ist das zu glauben? Das Brot! Das war nicht mal im Krieg nötig.«

Natürlich gab es Gin. Ganze Wände voll: Gordon's, London Dry, Booth's. Die bekannten Marken waren breit vertreten, wie es sich gehörte, hier litt die Produktion anscheinend nicht unter den Problemen, mit denen die Hersteller anderer Waren zu kämpfen hatten. Grundlegende Bedarfsartikel mochten knapp sein, aber die bewährten Anregungs- und Beruhigungsmittel des Empire sprudelten weiter wie Erdöl aus einem riesigen unterirdischen Lager. Hier gab es keine Engpässe. Gin brachte, wie jeder Kommissar, General und Gouverneur wusste, Glanz auch in die ödesten Außenposten und heiterte selbst die niedergeschlagensten Diener des Empire auf. Seine Herstellung und Verteilung war von größter nationaler Dringlichkeit.

Und so marschierte Mrs. Burnham auch als Erstes auf die Gin-Wand zu.

»Keith beschwert sich, dass das Zeug ohne Tonic nach Petroleum schmeckt, aber in der Not frisst der Teufel Fliegen. Weiß der Himmel, wann wir wieder Tonic zu sehen kriegen. Aber solange wir Wermut haben, gibt es Gin mit Wermut. Und solange wir Angostura Bitter haben, gibt es Pink Gin, und wenn wir Orangensaftkonzentrat haben, gibt es natürlich Gin Orange: Gin, Saftkonzentrat und einen Schuss Wasser. Niemand beklagt sich. Mit diesen Drinks überleben wir, bis das wunderbare Tonic wiederkommt. Bis zu diesem Glückstag müssen wir eben erfinderisch sein. Schau mal, wie billig der Gin ist! Vier Shilling die Flasche! Die Absicht ist eindeutig: Wir sollen uns alle so oft wie möglich besaufen, am besten in Gesellschaft. Den Gefallen tun wir ihnen gerne. Apropos, ich finde es höchste Zeit, dass die Gattin des Kommandanten ihre erste Gesellschaft gibt.« Damit packte Mrs. Burnham vier Flaschen am Hals und ließ sie in ihre Tasche fallen.

Die Betreiber des NAAFI gaben sich keine Mühe, beim Aufbau der Waren dem Auge etwas zu bieten. Die Lebensmittel und Getränke wurden einfach in Reihen abgeladen, im Karton und auf Paletten, ohne gefälliges Drumherum. Rachael fand das Fehlen des schönen Scheins seltsam angenehm. Im Grunde hatte sie nie gern eingekauft, für sie war diese Art der Warenpräsentation nervenschonend. Ganze Gänge voll mit einem einzigen Produkt – das vereinfachte den Einkauf. Es hatte fast etwas Futuristisches an sich. Und dass man mit Gutscheinen oder den achteckigen Papp-»Münzen« bezahlen musste, verstärkte noch das Gefühl einer Scheinwelt.

Ringsum kauften Britinnen – es handelte sich fast nur um Frauen – mit kaum verhohlener Hysterie. Einige von ihnen hatten sich in Schale geworfen wie für einen Theaterbesuch. Auch Rachael hatte sich für den Ausflug zu einem etwas schickeren Twinset als nötig aufgeschwungen. Aus der Sicht eines unbeteiligten Beobachters fügte sie sich nahtlos ein in dieses Gewühl aus Wolle und Nylon, über dem ein Mief aus Parfum und Talkumpuder hing. Trotzdem fühlte sie sich fehl am Platz, und das lag nicht nur an der »Selbstentfremdung« oder gar »Fragmentierung« des Selbst, die Doktor Mayfield bei ihr diagnostiziert hatte. Einkaufen war für sie schon immer unbefriedigend gewesen.

»Bereit für das Obergeschoss?«

Mrs. Burnham schob Rachael zum Aufzug, der die Kunden zwischen den Lebensmitteln und Getränken im Erdgeschoss und den Abteilungen Bekleidung und Spielwaren im Obergeschoss hin und her beförderte. Es war ein Paternoster mit offenen Kabinen, in die man einfach einstieg und wieder heraustrat. Rachael, die so etwas noch nie gesehen hatte, zögerte erst beim Einsteigen, sie fürchtete, im Niemandsland zwischen den auf und ab steigenden Kabinen gefangen zu werden. Dann trat sie neben einen kleinen Jungen, der vor Aufregung, mit seiner Mutter einkaufen zu dürfen, strahlte und mit der Handfläche die Räder eines Modellautos drehte.

»Das ist aber ein schönes Auto«, sagte Rachael. »Wo hast du das denn her?«

»Von oben. Das ist ein Lagonda«, erklärte der Junge und hielt das kleine Auto stolz in die Höhe, damit Rachael es bewundern konnte. »Und heute krieg ich den Grand-Prix-Rennwagen der Auto Union. Die haben alle neuen Modelle da.«

Rachael hatte heute Vormittag noch kein einziges Mal an Edmund gedacht, aber jetzt dachte sie an ihn – er hatte zu Hause gerade Unterricht bei dem knochigen, etwas einschüchternden Herrn König. Sie machte sich Vorwürfe: Sie war unaufmerksam geworden und vernachlässigte ihren Sohn, was sie sich damit schönredete, dass Edmund durch den so gewonnenen Freiraum für einen etwaigen Mangel an Zuwendung durchaus entschädigt wurde. Doch sie hatte ihn zu sehr streunen lassen, und wenn sie nicht aufpasste, würde sie ihn verlieren. Plötzlich hatte sie es eilig, ins Obergeschoss zu kommen, kaufte einen

Lagonda und rannte dann fast zurück zu dem wartenden Volkswagen.

»Pass auf, es ist glatt«, warnte Mrs. Burnham und lotste sie dann von der Rückseite des Autos nach vorn. »Hierher! Im Kofferraum ist der Motor.«

Rachael übergab Erich die schwere Papiertüte voller Gin, Whisky und Zigaretten, behielt aber das Geschenk, das sie für Edmund gekauft hatte, in der Hand.

»Möchtest du noch beim Carlisle Club reinschauen? Kaffee trinken? Eine *Woman's Own* kaufen?«

»Eigentlich möchte ich am liebsten zurück – nach Hause, Susan«, sagte Rachael, selbst von ihrer Wortwahl überrascht.

»Gut. Dann führ mir doch deinen Palast vor.«

Als sie am Bahnhof Dammtor vorbeifuhren, sahen sie wieder die Frauen mit den Plakaten. Sie bildeten vor dem Bahnhofseingang eine Art Trichter, durch den Hunderte dick vermummter Männer, die aus den verschiedensten Ecken des Landes ankamen, hindurch mussten. Die Frauen reckten sich, ruckten spähend mit den Köpfen und versuchten zu sehen, ob im Strom der Flüchtlinge, der sich aus den Zügen ergoss, ihr vermisster Mann mittrieb. Rachael sah, wie ein Mann auf eine der Frauen zurannte und sie umarmte. Er fiel auf die Knie und küsste sein eigenes Foto, das ihr um den Hals hing, dann stand er auf, hob sie hoch in die Luft und wirbelte sie herum, ein ums andere Mal.

»Blick nach vorn!«

Aber wenn Mrs. Burnham glaubte, sie hätte Rachael bei unpatriotischen Gefühlen ertappt, irrte sie sich. Die Szene weckte in Rachael kein Mitgefühl, sondern Neid. Neid auf das vereinte, wie ein Karussell kreisende Paar. Wäre Lewis vermisst, hätte sie sich dann auch so ein Plakat um den Hals gehängt und in der Eiseskälte wartend am Bahnhof gestanden, voller Hoffnung, dass er vielleicht auftauchte? Sie war sich nicht so sicher.

»Ich heiße Edmund. Ich bin englisch.«

»Engländer«, verbesserte ihn das Skelett behutsam.

»Engländer. Ich heiße Edmund. Ich bin Engländer.«

»Deine Aussprache ist ausgezeichnet.«

Das Skelett schlotterte und versuchte den Tremor hinter einem Reiben und priesterlichen Umklammern der Hände zu verbergen. Edmund ließ sich nicht täuschen, doch aus Mitgefühl und Respekt gab er vor, nichts zu bemerken, auch nicht Herrn Königs wächsernen Schellackgeruch. Obwohl es im Raum genauso warm war wie in den anderen Zimmern des Hauses – wärmer wahrscheinlich als sonst wo in Hamburg und der ganzen britischen Besatzungszone –, behielt König während des ganzen Unterrichts den Mantel an, als versuchte er, die Wärme für später zu speichern oder einen inneren Kern aus Gletschereis aufzutauen. Begehrlich sah er zu dem Stück Kuchen und dem Glas Milch hinüber, die Heike für ihn gebracht hatte. Meist kam der Imbiss erst nach dem Unterricht, aber heute hatte das Dienstmädchen ihn schon vorher hereingetragen und auf das Beistelltischchen gestellt, wo er den ganzen Vormittag die Blicke des Lehrers auf sich zog.

»Möchten Sie Ihren Kuchen jetzt essen?«, fragte Edmund.

»Kuchen?«

Fast unhörbar murmelte Herr König: »Meine Güte, ja.« Dann sagte er laut: *»Thank you.«*

Edmund stand vom Schreibtisch auf, holte den Kuchenteller und die Milch und stellte sie vor seinen Lehrer. Herr König ergriff das Glas und trank gierig, aber zugleich bedachtsam. Er stellte es wieder hin und leckte seinen milchgetränkten Schnurrbart ab, unter dem seine Zunge verstohlen hervorhuschte. Dann aß er den Kuchen mit beiden Händen, pingelig geziert wie ein Mäuschen. Zum Schluss steckte er den Zeigefinger tief ins Glas, benetzte die Fingerspitze und drückte damit alle Krümel auf dem Teller zu einem letzten kleinen Bissen zusammen, wie Eisenspäne, die an einem Magneten haften blieben. Danach war Königs Teller glänzend sauber, wie von einem Hund abgeleckt.

Edmund hatte von seinem Vater erfahren, dass Herr König ehemaliger Rektor einer Kieler Schule und ein Mann von umfassenden Fähigkeiten war, ein echter Universalgelehrter, daher war Edmund anfangs von der abgerissenen Kleidung und der Gebrechlichkeit seines Lehrers überrascht. Für einen Rektor sah er zu alt und hinfällig aus; wenig in seiner Erscheinung ließ auf Autorität oder Gelehrsamkeit schließen. Aber nach ein paar Unterrichtsstunden begann Edmund die Wertschätzung seines Vaters zu begreifen. Herr König erwies sich in Mathematik als genauso versiert wie in Geschichte und englischer Literatur. Und er war wachsam wie ein Waldgeschöpf. Ebenso wenig wie Fett an seinem Körper gab es Überflüssiges in seiner Sprache; alles, was er sagte, schien gefiltert, von allen Unreinheiten geläutert, bevor es ihm über die Lippen kam. Dies und der Hinweis auf eine respektablere Vergangenheit verliehen ihm eine bescheidene Würde.

»Schauen wir uns den Atlas an.«

Der Unterricht schloss stets mit einem Blick in den Atlas, den Herr König für eine Lektion auf Deutsch nutzte, in der er Geschichtliches mit Erdkunde verband. Edmund holte seinen alten Cassell und schlug die Weltkarte auf. Herr König forderte Edmund auf, die Farbe der Länder, auf die er deutete, auf Deutsch zu benennen. Als Erstes legte er den Finger auf Kanada.

»*Rosa.*«

Auf die Vereinigten Staaten.

»*Grün.*«

Auf Brasilien.

»Äh ... *gelb?*«

»Gut.«

Auf Indien.

»*Rosa.*«

Auf Ceylon.

»*Rosa.*«

Auf Australien.

»*Rosa.*«

»Warum sind sie rosa?«, fragte Herr König.

»Sie gehören alle zum British Empire?«

»Gut. Du lernst schnell.«

»Mein Vater sagt, dass das Empire wegen des Kriegs jetzt schrumpfen wird. Er sagt, dass wir kein Geld mehr haben und dass jetzt Amerika und die Sowjetunion am mächtigsten sind.«

»An dieser Karte wird sich viel verändern. Sie wird nicht mehr so rosa sein.«

Edmund fragte sich, was Herr König wirklich von den Briten und ihrem Empire hielt. Hatte er nur aus Höflichkeit auf die Ausdehnung des britischen Herrschaftsbereichs hingewiesen? Es war vielleicht Zufall, aber Herrn Königs Finger hatte ein braunes Japan, ein gelbes Italien und, was am auffälligsten war, ein blaues Deutschland ignoriert, das selbst mit den beschnittenen Grenzen des Versailler Vertrags in der Bühnenmitte lag, mächtiger Mittelpunkt im Herzen Europas. Es überraschte Edmund, dass weltweit kaum eine Handvoll Länder – Tanganjika, Togo, Namibien – im selben Blau gefärbt waren.

»War Hitler neidisch auf unser Empire?«

Die Frage hatte eine abrupte Wirkung: Herr König richtete sich kerzengerade auf und machte den Rücken so steif, dass ihm vor Anspannung die Halswirbel knackten; er schien blitzschnell abzuwägen.

»Es ist mir nicht erlaubt, über diese Dinge zu reden«, sagte er dann.

Edmund verstand ihn nur halb.

»Ist schon in Ordnung. Meine Mutter ist nicht da.«

Herr König blieb stumm, er fühlte sich sichtlich unwohl.

»Dürfen Sie nicht, weil Sie darauf warten, gesäubert zu werden?«, fragte Edmund.

»Du meinst *entlastet*«, korrigierte ihn Herr König. »Die Deutschen reden nicht gern über diese Zeit.«

»Aber Sie waren doch Rektor. Bei Ihnen ist das doch sicher kein Problem, oder? Sie werden Ihre weiße Bescheinigung bekommen?«

»Ich hoffe.«

»Sie werden einen *Persilschein* bekommen?«

»Du kennst dieses Wort?«

»Ich habe es von meinem Freund gelernt.«

»Einem deutschen Freund?«

Edmund nickte. »Er sagt, alles, was die Deutschen wollen, ist ein *Persilschein*.«

König rieb sich wieder die Hände, als wolle er etwas aus ihnen herauswringen.

»Ja. Damit wir wie saubere Wäsche sind. Ohne Flecken.«

»Manche Leute kaufen ihn auf dem Schwarzmarkt. Ein Persilschein kostet vierhundert Zigaretten.«

»Du bist aber gut über diese Dinge informiert, Edmund.«

»Vielleicht könnte ich Ihnen einen besorgen?«

Herr König hob die Hände. »*Nein*. Ich muss die richtigen … Kanäle durchlaufen, wie alle anderen.«

Natürlich. Herr König war ein Rektor, und Rektoren mussten sich an die Regeln halten.

»Werden Sie dann wieder Rektor?«

Zum ersten Mal wirkte Herr König schwermütig. Er blickte auf den Atlas, zur großen grünen Nation auf der anderen Seite des blauen Meers. »Mein Bruder hat mich nach Amerika eingeladen. Er ist nach dem Ersten Weltkrieg dorthin ausgewandert.

Er hat eine Melkmaschine erfunden, mit der man Kühe schneller melken kann als mit allen bisherigen Maschinen, und jetzt fährt er einen Buick und wohnt in einem Haus am See. In Wisconsin. Wisconsin ist fast so groß wie Deutschland. Er erzählt, dass in Amerika alles größer ist. Die Kühe. Die Essensportionen. Die Autos. Sein Buick hat Bullhörner auf der Kühlerhaube.«

Edmund wäre gern selbst dorthin gereist. »Dann fahren Sie also?«

Herr König starrte den Atlas an. Er tippte auf Wisconsin.

»Jetzt ist es für mich zu spät.«

»Warum?«

»In ein paar Jahren bin ich sechzig.«

Für Edmund fielen alle Erwachsenen jenseits der vierzig in eine einzige Kategorie. Er begriff nicht die Unterschiede zwischen den Erwartungen und Ambitionen eines immer noch leistungsfähigen Einundvierzigjährigen und denen eines Neunundfünfzigjährigen auf der Schwelle zum Alter, wusste nichts von der Abnahme der Vitalität und Energie, von den auftauchenden Krankheiten, die den Lebensweg eines Menschen hemmen und bestimmen können. Herr König hatte die Chance, nach Amerika zu gehen. Warum sollte das Alter ein Hindernis sein?

»Aber wenn Sie in Deutschland bleiben, sind Sie doch genauso alt.«

Herr König lächelte, hielt den Mund zwar geschlossen, aber durch seine Nase schlüpften leise pfeifende Lachgeräusche.

»Ist es vielleicht zu teuer?«

»So viele Fragen. Das ist ja wie ein kleiner *Fragebogen*. Nein. Mein Bruder würde die Überfahrt bezahlen.«

»Dann … dann könnten Sie doch fahren?« Edmund durchlebte stellvertretend den aufregenden Weg seines Lehrers nach Amerika und gefiel sich in der Rolle, Herrn König zu einem neuen Leben jenseits des Atlantiks zu ermuntern. Aber Herrn König schienen weitere Erklärungen unangenehm. Er veränderte seine Haltung, richtete sich auf und sprach mit mehr Autorität.

»Die Sache ist… kompliziert.« Herr König klappte den Atlas zu und beendete damit die Möglichkeit weiterer Erkundungen.

Edmund wusste, dass an diesem Punkt seine Fragen aufhören mussten. Wenn ein Erwachsener einmal dieses Wort in den Mund nahm, waren weitere Bemühungen zwecklos.

Die alte Uhr schlug zwölf und übertönte den peinlichen Moment.

»Die Zeit ist um«, sagte Herr König erleichtert. »Morgen sehen wir uns die Bevölkerung und die Rohstoffe an. Du kannst dabei große Zahlen lernen.«

»Danke, Sir. Das möchte ich gerne.«

Herr König ging normalerweise zum Seiteneingang hinaus, aber der war durch eine Schneewehe blockiert, durch die Richard noch keinen Durchgang geschaufelt hatte. In Ermangelung eines Erwachsenen, der Herrn König hätte verabschieden können, begleitete Edmund seinen Lehrer zum Hauptportal, wo er einige Zeit damit verbrachte, mit derselben pingeligen, an Nagetiere erinnernden Geziertheit wie beim Kuchenessen seinen Hut mit einem Schal am Kopf festzubinden. Eine kalte Windbö fuhr zur offenen Tür herein und blies pudrige Schneekristalle in die Eingangshalle. Herr König schärfte Edmund ein, die Tür rasch hinter ihm zu schließen, damit die kostbare Wärme nicht entwich, aber dem Jungen riet sein Instinkt davon ab. Der Wind war so stark, dass er die Tür, um sie zu schließen, hinter Herrn König hätte zuschlagen müssen, und das wollte er nicht. Stattdessen ließ er sie einen Spalt geöffnet, stemmte sich von innen mit derselben Kraft dagegen wie der Wind von außen und verabschiedete seinen Lehrer. Herr König lief mit schnellen

Schritten wie ein Mann auf Glatteis, möglichst ohne anzuhalten, damit er nicht ins Rutschen geriet: ein immer kleiner werdender schwarz-grauer Fleck in einer schneeweißen Persilscheinwelt.

Edmund lief in das Zimmer seiner Eltern hinauf, um nach Zigaretten zu suchen. Beim Durchfilzen der Jacken seines Vaters fand er das silberne Zigarettenetui. Es war leer – sein Vater hatte seinen Vorrat noch nicht aus der Schachtel umgefüllt –, doch die beiden Fotos hinter dem Gummiband lenkten Edmund sofort von seinem Vorhaben ab. Das erste Foto zeigte seine Mutter an einem Strand in Pembrokeshire, wo er und Michael versucht hatten, das Meer mit einem Damm aus Sand aufzuhalten; das zweite direkt dahinter hatte schon Eselsohren, ein Schnappschuss von Michael in ihrem Garten in Amersham. Es gab Edmund einen Ruck, als er seinen toten Bruder in seinem Cricket-Pullover mit dem Zopfmuster so lebendig vor sich sah; er grinste ein bisschen, als lachte er gemeinsam mit dem Fotografen über einen Witz, in diesem Fall mit seiner Mutter, die das Bild aufgenommen haben musste. Edmund erlebte plötzlich wie in einer Rückblende noch einmal das Essen mit den Verwandten nach der Beerdigung, er sah, wie sich seine Mutter im Garten von Narberth Schleim aus der Nase von der Wange wischte, wie sich sein Vater viel zu sehr um alle anderen kümmerte, um sich mit seinen eigenen Gefühlen zu befassen, wie sehr er, Edmund, selbst zu kämpfen hatte, damit seine Augen nicht überliefen, weil er sich seinen Cousins und Cousinen nicht so zeigen wollte. Edmund spürte wieder dieses Gefühl des Hohlwerdens bei einem gleichzeitigen Andrang von Wasser, das aus seinem Bauch durch die Brust zur Nase hochgepumpt und gegen seine Augen gepresst wurde. Aber diesmal galten die Tränen nicht Michael, sondern sich selbst. Von ihm gab es kein Foto im Zigarettenetui seines Vaters. Warum nicht? Vielleicht hatte er eins in seiner Brieftasche. Vielleicht brauchte sein Vater kein Foto von ihm, weil er noch lebte. Oder musste Edmund einen dramatischen Tod sterben, damit er einen Platz in dieser intimen Galerie erhielt? Edmund stellte sich ein Potpourri heroischer Todesarten vor, die etwas hermachten, stellte sich vor, wie er in einem Feuer, einem Krieg, einem Schneesturm umkam, während seine Mutter im Hintergrund die Stakkatotöne des »Erlkönigs« hämmerte; dann stellte er sich seinen Vater vor, wie er eine Schuhschachtel durchwühlte, einen Schnappschuss heraussuchte, der an den armen Edmund erinnerte, und ihn so zurechtschnitt, dass er in das silberne Zigarettenetui passte.

Edmund ließ das Etui wieder zuschnappen und schob es zurück in die Jackentasche. Er atmete den fleischig-moosigen Geruch seines Vaters ein. Er liebte seinen Vater auf eine schlichte Art, liebte auch seine Mutter, aber seine Gefühle für sie waren wie ein Labyrinth, verglichen mit der geradlinigen Zuneigung zu seinem Vater. Irgendwie war es einfacher, einen Menschen zu lieben, der nicht da war.

Es fühlte sich einfach edel an, wie das Etui in die gefütterte Tasche rutschte, wie schwer sein Gewicht darin wog – Edmund wiederholte die Aktion gleich mehrere Male. Dann nahm er seine Suche nach Tabak wieder auf und durchwühlte den Waschbeutel seines Vaters. Der Beutel roch nach Teerseife und Eukalyptus. Drinnen waren ein Schildpattkamm, ein feuchter Waschlappen und eine Medaille – sein Orden. Edmund nahm das weiße Emaillekreuz mit den Goldrändern heraus und betrachtete es. Was machte das im Waschbeutel? Es war doch sicher ein Frevel, eine Auszeichnung in einen so unansehnlichen Behälter zu werfen. Sie hätte in einer samtgefütterten Schachtel liegen oder, besser noch, dauerhaft in Brusthöhe an den Mantel seines Vaters geheftet sein sollen, wie die russischen Soldaten ihre Orden trugen, sogar wenn sie in die Schlacht zogen. Das Datum der Verleihung war hinten eingraviert, Mai 1945, und das blaue Band hatte einen Fleck – ein Klümpchen Seife klebte daran. Edmund schnippte die Seife weg und hielt sich die Medaille an die eigene Brust. Er wollte sich gerade selbst für eine heroische Tat belobigen, als ein durchdringender Schrei von unten ihn in Deckung gehen ließ.

Mrs. Burnham rauschte durch das Haus wie ein heißer, turbulenter Wind, schlug Wellen, peitschte Wirbel auf und trieb die Lufttemperatur in die Höhe. Rachael folgte in ihrem Windschatten; sie bedauerte schon, dass sie eine so unbändige Kraft entfesselt hatte, und hoffte nur, Herr Lubert wäre nicht wieder früher nach Hause gekommen.

»Hier fangen wir an«, begann Susan, die das Haus für ihre eigenen Fantasien beschlagnahmte. »Wir schütteln den Schnee von uns ab und wärmen uns am Kamin. Wir trinken ein paar Pink Gins. Oder vielleicht Glühwein. Die Thompsons verspäten sich mal wieder. Das machen die immer, so ist das eben bei den vornehmen Leuten. Ich schlage vor, du bestellst sie einfach früher. Wir plaudern erst mal über dies und jenes, über alles und nichts. Natürlich gibt jeder ein paar Höflichkeiten über das Haus von sich, während alle verzweifelt versuchen, ihren Neid zu verbergen. Dann schreiten wir hindurch zum ...« – sie wusste instinktiv, wo es weiterging, und trat durch die Doppeltür – »... zum – du meine Güte! Das ist ja ein eigenes Billardzimmer! Und schau dir mal die Bilder an. Ich vermute schwer, das sind nicht deine eigenen. Was ist denn das, um Himmels willen?« Sie sah ein Bild an, als wolle es sie beißen. »Moderne Kunst. Davon versteh ich nichts. Aber Keith hat einen Blick dafür. Und weiter geht's ... da lang ...« Sie trat durch die bereits offenen Türen in das Esszimmer. »... in das ... Das ist schon besser. Obwohl ich glaube, dass ich die Gästeliste zu sehr abgespeckt habe. Wir kriegen um diesen Tisch doch mindestens –

sechzehn? Vielleicht solltest du den Generalleutnant der Luft-waffe und seine Frau noch dazubitten? Sie haben für Pracht was übrig. Also. Jetzt wird das Essen serviert. Fünf Gänge? Bitte kein Sauerkraut. Das schmeckt nach Armut und Wirtshaus. Jedenfalls wird eine unvermeidliche Diskussion über die Lage zu Hause beginnen. Jemand wird die Russen erwähnen. Blabla. Jemand wird den Benzinmangel erwähnen. Blabla. Und wenn der Nachtisch fällig ist – ich bringe ein Dessert mit –, spüren wir alle schon den Gin oder was immer wir trinken. Keith ist schon ziemlich rot im Gesicht. Er sucht Streit mit jemandem, und dann ist es Zeit, dass die Männer… Nein! Vielleicht wer-fen wir alles um und lassen sie bleiben, wo sie sind, während wir uns zurückziehen…« Sie stieß die Flügel der Tür mit dem Rundbogen auf und trat in den schönsten Raum des Hauses, so atemberaubend schön, dass sie sich kein Kompliment abringen konnte: »Mhm. Ja. Kann man so lassen. Ein Klavier. Hervorra-gend. Wir sind alle besoffen genug, um ein bisschen Gilbert & Sullivan zu singen. Wir lassen Diana vor sich hin trällern und tun so, als hätte sie eine umwerfende Stimme. Du singst ver-mutlich auch? Und spielst? Gut. Vielleicht machen wir Schara-den…« Sie hielt inne und sah aus dem großen Fenster zum Tor. »Ist das die Tochter?«

Frieda kam zielstrebig die Auffahrt hoch. Im Schnee, mit den geflochtenen Zöpfen, sah sie aus wie aus Grimms Märchen, ein Mädchen, mit dem Hexen und Wölfe leichtes Spiel hätten.

»Sie kommt heute aber früh zurück.«

»Sie muss was mit diesen Affenschaukeln unternehmen. Du solltest mal Renate auf sie ansetzen.«

Rachael beobachtete Frieda und bekam Gewissensbisse, weil sie diese Notwendigkeit nicht selbst erkannt hatte. Sie nahm sich vor, Frieda die Dienste der Friseuse anzubieten, wenn die das nächste Mal ins Haus käme.

Mrs. Burnham kniff die Augen zusammen für einen letzten Schnappschuss von Frieda und wandte sich dann wieder dem Salon zu, um ihre Runde durch das Haus zu beenden. »Vermutlich können wir hier unseren letzten Drink nehmen – oder nein… Lieber wieder zurück zur…« Sie trat durch die zweite Tür, die zum Kamin in der Eingangshalle führte, und beendete die Tour mit einem schwungvollen Schnörkel: »Trara! Wir sind wieder da, wo wir angefangen haben. *Hier* nehmen wir ein letztes Gläschen zur Brust. Wir sehen der letzten Glut beim Verglimmen zu und… um drei Uhr früh dann bitte die Kutsche. Hab ich was vergessen?«

»Du hast die Latte ziemlich hoch gelegt, Susan.«

»Das war nur eine erste Überlegung. Das wirkliche Ereignis wird noch viel besser.«

»Ich bin nicht sicher, dass ich die Sache ganz so… perfekt hinkriege.«

»Unsinn. Du bist ein kluges Mädchen. Und hast Personal.«

Rachael nickte; sie war dankbar, dass keiner vom Personal diesen Wirbelwindbesuch mitbekam.

»Obwohl du gesagt hast, du hättest Probleme?«

»Anweisungen zu geben fällt mir schwer.«

»Du musst fest bleiben. Zeig ihnen, dass du an Dienstboten gewöhnt bist. Sie kriegen schnell spitz, wenn es nicht so ist, und sind dann gegen dich.«

»Ich glaube, das sind sie sowieso schon.«

Die Küchentür stand offen, und sie hörten unten jemanden herumhantieren. Rachael schloss die Tür. »Vor allem die Köchin«, setzte sie hinzu.

»Es ist viel besser, du zeigst ihnen, wer hier das Sagen hat. Besser für alle.«

Susan Burnham verschlang den Raum mit den Augen, katalogisierte alles.

»Und die deutsche Familie? Wie funktioniert das denn alles? Wo essen die denn?«

»Die haben eine Küche oben. Und es gibt einen Speiseaufzug.«

»Habt ihr Umgang miteinander?«

»Eigentlich nicht. Ed hat aber ein paar Mauern eingerissen.«

»Ich würde sie an deiner Stelle sofort wieder aufbauen.«

Rachael hatte bereits beschlossen, den Vorfall mit Cuthbert nicht zu erwähnen; Susan Burnham würde die Sache zu einem echten Mord aufbauschen, und in einer Woche wüsste der ganze Bezirk Bescheid.

»Ach, schau mal an.« Mrs. Burnham wurde auf einen Fleck über dem Kamin aufmerksam. »Ich sehe, sie haben ihn abgehängt.«

Rachael sah auf dieselbe Stelle: ein Rechteck unverblichener Tapete in Porträtgröße, hinterlassen von einem abgenommenen Bild.

»Wen abgehängt?«

»Den Führer. Dort würde er hängen. Die deutschen Häuser sind voll von diesen andersfarbigen Rechtecken an der Wand. Nur sind die meisten Deutschen so schlau und verdecken sie. Schau nicht so schockiert. Die hatten doch alle so ein Bild. Keith nennt das *den Fleck, der sich nicht entfernen lässt.*«

Rachael sah den Fleck an und konnte sich den ursprünglichen Zustand lebhaft vorstellen. Warum war ihr das nicht früher aufgefallen?

»Ich habe das Gefühl, sogar Keith würde ein paar Grauspuren übersehen, um in einem solchen Haus zu wohnen.«

»Ich glaube nicht, dass Herr Lubert etwas mit den Nazis zu tun hatte. Nach unseren Informationen jedenfalls.«

»Natürlich nicht. Das behaupten sie alle.« Sie ließ den Blick durch das Haus schweifen, streckte die Hände aus und schloss ihre Beweisführung ab: »Glaubst du, so etwas fällt einem ohne Kompromisse in den Schoß? Eine so vermögende, einflussreiche deutsche Familie muss doch Verbindung mit dem Regime gehabt haben.«

Rachael hatte das Gefühl, dass diese Argumente nicht von Mrs. Burnham selbst stammten, sondern von ihrem Mann, mit dem sie schon darüber diskutiert hatte.

»Ich bin sicher, die haben sich herausgehalten.«

»Ach komm, Rachael. Es mag christlich sein, vom anderen das Beste zu denken, aber wir dürfen in diesen Dingen nicht naiv sein.«

Rachael hatte Herrn Lubert noch nicht in einem solchen Verdacht gehabt. Wenn sie Mrs. Burnham zustimmte, würde sie selbst dumm dastehen, Lewis als unverantwortlicher Narr erscheinen und ihr Platz in der Villa unhaltbar.

»Sie können nicht alle schuldig sein, Susan«, zitierte sie nun ihrerseits ihren Mann. »Ich glaube wirklich nicht, dass er etwas damit zu tun hatte.«

»Meine Liebe, sie hatten alle etwas damit zu tun. Bleibt nur festzustellen, wie viel.«

7

»Guter Tommy. Christen-Tommy. Ich mag *English Vay of Life*. Ich mag *King and Qveen of Vindsor*. Ich mag Demockery. Ich habe von *Dominion New Zealand* gehört. Dahin will ich. Hilfst du mir hinkommen, Tommy?«

»Hau ab, du kleiner Scheißer.«

»Guter Tommy. Ich kenne London. Du hast *River Kitz. Batter-zee Power Station*.«

»Hör dir den an. Weg da! Verzieh dich! *Schnell!*«

»Du sprichst gut Deutsch, Tommy.«

»*Schnell!*«

»Nicht den Iwan. Nicht Stalin. Ich will *English Vay of Life*.«

»Du solltest in der Schule sein. *Schule?*«

»*No* Schule. *No* Haus. *No* Mutti. Gib mir ein paar Kippen, Tommy. *Please*. Hast du ein paar für mich? Meine Mutti ist tot.«

»Meine auch. Und jetzt zisch ab. Du nervst.«

»Ah … Ich glaube, ich werde … ohnmächtig.«

»Was du nicht sagst! Lass den Quatsch! Hör auf!«

Osi kippte vor dem Wachtposten um wie ein gefällter Baum, auf das Polster des frischen Neuschnees, der ihn knirschend auffing. Wie er in seinem Pelzmantel so dalag, sah er aus wie ein erschossener Fuchs. Der Soldat, der den Eingang des britischen Hauptquartiers bewachte, bewahrte angestrengt eine mannhafte Haltung, sah geradeaus und ignorierte den Jungen. Doch da blieb eine Frau, die einen Kinderwagen voller Kartoffeln schob, vor dem hingestreckten Osi stehen. Sie sah den reglosen Wachtposten an und deutete mit einem scharfen Ruck des Kinns auf den Jungen.

»Schäm dich, Soldat!« Sie warf ihm einen vernichtenden Blick zu.

Da fingen weitere deutsche Zivilisten an zu gaffen. Der Wachtposten wollte kein Aufsehen erregen, lehnte sein Gewehr an sein Schilderhäuschen, beugte sich über Osi – er ging nur in die Hocke und kniete sich nicht hin, damit seine Hose nicht nass wurde –, packte ihn im Genick am Mantelkragen und zog ihn zum Sitzen hoch.

»Komm schon, du Knirps. Wach auf.« Er klatschte dem Jungen seine eisigen Handschuhe um die Ohren. »Schau dich mal an. Was hast du denn alles an? Siehst ja so stockschwul aus wie Noël Coward.«

Osi flatterte gekonnt mit den Lidern und stammelte im perfektionierten Delirium:

»Mr. Attlee. *Thank you.* King George. *Thank you.* Tommy-Wache. *Thank you.* Kippen. Kippen für Osi. Kippen für Brot. Tommys sind Christen. Schenken Kippen.«

Der Soldat zog eine Schachtel aus der Brusttasche und klopfte demonstrativ ein paar Zigaretten für den Jungen heraus.

»Da, du Knirps«, sagte er und schenkte ihm nicht nur eine, nicht zwei, sondern drei Zigaretten. Zufrieden mit seinem Beitrag zur Öffentlichkeitsarbeit erhob sich der Wachmann wieder, halb in Erwartung von Applaus, musste aber feststellen, dass niemand Zeuge seiner guten Tat geworden war.

»Und jetzt ab mit dir! *Sod off, you little blighter.*«

Als Gegengabe für sein wirres Loblied auf die englische Kultur erhielt Osi drei Zigaretten und vier neue Wörter für seinen bereits sehr fluchlastigen Englischfundus.

»*Sod. Off. Little. Blighter!*« Er wiederholte die Phrase, klopfte sich ab und lief, die so mühevoll erworbenen Früchte der Barmherzigkeit an sich gepresst, in spritzigem Tempo den Ballindamm entlang in Richtung Alster. Gemessen an seinen hohen Maßstäben beim Betteln und Klauen, war die Ausbeute lumpig. Den ganzen Tag hatte er bei den Läden und Hotels rund um die Binnenalster, die die Tommys für sich beschlagnahmt hatten, nach Essen und Vorräten gestöbert, hatte erfolglos sein »Lob der englischen Kultur mit anschließendem Ohnmachtsanfall« abgespult. Die Tommyweiber, die in den NAAFI-Läden einkauften, schienen immun gegen die Komplimente, die er ihnen zu ihren Frisuren und Hüten machte; die in der Regel reichhaltigen Mülltonnen hinter dem Hotel Atlantic waren mit Schlössern gesichert. Und an der Treppe des Victory Club, wo er um Essensreste gebettelt hatte – »He, Yankee, was machst du hier? Nimm mich mit nach Amerika!« –, hatte ihn ein Amerikaner grob weggescheucht: »Verpiss dich!«

Osi fragte sich, ob es an seiner Kleidung lag, dass er beim Tommy so wenig ankam. Heute trug er das Wärmste, was er hatte: die gefütterte Fliegerkappe aus Leder, einen Damenpelzmantel, der einst glanzvolle Tage erlebt hatte, und Reitstiefel, die ihm drei Nummern zu groß waren. Den Mantel hatte er bei der wöchentlichen Kleiderausgabe der Heilsarmee abgestaubt, die Stiefel beim Roten Kreuz. Vielleicht war er zu gut angezogen, um Mitleid zu erregen, aber bei dieser Kälte konnte er sich dünnere Kleidung nicht erlauben, nicht bei dem Zustand seiner Lunge.

Osi steckte die Zigaretten in seine Bleistiftschachtel. Drei Zigaretten für einen ganzen Tag Arbeit. Er würde vielleicht einen Laib Brot dafür bekommen, aber Berti wäre damit nicht zufrieden, der wurde dieser Tage immer fordernder. Ihm genügten Zigaretten oder Medikamente nicht mehr, er wollte Papiere und Pässe, Zeug, das schwer aufzutreiben war und teuer. Osi musste zu Herrn Hokker in die »Brücke«, musste seine Uhr eintauschen, um zu bekommen, was Berti verlangte.

Das meiste, was Osi über britische Kultur wusste, hatte er bei seinen Besuchen im gut ausgestatteten Informationszentrum »Die Brücke« aufgeschnappt, das direkt neben dem Rathaus im Herzen der Stadt erbaut und diesen Sommer vom Bürgermeister mit einer großen Ansprache über Freundschaft und Lernen eröffnet worden war. Die »Brücke« sei geschaffen worden, hatte der Bürgermeister gesagt, »um deutsche Besucher über die wichtigsten Institutionen und Kulturleistungen Großbritanniens« zu informieren. Es gab dort einen großen Lesesaal, eine Galerie für Ausstellungen, einen Filmvorführraum und eine Leihbibliothek. Das Zentrum war immer voll. Deutsche schienen nach Informationen über die Außenwelt jenseits ihrer Erfahrungen zu gieren und waren neugierig auf den *British Way of Life*. Sie wollten durchaus etwas über die Flüsse Großbritanniens und die Frauenrechtsbewegung erfahren, mehr noch aber wollten sie einen Ort, wo sie in der Wärme sitzen und sich ein, zwei Essensmarken erschnorren konnten. Jeder Deutsche, der nicht auf den Kopf gefallen war, wusste, dass in den »Brücken«, die es in vielen deutschen Städten gab, ein Austausch von Gütern nicht nur kultureller Art stattfand.

Osi griff in die weiche Tasche seines Pelzmantels und betrachtete seine Taschenuhr. Es war eine Holdermann & Sohn, aber er wäre froh, wenn er sie loswürde. Er hatte sie einem Vertriebenen, der tot in einem Stiegenhaus in Altona lag, aus der Tasche gezogen. Es kam ihm nicht richtig vor, dass die Uhr weiterschlug, nachdem das Herz des Mannes zu schlagen aufgehört hatte – das kam ihm irgendwie treulos vor wie die Fingernägel, die weiterwachsen, wenn die Seele längst davongeflogen ist. Außerdem ging die Uhr pro Stunde zwanzig Minuten vor. Die Tagesanzeige kündigte bereits Dienstag an, obwohl es erst Montag war; in diesem Tempo wäre sie noch vor Monatsende im Jahr 1950 angelangt.

Im Zentrum war es stickig von der Wärme, die von der geballten Menschenansammlung ausging. Einen Moment lang wurde es Osi bei dem plötzlichen Temperaturanstieg ganz mulmig. Weil so viele in den Genuss kostenloser Zeitungslektüre und geheizter Räume kommen wollten, war es schwer, die Exponate im Ausstellungssaal überhaupt zu sehen. Ein Plakat des neu gegründeten englisch-deutschen Frauenclubs kündigte den Vortrag einer Mrs. T. Harry über ihre »Reise von Kairo nach Jerusalem« an sowie den baldigen Besuch des großen englischen Dichters T. S. Eliot, der eine »Vorlesung über die Einheit der europäischen Kultur auf Deutsch und Englisch« halten würde. Osi blieb stehen, um sich das Foto des Poeten mit dem kräftigen Kinn anzusehen, unsicher, ob es sich um einen Mann oder eine Frau handelte. Daneben warb ein zweites Poster für den Film *Britain Can Make It* und einen Diavortrag über das Volk der Paschtunen an der anglo-afghanischen Grenze.

Hokker saß an seinem üblichen Platz und las die englischen Zeitungen, die durch Mappen oder Ketten gesichert waren, damit sie nicht gestohlen werden konnten. Hokker verbrachte hier den größten Teil seiner Zeit. Er brauchte nicht hinauszugehen, da die Welt zu ihm hereinkam. Er setzte mehr illegale Güter um als jeder andere Schwarzmarkthändler in Hamburg. Alle schmutzigen Rinnsale, Bäche und Flüsschen flossen auf Hokker zu und durch ihn hindurch. Was immer man wollte, Hokker konnte es beschaffen. Solange man dafür zahlte.

Osi drängelte sich durch die Menge zu ihm durch. Mit seinem schwarzen Mantel und dem Homburg sah Hokker aus wie ein Bestattungsunternehmer. Er saß über eine Zeitung gebeugt, den Zeilen mit dem Finger folgend. Sein Hut lag neben ihm auf dem Tisch, in der Krempe schmolz Schnee zu einer Pfütze.

»Hallo, Herr Hokker! Was ist heute los in Tommy-Land?«

Hokker blickte nicht auf. Er war ganz vertieft, seine Lippen bewegten sich mit der Englischlektüre mit.

»Osi Leitmann. Es sieht nicht so gut aus in Tommy-Land.«

»Nein? Was gibt's?«

»Der Tommy will für diese Besatzung nicht bezahlen. Der Tommy sagt, warum sollen die Deutschen essen, wenn wir selbst nichts zu essen haben?«

Herr Hokker glänzte gern mit seinem Englisch und seinen Übersetzungskünsten. Vor dem Handel versuchte ihn Osi immer dazu zu bringen, ihm etwas vorzulesen; meist bekam er dann ein paar Kippen Rabatt.

»Der Winter hilft auch nicht«, sagte Hokker.

»Otto sagt, der wird tausend Jahre dauern«, wagte sich Osi vor. »Das ist die Strafe für alles, was wir verbrochen haben. Es wird keine Kirschblüte in Stade geben. Keine Äpfel in den Obstplantagen. Keine Sonne auf den Vorhängen. Kein Nacktschwimmen in der Alster. Nur tausend Jahre Eis und Schnee. Was meinen Sie dazu, Herr Hokker?«

»Das Gefühl hat man wirklich. Jeder Fluss in Deutschland ist zugefroren. Sogar der Rhein.«

Hokker leckte sich mit einer hochherrschaftlichen Geste den Finger und blätterte die Seite um. »Schau her, wir sind berühmt. Wir sind auf Seite sieben des *Daily Mirror*: ein Foto von Hamburg.«

Osi war wie vom Donner gerührt. Da, mitten in der englischen Zeitung, schaute ihn das plattgemachte Wohngebiet Hammerbrook an, wo er einmal gelebt hatte. Dort hatte er Fenster schmelzen sehen und Asphalt Blasen schlagen, hatte gesehen, wie einer Frau von einem unsichtbaren heißen Wind die Kleider vom Leib gerissen wurden. Er hörte wieder den Wind, der heulte wie eine Orgel, wenn alle Register, alle Pfeifen gleichzeitig tönen. Er sah wieder die roten Schneeflocken fallen, die

Ascheflocken, sah Türrahmen brennen wie Feuerringe, durch die Zirkuslöwen springen. Sorbenstraße. Mittelkanal. Menschen bleiben im geschmolzenen Asphalt stecken. Muttis Haar brennt! Hirnmasse fließt aus Nasen, aus gespaltenen Schläfen. Körper wie Schneiderpuppen, auf halbe Größe zusammengeschnurrt. Bombenbrandschrumpffleisch nannte man das.

»Mutti …«

»Alles klar, Junge?«

Osi schloss die Augen und riss sie wieder auf, um diese Bilder loszuwerden. Noch einmal betrachtete er das Foto seines alten zerstörten Wohnviertels. Darüberkopiert war die Zeichnung eines neuen Wohnkomplexes.

»Bauen die das für uns neu?«, fragte er.

»Das sind Wohnungen für den Tommy. Die werden alle Leute ausquartieren, damit sie bauen können. In der Überschrift heißt es: »160 Millionen Pfund jährlich. Um die Deutschen zu lehren, uns zu hassen.«

»Was ist das?«, fragte Osi und deutete auf eine Karikatur. Ein britisches Paar stand vor einer Hausruine, und der Mann sagte: »Ziehen wir doch nach Deutschland. Ich habe gehört, da gibt's schöne, große Häuser.«

»Was sagt der Mann?«

»Die machen einen Witz. Die sagen, dass es in Deutschland besser ist als in England.«

»Der Tommy ist schon verrückt. Macht Witze über alles.«

»Na? Was willst du denn heute, Osi Leitmann?«

Osi legte die Uhr auf den *Daily Mirror*, und wie ein Zauberkünstler ließ Hokker sie sofort unter seinem Hut verschwinden.

»Was willst du dafür?«

»Wollen Sie sie nicht ansehen?«

»Hab ich schon. Das ist eine gute Uhr. Ein hervorragendes deutsches Fabrikat.«

»Ich brauche mehr Medikamente und einen Lastwagenführerschein.«

Hokker sah Osi an. »Du verlangst schwierige Dinge.« Er hob den Hut hoch und betrachtete die Uhr. Er hielt sie an sein Ohr. Solange er nicht länger zuhörte, würde er nichts bemerken.

»Die hat meinem Vater gehört«, sagte Osi.

Hokker sah den Jungen skeptisch an. »Kein Mann aus Hammerbrook würde eine solche Uhr besitzen.«

»Können Sie mir den Führerschein besorgen?«

Hokker pulte etwas aus den Zähnen und untersuchte es. Es sah aus wie Schinkenspeck. Geistesabwesend schob er sich den kleinen Brocken wieder in den Mund.

»Mit der Uhr kann ich nichts anfangen. Niemand will heute wissen, wie spät es ist. Die Zeit ist in der Stunde Null irrelevant. Alles ist gefroren. Keine Zeit für die Zeit.«

»Irgendwas muss die doch wert sein.«

Hokker griff in die Jackentasche und legte einen Streifen mit drei Essensmarken auf seine Zeitung.

Osi schüttelte den Kopf. Den ganzen Tag hatte der Tommy ihn abblitzen lassen, und jetzt machte auch noch Hokker Zicken.

»Zehn.«

Hokker lachte und nahm den Hut von der Uhr, damit Osi sie sich wieder nehmen konnte.

»Drei oder gar nichts.«

Osi sah die Essensmarken an. Einen für Brot, einen für Milch und Eier und einen für Margarine. Er würde mit Berti verhandeln müssen, neue Ausreden finden müssen, aber im Geist bereitete er schon das Frühstück zu, das er morgen essen würde.

Hokker schob ihm die drei Essensmarken hin.

»Nimm sie. Eine Uhr kannst du nicht essen.«

Lewis stand vor dem Spiegel und rasierte sich. Er gab sich Mühe, Rachael nicht zu wecken, und schabte die Stoppeln mit dem Fingernagel aus dem Schermesser, anstatt es auf dem Waschbeckenrand auszuklopfen. Alle Bäder im Haus waren mit denselben Marmorplatten in Senfgelb und Gold gefliest, und er konnte sich nicht daran gewöhnen: Bei jeder Rasur fühlte er sich wie ein Offizier der indischen Armee, der sich in märchenhaftem Reichtum suhlt. Nicht einmal der Gedanke, dass er den ursprünglichen Bewohnern gnädig zugestanden hatte, ihren Besitz zu behalten, konnte in ihm das Gefühl vertreiben, ein schmarotzender Kriegsgewinnler zu sein.

Er beendete die Rasur, trocknete sein Gesicht ab und räumte auf. Der silberne Streifen der Standard-Verhütungsmittel steckte hinter dem Zahnputzbecher. Mit einem benutzten Kondom in drei Monaten gab er einen traurigen Kalender ab. Lewis ließ ihn offen herumliegen, weil er vage hoffte, Rachael würde ihn sehen, wenn sie selbst das Bad benutzte, und die Bilanz vielleicht verbessern wollen. Ein lächerlich umständlicher Versuch, sich der Liebe durch die Hintertür zu nähern, unredlich und wenig erfolgversprechend, aber Lewis hatte sein Selbstvertrauen verloren und war nicht mehr in der Lage, offen auf Rachael zuzugehen. (Beim Versuch, sich an frühere Momente der Offenheit zu erinnern, war er allerdings nur auf die Zeit gestoßen, als er um sie geworben und ihr furchtlos erklärt hatte, noch vor Jahresende würde sie Mrs. Morgan sein.) Lewis sagte sich, ihr sexueller Appetitverlust sei wie ihre Kopfschmerzen und ihr langes Schlafen in den Vormittag hinein nur ein weiteres Symptom ihres Zustands, den er euphemistisch als »Nachkriegsblues« zusammenfasste. Sagte sich, dass mit der Zeit alles besser würde, hoffte es zumindest. Er war einfach zu beschäftigt, um sich eine andere Therapie zu überlegen.

Rachael schlief auf der Seite, machte mit Zunge und Lippen

leise, trockene Klickgeräusche, es zuckte in ihrem Gesicht, vielleicht war sie am Träumen. Dr. Mayfield betrachtete den Schlaf sowohl als Symptom als auch als Heilmittel für ihren Zustand, aber Lewis hätte sie lieber aktiver gesehen. Wenn er eine Philosophie hatte, dann die: Bleib immer auf Trab.

Das Gute war, dass sie wieder ausging und Susan Burnhams Angebot angenommen hatte, mit ihr in die Stadt zu fahren. Lewis hatte die Frau des Nachrichtenoffiziers einmal in der Kantine kennengelernt. Sie war zwar eine Wichtigtuerin, hatte aber einen überschäumenden Humor und mischte bei allen möglichen kulturellen und gesellschaftlichen Unternehmungen mit; Lewis war für alles dankbar, was Rachael aus dem Haus lockte.

Er entschied sich für den russischen Armeemantel, eines der wenigen Kleidungsstücke, das seinem mageren Körper Schutz gegen die beißende Kälte eines Winters bot, der schon jetzt Rekorde brach. Es gab Berichte, dass die Nordsee bei Cuxhaven zufror und Menschen über die Ostsee liefen, um aus der russischen Zone zu fliehen. Er sah sich seinen Zigarettenvorrat in der Kommode an; kompensierte er die fehlende körperliche Befriedigung durch verstärktes Rauchen? Der Stapel schien um mehrere Schachteln geschrumpft. Er nahm die üblichen sechzig und erinnerte sich wieder daran, dass er seinen Zigarettenkonsum bis Weihnachten auf zwanzig beschränken wollte – und wenn nur aus Solidarität mit den Menschen da draußen, für die Zigaretten so lebensnotwendig waren wie Brot. Er sah Rachael noch einmal an und hatte den Impuls, sie auf die Stirn zu küssen, dann ließ er es aber doch bleiben. Stattdessen schlich er aus dem Zimmer, überließ sie ihren Träumen und erlaubte sich den Wunsch, darin vorzukommen.

Sogar durch den Schnee fuhr der Wagen so ruhig und kompromisslos wie ein Schlachtschiff über den Ozean. Als

Schröder sich pensionieren ließ, weil eine alte Kriegsverletzung wieder Beschwerden machte, hätte sich Lewis einen neuen Chauffeur suchen sollen, aber es machte ihm zu viel Spaß, selbst zu fahren. Der Mercedes war zum wichtigen täglichen Vergnügen geworden, ein warmes, mobiles Kloster, in dem er sich ungehindert der Kontemplation hingeben konnte. Sobald er hinter dem Steuer saß, legte sich der Tumult in seinem Kopf, und seine Selbstsicherheit kehrte zurück.

Die Szene draußen hatte etwas Liebliches: Die schiefergrauen Schneewolken von gestern hatten sich verzogen, der aufgeklarte Himmel war so blau und sauber wie der Kittel einer Oberschwester. Die Sonne stand niedrig und brachte alles zum Funkeln, der dicke Schnee wirkte samtig und beruhigend, gleichzeitig so weiß und rau wie Krankenhausbettwäsche. Ein schöner, aber auch frustrierender Anblick, der dem Minister einen falschen Eindruck vermitteln würde. An einem solchen Tag wäre es verzeihlich, wenn jemand, der Hamburg nur eine Stippvisite abstattete, zu dem Eindruck gelangte, dass sich die Stadt erstaunlich schnell erholte. Der Schnee verschleierte das Trauma, warf über alles eine mildernde Decke und verlieh dem schartigen Metall und den zerbrochenen Ziegeln einen neuen, verheißungsvollen Überzug. Ein schlechter Tag für eine Tour, die zeigen sollte, wie hässlich und grau das Leben in den deutschen Ruinen war.

Lewis trat durch die Drehtür des Hotel Atlantic und ging an der Rezeption vorbei, wo an der Wand hinter dem Portier nun ein Bildnis des Duke of Wellington hing, das das Gebäude in einen Ableger von Whitehall verwandelte. Der Minister würde kaum merken, dass er England verlassen hatte.

Ursula stand vor dem großen Kamin und wärmte sich. In ihrer Wollstrickbluse, dem Fischgrätrock und den schwarzen Keilpumps sah sie ebenso elegant wie bescheiden aus. Sie hatte sich das Haar zurückgekämmt und hochgesteckt, wie bei den

Dolmetscherinnen der Militärregierung üblich und angebracht. Aber statt ihre Attraktivität zu dämpfen, unterstrich die Frisur nur ihre Wolfsbrauen und ihren grazilen Antilopenhals. Lewis machte ihr ein spontanes, wenn auch unbeholfenes Kompliment.

»... *Schön.*« Es war nicht ganz das richtige Wort, aber er hatte den Mund aufgemacht, bevor er sich überlegt hatte, welches Wort er benutzen sollte. »*Hübsch*« wäre vermutlich angemessener gewesen, aber er konnte sie schlecht bitten, das ihr zugedachte Kompliment zu korrigieren.

»Danke.«

»Tut mir leid, dass ich mich verspätet habe... *Die Straßen sind eisig. Ist das richtig? Eisig?*«

»Ja. Eisig. Vereist.«

Seit Edmund ihm eine Frage in klarem, präzisem Deutsch gestellt hatte, bestand Lewis darauf, mit Ursula so viel Deutsch zu sprechen wie möglich. Sein Sohn beschämte ihn mit seiner Sprechfertigkeit.

»Heute sind keine Trambahnen gefahren.«

»*Eine schlechte Reise?*«

»Kein Problem. Ich habe einen warmen Mantel, und es war angenehm zu laufen. Hier: Ihr Programm für heute.« Ursula reichte Lewis den abgetippten Verlauf der Besichtigungstour. Er überflog den Text, sah oben Minister Shaws vollständigen Titel.

»Haben Sie einen Fehler gefunden?«

»Nein... *Nein. Ist perfekt.* Aber es heißt ›Kensington‹. Nicht Kensingtown.«

»Oh!« Ursula schien sich sehr über sich zu ärgern. Sie las das Wort laut vor: »Ken-sing-ton. Entschuldigen Sie bitte.«

»Alles in Ordnung. So was kann leicht passieren. Niemand wird sich daran stören. *Ist der Minister schon hier?*«

»Er ist im Salon.«

»Hoffen wir, er ist einer von uns.«

»Einer von uns?«

»Im Gegensatz zu ›einer von ihnen‹. Ich meine, hoffen wir, dass er auf unserer Seite ist. Einer von den Guten.«

Ursula tippte sich ans Kinn, um ihm zu zeigen, dass er dort etwas hatte.

»Sie haben Blut am Kinn.«

Lewis berührte die Stelle und sah den Blutfleck auf seinem Finger.

»Das ist die Strafe, weil ich versucht habe, mich ohne Seife zu rasieren. Mein schwacher Versuch, Ressourcen zu sparen.« Er leckte seinen Finger ab und versiegelte den Schnitt mit Spucke.

»Blutet es immer noch?«

Ursula nahm ein Taschentuch aus ihrer Jackentasche und hielt es hoch, um den Schnitt zu betupfen. Sie wartete mit erhobener Hand, dass er es ihr erlaubte. Lewis streckte sein Kinn vor und hoffte, dass in diesem Moment kein General oder Bürgermeister vorbeilaufen würde.

»*Bitte.*«

Ursula versorgte den Schnitt wie eine Mutter, und obwohl sie es mit einer sachlichen Selbstverständlichkeit tat, errötete Lewis. Aus der Nähe roch sie nach frisch gewaschenem Leinen.

»So. Jetzt sind Sie bereit für die Begegnung mit dem Minister aus Kensing-ton.« Sie trat einen Schritt zurück, als sie seine Verlegenheit spürte.

»Danke. *Auf in den Kampf?*«

Sie nickte. »Auf in den Kampf.«

Und die beiden zogen los zum Großen Salon, in die Schlacht.

Die Männer standen in Zweier- und Dreiergrüppchen zusammen, umhüllt von Rauchschwaden; lautes Stimmengewirr erfüllte den Raum. Hier war einiges an illustren Namen zusammengekommen: General Surtees mit anderen ranghohen Funktionären der Militärregierung, der rundliche Bürgermeister, der seine dicke kubanische Zigarre rauchte wie ein deutscher Churchill, der britische Zivilgouverneur Vaughan Berry, pflichtbewusst und angespannt. Shaw war leicht auszumachen; als einer von zwei Männern, die keine Uniform trugen, war er von aufmerksamen Lobbyisten umlagert, die ihm ihre Anliegen vortrugen – jeder wollte, solange die Chance bestand, aus dem Besuch des Politikers den größten Nutzen ziehen.

Lewis erklärte Ursula rasch, wer die Leute waren. »Der Dünne ist General Surtees. Mein höchster Vorgesetzter. Und Ihrer.«

»Einer von uns?«

Lewis lächelte. Sie lernte rasch. Er schüttelte den Kopf.

»Der Mann im Anzug?«

»Das ist der Zivilgouverneur.«

Vaughan Berry war hier der einzige andere Mann in Zivilkleidung. Lewis hatte eine hohe Meinung von ihm. Legendär, wie er sich geweigert hatte, die marineblaue Uniform der Militärregierung zu tragen, da sie ihn an Luftschutzhelfer erinnere. »Einer von uns«, sagte Lewis.

»Und der Mann, der jetzt mit dem Minister spricht?«

Lewis spürte, wie sich in ihm zunehmend Erbitterung breitmachte. Der Mann war Major Burnham, allem Anschein nach schon auf dem besten Weg, den Politiker auf seine Linie einzuschwören. Lewis ärgerte sich, dass er nicht gekommen war, bevor Burnham dem Politiker das Gift seiner Ansichten einträufeln konnte. Shaw sah aus, als bemühe er sich angestrengt, ein schwieriges Rätsel zu lösen: Er hielt die Hand nachdenklich am Kinn und neigte verständnisvoll den Kopf, als wolle er jedes Wort aufnehmen und sich einprägen.

»Major Burnham. Nachrichtendienst.«

»Einer von ihnen.« Hier brauchte Ursula nicht zu fragen.

Beim Frühstück saß Lewis gegenüber von Burnham und einem amerikanischen Gast, General Ryan Caine, der sehen wollte, wie die Briten zurechtkamen, und vom Leben in der amerikanischen Besatzungszone berichtete. Caine trug den Bürstenschnitt, den bei den Amerikanern selbst die Drei-Sterne-Generäle bevorzugten; er wirkte damit männlich und jugendlich, während seine sommersprossige Haut auf Aufenthalte in einem sonnigeren Klima und ein voll ausgekostetes Leben hindeutete. Er strahlte die Ungezwungenheit eines Mannes aus, der seine Dienstzeit in Deutschland genoss, dazu durchaus auch ein wenig Selbstgefälligkeit beim Besuch seiner ärmeren Verwandten, die zu kämpfen hatten.

»Ist es nicht an der Zeit, dass Sie die Fraternisierungsgesetze lockern? Ich höre, dass es in Ihrer Zone schon als Aufforderung zur Unzucht gilt, mit einer deutschen Frau auch nur zu sprechen.«

»Ich glaube, dass die Deutschen im Moment eine klare Trennung bevorzugen.«

»Also, in Frankfurt haben wir schon eine Dienststelle für Eheschließungen zwischen amerikanischen Soldaten und deutschen Zivilistinnen eingerichtet. Das ist ein einfacher Weg der Integration.« Caine verschlang Ursula mit den Augen. »Falls Sie je in eine freundlichere Zone wechseln möchten, Fräulein …«

Zu Lewis' Freude blieb Ursula auf anmutige Weise unbeeindruckt.

»In der britischen Zone gibt es viel mehr Probleme, General Caine.«

»Da haben Sie allerdings recht.«

Platten mit Frühstück wurden gebracht: Eier, Würstchen, Speckscheiben, gegrillte Tomatenhälften, Pilze, Zwiebelscheiben, Blutwurst, Leber.

»Sie mögen ja pleite sein, aber es ist doch erfreulich zu sehen, dass Sie bei der Gastfreundschaft nicht den Rotstift ansetzen«, sagte Caine. Dann wurde der Amerikaner ernst. »Glauben Sie nicht, dass es Zeit ist, die Deutschen wieder ans Ruder zu lassen? Wir müssen schnell handeln. Wenn wir nicht aufpassen, denken sie, mit den Sowjets sind sie besser dran. Wir müssen ihre Geschäfte wieder ankurbeln. Ihnen das nötige finanzielle Kapital geben, dann das geistige. Das Rüstzeug ... Es ist im Gespräch, ihnen – Europa überhaupt – massive Hilfen zu gewähren. Während wir hier sitzen, wird in Washington darüber diskutiert. Wir brauchen alle ein starkes Deutschland.«

»Aber zuerst brauchen wir ein sauberes Deutschland, General«, sagte Burnham.

Caine schnitt ein Stück Leber durch, spießte die eine Hälfte auf und schob sie in den Mund.

»Selbstverständlich«, sagte er. »Erst müssen die Arschlöcher weg vom Fenster. Entschuldigen Sie die Sprache, Fräulein.«

Mit einem feinen Lächeln deutete Ursula an, dass sie weniger schockiert war als amüsiert.

Lewis hatte nur ein halbes Ei und eine Scheibe Speck gegessen, aber das Gespräch schlug ihm auf den Magen. Es drängte ihn verzweifelt, etwas zu sagen. Er sah den Tisch entlang. De Billier war im Gespräch mit Marshall Sholto und außer Hörweite. Aber Shaw, der auf der anderen Seite von Ursula saß, verfolgte jetzt den Wortwechsel.

»Was Sie vorhin gesagt haben, hat mir gefallen, Major: Auf einem verrotteten Fundament kann man kein Haus bauen.«

Lewis wurde beklommen zumute. Dieselben Worte hatte er aus Wilkins' Mund gehört. Und jetzt hielt Burnham sein Geflüster in Gang, mit dem er zweifellos schon beim Geplauder vor dem Frühstück begonnen hatte. So verhärteten sich unbegründete Vorurteile zu einer festen Meinung und machten Politik.

»Zwölf Jahre lang haben bei den Deutschen Ignoranz und kulturelle Ahnungslosigkeit geherrscht«, sagte Burnham, von der Aufmerksamkeit des Ministers angespornt. »Das hat die Menschen zu Tieren gemacht. Wir können sie psychisch wieder aufbauen, nachdem wir die Herrschaft des Gesetzes und grundlegende Infrastrukturen etabliert haben, aber bis dahin müssen wir wachsam sein. Freundlichkeit ist ein Luxus, den wir uns nicht leisten können.«

Burnham schloss die Augen, seine Wimpern schienen in Richtung Lewis zu weisen.

»Glauben Sie, es besteht die Gefahr eines Aufstands?«, fragte Shaw und lenkte das Gespräch in eine Richtung, die Lewis überhaupt nicht passte.

»Das Chaos vor Ort und die Massenbewegungen der Vertriebenen bieten Nazis die perfekte Deckung, um zu verschwinden, sich ›unschuldig‹ zu geben und wieder aufzutauchen.«

»Sie haben doch den Fragebogen«, sagte Caine.

»Der Fragebogen ist hilfreich, aber wir müssen ihn noch verfeinern – wir müssen ein bisschen tiefer in der Vergangenheit der Leute bohren, um zur Wahrheit vorzustoßen. Wir brauchen mehr Personal, um den Rückstand aufzuarbeiten. Aber wir brauchen auch einen besseren Nachrichtendienst, um die wahren Kriminellen aufzuspüren. Es geht hier nicht nur um Schafe und Ziegen. Die Ziegen stellen sich als Schafe heraus und die Schafe als Wölfe. Oder als Werwolf.«

Das Wort zog alle in seinen Bann.

»Haben Sie hier so was?«, fragte Caine.

»Letzte Woche haben zwei Aufständische eine Transportkolonne angegriffen. Haben einen Lastwagen mit einer vollen Ladung Gin umgekippt.«

»Die wissen jedenfalls, wo's wehtut«, witzelte Caine.

»Aufständische?«, fragte Lewis. »Oder Leute auf der Suche nach Essbarem?«

»Die beiden, die wir verhaftet haben, sehen ziemlich gut genährt aus«, konterte Burnham. »Sie scheinen überzeugt, dass Hitler noch lebt, guter Dinge ist und zurückkehren wird, um uns vernichtend zu schlagen. Als ich darauf hinwies, dass der Führer tot ist, hat einer der beiden Beweise von mir gefordert. Er hat gesagt, die Russen hätten nie eine Leiche vorgewiesen.«

»Zeig mir die Leiche!«, rief Caine. »Als wäre der Führer Jesus Christus höchstpersönlich!«

»Der Propagandawert der Werwolfbewegung überwiegt ihre tatsächliche Bedeutung bei Weitem, Herr Minister«, sagte Lewis, entschlossen, aus dem Mythos die Luft herauszulassen und das Gespräch auf Wichtigeres zurückzulenken.

Aber Burnham hatte alle, wo er sie haben wollte.

»Beide haben Doppelacht-Tätowierungen«, fuhr Burnham fort. »In die Unterarme eingebrannt.«

»Achtundachtzig?«, fragte der Minister.

»Das ist eine Chiffre. Der achte Buchstabe des Alphabets.« Shaw zählte nach. »H. HH?«

Burnham nickte. Er wollte, dass Shaw es aussprach.

»*Heil Hitler?*«

Lewis hielt nun ein Einschreiten für dringend geboten.

»Unsinn. Die Doppelacht ist in der ganzen Stadt auf Mauern und Ruinen geschmiert. Dass die Leute jetzt wieder damit anfangen, zeigt doch nur, wie schlimm es steht.«

Caine sagte: »Vielleicht haben manche Deutsche ihre Lektion nicht gelernt?«

»Es muss sichtbar werden, dass der Gerechtigkeit Genüge getan wird«, sagte Shaw. »Das fordern die Leute zu Hause.«

»Es ist sicher wichtiger, dass der Gerechtigkeit tatsächlich Genüge getan wird, als das groß zur Schau zu stellen.«

»Sie sind kein Politiker, Colonel. In meiner Welt kommt es darauf an, was von den Leuten wahrgenommen wird – das sind dann schon einmal neun Zehntel der Wahrheit.«

»Die Jagd auf ein paar Fanatiker kann für uns kaum vorrangig sein«, sagte Lewis, dessen Zurückhaltung jetzt am Bröckeln war. Er merkte, dass Ursula ganz still geworden war, während die Männer ihr Land auseinandernahmen.

»Was würden Sie dann für vorrangig halten?«, fragte Shaw.

Lewis richtete sich auf und breitete die Hände auf den Tisch. »Einem hungernden, auseinandergerissenen Volk kann man keine Demokratie überstülpen. Wenn wir den Leuten zu essen geben und ein Dach über den Kopf, wenn wir getrennte Familien zusammenführen, wenn wir Arbeit schaffen, dann haben wir nichts zu befürchten. Aber wegen dieses ›Säuberungsprozesses‹ sind jetzt Millionen leistungsfähiger Deutscher nicht in der Lage zu arbeiten. Familien leben immer noch getrennt. Tausende werden in Internierungslagern festgehalten.«

»Soso.« Shaw nickte nachdenklich. Aber diese Litanei zu lösender Aufgaben war bei Weitem nicht so spannend wie Werwolfgeschichten.

»Sie haben wirkliche Sympathien für die Einheimischen, Colonel«, bemerkte General Caine. »Nennt man Sie deshalb den ›Lawrence von Hamburg‹?«

Das war bestimmt über Burnham durchgesickert.

»Vielleicht erzählen Sie dem Minister und dem General von dem speziellen Arrangement in Ihrem Haus, Colonel«, schlug Burnham vor. Er wandte sich an Shaw und Caine. »Colonel Morgan leistet bei der Verbesserung der deutsch-englischen Beziehungen Pionierarbeit.«

Lewis hatte die Jungs vom Nachrichtendienst immer darum

beneidet, dass sie mit Generälen und Ministern zusammensitzen und ohne Rücksicht auf die Rangordnung ungezwungen reden konnten – das kam seiner egalitären Ader entgegen. Aber jetzt überspannte Burnham den Bogen. Und manipulierte das Gespräch ganz nach seinem Belieben.

Widerstrebend erklärte Lewis der Tischrunde, wie er zu dem Entschluss gekommen war, mit einer deutschen Familie das Haus zu teilen. Als er geendet hatte, legte sich ein langes, stigmatisierendes Schweigen über die Runde. Was zuvor ein Akt der Humanität schien, klang jetzt fast nach einem Skandal.

»Das ist nun wirklich echtes Fraternisieren, Colonel«, sagte Caine.

»Ich frage mich, ob die Verbitterung da nicht noch wächst«, sagte Burnham, die lautere Stimme der Vernunft. »Wären diese Deutschen nicht lieber mit ihren Landsleuten zusammen? In den Lagern?«

Aller Augen am Tisch richteten sich auf Lewis und forderten ihn zu einer Antwort auf.

»In Wellblechbaracken? Wo sie sich halb zu Tode frieren?« Er wusste, dass er hier gegen den offiziellen Kurs steuerte, aber Shaw musste darüber Bescheid wissen.

»Ich habe gehört, diese Baracken seien ziemlich komfortabel«, sagte Shaw. »Die Leute hätten es warm. Hätten zu essen. Das ist mehr, als die Hälfte der Engländer von sich behaupten kann.«

»Ich glaube, wenn wir die Wahl hätten, würden die meisten von uns in unseren Häusern bleiben«, sagte Lewis.

»Na, hoffen wir, dass Ihre Freundlichkeit nicht als Schuss nach hinten losgeht, Colonel«, meinte Shaw.

Lewis hatte schon zu viel gesagt. Er sah, wie General de Billier sich darüber erregte, dass er vor dem Minister Kritik an den britischen Bemühungen geübt hatte. Er musste es nun der

Besichtigungstour überlassen, dem Politiker die Augen zu öffnen, wie es um die Lager wirklich bestellt war.

Lubert saß im Warteraum des Befragungszentrums. Es roch nach saurer Milch. Er kramte in seinem Gedächtnis, ob es außer der Tatsache, dass er Deutscher war, noch etwas gab, was ihn in den Augen des britischen Nachrichtendienstes belasten könnte.

Das Zentrum war in der alten Kunstakademie hinter der Binnenalster eingerichtet worden. Lubert war zuletzt 1937 hier gewesen, mit Claudia bei einer Böcklin-Ausstellung, einer der wenigen ernst zu nehmenden deutschsprachigen Künstler, die vom Regime nicht als entartet eingestuft wurden. Hitler hatte anscheinend acht seiner Bilder gekauft. Lubert und Claudia hatten danach eine große Auseinandersetzung über Böcklin gehabt: Claudia mochte die klaren moralischen Aussagen des Malers, Lubert sah genau darin ein Problem. Claudia hatte Lubert einen »Schnösel« genannt, unfähig, die Kunst als solche wahrzunehmen, er hatte sich dazu hinreißen lassen, sie des Populismus zu bezichtigen. Aber in ihrem Streit war es im Grunde nicht um Kunst oder Geschmack gegangen, sondern um das Regime.

Er sagte sich, dass er nichts zu befürchten habe. Er hatte seinen Akt der »Besinnung« abgeleistet, zu dem alle Deutschen aufgefordert wurden, in Anerkennung ihrer Rolle bei den unfassbaren Verbrechen, die ihr Volk begangen hatte. Lubert lehnte die Vorstellung einer Kollektivschuld ab, gehörte aber nicht zu den ewig Gestrigen, die die Alliierten für Deutschlands jetzige Leiden verantwortlich machten; noch bedauerte er im Geringsten, dass die Angeklagten in Nürnberg gehängt wurden. Das Ausfüllen des Fragebogens mit den 131 Fragen, die über seine berufliche Zukunft entscheiden würden, war ihm leichter gefallen als erwartet. Aber ihm wollte schwer einleuchten, wie man damit die wahren Schuldigen zu erkennen hoffte. Die Fragen schienen zu höflich, enthielten keine Fallstricke, gingen nicht sehr in die Tiefe. Bei ein, zwei seltsamen Fragen musste er lachen, aber im Großen und Ganzen hatte er den Fragebogen selbstsicher und mit reinem Gewissen ausgefüllt. Die Übung, sich daran zu erinnern, wer er war, hatte ihm sogar Spaß gemacht.

Luberts Name wurde aufgerufen, und er machte sich auf den Weg zum Befragungsraum. Als er sich der Tür näherte, atmete er tief ein und mahnte sich, seine Streitlust zu bezwingen und bescheiden und höflich aufzutreten. Es gab Gerüchte, dass die Briten nicht genug Deutsche von der »falschen Couleur« fanden und bei ihren Befragungen nun rabiater vorgingen.

Seine Befrager saßen beide hinter einem Eichenschreibtisch. Einer von ihnen rauchte und bedeutete Lubert mit einem Wink, Platz zu nehmen. Der andere sah nicht von den Papieren vor ihm auf, die er eingehend studierte; an der grünen Tinte und der fürchterlichen Handschrift mit den großen Schlingen erkannte Lubert, dass es sich um seinen ausgefüllten Fragebogen handelte. Der Mann blätterte vor, dann zurück, wieder vor, wieder zurück, als hätte ihn eine Unstimmigkeit verwirrt. Irgendetwas ergab keinen Sinn oder fehlte. Wenn die lange, theatralische Pause dazu dienen sollte, den Befragten zu verunsichern, dann ging die Rechnung auf: Lubert war gereizt, bevor sie überhaupt angefangen hatten.

»Herr Lubert?«, fragte der erste Mann.

»Ja.«

»Ich bin Captain Donnell, und das ist Major Burnham, Leiter der Nachrichtenabteilung. Wir werden diese Befragung auf Englisch und Deutsch führen, je nach Notwendigkeit. Wir gehen davon aus, dass Sie fließend Englisch sprechen.«

»Ja.«

Der Major sah Lubert immer noch nicht an, sondern schien weiter irritiert von dem Fragebogen oder manchen Antworten, die Lubert gegeben hatte. Endlich fing er an zu reden, mit einer leisen, weichen Stimme und in tadellosem Deutsch.

»Sie haben viel Glück, Herr Lubert.«

Herr Lubert wollte dies nicht bestreiten. Er wartete, denn er wusste, dass dieser Mann mit den außerordentlich langen Wimpern sein »Glück« gleich näher inspizieren und auseinandernehmen würde.

»Sie haben den Krieg heil überlebt. Waren zu jung für den ersten. Zu alt für den zweiten. Sie wohnen immer noch in Ihrem Haus. Haben Ihr Vermögen. Sie haben einen verständnisvollen Hausherrn.«

Was das Vermögen anging, hätte Lubert gern Einwände vorgebracht, schwieg aber lieber.

Burnham hob den Kopf, und Lubert sah ihn an. Die Augen des Mannes waren wahrhaft zu hübsch für einen Vernehmungsoffizier. Lubert suchte darin nach Wohlwollen.

»Ich bin dankbar«, antwortete er auf Englisch, bemüht, das Gespräch in ruhiges Fahrwasser zu bringen.

»Wirklich?« Burnham sah zu dem Fragebogen hinunter und blätterte zu der Seite vor, die sichtlich Anstoß bei ihm erregte.

»Aus einigen Ihrer Antworten springt mich in Ihrem Ton eine gewisse Undankbarkeit an. Hochmut sogar.«

Die Kritik war nicht unberechtigt. Lubert hatte noch nie gern Fragen beantwortet, schon gar keine aufdringlichen. Sie weckten in ihm Trotz und Widerspruchsgeist.

»Ich glaube, da gab es eine Frage über Spielzeugsoldaten. Das ... das schien mir nicht relevant.«

»Diese Fragebögen wurden mit viel Sorgfalt und großem Zeitaufwand erstellt.«

»Ja. Aber ... mir wollte die Bedeutung der Spielzeugsoldaten nicht einleuchten.«

»Haben Sie jemals mit Spielzeugsoldaten gespielt?«

»Werden alle Männer verhaftet, die einmal mit Spielzeugsoldaten gespielt haben?« Lubert konnte nicht an sich halten.

»Herr Lubert, bei diesem respektlosen Ton könnten Sie in einer Kategorie landen, zu der Sie nicht gehören wollen. Haben Sie mit Spielzeugsoldaten gespielt oder nicht?«

»Ja. Wie jeder normale Junge.«

»Gut. Mehr will ich gar nicht wissen.« Burnham kreuzte das leere Kästchen an. »Und dann war da noch diese ...« Burnham fuhr mit dem Finger zu einer späteren Frage, verzog verwirrt das Gesicht. »Frage R.iii. Was beabsichtigen Sie mit dieser Antwort? Das scheint mir ein ... ein sehr frivoler Umgang mit einer so ernsthaften Frage.«

Lubert wusste, dass Burnham ein intelligenter Mann war. Und dass Burnham genau wusste, warum er so auf die Frage geantwortet hatte: weil die Frage lächerlich war. Beim Ausfüllen hatte er sie mehrmals lesen müssen und gedacht, sie sei schlecht übersetzt oder eigens eingefügt worden, um ihn zu provozieren. Er war zu dem Schluss gekommen, es handle sich lediglich um eine Gedankenlosigkeit, unüberlegt formuliert von irgendeinem Beamten in Whitehall oder Washington. Eine Frage, die keine ernsthafte Antwort verdiente.

»Nun?«

»Wer immer das für eine gute Frage hielt ... kann sich nicht im Ernst damit auseinandergesetzt haben. Oder hatte keine Ahnung, wie es für ...«

»Das ist eine vollkommen ernste Frage, Herr Lubert. *Hat die Bombardierung Ihre Gesundheit oder die Ihrer Angehörigen beeinträchtigt?* Wenn Sie wieder voll in Ihren Beruf zurückkehren wollen, müssen wir sicher sein, dass Sie keine psychischen Schäden davongetragen haben. Nur mit Ausrufezeichen zu antworten zeugt kaum von einer stabilen Psyche.«

»Ich glaube, die Bombardierung hat die Gesundheit meiner Frau beeinträchtigt, Major. Sie ist im Juli 1943 zusammen mit 40 000 weiteren Menschen ums Leben gekommen. Am Tag, als die Briten diese Stadt mit einem Feuersturm zerstört haben.«

Burnham ließ keine Regung erkennen, schien aber erfreut, dass Lubert das Thema aufs Tapet gebracht hatte.

»Sprechen wir von Ihrer Frau. Für einen Architekten, der Wohnhäuser baut, haben Sie recht glanzvoll gelebt. Sie haben eine private Kunstsammlung, die auch Werke von Léger und Nolde enthält. Das Geld kam vermutlich von ihr?«

»Sie stammte aus einer vermögenden Familie, ja.«

»Und wie wurde dieses Vermögen erworben?«

»Durch Handel.«

»Handel womit? Und mit wem?«

»Mit allem Möglichen. Der Familie gehörten auch mehrere Werften und Reedereien.«

»Reedereien, die Waffen für die Nazis transportierten?«

»Ab 1933 haben sie transportiert, was ihnen befohlen wurde.«
Er hätte darauf hinweisen können, wie viele der Schiffe zwischen England und Deutschland verkehrt hatten, aber dies war dem Major sicher genauestens bekannt.

»Dann wurde diese Kunstsammlung also mit Nazihandel finanziert?«

Wie einfach diese Mathematik war: eine Gleichung, bei der als Ergebnis immer »schuldig« herauskam. Die Zahlen und Brüche, die dorthin führten, waren unwichtig.

Lubert schüttelte den Kopf. »In Hamburg wurden eben die Geschäfte weiterbetrieben, das war alles Privatwirtschaft. Es gab keine Zugehörigkeit zur Partei. Nur Claudias Bruder...«

»Ja.« Burnham sah auf die Blätter. »Martin Fromm.«

Es hatte Lubert widerstrebt, den Namen seines Schwagers und erst recht seinen Titel hinzuschreiben: Gauleiter. Es gab auf der Seite keinen Raum, um im Einzelnen auf seinen Ehrgeiz oder auf die Bestürzung einzugehen, die sein Parteieintritt in der Familie ausgelöst hatte.

»Wenden wir uns einer anderen Frage zu. Frage F.iii. *Haben Sie je auf einen deutschen Sieg gehofft?* Sie haben geschrieben: ›Ich wollte, dass der Krieg rasch endete.‹«

»Natürlich. Jeder wollte das.«

»Sie wollten, dass Deutschland siegte?«

»Ich war – und bin immer noch – ein Nationalist, aber das macht mich nicht zum Nazi.«

»Ich glaube, das ist Haarspalterei. 1939 war ein Nationalist ein Nazi.«

»Ich wollte überhaupt keinen Krieg.«

»Erzählen Sie mir von Ihrer Tochter.«

Der Mann wusste, wie man jemandem den Boden unter den Füßen wegzieht. Lubert spürte, wie er den Halt verlor.

»Was wollen Sie über meine Tochter wissen?«

»Nun, ich vermute, sie wurde von der Bombardierung in Mitleidenschaft gezogen. Durch den Verlust ihrer Mutter?«

»Sie ist … immer noch … zornig darüber.« Zum ersten Mal wurde sein Ton verhalten und unsicher. »Und … sie hat große Schwierigkeiten damit, das Haus mit einer britischen Familie zu teilen.«

»Zornig? Auf die Besatzer?«

»Zornig wegen des Verlusts ihrer Mutter.«

»Sie war in der Hitlerjugend.«

Lubert hätte das fast nicht hingeschrieben – aber es war eine Tatsache. »Das war zwingend vorgeschrieben – ab 1939.«

»Sie haben sie nicht daran gehindert?«

»Wir … meine Frau und ich … hatten dazu eine unterschiedliche Meinung. Ich war gegen Friedas Beitritt... aber letztlich hatten wir keine Wahl. Ich habe deswegen ein schlechtes Gewissen. Aber eine Weigerung wäre als Verrat gewertet worden. Und das wäre für uns noch schlimmer gewesen.«

»Aber ein Mensch mit einem Gewissen hätte das Gefängnis dem Übel vorgezogen, oder nicht?«

»Sie scheinen entschlossen, Schuld bei mir zu finden, Major.«

»Ihre Schuld ist für mich nur eine Frage des Grades, Herr Lubert. Meine Aufgabe besteht darin, den genauen Grauton dieser Schuld zu bestimmen. Sagen Sie mir... ich bin neugierig: Wie können Sie es ertragen, mit Ihrem ehemaligen Feind zusammenzuwohnen?«

»Wir werden höflich behandelt.«

»Wie geht es Ihrer Tochter damit?«

»Sie ist... verärgert darüber.«

»Wie äußert sich das?«

»Sie ist... nun... Sie weiß es nicht zu schätzen, wie... privilegiert wir sind, dass wir immer noch in unserem Haus bleiben dürfen.«

»Warum sollte sie auch?«, sagte Burnham. »Nach dem, was ihrer Mutter zugestoßen ist. Was macht sie jetzt, wo die Schulen geschlossen sind?«

»Sie arbeitet bei der Schuttbeseitigung.«

»Wenn Sie diesen ganzen Schutt sehen, müssen Sie sich doch fragen, ob Architektur einen Sinn hat, Herr Lubert. Sind Sie sicher, dass Sie wieder in Ihren Beruf zurückkehren wollen?«

»Ich tauge für nicht viel anderes. Ich würde gern am Wiederaufbau...« – er versuchte, das richtige Wort zu finden – »...*beteiligt* sein. Ich gebe einen schlechten Fabrikarbeiter ab.«

»Vermissen Sie die Tage, als Sie für Parteifunktionäre Sommerhäuser gebaut haben?«

Es stimmte, dass damals eine erfreuliche Auftragswelle für

Sommervillen auf ihn zugekommen war, einschließlich eines »kleinen Palasts« für den Waffenfabrikanten Harald Armfeld – aber im nichtmilitärischen Bereich gab es wenig Arbeit.

»Nach 1933 hatte ich wenig Möglichkeiten. Es hat mir nicht geholfen, dass die Partei meiner Architekturrichtung verächtlich gegenüberstand.«

Burnham blätterte zu einer weiteren Seite des Fragebogens. »Sie vermissen die Vergangenheit?«

»Das Einzige, was ich von der Vergangenheit vermisse, ist meine Frau, Major.«

»Sie vermissen nicht die gute alte Zeit?«

»Ich weiß nicht, welche Zeit Sie meinen. Nach 1933 ist Deutschland für die meisten von uns zum Gefängnis geworden.«

Burnham lehnte sich zurück, zog eine Schublade auf und holte einen Stapel Fotografien heraus. Er warf sie auf den Schreibtisch und breitete sie aus wie Spielkarten.

»War es ein Gefängnis dieser Art?«

Er hob das Foto eines zum Skelett abgemagerten jüdischen Gefangenen auf. Ein zweites. Ein drittes. Die ganze Zeit forschte er in Luberts Gesicht genau nach seiner Reaktion. Lubert hatte diese Fotos in den ersten Monaten nach dem Krieg gesehen; sie waren an den Mauern angeschlagen, damit alle Deutschen sie sahen. Jetzt sah er sie müde an und wandte dann den Blick ab.

»Unter welchen Unannehmlichkeiten Sie auch gelitten haben, Herr Lubert – ich rate Ihnen, Ihre Umstände nie damit zu vergleichen.«

Burnham nahm den Fragebogen in die Hand und wandte sich der letzten Frage auf der letzten Seite zu. Frage Y.

»Ich sehe, Sie haben bei *Weitere Bemerkungen* nichts eingetragen. Gibt es noch etwas, was Sie jetzt sagen möchten?«

Lubert sah den Major so höflich und zerknirscht an, wie es ihm gelingen wollte, und sagte: »Ich glaube nicht, Major.«

»Warum haben Sie das da aufgehängt, ohne mich zu fragen?«

»Dort hat früher ein Bild gehangen. Es hat einen gelben Fleck hinterlassen. Ich dachte, Sie möchten vielleicht...«

»Ich möchte nicht.«

Rachael hatte in der Eingangshalle auf Lubert gewartet, war unruhig hin und her gelaufen. Jetzt begegnete sie ihm mit steifer Haltung und starrem Blick, als wäre sie von einer strengen Gouvernante instruiert worden, wie man mit einem aufsässigen Schüler fertig wird. Lubert war gerade zur Tür hereingekommen. Er war hungrig, zornig und durchgefroren. Nach der Befragung war er zur Arbeit gelaufen, nur um festzustellen, dass die Fabrik geschlossen worden war. Die Briten schoben als Grund das Wetter vor, doch alle wussten, dass sie dem dort brodelnden Widerstand das Wasser abgraben wollten. Sein Mitarbeiter Schorsch war an den Toren gestanden und hatte Flugblätter verteilt. Sie planten eine große Kundgebung und forderten alle Arbeiter in der britischen Zone auf, Posten vor den Fabriken aufzustellen, um gegen deren Demontage zu protestieren. »Denk dran, auf welcher Seite du stehst, Lubert«, hatte er gemurmelt, als er ihm den Zettel in die Hand drückte. Lubert hatte es satt, dass jemand ihm sagte, was er zu tun hatte.

Er sah zu dem Bild hoch, das Richard heute Vormittag auf seine Bitte hin aufgehängt hatte. Er hatte sich Mühe mit der Auswahl gegeben, hatte die provinzlerischen Vorbehalte der Morgans berücksichtigt: nichts Extravagantes, nichts schwer Verständliches. Ursprünglich hatte er die wunderbare Liebermann-Landschaft im Sinn gehabt, aber sie überdeckte die Verfärbung nicht, die das Porträt hinterlassen hatte. Der »weibliche Halbakt« von Julius Schnorr von Carolsfeld war seiner Meinung nach perfekt: elegant und subtil, überdeckte er den Fleck und wertete den ganzen Raum auf, ein seltenes Meisterwerk, eine Zierde für jede Wand in jeder Eingangshalle, in jedem Land. Nur ein Spießer könnte etwas dagegen haben, ein Spießer oder – jemand, der prüde war.

»Er war einer der großen deutschen Künstler des neunzehnten Jahrhunderts.«

»Wer er war, ist mir egal«, sagte Rachael, verschränkte die Arme vor der Brust und weigerte sich, den sanften Liebreiz der Maid hinter sich zu würdigen.

»Gefällt Ihnen das Bild nicht?«

»Darum geht es nicht.«

War es die Nacktheit?, fragte sich Lubert. Das Bild näherte sich vielleicht der Grenze zum Erotischen, war aber viel zu zurückhaltend und zart, um Anstoß zu erregen. Plötzlich überkam ihn der unbeherrschbare Drang, diese Szene für Rachael so peinlich wie möglich zu machen – sie sollte erröten und sich winden, er wollte ihr einen gehörigen Dämpfer aufsetzen.

»Wären Landschaften mehr nach Ihrem Geschmack? Eine Jagdszene? Oder vielleicht jemand, der seine Kleider anhat?« Bei diesen Fragen empfand er die Verachtung eines älteren Bruders, der seine freche kleine Schwester von oben herab abfertigte. Und wie aufregend: Die Folgen waren ihm egal.

Rachael wandte den Blick ab, spürte, wie sie rot wurde. Mrs. Burnham hatte recht: Die Deutschen waren hochnäsig, und sie hatte diesem Deutschen erlaubt, sich weit über den Rang, der ihm zukam, zu erheben.

»Herr Lubert, Ihr Ton gefällt mir nicht …«

Aber Lubert hatte sich nicht mehr in der Gewalt. »Ich würde gern wissen, warum Ihnen das Bild nicht gefällt. Es ist so ehrlich. In keiner Weise – ich kenne das englische Wort dafür nicht – *unschicklich*: Es wurde nicht gemalt, um zu schockieren.

Schauen Sie das Mädchen doch an! Ein wunderschönes Bild. Ich dachte, Sie wüssten es zu schätzen. Ich dachte, Sie hätten Geschmack.« Er machte eine Pause, der Wirkung halber. »Da habe ich mich wohl getäuscht.«

Das schien das Feuer zu entfachen.

»Was wollen Sie damit sagen? Natürlich sehe ich die Qualität des Bildes. Ich protestiere gegen Ihre Unterstellungen. Sie wissen nichts über meinen Geschmack oder meinen Hintergrund.«

»Wie wahr«, sagte er. Am Ende eines langen, frustrierenden Tags war das ein erfrischender Schlagabtausch.

»Was wissen Sie von meinen Neigungen? Oder von meinem Geschmack – was ich für gute Kunst halte? Sie wissen nichts über mich, über meine Herkunft.«

»Das ist ja das Problem!«, sagte er in draufgängerischer Stimmung. »Wie können wir einander auch nur ansatzweise verstehen, wenn wir beide eine Vergangenheit haben, von der der andere nichts weiß?«

»Aber es ist ja gerade Ihre Vergangenheit, die mich beunruhigt, Herr Lubert.«

Damit schlug sie einen neuen Ton an. Sie sah das Bild an – oder vielmehr die Stelle, die nun von dem neuen Bild eingenommen wurde.

»Das war ein Bild von *ihm*, nicht wahr?«

Lubert war fassungslos; Verachtung schnürte ihm die Kehle zu.

Schwer atmend begann sie zu nicken.

»Das hing da, nicht wahr? Ein Porträt des Führers.« Sie vermied es, den verabscheuten Namen in den Mund zu nehmen.

Lubert stieß ein Lachen aus, das leichtfertiger klang, als ihm zumute war.

»Nun?«, fragte sie. Jetzt hatte sie ihn in die Enge getrieben, da war sie ganz sicher. »Hing da ein Porträt des Führers oder nicht? Ich weiß, dass die meisten Deutschen eines hatten. Ich möchte es nur gern von Ihnen hören.«

Er konnte kaum glauben, was sie da für einen Verdacht gegen ihn hatte. Es klang so aufgesetzt. So angelernt.

Sie konnte sich einen letzten Prankenhieb nicht verkneifen.

»Ich bin enttäuscht von Ihnen, Herr Lubert. Ich hätte gedacht, gerade Sie hätten einen besseren Geschmack.«

Der Rebell in ihm hätte am liebsten geschwiegen. Aber ihre Ignoranz war so provozierend, dass er nicht widerstehen konnte.

»Schauen Sie sich um, Mrs. Morgan. Sehen Sie sich die Möbel an. Die Bücher. Sehen Sie sich … die Noten in der Klavierbank an. Musik von Mendelssohn und Chopin – zwei Komponisten, die von der Partei geächtet wurden. Durchstöbern Sie die Bibliothek. Sie werden Werke von Hesse finden, von Marx, von Fallada – Bücher, die ich hätte verbrennen müssen. Und schauen Sie sich die Kunstwerke an. Ich würde eine Führung machen, wenn ich dächte, es interessiert Sie – Kunstwerke, die vor dreizehn Jahren verfemt waren. Entartete Kunst. Sogar dieser Holzschnitt von Nolde.« Er deutete auf den schlichten Druck eines Fischdampfers an der Wand im Treppenhaus. »Das alles ist undeutsch. Dem jüdischen Bolschewismus entsprungen. Diese Künstler konnten nicht arbeiten oder ihre Werke verkaufen, weil sie nicht nach dem Geschmack des Führers waren.«

Lubert begann im Kreis herumzulaufen, tobte gegen die Wände an.

»Ich weiß, man braucht einen Sündenbock. Es muss guttun, wenn man jemanden zur Verantwortung ziehen kann. Sicher ist es praktisch für Sie, wenn Sie ein Gesicht vor sich haben. Aber glauben Sie wirklich, dass ich diesem Mann einen Ehrenplatz einräumen würde? Diesem Mann, dessen … *Dummheit* es zu verdanken ist, dass solche Kunst verboten und verbrannt wurde? Er war ein Vandale. Sein einziges … Credo war die Zerstörung – nicht nur von Kunst, sondern von Leben, von Familien, von Völkern. Von Städten, von Ländern – sogar von Gott selbst! Seine einzige Hinterlassenschaft sind Tod und Ruinen.« Lubert blieb stehen und rang nach Luft.

Rachael spürte das Bedürfnis, sich zu bewegen. Sie wandte den Blick von dem beanstandeten Porträt nach unten zum Kamin. Sie begann, mit dem Schürhaken im Gitter herumzustochern, ihre Hand zitterte.

»Ich glaube, Sie haben genug gesagt, Herr Lubert.«

»Nein. Habe ich nicht.« Im Gegenteil – er schien erst richtig in Fahrt zu kommen. »Sie haben recht. Wir wissen nichts voneinander. Sie wissen nichts von mir. Von meiner Vergangenheit, meiner Zukunft. Ja, das stimmt: Ich habe Hoffnungen für die Zukunft. Ja, sogar ich: ein Deutscher!«

Rachael lehnte den Schürhaken wieder an den Kohleneimer. Sie verschränkte die Arme, um das Zittern ihrer Hände zu verbergen.

»Sie haben gesagt, meine Vergangenheit beunruhige Sie, aber ich glaube, in Wirklichkeit beunruhigt Sie Ihre eigene Vergangenheit. Ich weiß wenig darüber, von dem abgesehen, was Edmund mir erzählt hat. Aber wenigstens habe ich versucht, mir diese Vergangenheit vorzustellen. Unter die Oberfläche zu blicken.«

»Was hat Edmund Ihnen erzählt?«

»Er hat mir von Ihrem Sohn erzählt, von Michael. Von Ihrer… Trauer. Er sagt, dass Sie fröhlicher waren. Anscheinend haben Sie oft gescherzt und gesungen. Er sagt, Sie hätten mir besser gefallen, wenn ich Sie damals gekannt hätte. Sie seien nicht mehr ganz so wie früher.«

Lubert sah an ihren tiefen Atemzügen, dass seine Worte sie verletzten.

»Und ich fühle mit Ihnen mit: fühle Ihren Verlust, Ihre Entwurzelung, die Schwierigkeit, hier mit Ihrem früheren Feind und einem Mann zu leben, den Sie kaum zu sehen bekommen. Dann kann ich leichter glauben, dass Sie mehr sind als nur eine verbitterte Frau voller Vorurteile. Sie haben mit Ihrem eigenen Schmerz zu kämpfen. Ich habe ihn in Ihren Augen gesehen und in Ihrem Spiel gehört. Aber es gibt noch mehr Menschen wie Sie. Wachen Sie auf! Sie sind nicht die Einzige.«

Er stand direkt vor ihr, sah ihr unvermittelt ins Gesicht.

»Sie haben genug gesagt, Herr Lubert. Hören Sie auf.«

»Was wollen Sie unternehmen? Mich hinauswerfen lassen? Würden Sie das nicht am liebsten? Na dann. Ich werde es Ihnen leichter machen.«

Lubert packte sie plötzlich an den Schultern und küsste sie. Er verfehlte ihren Mund ein wenig, und sein Kuss war grob und hastig. Er trat zurück, wartete auf den Gegenschlag, streckte den Kopf ein wenig vor, um ihr ein Ziel anzubieten.

»So. Ich hab's getan«, sagte er, nicht ganz sicher, was er eigentlich getan hatte.

Die erwartete Ohrfeige blieb aus. Rachael wandte sich ab, fasste sich seitlich an die Oberlippe.

Er konnte nicht mehr denken, war vernebelt vom Adrenalin. Er musste gehen, bevor er Schlimmeres anrichtete. Er hielt die Hände hoch und wich zurück.

»Ich verlasse das Haus«, sagte er. »Ich packe unsere Sachen. Damit komme ich sicher Ihren Wünschen entgegen.« Er drehte sich um und steuerte auf die Treppe zu.

»Nein, Herr Lubert«, sagte sie unerwartet ruhig. »Das ist wirklich nicht nötig.«

Lubert hatte eine Hand auf dem Geländer und einen Fuß auf der ersten Stufe.

»Ich … hätte Sie nicht so angreifen dürfen«, fuhr sie fort. »Ich habe Sie provoziert. Es war ein Missverständnis. Lassen wir es damit gut sein.«

Er sah sie nicht an, aber nach einer langen Pause tätschelte er leicht den Endpfosten des Geländers, um die von ihr angebotene Waffenruhe zu bestätigen, und setzte den Weg nach oben zu seinen Räumen fort.

Edmund schob sein neues Modellauto den Flurläufer entlang, die »Straße« zwischen Puppenhaus und Zigarettenquelle, und ein Weilchen später wieder zurück. Er schnappte ein paar Worte auf, die von unten hochstiegen – »vergessen«, »Vergangenheit«, »Bild« –, und auch der scharfe Ton drang halb zu ihm durch, aber Edmund war zu sehr mit seiner eigenen Mission beschäftigt, um auf den Sinn der Worte zu achten. Für vorbeilaufende Dienstmädchen oder Mütter machte er, was jeder normale, gesunde Junge mit einem neuen Spielzeugauto macht, aber ihm diente dieses Spiel nur als Tarnung für das viel größere Spiel, das er spielte.

Er kehrte in sein Zimmer zurück. An dem Auto haftete immer noch das Parfum seiner Mutter. Sie hatte um die Überreichung des Geschenks ein richtiges Tamtam gemacht: Sie hatte ihn zu sich zitiert, er musste sich auf ihr Knie setzen, und bevor sie ihm die Schachtel gab, hatte sie sein Gesicht in beide Hände genommen und ihm einen Kuss auf die Stirn gedrückt. Es sei ein verfrühtes Weihnachtsgeschenk, zähle aber nicht mit zu dem, was der Weihnachtsmann bringen werde. Es schien ihr sehr wichtig, ihm eine Freude zu machen. Was ihn ein wenig beunruhigte.

»Mir ist klar, dass ich es dir nicht oft gezeigt habe, aber ich möchte, dass du es weißt … ich hab dich lieb«, hatte sie gesagt.

Dass sie es so ausdrückte, säte in ihm eher Zweifel, anstatt ihre Liebe zu bekräftigen. Edmund hatte diese Liebe wie die Schwerkraft oder den Sauerstoff immer für selbstverständlich gehalten.

Aber er freute sich über das Auto. Obwohl weder das Modell noch der Maßstab stimmten, wurde der Lagonda zur wichtigsten Requisite beim Nachstellen der Villa Lubert. Wenn die Modellautofabrikanten sich dazu durchringen könnten, einen Mercedes 540K zu produzieren, wäre die Kopie perfekt. Edmund hatte sogar eine Puppe, die Richard den Gärtner darstellte, zu erkennen an einer selbst gebastelten Pappschaufel. Edmund parkte den Wagen vor dem Puppenhaus und ließ Richard die Einkäufe ins Haus schaffen, während die Edmund-Puppe die echten Zigaretten hereinschaffte. Die Edmund-Puppe vergewisserte sich, dass die Mutter-Puppe im Salon Klavier spielte, die Lubert-Puppe ihr zusah, die Greta- und Heike-Puppen in der Küche waren, die Frieda-Puppe in ihrem Mansardenzimmer und die Vater-Puppe auf der anderen Seite des Teppichrasens, beschäftigt mit der Rettung Deutschlands. Da rannte die Edmund-Puppe mit den beiden Riesenschachteln ins große Schlafzimmer des Puppenhauses. Edmund warf einen Blick zur Tür, ob sich auch keine Geräusche näherten. Nein, die Luft war rein. Da schob er die Puppenmöbel zur Seite und hob den Miniatur-Perserteppich an. Darunter lagen bereits acht Zigarettenschachteln; mit den beiden neuen hatte er die zweihundert Zigaretten, die Osi verlangte: für einen Soldaten eine Monatsration, für eine Waise ein Vermögen. Nun war es Zeit, die Beute auf dem Luftweg über die verschneite Wiesentundra zu den mutterlosen Jungen zu befördern.

Der Schnee auf der Wiese war jungfräulich, und es machte Edmund großes Vergnügen, die ersten Spuren hineinzutreten; er kostete das Knirschen aus, mit dem seine Gummistiefel den Schnee zusammenpressten, und war froh über die hohen Schäfte, in die kein Schnee hineindrang. Weiter vorn, wo der Himmel den Boden berührte, sah er den schwarzen Rauch eines Lagerfeuers; die grauen Wolken darüber hingen so niedrig, dass sie in die Erde bluteten und den Horizont verwischten. Die schwarzen Rinnsale, die vom Fluss noch übrig waren, brachen das allgegenwärtige Weiß auf. Die alles verzehrende Kälte hatte den breiten Strom schmal gemacht, hatte ihn von den Ufern hin zur Mitte über Hunderte von Metern zufrieren lassen, bis im Eisarchipel nur noch hier und da ein paar kleine Bäche übrig waren. Im völlig von Eis bedeckten Hufeisenbogen einer Bucht war ein Segelboot festgefroren, mit dem Bug nach oben und dem Heck nach unten, gefangen in einer reglosen Eiswelle. Wo der Fluss noch am Fließen war, hatte er mit seiner Kraft Eisbrocken hochgedrückt, die als Zacken kreuz und quer nach oben standen. Sie erinnerten Edmund an die Fotos der außerirdisch anmutenden Eisfelder, die Scott auf seiner tödlichen Expedition überquert hatte. In der Mitte des Flusses, wo sich das Wasser noch voranbewegte, drifteten kahngroße Eisschollen stromabwärts wie Leichenschiffe. Auf einem davon saß ein Krähenschwarm. Die Natur hat uns nicht dafür geschaffen, Mitleid mit einer Krähe zu haben, aber Edmund war vom Anblick dieser Vögel bewegt. Zum Fliegen war ihnen zu kalt; mit dick aufgeplusterten Federn standen sie da, wie in ihr Schicksal ergeben, das sie in Aas verwandeln würde, und ließen sich auf ihrem Eisboot dem Meer entgegentreiben.

Edmund näherte sich dem Lager, die braune NAAFI-Papiertüte unter den Arm geklemmt und überzeugt, dass ihm seine Großzügigkeit Respekt und einen Platz im Herzen der kleinen Wilden einbringen würde. Osi und seine Gesellen waren um ein Feuer versammelt, näher an den Flammen, als menschenmöglich schien. Einer der Jungen nährte das Feuer mit den Trümmern eines Hühnerstalls. Es standen nicht mehr so viele Gebäude da wie vorher: Der Holzschuppen war weg, der Stall auch; es sah aus, als hätten die kleinen Wilden die Hälfte ihrer Behausung verheizt. Osi saß auf seinem Koffer wie ein alter Mann, der auf einen lange verspäteten Zug wartet, so reglos, dass er aussah, wie auf seinem Sitz festgefroren. Einer der Jungen erweckte ihn mit einem Stupser zum Leben.

»Der gute Tommy ist da.«

Osi sprang hoch, salutierte vor jemandem im Feuer und drehte sich dann dem näher kommenden Edmund entgegen. Er lief um das Feuer herum, immer in der Hitzezone bleibend, und zog das Gesicht zu einem wilden, halb dementen, halb ekstatischen Lächeln in die Breite. »Ed-mund!« Er ließ die Laute genussvoll über die Zunge rollen. »Was hast du?«

Edmund erreichte den Rand der erdigen Feuerstelle. Die Hitze hatte den Schnee zurückgetrieben und rings um das Feuer einen meterbreiten Kreis braunen Matsch bloßgelegt, in dem die kleinen Wilden standen, wie immun gegen die sengende Hitze.

»Was hast du?«, fragte Osi noch einmal. »Was hast du? Was hast du?«, wiederholte er immer wieder, nach jedem »du« mit den Zähnen klappernd.

»Zigaretten.«

Edmund händigte Osi die Tüte aus, wobei er sich abwenden und eine Seite seines Gesicht gegen die Hitze abschirmen musste. Beim Anblick der Schmuggelware verwandelte sich Osi vom erwartungsvollen Kind zum forensischen Gutachter. Er tauchte in die Tüte und holte ein Päckchen Players heraus, schnupperte erst daran und vergewisserte sich dann, dass die Versiegelung nicht aufgebrochen war. Gut. So neu wie frisch gelegte Eier. Eine intakte Versiegelung erhöhte den Tauschwert. Er hielt das Päckchen hoch und verkündete: »Players. Berühmte Zigaretten.« Das Zellophan begann schon, sich von der Hitze zu wellen und bräunlich zu verfärben.

»Gute Zigaretten«, bestätigte Edmund. »Players.«

»Gute *fucking* Tommy-Zigaretten«, sagte Osi.

Das Päckchen wurde herumgereicht, und eine Runde anerkennender Kraftausdrücke untermauerte die Aussage. Der Junge, den Edmund so leicht niedergerungen hatte, stand einen Schritt hinter den anderen und sah gleichgültig zu. Edmund nutzte diesen Moment höchsten Wohlwollens, um zu zeigen, dass er ihm nichts nachtrug. Er zog ein Päckchen aus der Tüte an Osis Arm und streckte es seinem ehemaligen Gegner hin. Der Junge widerstand einen Moment, dann siegte die Not über den Stolz, er trat heran und nahm das Päckchen aus Edmunds Händen.

Vom Feuer zog nicht nur der Geruch von brennendem Holz zu Edmund herüber; es mischte sich noch etwas anderes darunter. Bratengeruch. An einem Spieß briet ein Tier. Was für eines, war schwer zu erkennen: Kopf und Füße fehlten, es war größer als ein Schwein, aber kleiner und magerer als eine Kuh. Was auch immer – es roch gut. Osi nahm Edmund am Arm und führte ihn auf die andere Seite zu dem brutzelnden Fleisch. Er schnitt einen Streifen aus der mageren Keule und reichte ihn Edmund. Das Fleisch war rauchgeschwärzt und knusprig.

»*Was ist los?*«, fragte Edmund.

Die Jungen brachen in Gekicher aus, was Edmund als Reaktion auf sein schlechtes Deutsch begriff.

»Esel«, erklärte Osi.

Edmund kannte die deutschen Wörter für Schwein, Hund, Kuh und Löwe, aber dieses Wort kannte er nicht. Vielleicht ein anderer Begriff für Rindfleisch? Er wollte seinen Gastgeber nicht beleidigen, steckte den Streifen in den Mund und kaute.

»Schmeckt's, Tommy?«, fragte Osi.

Edmund kaute weiter; alle Augen waren auf ihn gerichtet, in Erwartung einer Antwort. Das Fleisch war zäh und hatte einen Beigeschmack, den er nicht einordnen konnte. Ähnlich wie Rindfleisch, nur süßlicher. Aber es war so lange gebraten, dass es nicht mehr zu identifizieren war.

»*Ich liebe es*«, sagte er schließlich, unsicher, ob das traf, was er meinte, aber es schien die richtige Antwort.

»Tommy liebt Esel!«, sagte Osi, und alle lachten, machten beifällige Gesten und brachen in übermütige Rufe aus, aus irgendwelchen Gründen auch in Eselsgeschrei. Edmund hatte das Gefühl, er hätte einen Initiationsritus bestanden. Dann fiel ihm ein, dass er ja noch mehr mitgebracht hatte. Er griff in seine Manteltasche und zog ein Säckchen heraus, ein zusammenge-bundenes Taschentuch. Er sah sich nach einem Platz um, wo er es ablegen konnte. Osi führte ihn zu seinem Koffer, den er als Tisch flach auf den Boden legte.

»Muttis Haus«, sagte er.

Edmund legte das Taschentuch auf den Koffer; schubsend und rempelnd drängten sich die Jungen um ihn. Er löste den Knoten und gab den Blick frei auf einen Berg funkelnder Zu-ckerwürfel. Bei diesem Anblick sogen alle mit einem schar-fen Geräusch die Luft ein, als hätte Edmund einen Zauber-trick vorgeführt. Weil er nicht sicher war, ob die Jungen Zucker überhaupt kannten, nahm er den obersten Würfel und hielt ihn ans Licht. Die Körnchen glitzerten.

»*Sugar*«, sagte er. Er reichte Osi den Würfel, der ihn gleich in den Mund steckte.

Osi lutschte eine Weile ohne Mundbewegungen und biss dann mit den Backenzähnen auf den Würfel. Sofort zuckte er vor Schmerz zusammen. Zäh und rot tropfte es ihm aus dem Mundwinkel. Er tastete mit einem Finger im Unterkie-fer herum und zog den blutigen Stummel eines verfaulten gel-ben Zahns heraus. Mit einer Grimasse riss er den Mund auf, da-mit alle das Loch sehen konnten, dann blickte er wieder auf den blutverschmierten Zahn in seiner rosa-schwarzen Handfläche, schloss die Finger darum und steckte ihn in die Tasche. Edmund fragte sich, wozu. Daran ließ sich nichts mehr reparieren, und keine Zahnfee würde Osis stinkenden Stall besuchen. Falls sie überhaupt noch deutsche Kinder besuchte – die waren auf der Liste der würdigen Gabenempfänger sicher weit nach unten gerutscht, noch hinter die Italiener und Japaner, ganz ans Ende.

Osi bückte sich, hob etwas Schnee auf und drückte ihn auf das immer noch blutende Zahnfleisch. Da rief jemand: »Mann auf dem Fluss!«

Alle drehten sich um und schauten, und tatsächlich kam über die zugefrorene Bucht ein Mann auf sie zu, auf die Entfernung hin alterslos, aber mit federnden, geschmeidigen, zielstrebigen Schritten. Seine Absicht schien sich den Jungen telepathisch mitzuteilen und verwandelte die Gruppe in ein unruhiges Rudel. Falls sie nicht sicher waren, wer da auf sie zukam, schienen doch alle zu wissen, wen sie sich nicht hier wünschten.

»Tsss. Ist er das?«

»Nein.«

»Ich kann ihn nicht erkennen.«

Der Läufer kam übers Eis immer näher, und in der flirrenden Luft über dem Feuer sah es aus, als ginge er auf dem Wasser.

Nur Osi schien unbeeindruckt. »Das ist Berti, ihr Trottel.«

Siegfried sagte: »Der wird mit uns nicht zufrieden sein. Wir haben kaum was rangeschafft.«

Der Mann erreichte das Ufer und stieg die Böschung hinauf. Als er vom Eis auf den Schnee wechselte, ging er aufrechter und mit längeren Schritten. Er kam über die Wiese, eine Gestalt ganz in Schwarz und Grau; in der farblos fahlen Winterluft leuchtete ein einzelner orangefarbener Glutpunkt auf, als er an seiner Zigarette zog.

»Das ist nur Berti«, wiederholte Osi. »Ich hab schon, was er will.« Aber es wurde deutlich, dass sein Draufgängertum nur aufgesetzt war und er sich innerlich wappnete.

Edmund wurde schlecht vor Angst. Er wäre gern wie ein Vogel über die Wiese ins sichere Haus zurückgeflogen, aber dafür war es zu spät.

»Ed-mund!«

Osi steckte den Kopf in den Koffer, hob den Deckel kaum, um den Inhalt vor Blicken abzuschirmen. Er zog eine russische Kosakenmütze hervor und warf sie Edmund zu, auf seinen Kopf deutend.

»Nicht sprechen.«

Edmund zog die Mütze über und stellte sich hinten ins Rudel. Seine Füße fühlten sich in den Gummistiefeln aufgequollen und taub an, die Kosakenmütze roch nach Dieselöl und war hart gefroren wie ein Helm.

Aus der Nähe sah dieser Berti eigentlich gar nicht so zum Fürchten aus. Er war nicht viel älter als die anderen Jungen, auch nicht viel größer; sein übergroßer Mantel ließ ihn sogar relativ klein erscheinen. Aber als er in den Dunstkreis des Feuers trat, hatten sich die Jungen zu einem zitternden, stummen Haufen zusammengedrängt. Als das Rudel unwillkürlich zurückwich, wurde Edmund wieder in Richtung Feuer geschoben. Nur Osi, der nach wie vor Gleichmut vortäuschte, blieb stehen, nun ein Stück von der Gruppe getrennt. Und Berti ging auch nur zu ihm, registrierte die Anwesenheit der anderen kaum. Leise stellte er Osi eine Frage, wollte anscheinend nicht, dass die anderen etwas mitbekamen. Osi händigte ihm ein Stück Papier aus und druckste und piepste, während es begutachtet wurde. Der junge Mann sah weder erfreut noch verärgert aus. Er faltete das Blatt sorgfältig zusammen und steckte es in seine Manteltasche.

»Was hast du sonst für mich?«

Nach dieser Frage führte Osi ein breit gefächertes Gesten-repertoire vor, Achselzucken, beschwörend ausgebreitete Hände und Kopfschütteln, dann deutete er mit dem Daumen über die Schulter zu einem imaginären Komplizen, der ihn im Stich ge-lassen hatte. Mitten in diesem wenig überzeugenden Gefasel – Osi erinnerte selbst Edmund an einen elenden, sich windenden Wurm – hob Berti die Hand und quetschte Osis Gesicht zwi-schen seinen gespreizten Fingern zusammen. Osi verstummte sofort. Bei dieser Bewegung, die so gewalttätig war und so nah, schossen Angst und Adrenalin in Edmund hoch. Er hatte das Gefühl, sich gleich übergeben zu müssen.

Als Berti ihn losließ, schien Osi die Misshandlung sofort zu vergessen und verwandelte sich in einen servilen Oberkellner, der Berti den Weg zu dem Spießbraten wies wie zum besten Tisch in einem Restaurant. Berti näherte sich dem Tier. Er be-trachtete es kurz, dann wandte er sich an Osi und den Rest des Haufens. Er schien nun noch zorniger.

»Wir essen Esel und die Engländer Kuchen!«

Wieder dieses Wort. Esel. Und irgendwas mit Engländern und Kuchen.

Osi versuchte, Berti gleich mit dem nächsten Trick abzulen-ken: Er schwenkte etwas vor ihm, was aussah wie ein Medika-mentenröhrchen. Er wirkte wie ein Löwenbändiger, der sein Tier mit der Peitsche vom Stuhl durch den brennenden Reifen zur Treppe treibt, damit dem Löwen keine Zeit bleibt, sich sei-ner ureigenen Löwennatur zu besinnen.

»Berti, schau mal, was wir für dich haben! Pervitin!«

Berti schnappte das Röhrchen und warf sich sofort zwei Ta-bletten in den Mund. Dann wandte sich Osi an die anderen und klatschte auffordernd in die Hände, damit sie hergaben, was sie in den Taschen hatten. Otto holte ein aus einer Kirche entwen-detes Kollektentablett und stellte es auf den Boden. Die kleinen

Wilden ließen darauffallen, was sie ergaunert hatten, ein mickriges, dafür umso vielseitigeres Angebot: Medikamente gegen Geschlechtskrankheiten, Verhütungsmittel, Zuckerwürfel. Widerstrebend rückte Osi den größten Teil von Edmunds Beitrag heraus.

Der Zucker fiel Berti ins Auge.

»Wo hast du den her?«

Niemand antwortete.

Osi sagte etwas von Hotels, was Berti aber nicht gefiel. Er packte Dietmar, nahm ihn in den Schwitzkasten und hielt die glühende Zigarettenspitze dicht an sein Augenlid. Dietmar winselte, als die Zigarette seine Wimpern versengte.

Edmund schluckte die Säure hinunter, die ihm die Speiseröhre hochstieg. Heißer Urin brannte schenkelabwärts. Edmund wollte zu Berti sagen, er solle aufhören, hatte aber zu viel Angst, obwohl er wusste, dass er auf Umwegen für Dietmars Folterung verantwortlich war. Was würde sein Vater an seiner Stelle tun?

»*Stopp! Bitte… Stopp.*«

Diese mit englischem Akzent gesprochenen Worte beendeten die Tätlichkeiten augenblicklich. Berti ließ Dietmar los, und das Pack wich auseinander und gab einen Gang zwischen Berti und Edmund frei.

»Der ist in Ordnung, Berti«, sagte Osi. »Der bringt uns Kippen… und er hat den Zucker gebracht. Der ist ein guter Tommy.«

Ein ganzer Schwall heißer Pisse flutete Edmunds Unterhose und rann bis zu den Gummistiefeln hinunter. Die Wärme war momentan tröstlich, aber seine Beine fühlten sich schwach an, als hätte er Gummiknie. Er hätte nicht davonlaufen können, selbst wenn er gewollt hätte. Er dachte wieder an seinen Vater. Dies war nicht der Heldentod, der ihm vorgeschwebt hatte.

Wenn sie ihn finden würden, sähen sie die gelben Flecken im Schnee. Leute, die einen Orden bekamen, machten sich nicht in die Hose. *Edmund Morgan: Rest in Piss.*

Eines verstand er nicht: Berti rührte sich nicht vom Fleck. Er blieb, wo er war; in seinem Kopf schien es zu tickern. Er beriet sich leise mit Osi und warf nur ab und zu einen Blick zu Edmund hinüber. Schließlich drehte er sich argwöhnisch zu ihm, sah zu dem Tablett hinunter und hob ein Päckchen Players auf.

»Bring Zigaretten«, sagte er auf Englisch. »Hierher. Jede Woche.«

»Ja…«

»Oder ich mache das.« Er hielt sich die Zigarette ans Auge. »Bei dir.«

Osi wandte sich an Edmund. »Guter Tommy. Bring Zigaretten… hierher… morgen und…« – er zeichnete einen Bogen mit der Hand, der den Zeitraum einer Woche anzeigen sollte – »und nächste Woche.«

Edmund nickte heftig.

Dann warf Berti seine Zuckerwürfel ins Feuer. Sie landeten auf dem Maschendraht des gerade verheizten Hühnerstalls. Osi kreischte auf und sprang direkt auf das Drahtgeflecht, um sich die Würfel zu holen, aber die Hitze war zu gewaltig; fast noch in ein und derselben Bewegung sprang er wieder aus dem Feuer zurück wie ein Frosch, und als er auf dem Boden landete, standen seine Mantelschöße in Flammen. Die anderen lachten ihn aus, als er sich im Schnee wälzte, um die Flammen zu ersticken.

Berti hob den Rest der Ausbeute auf, die die kleinen Wilden an ihn abgetreten hatten, und deutete erst auf Edmund, dann auf die Villa Lubert. Das war verständlich genug. Edmund gehorchte und begann, vor der bösartigen Wucht der Blicke zurückzuweichen, mit denen der junge Mann ihn durchbohrte.

In seiner Panik knickten ihm immer wieder die Beine ein, stolpernd rannte er nach Hause.

An den Baracken in Hammerbrook türmte sich der Schnee bis zu den Dachvorsprüngen, und mit dem goldenen Licht der Kerosinlampen in den Fenstern hatte man den Eindruck eines heimelig hingeduckten Dorfs.

Minister Shaw erkannte die Melodie, die gespielt wurde, während Lewis ihn auf dem verschneiten Weg zwischen den Hütten zur Essensausgabe führte, als »Komm, o komm, Emanuel«.

Wie von Lewis vorausgesehen, hatte der ständige Schneefall der letzten beiden Tage alle Spuren des Unfriedens verwischt, die Leute in die Hütten getrieben und die Protestierenden von den Straßen gefegt. Bisher hatte alles, was der Minister auf seiner Tour gesehen hatte, den Eindruck vermittelt, dass eine schwierige Situation hervorragend gemeistert würde. Sogar die Demonstranten vor den Fabriken hatten ihre Plakate beiseitegestellt, und hier im Lager, wo Lewis gehofft hatte, Shaw und dem begleitenden Fotografen von der Zeitung *Die Welt* einige unabweisbare Bilder der Not zeigen zu können, waren etliche Wohltätigkeitsorganisationen aktiv. Das Rote Kreuz, die Quäkergesellschaft und die Heilsarmee verteilten Suppe und Essenspakete an die Schlangen Vertriebener, während die zugehörigen Blaskapellen Weihnachtslieder spielten.

»Gut zu sehen, dass Sie die Leute satt bekommen, Colonel.«

»Herr Minister, in diesem Monat sind zwanzig Menschen verhungert. Und es kann nur schlimmer werden. Ohne die Essenspakete würden diese Menschen sterben. Deutschland kann sich nicht selbst ernähren.«

»Aber ringsum gibt es doch fruchtbares Ackerland.«

Der Fotograf versuchte, Shaw in die richtige Position für die nächste Aufnahme zu manövrieren.

»Die Russen halten den Brotkorb, wollen aber nicht teilen«, erwiderte Lewis, obwohl er wusste, dass Shaw nur mit halbem Ohr zuhörte. »Normalerweise wird die Stadt aus den Gebieten versorgt, die sich jetzt in der russischen Zone befinden, aber die Russen wollen uns nur Getreide geben, wenn wir mehr Fabriken demontieren. Das hat zur Folge, dass in der britischen Zone neunzig Prozent der Nahrungsmittel importiert werden müssen. Das bedeutet zwei Millionen Tonnen Lebensmittel pro Tag, Herr Minister. Und die Schiffe kommen jetzt schon nicht mehr durchs Eis. Wenn wir die Fabriken demontieren, haben die Deutschen keine Arbeit mehr. Es können sowieso viele von ihnen nicht arbeiten, weil sie den Entnazifizierungsprozess noch nicht durchlaufen haben. Das ist ein Teufelskreis.«

Shaw nickte nachdenklich, aber Lewis merkte, dass er ihm zu viel zugemutet hatte, eine volle Breitseite von Informationen statt eines gezielten Blattschusses. Und jetzt kam ihm auch noch der Fotograf in die Quere.

»Herr Minister, wenn Sie sich bitte hinter den Tisch stellen könnten. Ich hätte gern eine Aufnahme von Ihnen, wenn Sie ein Essenspaket ausgeben«, bat Leyland, der für *Die Welt* zuständige Offizier. Für ihn war die Aufgabe einfach: Die Briten sollten der deutschen Öffentlichkeit in gutem Licht dargestellt werden, wie sie den Deutschen in ihrer Not zur Seite standen. Er hatte schon ein paar Fotos im Kasten, die den Ruf der Briten verbessern würden: Shaw auf einem Schülerstuhl, neben drei lächelnden deutschen Mädchen, die in einem Geschichtsbuch eifrig die Abbildung der Houses of Parliament studierten (»Deutsche Schulkinder lernen die Grundbegriffe der Demokratie kennen«); Shaw neben einem Druckstock für *Die Welt* (»Deutsche genießen wieder die Vorzüge einer freien Presse«). Aber »Der Minister verteilt Essenspakete an dankbare Deutsche« dürfte das Foto des Tages werden, lieferte es doch das neue Weltbild, das alle brauchten: Es würde den Deutschen zeigen, dass die Briten mitfühlend und kompetent waren; es würde die Kritik dämpfen, die gegen die Militärregierung laut wurde; es würde Shaw als Mann der Tat präsentieren. Shaw kannte das übliche Prozedere: eine Frage stellen, die Hand schütteln, betroffen aussehen.

Shaw begrüßte eine ältere Frau auf Deutsch und beugte sich großmütig herab, um die Gabe zu überreichen. Die Frau verzog beim Entgegennehmen das Gesicht und ging wortlos, unbeeindruckt vom bemühten Mitgefühl des Ministers. Der Fotograf drückte auf den Auslöser, aber wo blieb die Dankbarkeit? Er musste die Dankbarkeit einfangen. Eine Mutter mit einem Kleinkind auf der Hüfte kam als Nächste an den Tisch. Der Fotograf rückte näher. Shaw segnete instinktiv das kleine Mädchen mit seiner behandschuhten Hand und gab ihr das Essenspaket wie ein Nikolaus in Zivil. Der Fotograf kauerte sich hin, hielt auf die Szene und bekam das Bild, das er haben wollte.

Ein abgerissener junger Mann, der ihnen seit ihrer Ankunft folgte, rief Shaw zu:

»Tommy, gib uns mehr zu essen, sonst werden wir Hitler nicht vergessen!«

Diese Worte hatte Lewis schon öfter gehört, einmal von einer Frau, die beim Bahnhof Dammtor Kohlen stahl, und einmal von einem Jungen am Gänsemarkt.

Leyland forderte den Mann auf, weiterzugehen, und entschuldigte sich bei Shaw für die Pöbelei.

»Aber was hat er denn gesagt?«, fragte Shaw und sah dabei Ursula an.

»Er hat gesagt: Tommy, gib uns mehr zu essen, sonst werden wir Hitler nicht vergessen.«

Shaw nahm nicht nur keinen Anstoß, sondern schien sogar

erfreut. Die Provokation gab ihm Gelegenheit, sich in Szene zu setzen.

»Würden Sie ihn bitte fragen, ob er das wirklich so meint?«, bat er sie.

Ursula übersetzte Shaws Frage, und der Mann antwortete darauf entschieden und mit kühner Verachtung.

»Er sagt: Damals ging es uns besser als jetzt. So schlimm war es noch nie, nicht einmal in den letzten Kriegstagen.«

Der Fotograf, der zweifellos um seinen guten Job fürchtete, forderte den Querulanten auf, sich zurückzuhalten. Aber Shaw schien wirklich interessiert. Er wandte sich wieder an Ursula.

»Fragen Sie ihn, ober er nicht dankbar für seine Freiheit ist.«

Als Antwort deutete der Mann auf die Baracke. Ursula übersetzte wieder:

»Sieht das wie Freiheit aus? Ich war seit Kriegsende in drei Lagern. In Belgien, in Köln und jetzt hier. Ich habe meine Frau seit neun Monaten nicht gesehen. Warum? Weil ich für mein Land gekämpft habe?«

»Was würde Ihre Lage verbessern?«

Der Mann knurrte mit gedämpfter Stimme eine Antwort.

Ursula unterdrückte ein Lächeln und betrachtete ihre Handrücken.

»Was hat er gesagt?«

»Er ist … einfach zornig«, antwortete Ursula. Sie versuchte eher, den Mann vor sich selbst als Shaw vor seinen Beleidigungen zu schützen. »Da spricht der knurrende Magen.«

Shaw gab sich als hartgesottener Wahlkampfredner. »Er hat Redefreiheit. Dagegen habe ich nichts. Also bitte: Was hat er gesagt?«

Ursula zögerte und sah Lewis fragend an.

»Ich glaube, es ist wichtig, dass der Minister Bescheid weiß«, ermunterte Lewis seine Dolmetscherin.

»Er hat gesagt: Hört auf, uns alle wie Kriminelle zu behandeln. Und außerdem… Kehrt nach England zurück.«

»Ganz so höflich klang das nicht …«

Lewis unterdrückte ein Lächeln und nickte Ursula zu, sie solle ruhig den vollen Wortlaut wiedergeben.

»Grob übersetzt hat er gesagt: Verpisst euch nach England.«

Lewis fuhr Ursula nach Hause. Er achtete kaum auf die Straße; ihm ging so vieles durch den Kopf, was er Shaw noch hätte mitteilen wollen.

»Danke«, sagte sie.

»Wofür?«

»Dass Sie versucht haben, das Schwierige zu sagen.«

»Ich habe nicht annähernd genug gesagt. War überhaupt nicht klar und deutlich. Ich hatte die Chance, etwas zu bewirken. Jetzt kehrt Shaw nach London zurück, und niemand wird erfahren, wie extrem die Notlage hier ist.«

»Sie sind aber sehr streng mit sich.«

»Ich bin ein Trottel. Ich habe meine Chance vergeigt.«

»Sie können nicht alles machen.«

Das klang fast nach Zurechtweisung. Vorn lag quer über der Straße ein umgekippter Laster, vom Fahrer verlassen, mit den Vorderrädern auf dem Gehweg. Die Spuren des Unfalls waren vom frisch gefallenen Schnee bereits verdeckt. Beim Vorbeifahren sah Lewis eine Gestalt aus dem Führerhaus witschen, Geplündertes an den Bauch gepresst. Lewis tat, als hätte er nichts gesehen.

»Sie brauchen mich nicht die ganze Strecke zu fahren.«

»Ich lasse Sie hier doch nicht zu Fuß gehen.«

»Aber das ist für Sie die falsche Richtung.«

»Ich bestehe darauf.«

Die leistungsstarke Heizung des Mercedes blies heiße Luft

über Lewis' Beine, die allmählich nach oben stieg und seine Brust wärmte; seine Fingerspitzen kribbelten, als die Durchblutung wieder einsetzte. Mit der Wärme entfalteten sich im Wagen die Gerüche von nasser Wolle, Tabak und Ursulas Leinenduft.

»Wie hat man Sie genannt? Lawrence von Hamburg? Ist das respektvoll oder abwertend gemeint?«

»Je nachdem, aus welchem Mund es kommt.«

Barker hatte diesen Spitznamen für ihn erfunden, und damals hatte Lewis nichts dagegen gehabt, schmeichelte der Name doch einer geheimen Eitelkeit. »Das ist eine Anspielung auf T. E. Lawrence. Sein Spitzname war Lawrence von Arabien.«

Ursula hatte noch nie von ihm gehört.

»Das war ein unangepasster britischer Leutnant. Im Ersten Weltkrieg in Ägypten stationiert. Er besaß großes Wissen über die Einheimischen, die Beduinen, und hatte viel Verständnis für sie. Er hat ein Buch geschrieben, *Die sieben Säulen der Weisheit*. Eine Art Bibel für mich. Ich schleppe es überall mit mir herum. Barker nennt mich manchmal Lawrence, das muss jemand im Büro mitgekriegt haben.«

»Ich würde gern mehr über ihn erfahren. Eine interessante Persönlichkeit.«

»Er hat sich immer mit der Obrigkeit angelegt. Ist für die Einheimischen eingetreten. In der Armee galt er als anmaßend. Man hat ihn gehasst, weil ihm die Araber lieber waren als seine eigenen Landsleute. Ich kann Ihnen das Buch mal leihen. Es ist signiert. Ich bin Lawrence einmal kurz begegnet, auf einer Militärfeier.«

»Was hatten Sie denn menschlich für einen Eindruck von ihm?«

»Er sah aus, als wäre er lieber woanders.«

»Dann sind Ihnen also die Einheimischen auch lieber?«

»Diese Kritik bekomme ich häufig zu hören. Sogar meine Frau behauptet das.«

Das Klatschen und Spritzen von Schneematsch unter den Rädern des Wagens ging in ein gedämpftes Knirschen über, Lewis spürte die Veränderung auch am Steuer, das nur noch leicht vibrierte. Seit er seine Frau erwähnt hatte, umschloss er das Lenkrad fester.

»Ich finde es sehr tapfer von ihr, das Haus mit... mit der deutschen Familie zu teilen. Dazu wären nicht viele Menschen in der Lage.«

Lewis wusste, dass das zutraf, aber als tapfer hatte er Rachael noch nicht betrachtet.

»Hat sie... sich schon eingewöhnt?«

Gewöhnt. Was für ein Wort.

»Ich glaube, sie... schafft es langsam. Es... ging ihr nicht gut. Sie hat lange gebraucht, um über den Verlust unseres ältesten Sohns hinwegzukommen.«

Lewis hatte Ursula knapp über Michaels Tod informiert, nachdem er von ihrem eigenen Verlust erfahren hatte. Eine Art fairer Austausch – toter Mann gegen toten Sohn –, aber Lewis hatte keine Einzelheiten erwähnt. Hatte auch weiterhin nicht die Absicht.

»Ich glaube, für mich wäre das sehr schwierig. Mit meinen alten Feinden zu leben. Wenn sie für den Tod meines Sohnes verantwortlich sind. Und dann noch einen Mann zu haben, dem der Feind am Herzen liegt. Das ist wirklich schwierig.«

Das alles hatte sie aus mageren Informationen erschlossen. Wie war sie so rasch dahin gelangt?

»Aber sie muss...« Lewis bremste sich. Er gab zu viel preis.

»Muss?«

»Sie... Ich hatte gehofft, mit der Zeit... würde sie es hinter sich lassen.«

»Warum? Die Zeit hat doch damit nichts zu tun.«

Darauf hatte Lewis keine Antwort.

»Der Tod eines Sohnes ist eine Wunde, die nicht heilt«, sagte Ursula.

Lewis atmete so lang und heftig aus, dass die Windschutzscheibe beschlug. Er streckte den Arm aus und wischte mit seinem Handschuh daran herum.

»So ein Wetter«, sagte er.

Ursula begriff. »Tut mir leid. Das geht mich nichts an.«

»Nein, nein. Schon in Ordnung.«

Wieder entstand eine Pause.

»Sie haben doch noch einen zweiten Sohn, nicht?«

»Ja.«

»Was ist er denn so für ein Junge?«

Als Lewis an Edmund dachte, musste er lächeln. Er hatte Spaß an ihm, wollte ihn gern besser kennenlernen; aber gerade weil er ihn so wenig kannte, fühlte er sich gehemmt und konnte seinen Wunsch nicht äußern.

»Er ist … ein lieber Kerl.«

Plötzlich machte sich das Steuer mit einem Ruck aus seinen Händen los und schlug erst scharf nach rechts, dann nach links ein, als säße ein betrunkener Geisterfahrer dahinter. Als Lewis es wieder in den Griff bekam, rutschte der Wagen schon mit einer täuschend ruhigen und eleganten Kreiselbewegung zur Seite, und statt gegenzusteuern, ließ Lewis den Wagen dahinschlittern und halten, wo er wollte. Er hörte sich selbst rufen: »Abstützen!« Gleichzeitig machte er seinen Arm steif und streckte ihn quer über Ursula, um sie in den Sitz zu drücken. Der Wagen stieß weich und lautlos in eine dicke Schneewehe. Obwohl sie nun standen, ließ Lewis seinen Arm auf ihr liegen – den Impuls, ihn wieder zurückzuziehen, hatte er blitzschnell unterdrückt.

»Ich weiß nicht, was da los war«, sagte er. »Der Wagen ist einfach … das Lenkrad ist einfach …«

Sein Arm lag immer noch auf ihr wie ein Sicherheitsbügel, der nun keine Funktion mehr hatte. Lewis starrte darauf und wartete, wie sie reagieren würde. Sie legte die linke Hand auf seinen Unterarm und hob ihn von sich weg.

»Tut mir leid. Das war …«

»Kein Problem, Colonel. So was kann leicht passieren.«

Der Wagen steckte in der Schneewehe fest. Lewis beschloss, Ursula zu Fuß nach Hause zu begleiten und dann zum Offiziersclub am Jungfernstieg zu gehen, um den Transport nach Hause zu organisieren und den technischen Wartungsdienst mit der Bergung des Wagens zu beauftragen. Er hätte jetzt wahnsinnig gern eine geraucht. Aber sogar das Zigaretten-Geheimversteck in der Armlehne war leer.

»Ich bringe Sie nach Hause.«

»Das ist doch nicht nötig, Colonel.«

»Kein Problem.«

Sie gingen den verlassenen Neuen Steinweg im alten, unzerstörten Teil der Stadt entlang. Verlegen, weil er sich zu weit vorgewagt hatte, ging Lewis etwas zu schnell.

Rachael hatte ihn immer geneckt, da er im Umgang mit dem anderen Geschlecht so unbedarft war. Das war bei Einsätzen sein bester Schutz: Mit seiner schlichten Treue überstand er Situationen, in denen für andere die Verlockung zu groß wurde. Seine Kameraden leisteten sich oft genug sexuelle Eskapaden, über ihre häufigen Affären wurde in der Armee großzügig hinweggesehen. Er selbst war nie solchen Versuchungen erlegen, von denen durch und durch rationale Männer überwältigt und manchmal zerstört wurden. Er hatte sich schon gefragt, ob mit ihm in diesem Punkt etwas nicht stimmte. In jener Nacht in Bremen zum Beispiel, als sein Stellvertreter Blackmore ihn als »saftlosen Mönch« beschimpfte. Das war in den ersten Friedenswochen, als die Feiern orgiastische Züge annahmen und ganze Bataillone sich mit deutschen Mädchen vergnügten. Er hatte seinen frisch verheirateten Captain davor retten müssen, alles wegen eines Barmädchens hinzuschmeißen. »Du bist ein verdammter saftloser Mönch, Morgan. Ein saftloser Mönch«, hatte er Lewis verhöhnt, der in der Tür stand und wartete, dass sich sein Stellvertreter anzog. »Schau sie doch an! Wie kann man da widerstehen? Willst du nicht auch?« Das Mädchen lag, ein Bein über der Decke angewinkelt, in einem tiefen, erschöpften Schlaf. Sie war milchig weich und einladend, aber nein, er hätte nicht gewollt. Und das lag nicht, wie Blackmore ihm vorwarf, an einem Mangel an roten Blutkörperchen oder einem Übermaß an Selbstkontrolle. Sondern daran, dass er diesen besonderen Blick nur für seine Frau hatte. Aber wenn er jetzt Ursula bei ihren Antilopensprüngen zusah, mit denen sie sich durch den tiefen Schnee bewegte, um nicht darin zu versinken, fragte er sich, ob er sich immer noch auf diesen Schutzmechanismus verlassen konnte.

Ihm waren Dinge an Ursula aufgefallen, kleine Bewegungen, kurze Blicke. Er hätte nie gedacht, dass er solche klaren, wachen, präzisen Beobachtungen einmal bei jemand anders machen würde als bei Rachael. Ihm war, als hätte er eine Brille aufgesetzt bekommen, die eine langjährige Kurzsichtigkeit aufdeckte. Was würde Rachael jetzt sehen, wenn sie ihn aus einem versteckten Winkel beobachtete? Sähe sie einen britischen Offizier, der das vom Anstand Gebotene tat, oder einen Ehemann bei den ersten, zögerlichen Schritten auf eine Affäre zu? Er wusste, was Blackmore denken würde – was die Hälfte der Männer im Hauptquartier denken würde. Aber was dachte er selbst? Begleitete er wirklich nur seine Dolmetscherin nach Hause, oder schob er ritterliche Beharrlichkeit vor Absichten, die gar nicht so gentlemanlike waren? Bei der Kälte spielten seine Gedanken verrückt – und seine Sinne auch.

Sie gelangten zu einem sechsgeschossigen Stadthaus, das einem alten Kaufmannshaus gegenüberlag. Ursula kramte in der Tasche nach ihren Schlüsseln.

»Hier ist die Wohnung meiner Tante.«

Natürlich. Sie wohnte bei ihrer Tante. Deshalb hatte sie sich ja auf ihrer Flucht vor den Russen nach Hamburg durchgeschlagen.

»Ich würde Sie gern auf einen Kaffee einladen, aber meine Tante tratscht fürchterlich herum.«

»Völlig… in Ordnung. Ich hatte so etwas gar nicht erwartet.«

»Danke für die Begleitung. Wir sehen uns morgen im Büro. Falls das Wetter es erlaubt.«

»Ja. Falls das Wetter es erlaubt.«

Rachael lag im Bett und ließ sich ihren Streit mit Lubert immer wieder durch den Kopf gehen, Wort für Wort – sie erinnerte sich genau an jedes einzelne, bis zu dem Moment, als er sie küsste. Obwohl sie schockiert war, fühlte sie sich doch nicht beleidigt. Wie er ihre Lippen leicht verfehlte, wie er jungenhaft auf eine Ohrfeige wartete, hatte etwas Liebenswertes. Sie war selbst überrascht, wie schnell sie die Waffen gestreckt hatte, aber Frieden war bei ihr nicht eingekehrt. Sie hätte ihn so gern gefragt, warum er solche Dinge über sie gesagt hatte, über ihre Vergangenheit, ihren Verlust, ihre Ehe. Er hatte ihren Zustand ziemlich genau erfasst und sie damit um ihre Fassung gebracht, hatte ihr ein Gefühl gegeben, das sie erst gar nicht identifizieren konnte: das Gefühl, verstanden zu werden.

»Sie hätten mir besser gefallen, wenn ich Sie damals gekannt hätte… Sie sind nicht mehr ganz so wie früher.« Nicht mehr ganz so wie früher – seit Michaels Tod hatte Lewis das ein paarmal von ihr gesagt, Edmund musste es von seinem Vater aufgeschnappt haben. Lewis meinte das nicht als Kritik, sondern wollte ihr eher Mut machen, dennoch schwang darin auch der hoffnungsvolle Wunsch mit, sie möge sich wieder in die Person zurückverwandeln, die zu lieben ihm leichter gefallen war. In die Person, die sie vor der Bombe gewesen war, ihr altes Ich, das nicht darüber nachsann, ob sie wirklich sie selbst und wirklich glücklich war, ob sie mit ihm schlafen wollte. Aber es gab kein Zurück, die Unschuld war verloren. Die Bombe hatte ihr altes Ich zersprengt, und Rachael sah nicht, wie sie wieder so wie früher werden könnte. Wenn Lewis das nicht begriff, würde er ihr auch nie helfen können. Wenn sie ihn fragte: »Was hast du denn früher an mir geliebt, Lew?«, sagte er bloß: »Einfach dich, Rach. Ich kann's dir nicht erklären.« Aber um wieder gesund zu werden, brauchte sie jemanden, der es ihr erklärte.

Sie schob ihren Arm auf die leere, kühle Seite neben sich. Sie hatte sich daran gewöhnt, das Bett für sich allein zu haben, trotzdem hätte Lewis' warmer Körper hier liegen sollen. Stattdessen fand ihre tastende Hand seinen zusammengefalteten Schlafanzug unter dem Kissen, der seine Abwesenheit bekräftigte. Sie spürte den weichen Stoff und die Kordel im Bund. Das ganze erste Jahr ihrer Ehe hatten sie immer nackt geschlafen, sogar im Winter. Es gab damals keine Schranken zwischen ihnen, keine Scham. Sie besaßen damals natürlich die Energie der Jugend, das Vertrauen und die Unbefangenheit, die sich aus einer unbeschriebenen Vergangenheit ergeben, aber mit den Jahren hatten sie sich immer bedeckter gehalten, immer mehr Schichten übergezogen. Und die Trauerkleidung, die Rachael nach Michaels Tod angelegt hatte, war so starr, dass sie sich fragte, ob sie sie jemals wieder abstreifen könnte.

Sie setzte sich auf. Irgendwo im Haus brannte Licht, durch

den Spalt im Vorhang fiel ein heller Streifen auf den Boden. Sie knipste die Nachttischlampe an. Sie hatte das starke Bedürfnis, heiße Milch zu trinken, wie sie es sich im Krieg angewöhnt hatte, wenn Lewis weg war.

Sie lauschte in die Nacht hinein. Alles war still bis auf die Heizkörper, die knackten und puckerten. Schließlich stieg sie aus dem Bett, ging zum Vorhang hinüber und spähte hinaus. Das Licht kam aus dem Erdgeschoss. Vielleicht war Lewis heimgekommen und genehmigte sich einen späten Drink vor dem Schlafengehen. Sie schlüpfte in ihre Hausschuhe, zog den Morgenmantel über und ging nachsehen.

Auf dem Kaminrost in der Eingangshalle glühte orange ein einsames Holzstück. Sie sah zu dem umstrittenen Bild des nackten Mädchens hoch und ärgerte sich, dass sie sich zum Sprachrohr der alles kontrollierenden Mrs. Burnham hatte machen lassen. Rachael wusste das Gemälde auf ihre eigene Art zu schätzen: Es war erlesen schön und unanstößig, mit überaus leichter Hand gemalt. Vielleicht würde sie Herrn Lubert nach dem Hintergrund des Bildes fragen. Und nach *seinem* Hintergrund.

Das Licht im Salon war an, und sie ging in der Erwartung hinein, Lewis mit einem Whisky in der Hand im Mies van der Rohe zurückgelehnt zu finden. Aber der Raum war leer.

Sie trat an das Erkerfenster und sah auf den hinteren Rasen hinaus, der sich sanft zum Fluss hin senkte. Am jenseitigen Ufer funkelten ein paar Lichter, der Schnee fiel unverdrossen weiter. Rachael starrte auf die Elbe, die sie nicht sehen konnte, aber sie wusste, dass der Strom dort unten einem England entgegenfloss, das sie sich immer schwerer vorstellen konnte.

Da – eine Bewegung auf dem Rasen. Da war etwas von der Größe eines Rehs oder eines sehr großen Hunds, aber zu tief geduckt für beides und mit einem dicken, armlangen Schwanz, der in einem Bogen auslief. Rachael schaltete das Licht aus, damit sie besser sehen konnte, und wirklich, was da nonchalant über den Schneeteppich des Rasens strich, war eine große, dunkle Katze – kein Hund, kein Reh, sondern eine Katze, mächtig genug für einen Leopard oder sogar eine kleine Löwin, lässig und unbekümmert. Das Tier hätte nicht hier sein dürfen, aber es war hier und sah aus, als fühlte es sich ganz zu Hause, in seinem natürlichen Lebensraum.

»Warte«, sagte Rachael. »Komm zurück.« Sie wollte, dass die Katze stehen blieb, damit sie sich vergewissern konnte, dass sie sich nicht getäuscht hatte. Sie wollte, dass das Tier innehielt und sie bemerkte, dass es sich umdrehte und ihrem Blick begegnete, dass es sie bedeutungsvoll und in einem geheimen Einverständnis ansah, ihr ein Zeichen gab. Aber es schritt weiter, ohne einen Blick zurückzuwerfen, und verschmolz mit der Nacht.

8

Das Abendessen von Lubert und Frieda bestand aus gekochten Eiern und Schwarzbrot, bestrichen mit Margarine von Peterson & Johannsen. Lubert staunte über die menschliche Fähigkeit im Allgemeinen und seine eigene im Besonderen, sich widrigen Umständen anzupassen und seine Erwartungen danach auszurichten. Selbst im letzten, verzweifelten Kriegsjahr wäre ihm eine solche Mahlzeit armselig vorgekommen; jetzt genoss er jeden Krümel. Sogar die glitschige Margarine schmeckte ihm.

»Frieda? Könntest du mir bitte die Margarine rüberreichen?«

Frieda schob den Tontopf über den Tisch und tunkte dann wieder ihr Brot in das obere Ende ihres gekochten Eis. Sie saß mit gebeugten Schultern da, das geflochtene Haar und die Hände noch staubig vom Schutträumen. Das Schweigen während der Mahlzeiten war so normal geworden, dass Lubert es sich angewöhnt hatte, dabei zu lesen, was Claudia sehr missbilligt hätte. Ein weiteres Zeichen, dass der Einfluss seiner verstorbenen Frau am Schwinden war. »Stefan – willst du dich nicht zu uns gesellen?«, hätte sie mitten in einer Mahlzeit gefragt, wenn er wieder einmal nur körperlich anwesend war, da in die Zeitung vertieft. »Ist die Welt streitender Männer wirklich interessanter als ich?«

Jetzt war *Die Welt* unter seinem Teller ausgebreitet, aufgeschlagen beim Bericht über die Zahl der Deutschen, die in der britischen Zone in Lagern lebten. Seit er Mrs. Morgan so draufgängerisch geküsst hatte, wartete er auf den Räumungsbescheid.

Sie hatte ihm zwar schnell verziehen, aber er glaubte zu spüren, dass sich unten etwas zusammenbraute. Vielleicht ähnelte er seiner Tochter mehr, als er wahrhaben wollte. Er und sie waren beide eigensinnig und ein wenig unbesonnen. Und wie sie hatte er wegen seiner Taten wenig Gewissensbisse.

»Ich habe gestern Abend gesehen, wie jemand in Petersons Haus einzubrechen versucht hat«, sagte Lubert zu Frieda. Der Gedanke an Claudia brachte ihn dazu, sich um seine Tochter zu bemühen. »Erst wollte ich ihn aufhalten, dann dachte ich, nein, soll er das Haus doch nutzen. Alle diese leer stehenden Häuser sind ein Skandal. Das ist nicht sinnvoll.«

Frieda aß weiter, ohne ihn anzusehen.

»Der arme Peterson«, sagte er. Er bestrich eine weitere Brotscheibe mit der Margarine. Wenn er es als Degradierung empfand, in Friedrichs winziger alter Küche zu essen, rückte der Gedanke an seinen Nachbarn, der in irgendeiner Wellblechbaracke hauste, die Dinge wieder in die richtige Perspektive. Der Margarinemagnat hatte einmal einen Rolls-Royce besessen, ein Rennpferd und eine riesige Segelyacht, mit der er die Elbe auf und ab fuhr wie mit einer zweiten »Admiral Graf Spee«. Sein herrschaftlicher Wohnsitz war das erste Haus an der Elbchaussee, das beschlagnahmt worden war, zusammen mit seinem Boot, seinen Autos, seinem Pferd und seinem Stolz. Nicht nur hatte er die Demütigung erleiden müssen, in die Baracken von Hamm umgesiedelt zu werden. Seine Villa stand neun Monate nach der Beschlagnahme immer noch leer; anscheinend hatten die Briten dort niemanden unterbringen können oder das Haus schlichtweg vergessen.

»Wie geht's beim Trümmerräumen?«

»Das ist harte Arbeit.«

»Deine Mutter wäre stolz auf dich.«

»Hast du's vergessen? Sie ist tot.«

»Das habe ich nicht vergessen, Friedi. Wie könnte ich? Du weißt, dass ich monatelang nach ihr gesucht habe, als ich es noch nicht akzeptieren wollte. Jetzt habe ich es akzeptiert.«

Weiter kam er nie mit seinen Versuchen, zu seiner Tochter vorzudringen, da stieß er auf Granit. Und durch diese Granitschicht, dieses harte Fundament ihrer ganzen Verbitterung, war kein Durchkommen. Es klopfte an der Tür, was ihn vor weiteren vergeblichen Bohrversuchen bewahrte.

»Herein«, sagte Lubert in Erwartung, es sei Heike.

Es war Rachael. Lubert erhob sich, weniger aus Höflichkeit als aus plötzlicher Nervosität. Das war sicher das Ende. Rachael war, soweit er wusste, noch nie zu ihrem Dachquartier heraufgekommen. Vielleicht wartete unten der Colonel auf ein Gespräch mit ihm. Sie würden über das Wetter plaudern, dann würde er Lubert zu einem Duell herausfordern.

»Mrs. Morgan.«

Rachael erfasste rasch – und achtungsvoll – die Umgebung, die bescheidene Küche, und überschlug im Kopf die Quadratmeter, die sie selbst zur Verfügung hatte.

»Das habe ich gefunden. In einer Schublade«, sagte sie. »Ich möchte es Ihnen zurückgeben.« Sie hielt ihm Claudias Granatcollier hin.

Lubert nahm es, und als er das Gewicht der Kette in der Hand spürte und die Steine klicken hörte, blitzte eine Erinnerung hoch. Er hatte Claudia das Collier in der Zeit gekauft, als er um sie warb, und hatte befürchtet, dass es an ihren eigenen ererbten Schmuck in keiner Weise heranreichte. Aber als sie die Kette sah, war sie so entzückt, dass sich seine Panik legte; ihre Reaktion bestätigte, was er erhofft hatte: dass sie sich im Grunde nichts aus Reichtümern machte.

Rachael richtete das Wort nun direkt an Frieda. »Ich habe mich auch gefragt, ob Sie, Frieda, sich vielleicht die Haare machen lassen wollen. Morgen kommt eine Friseuse zu uns … zu mir ins Haus.«

Rachael sah Herrn Lubert erwartungsvoll an, damit er übersetzte.

»Friedi«, sagte er auf Deutsch. »Mrs. Morgan ist so freundlich und bietet dir an, dir morgen die Haare machen zu lassen. Möchtest du das?«

»Was ist mit meinen Haaren nicht in Ordnung?«

»Alles ist prima. Aber … ich glaube, das wäre für … eine junge Dame eine schöne Chance. Das ist ein … nettes Angebot.«

Rachael schien Friedas Unbehagen zu spüren. »Nur wenn Sie möchten …« Sie wandte sich an Lubert. »Sie braucht sich jetzt noch nicht zu entscheiden. Renate kommt morgen. Falls Frieda Lust hat: Sie ist am Nachmittag da.«

Rachael sah heute ganz anders aus, dachte Lubert. Ihr harter Panzer war von ihr abgefallen.

»Danke. Frieda?«

»*Thank you.*«

Das war zwar gemurmelt, aber ein Dank allemal.

Das Skelett verspätete sich. Es lag vielleicht am Wetter, aber davon hatte sich Herr König bisher noch nie aufhalten lassen. Allerdings war er schwach auf der Brust; seine Lungenschwäche hatte ihn, wie er erzählte, vor der Wehrmacht bewahrt. Doch in den letzten Wochen hatte er ganz gut ausgesehen, weniger ausgemergelt und ein bisschen rosiger, nicht mehr so greisenhaft wie am Beginn ihrer Bekanntschaft. Der Kuchen und die Milch, die Heike brachte, wie auch die Schokoladetafeln, die Edmund ihm zusteckte, hatten seine Züge gerundet. Er legte nun beim Unterricht den Mantel ab. Sprach sogar von seinen Hoffnungen.

Mit Adleraugen spähte Edmund zur Auffahrt hinaus und wartete darauf, dass eine dunkle Gestalt das alles beherrschende

Weiß durchbrechen würde. Er wartete mit Ungeduld auf seinen Lehrer. Heute war die letzte Stunde vor Weihnachten, und er wollte Herrn König ein vorzeitiges Geschenk überreichen: die vierhundert Zigaretten, die er für einen Persilschein eintauschen könnte und damit für die Freiheit, in Wisconsin bei seinem Bruder mit dem Bullhorn-Buick ein neues Leben zu beginnen. Herr König hatte Edmunds Hilfsangebot erst abgelehnt, dann aber seine Meinung geändert; er meinte, er wäre sehr dankbar, wenn ihm der »Hamburger Robin Hood« helfen könnte, nach Amerika zu kommen (solange Edmund niemandem etwas davon verriet). Der schmeichelhafte Vergleich mit Englands größtem Räuberhelden machte Edmund bei seinen Beutezügen noch kühner. Die Zigarettenbeschaffung für die kleinen Wilden hatte sich als recht einfach erwiesen, und für die Menge, die sein Lehrer benötigte, reichten zwei Missionen. Die vierhundert Stück, heruntergeschmuggelt in der Arzttasche, die Edmund für sein Spielzeug benutzte, warteten neben Herrn Königs leerem Stuhl.

Heike kam mit einem Stück Kuchen und einem Glas Milch herein – und Herr König war immer noch nicht da.

»Hallo, Edmund.«

»*Hallo, Heike.*«

Edmunds Deutsch verbesserte sich ständig, und so hatten die beiden begonnen, sich mit einer koketten Vertraulichkeit zu unterhalten, was stets mit einem Dialog anfing, der an Edmunds anfänglichen sprachlichen Lapsus erinnerte:

»*Wie geht es dir heute?*«

»Heute geht es mir sehr gut.«

»*Du bist ein köstliches Mädchen.*«

»Und du ein köstlicher Junge.«

Sie stellte das Tablett auf den Sofatisch.

»Wo ist Herr König?«

Edmund zuckte mit den Achseln.

Heike ging zum Vorhang hinüber, wobei ihre Füße Edmunds lebensveränderndem Geschenk gefährlich nahe kamen, und sah hinaus. Dann machte sie Herrn König nach, hob die Hände zu Pfötchen, spitzte den Mund und schnüffelte wie ein Nagetier. »Vielleicht... ist er noch im Untergrund!« Das Dienstmädchen war in jeder Sprache eine kleine Komikerin, und Edmund kicherte, obwohl er das als winzigen Verrat an seinem Lehrer empfand. Heike schnüffelte weiter im Zimmer herum, bis ihr Blick auf Edmunds Buch landete. »Was ist denn das?«

Edmund sah auf die illustrierte deutsche Ausgabe von *Gullivers Reisen*, die Herr Lubert ihm geliehen hatte; Herr König ließ ihn laut daraus vorlesen. Edmund zeigte Heike seine Lieblingsfarbtafel: Gulliver, von den Liliputanern an den Boden gepflockt.

Heike betrachtete das Bild erstaunt. »Lies mir vor«, befahl sie.

Edmund schlug das Buch an einer beliebigen Stelle auf und las in sicherem, flüssigem Deutsch: »*Ich dachte dabei an die schöne Haut der englischen Damen, die uns allein deshalb so schön erscheinen, weil sie von unserer Größe und also ihre Mängel nicht erkennbar sind, es sei denn durch ein Vergrößerungsglas, mit dem wir experimentell feststellen, dass selbst die zarteste und weißeste Haut rau und hässlich aussieht.*«

»Englische Damen haben den besten Teint«, sagte Heike. »Deine Mutter zum Beispiel. Sie hat eine schöne Haut.«

Edmund nickte, obwohl er sich noch nie über die Schönheit ihrer Haut Gedanken gemacht hatte; auch hatte er zwischen Engländerinnen und deutschen Frauen noch nicht genügend Vergleiche angestellt, um sich dazu äußern zu können.

Heike begann, im Spiegel über dem Kamin ihre eigene Haut zu betrachten. Sie drehte das Kinn nach links und nach rechts, kniff sich in die Wangen, um sie zu röten, und suchte nach Unebenheiten. »Ich bekomme von den Gentlemen viele Komplimente über meine Haut. Manche sagen, dass sie wie ein Pfirsich ist. Findest du nicht auch, dass ich eine Pfirsichhaut habe, Edmund?«

Edmund war nicht sicher, was »Pfirsich« genau bedeutete, begriff aber genug, als Heike so tat, als bisse sie in eine Frucht.

»Gefällt dir meine Haut?«

Edmund zuckte mit den Achseln.

»Du unhöflicher kleiner Engländer«, sagte sie. »Glaubst du nicht, dass ich Verehrer habe?«

Auch mit dem Wort »Verehrer« konnte Edmund nichts anfangen. Doch Heike fuhr fort und teilte ihm noch mehr Vertrauliches mit.

»Mein Josef musste an die Ostfront. Er ist nie zurückgekommen. Vielleicht muss ich mir einen Engländer suchen. Meinst du, ich sollte einen Engländer heiraten? Was hältst du davon, Edmund?«

Fragte sie ihn, ob er sie heiraten wollte? Wieder zuckte er mit den Achseln.

Da hob Heike zum Spaß einen warnenden Zeigefinger: »Lass bloß Herrn Königs Kuchen in Ruhe!« Wieder machte sie ein Nagetiergesicht und verließ den Raum.

Edmund sah Milch und Kuchen lustlos an. Der Anblick machte ihn nur traurig. Wenn Herr König zu seinem Milchglas griff und den Kuchen zu essen begann, sah Edmund immer bewusst weg oder las in seinem Buch. Zum Teil aus Respekt – Essen war für ihn etwas Intimes, bei dem niemand beobachtet werden sollte –, zum Teil aber auch, weil ihm die Essgewohnheiten seines Lehrers so zuwider waren wie das Geräusch, wenn man mit einem groben Wollpullover über eine gestrichene Wand reibt: das Malmen der kauenden Zähne, das leise Schmatzen, das Aufpicken der Krümel, das Ablecken der milchfeuchten Lippen.

Die Uhr tickte, und das *Tick-Tack* schwoll an zu einem nervenden »Kö-nig, Kö-nig, Kö-nig«. Nach ein paar Minuten legte Edmund sein Buch wieder weg und ging ans Fenster.

»Kö-nig, Kö-nig, Kö-nig, wo bist du?«

Es war immer noch keine Spur von ihm zu sehen, aber während Edmund das Tor beobachtete, erschien der Mercedes seines Vaters, der die Auffahrt hinaufpflügte wie ein schwarzes Schiff durch die Eisschollen der Antarktis. Sein Vater war sonst bei Tageslicht nie zu Hause, verschwand schon vor dem Frühstück und kehrte nach Sonnenuntergang zurück, sodass er leicht ein nachtaktives Wesen hätte sein können. Was machte er so früh hier? Vielleicht hatte er Herrn König an der Straße aufgelesen?

Aber aus dem Auto stieg nur sein Vater; er beugte sich zum Rücksitz, um seine Aktentasche und einen Ordner herauszunehmen. Dann tat er etwas Merkwürdiges: Statt gleich auf die Tür zuzugehen, stand er da und besah sich das Haus, als gingen ihm wichtige Dinge durch den Kopf. Dann atmete er tief ein und stieß einen Seufzer aus, dessen Schwere sich an der Größe der Dunstwolke ermessen ließ. Langsam stieg er die Stufen hinauf und trat durch die Eingangstür, das Klicken seiner stahlbeschlagenen Schuhsohlen wurde immer lauter, als er sich dem Arbeitszimmer näherte. Edmund blickte auf die Tasche mit dem Raubgut, aber jetzt war es zu spät, sie zu verstecken. Sein Vater stand schon in der Tür.

»Hallo, Ed.«

»Hallo, Dad.«

Sein Vater sah ihn mit einem Lächeln an, das seine Augen nicht ganz erreichte. Er schloss die Tür hinter sich und setzte sich auf Herrn Königs Stuhl. Dann beugte er sich vor zu seinem Sohn, zündete eine Zigarette an und stieß seufzend den Rauch aus. Seine Bewegungen dabei waren präzise, so eingeschliffen, dass sie mühelos erschienen. Edmund bemerkte jedes Detail:

Wie er sich gleich nach dem Ausstoßen des Rauchs auf die Oberlippe biss und am Handrücken kratzte, wobei er die Zigarette nicht mit dem Daumen hielt. Es machte Spaß, seinen Vater zu beobachten; er war leichter nachzuahmen als seine Mutter, die viel undurchsichtiger war und ständig in Veränderung wie ein Chamäleon. Aber heute kam ihm sein Vater ernster vor als sonst. Hatte er einen Verdacht? Edmund hatte ihn selten zornig gesehen. Weil er immer so viel abwesend war und fast die ganze Erziehungsarbeit seiner Mutter zufiel, konnte sich Edmund nicht erinnern, dass ihn sein Vater auch nur ein einziges Mal zurechtgewiesen hätte. Trotzdem war er sicher, dass nun ein Gewitter auf ihn zukam.

»Alles klar?«, fragte sein Vater.

Edmund nickte.

»Gut. Prima.«

Sein Vater sah nicht verärgert aus, sondern als stünde er vor der Aufgabe, etwas sehr Schwieriges zu sagen. Edmund erinnerte sich plötzlich an den Moment, als sein Vater sich nach Michaels Tod mit ihm hinsetzte, »um ein bisschen zu reden«. Das Gespräch verlief etwa folgendermaßen:

»Alles klar?«

Nicken.

»Gut. Prima. Also. Wenn du möchtest ... wenn du das Bedürfnis hast, über ... irgendwas ... zu reden, sag mir Bescheid.«

Ein Achselzucken. Ein Nicken. Und das war's dann.

Jetzt sah ihn sein Vater beinahe mit demselben Blick an.

»Ich fürchte, Herr König wird heute nicht kommen«, sagte er. »Er kommt gar nicht mehr. Er steckt in Schwierigkeiten.«

»Ich bin schuld«, platzte Edmund heraus.

»Woran denn?«

»Ich habe ihm gesagt, er soll nach Amerika gehen.«

Sein Vater sah ihn verwirrt an.

232

»Ich … wollte ihm helfen. Ein neues Leben anzufangen.«

Die vierhundert Zigaretten erzeugten eine brobdingnagische Last von Schuld, die gleich entweder das Taschenleder wegsengen oder die Tasche durchsichtig machen würde. Sein Vater folgte Edmunds Blick.

»Ist da was in der Tasche? Für Herrn König?«

Edmund nickte.

Lewis beugte sich vor, die Zigarette zwischen den Lippen, sodass er die Augen gegen den Rauch zusammenkneifen musste, und öffnete die Tasche.

»Mummy hat gesagt, dass du versuchst, weniger zu rauchen. Ich dachte, die brauchst du nicht alle.«

Lewis betrachtete die Beute. »Ich habe mich schon gefragt, wo die alle hin verschwunden sind.«

»Er braucht vierhundert, um einen Persilschein zu kriegen.«

»Vierhundert?«

»Vierhundert für einen Persilschein. Zweihundert für einen Reisepass. Fünfhundert für ein Fahrrad.«

»Woher weißt du das alles, Ed?« Sein Vater schien amüsiert – fast beeindruckt.

»Von … von meinen Freunden. Die auf der anderen Seite der Wiese wohnen. Die mutterlosen Jungen.«

»Hast du denen auch … ›geholfen‹?«

Edmund schämte sich so, dass er den Kopf beugte und nur noch ganz leise reden konnte. Sein »Ja« war kaum vernehmbar. Mit seinem regelmäßigen Beitrag an Osi hatte er in den letzten zwei Monaten Dutzende von Zigarettenpäckchen weitergegeben.

»Ich hab nur gemacht, was du auch machst.«

Lewis drückte seine Zigarette in dem Onyx-Aschenbecher auf dem Schreibtisch aus. »Geben ist gut. Aber Stehlen nicht, Ed. Nicht einmal, wenn du anderen damit helfen willst. Das ist nicht die beste Art. Du hättest mich fragen sollen.«

Edmund nickte. Er spürte das traurige Gewicht der Enttäuschung, die sich in seinem Vater breitmachte. Er rieb mit dem Daumennagel über den Daumennagel der anderen Hand, um seine Gefühle in Schach zu halten. Er konnte seinen Vater nicht ansehen vor Angst, weinen zu müssen. Weinen durfte er auf keinen Fall.

»Jedenfalls ist es ganz gut, dass du sie Herrn König nicht mehr geben konntest. Er war nicht, was er vorgab. Kein Schulrektor. Er hat für die Gestapo gearbeitet.«

»Aber er konnte doch gar nicht kämpfen. Er hat eine Lungenschwäche. Ich habe ihn keuchen hören. Den ganzen Unterricht. Er mochte Hitler nicht. Er wollte nicht einmal über ihn reden.«

»Nein.«

»Aber ... ich verstehe nicht. Bist du sicher? Er kam mir nicht vor wie ein schlechter Mensch.«

»Man kann ein Buch nicht nach dem Umschlag beurteilen, Ed. Manchmal ... ist das Schlechte in einem Menschen ... sehr tief vergraben.«

Edmund wurde es ganz eng um die Brust. Welche abscheulichen Verbrechen sein Lehrer auch begangen haben mochte, es machte ihn traurig, dass er Herrn König nie wiedersehen, dass dieser nie ein neues Leben in Wisconsin beginnen würde. Das war noch schlimmer als die Täuschung.

»Was wird nun aus ihm?«

Sein Vater kratzte sich an den dunklen Haaren auf dem Handrücken und sah aus dem Fenster. »Wahrscheinlich kommt er ins Gefängnis.«

Der Kuchen und die Milch sahen schmerzhaft fehl am Platze aus. Herr König würde diese Milch nie trinken, den Kuchen nie essen. Edmund begann, mit dem Fingernagel am Umschlag von *Gullivers Reisen* zu schaben.

»Bist du ein Breit-Ender oder ein Spitz-Ender?«, fragte sein Vater.

Edmund zuckte mit den Achseln. Er wusste, dass sein Vater auf einen Krieg in dem Buch anspielte, den Krieg zwischen den Leuten, die ihr Ei vom breiten Ende her aßen, und denen, die es am spitzen Ende aufklopften, aber er war nicht unbeschwert genug, um antworten zu können.

»Ich habe mir gedacht, wir könnten Herrn Lubert fragen, ob er bei deinem Unterricht aushilft. Wenigstens so lange, bis wir einen Ersatzlehrer gefunden haben.«

Edmund versuchte sich an jeden einzelnen Moment zu erinnern, den er mit Herrn König verbracht hatte, versuchte übersehene Zeichen zu entdecken, damit er ihn im Licht der hässlichen Enthüllung neu sehen konnte. »Er kam mir nicht vor wie ein schlechter Mensch«, wiederholte er.

»Auch ich habe ihn für einen guten Menschen gehalten. Ich habe ihm geglaubt. Das war falsch. Aber das heißt nicht, dass du niemandem mehr vertrauen sollst. Manchmal muss man sogar schlechten Menschen vertrauen, um ihnen zu helfen. Selbst wenn sie dieses Vertrauen enttäuschen.«

»Tut mir leid, dass ich die Zigaretten genommen habe.«

Sein Vater nickte.

»Was machst du jetzt damit?«, fragte Edmund.

»Na, vielleicht rauchen.«

Edmund starrte die Tasche unverwandt an. »Kann ich sie ... meinen Freunden geben? Sie brauchen welche, um sie gegen was zu essen einzutauschen.«

»Sie sollten Essen im Lager bekommen. Wo wohnen deine Freunde?«

»Ich weiß nicht genau. Sieht so aus, als würden sie ständig umziehen.«

»Kinder ohne Eltern?«

Edmund nickte.

»Wie viele?« Sein Vater schien weniger verärgert als neugierig.

»Ich glaube, sechs oder sieben.«

Der Blick seines Vaters ruhte eine kleine Ewigkeit lang auf der Tasche, wie Edmund vorkam. Wieder wippte sein Vater mit dem Bein, wie so oft, wenn er nachdachte, dann gab er der Tasche einen Schubs, dass sie über den Boden zu Edmund schlitterte.

»Aber sorge dafür, dass sie sie nicht alle auf einmal ausgeben.«

Als Lewis ins Esszimmer trat, beschriftete Rachael die letzte Platzkarte. In ihrer fließenden, vorwärts geneigten Handschrift schrieb sie den Namen – Major Burnham –, faltete die Karte und stellte sie auf den Platz neben dem ihren.

»Wie findest du das?«, fragte sie ihn.

»Hübsch«, sagte Lewis. »Steht dir gut.«

»Ich habe eigentlich den Tisch gemeint – aber danke.« Sie fasste sich an die Locken. »Renate hat geschnitten wie am Fließband. Nach mir ist Heike drangekommen. Und dann hat sie sich Frieda vorgenommen. Obwohl es ein bisschen gutes Zureden brauchte.«

»Herr Lubert war sicher dankbar.«

»Ja.«

»Das alles hilft. Ich bin sicher, Frieda wird es uns nicht vergessen.«

Bewegt hatte Rachael zugesehen, wie Renate die Hände auf Friedas Schultern legte, sie mit sanften Worten ablenkte, die fest geflochtenen Zöpfe löste und ihr das Haar bürstete, das ihr bis ins Kreuz reichte. »Schau mal an, was haben wir denn da! Haare wie Veronica Lake!«, hatte sie gesagt.

»Voilà!« Rachael trat von der festlichen Tafel zurück.

Lewis betrachtete das Werk. Der Tisch war für acht Personen gedeckt, Rachael hatte alles aufgeboten, was zu haben war: das salbeigrüne Wedgwood-Speiseservice, freundlicherweise zur Verfügung gestellt von den Streitkräften Ihrer Majestät; den Silberkandelaber von Lewis' Mutter, das einzige Stück Familiensilber, das sie besaßen, Platzsets mit berühmten Londoner Sehenswürdigkeiten und Luberts Bleikristall, das alles andere mühelos in den Schatten stellte. Worauf war mit diesen Kelchgläsern schon angestoßen worden? Welche hoffnungsvollen Gesichter hatten sich im Kristallschliff gespiegelt? Es war ein gutes Zeichen, dass Rachael wieder wie früher individuelle Platzkarten aus weißem Karton gemacht hatte, für jede Frau mit einem anderen Blumenmotiv und für die Männer mit gekreuzten Schwertern oder Gewehren.

»Sieht prachtvoll aus«, sagte er und unterdrückte den Gedanken, dass nur ein paar Meilen weiter Menschen kurz vor dem Verhungern waren. Außerdem war diese Essenseinladung zum Teil seine Idee, er wollte Rachael vor eine Herausforderung stellen, und sie hatte sie angenommen. Mit der Aufgabe war sie aufgelebt, und wenn Lewis sie ansah, spürte er wieder das Prickeln von früher.

»Susan besteht darauf, neben dir zu sitzen, deshalb sitze ich der Symmetrie wegen neben Major Burnham. Mrs. Eliot setze ich in die Mitte, neben deinen Captain Thompson auf der einen und den Major auf der anderen Seite. Glaubst du, die werden sich verstehen?«

»Blendend!«

»Und du wirst nicht anfangen, mit dem Major zu streiten, Lewis? Susan meinte, ihr seid nicht ganz auf der gleichen Wellenlänge.«

»Ich werde mich von meiner besten Seite zeigen.«

»Du kannst über alles Mögliche reden, über Cricket, übers

Wetter, sogar über Politik. Nur nicht über die Arbeit. Auf diesem Ohr bist du bitte taub. Ja, Lew? Mir zuliebe?«

Er bemerkte neue Seiten an ihr: Seit dem Schneesturm war sie in die Rolle der Dame des Hauses geschlüpft. Das Personal zeigte Respekt, was allen guttat. Rachael hatte an einem Vormittagskaffee mit der »Crew« teilgenommen, wie sich die Damen nannten, die sich auf der *SS Empire Halladale* kennengelernt hatten. Und sie nannte ihn wieder bei seinem Kosenamen.

»Ist das auch richtig so? Irgendwas kommt mir verkehrt vor.«

Rachael hatte begonnen, die Platzkarten auf die kleinen Beilagenteller zu stellen, hielt aber nach der halben Runde inne. »Die Namen auf die kleinen Teller oder auf die Platzsets?«

»Das juckt doch niemanden.«

»Genau solche Dinge sollte die Frau des Kommandanten aber wissen. Celia gibt dazu bestimmt einen Kommentar ab. Wofür hat sie mich gleich wieder kritisiert ... bei diesem Vormittagskaffee? Ach ja: Ich habe ›Pardon‹ gesagt, und sie hat mich verbessert: *Das heißt ›wie bitte‹, nicht ›Pardon‹.*« Rachael ahmte Mrs. Thompsons überlaute, schnaubende Stimme nach. »Und dann war noch etwas wegen Gelben Rüben. *Aber meine Liebe, doch nicht ›Gelbe Rüben‹ – ›Möhren‹, bitte*, hat sie gesagt.«

Rachael kehrte noch einmal zurück, nahm die Platzkarten von den kleinen Tellern und stellte sie auf die Platzsets. Lewis stellte seine Karte selbst um und bemerkte, dass sie ihm sein Lieblingsset hingelegt hatte, das mit den Truppen auf der *Mall*. Er betrachtete seine Platzkarte mit den liebevoll gezeichneten überkreuzten Gewehren.

»Du hast mir Gewehre gegeben.«

»Wären dir Blumen lieber gewesen?«

Ihr neckischer Ton und der schräge Blick aus dem Dreiviertelprofil heraus waren unerwartet kokett.

»So. Wie findest du's jetzt? Ehrlich?«

»Ich finde …« – diesmal suchte er nach einem besseren Wort als »prachtvoll« – »… es sieht fantastisch aus.«

Er berührte ihre Schulter und war überrascht, dass sie seine Hand fest umfasste. Eine Frau wie Rachael würde er niemals ganz verstehen, aber um diesen Code zu knacken, brauchte er keinen Experten aus Bletchley Park.

»Sollen wir?«

»Da müssen wir aber schnell machen.«

»Was ist mit Ed?«

»Den hab ich auf sein Zimmer geschickt.«

»Warum?«

»Er ist zu lange draußen geblieben und hat mit ein paar Jungen aus der Gegend gespielt. Ist schon geklärt. Wir hatten ein kleines Gespräch miteinander. Und eine Woche lang muss er früh ins Bett.«

Heike kam herein und knickste; sie senkte den Blick zum Boden, merkte, dass sie bei Intimitäten störte.

»*Bitte*. Telefon, Herr Morgan.«

»Danke, Heike.« Lewis wartete, bis das Dienstmädchen draußen war.

»Wer kann das denn sein?«, fragte Rachael.

Lewis seufzte. Er wusste, dass sein Telefon, das eine Direktverbindung ins Militärnetz hatte, dienstliche Anrufe nur von einer Stelle entgegennahm: von seinem Hauptquartier. Und nur eine Art von Anrufen: die von höchster Dringlichkeit.

»Willst du nicht rangehen?«

Er fühlte sich wie von zwei Pferden auseinandergezerrt: dem massiven Ackergaul der Pflicht und dem kapriziösen Araber des Begehrens.

»Geh schon mal rauf. Ich bin gleich oben.«

Ein paar Minuten später fand er Rachael im Bad, nur im Slip;

sie hielt sich eine Kette vor die nackten Brüste. »Schließ lieber die Tür zu«, sagte sie.

Er machte die Tür zu, sperrte sie aber nicht ab.

»Schlimm?«, fragte sie. Jetzt sah sie ihn an.

»Bei der Fabrik hat es einen Aufstand gegeben.«

»Oh.«

»Es wurden ein paar Leute erschossen.«

»Aber … Lewis, du kannst jetzt nicht gehen. In einer guten Stunde sind die Gäste da.«

»Darling, tut mir leid. Ich werde versuchen, vor … dem Ende des Abends zurück zu sein.«

Sie ließ die schwere Kette aufs Waschbecken fallen und bedeckte ihre Brüste mit dem rechten Arm.

»Dann geh eben. Geh Deutschland retten.« Sie sagte es weniger zornig als mit einer müden Resignation, die sich über Jahre hinweg aufgebaut hatte. Ohne den Arm von der Brust zu nehmen, schickte sie ihn mit einem gleichgültigen Winken weg und wandte sich ab.

Rachael öffnete die Tür in ihrem pfauenblauen, paillettenfunkelnden, tief dekolletierten Abendkleid, das bei den Einladungen, die sie vor dem Krieg gegeben hatte, noch nie übertrumpft worden war. Ihre hochgesteckten Haare brachten Hals und Kinnlinie zur Geltung, ihr Lapislazulicollier lenkte den Blick auf weitere Vorzüge. Sie hatte sich so zurechtgemacht, um die Stimmen in ihrem Kopf zu ersticken und ihren Gästen zu zeigen, dass sie auch ohne ihren Mann an der Seite vor Leben sprühte und ihre Rolle als Gastgeberin mit Bravour meisterte. Sie war neununddreißig Jahre alt. Sie war noch nicht am Ende.

Susan Burnham gab sich geschlagen, noch bevor sie den Mantel ausgezogen hatte:

»Rachael Morgan, du hängst uns alle ab!« Sie überreichte ihr eine schwere Kristallschale mit Trifle. »Da ist genug Sherry für eine Extraparty drin. Und erinnere mich nachher, dass ich die Schüssel nicht vergesse.«

»Du siehst aus … wie aus einem Tolstoi-Roman«, sagte Mrs. Eliot.

»Ich nehme das mal als Kompliment, Pamela. Auch du siehst großartig aus. Ihr beide.«

Während die Gäste ihre Mäntel an Richard aushändigten, verkündete sie obenhin: »Es hat irgendeine Krise gegeben. Lewis lässt sich bei euch allen entschuldigen und hofft, dass er rechtzeitig zum Dessert zurück ist. Oder sagt man ›Nachspeise‹, Celia?«

»›Dessert‹ ist für dich schon richtig. ›Nachspeise‹ sagt man bei anderen Dienstgraden.« Mrs. Thompson war sich ihrer Rolle als Hüterin der Etikette so gewiss, dass sie den leisen Spott überhörte.

Rachael war entschlossen, das Thema von Lewis' Abwesenheit nicht länger als nötig zum Gegenstand der Diskussion zu machen. Sie erlaubte ihren Gästen nur eine einzige Kommentarrunde – »Wie schade!«; »Was für eine Enttäuschung!«; »Der Arme!«. Dann winkte sie sie zum Kamin hinüber, wo Heike mit den Getränken wartete. Als die Eliots, Thompsons und Burnhams dann ihren Pink Gin tranken und auf das Wiedersehen der alten Mannschaft von der *Halladale* anstießen, war Lewis schon fast vergessen.

»Da sind wir also alle wieder!« Rachael erhob ihr Glas. »Auf die Crew!«

»Auf die Crew!«, stimmten die anderen Frauen ein.

»Komisch, wie gern ich mich daran erinnere«, sagte Mrs. Eliot. »Dabei war mir damals sehr übel.«

»Gut, dass ihr nicht jetzt auf diesem Schiff seid«, sagte Captain Eliot. »Das Meer ist zugefroren.«

»Nach offiziellen Meldungen ist das der kälteste Dezember seit Beginn der Wetteraufzeichnungen«, erklärte Captain Thompson. »Keiner in Camberley kann sich an so einen Winter erinnern. Drei Meter hohe Schneewehen in Kent. Minus zwanzig Grad in Devon.«

»Wenigstens können die dort heizen. Und haben zu essen.« Man konnte sich darauf verlassen, dass Mrs. Eliot, das nagende Gewissen der Crew, sie wieder über die Nordsee ins harte, graue Hamburg zurückholen würde. »In der Schule, die wir nutzen, ist die Tinte in den Tintenfässern gefroren. Und gestern habe ich einen Jungen in unserer Mülltonne stöbern sehen. Er hat versucht, eine leere Dose Milchreis auszulecken. Er hatte einen Morgenmantel an und Papiertüten an den Füßen. Zum Erbarmen.«

Mrs. Burnham seufzte. »Pamela, können wir einmal einen Abend haben, ohne an das Leid der Welt zu denken?«

»Das schaffst du ganz bestimmt, Susan«, sagte Rachael und warf ihr einen Blick zu, der signalisierte: *Heute Abend gebe ich den Ton an.* Daran schloss sie nahtlos die Aufforderung an Mrs. Eliot an, doch weiterzuerzählen: »Wie läuft denn deine Gruppe, Pamela? Diese Diskussionsgruppe?«

Mrs. Eliot hatte für ihre Geschäftigkeit ein natürliches Ventil gefunden, eine der vielen Frauengruppen, um die Rachael einen weiten Bogen machte: eine vom Seelsorger des Bezirks, Colonel Hutton, ins Leben gerufene deutsch-englische Gruppe, die den Deutschen Mut machen sollte, sich frei auszudrücken.

»Die ist inzwischen sehr beliebt. Ich habe allerdings den Verdacht, mehr wegen der Kekse und des geheizten Raums. Die Frauen sitzen erst ziemlich steif da, aber bei dem heißen Tee tauen sie auf. Wir hatten schon wunderbare Diskussionen, sogar Streitgespräche. Faszinierend war der Abend über die Unterschiede zwischen englischem und deutschem Charakter. Und letzte Woche hatten wir das Thema: ›Ist der Platz einer Frau das Heim?‹«

»Kommt auf das Heim an«, fiel ihr Susan ins Wort. Sie ließ ihren Unmut über das »ganze humanitäre Gutmenschentum« deutlich heraushängen.

Aber Rachael war interessiert. Mrs. Eliot hatte einen Weg gefunden, wie sie ihre übereifrige Ernsthaftigkeit in praktische Hilfe umsetzen konnte, und war dabei sichtlich aufgelebt. »Erzähl doch weiter.«

»Die sind überhaupt nicht daran gewöhnt, zu diskutieren oder öffentlich von der Meinung der Mehrheit abzuweichen. Aber langsam kommen sie doch auf den Geschmack. Die Jüngeren haben mehr Probleme. Bei den Spielen machen sie gern mit. Aber Diskussionen sind für sie eine Herausforderung. Die meisten sind enttäuscht, misstrauisch und hoffnungslos.« Rachael dachte an Frieda. »Colonel Hutton versucht ihnen aufzuzeigen, dass sie eine Zukunft haben. Dass das Leben Sinn und Zweck hat.«

»Zum Beispiel essen und trinken und nicht ewig über den Sinn des Lebens schwadronieren!«, polterte Susan. Sie war heute Abend wirklich aggressiv.

»Beachte sie gar nicht, Pamela«, sagte Rachael, dann nahm sie Heike die Ginkaraffe ab und wandte sich an die Herren. »Noch Gin, Gentlemen?«

Lewis sah stets wie ein Hellseher den richtigen Moment des Nachschenkens voraus, und Rachael hatte sich fest vorgenommen, heute Abend immer für volle Gläser zu sorgen. Die Captains waren in eine Diskussion über die beiden besten Cricketspieler der vergangenen Saison vertieft, Edrich und Compton, die eine unglaubliche Zahl von Runs erzielten, und hatten noch gut gefüllte Gläser. Doch der Major stand etwas abseits und drehte sein fast leeres Glas zwischen den Fingern. Rachael ging zu ihm und goss ihm nach, ohne zu fragen.

»Schön, Sie endlich kennenzulernen, Major. Susan spricht viel von Ihnen.«

Major Burnham war ganz anders, als Rachael sich ihn vorgestellt hatte. Aus Lewis' Berichten und Mrs. Burnhams Anekdoten hatte sie sich das Bild eines kalten, ehrgeizigen Ideologen zusammengebastelt, eines humorlosen Langweilers, fest entschlossen, die britische Zone vom Nazivirus zu säubern; diesen zurückhaltenden, fast schüchternen Mann mit den dunklen Zügen eines Levantiners hätte sie nicht erwartet. Sein bescheidenes Auftreten – vielleicht auch nur eine bewusst einstudierte Zurücknahme – untergrub seinen Ruf als Hardliner. Vielleicht schätzte Lewis ihn falsch ein.

»Ich sehe, du hast den Fleck verdeckt.« Susan Burmhams Blick landete, wie nicht anders erwartet, auf dem neuen Bild über dem Kamin.

»Ja.«

»Sicher besser als der Vorgänger.«

»Es war nicht ... was wir vermutet hatten.«

»Du hast ihn gefragt?«

»Er war ... höchst empört.«

»Und du hast ihm das abgenommen?«

»Ja.«

Rachael wollte das Thema nicht vertiefen; sie klatschte in die Hände, um sich die Aufmerksamkeit ihrer Gäste zu sichern. »Wollen wir zu Tisch?«

Mrs. Burnham kniff die Augen zusammen. »Rachael, du zeigst dich heute von einer ganz neuen Seite.«

Heike servierte den ersten Gang, eine klare und so würzige Zwiebelconsommé, dass jeder spätestens nach dem dritten Löffel ein Loblied auf die Köchin sang. Das Gespräch blieb seicht und sprang über den Tisch hin und her, bis das Hauptgericht kam und Rachael beschloss, sich Major Burnham vorzunehmen, den sie neben sich platziert hatte. Mochte er beim Gruppengeplänkel still und ausweichend geblieben sein, im Zweiergespräch war er äußerst aufmerksam.

»Muss ja was Ernstes sein. Wenn Lewis es nicht auf morgen verschieben konnte.«

Rachael war nicht sicher, wie viel sie über den Grund wissen oder sagen sollte. Wie die meisten Offiziersfrauen war sie daran gewöhnt, nicht über Manöver und Einsätze zu reden, und es war ganz normal, bei Informationen vage zu bleiben. »Er ist sehr gewissenhaft, wenn es seinen Zuständigkeitsbereich betrifft«, antwortete sie.

»Für unser Morgen gibt er sein Heute?«, zitierte Burnham.

Die Ironie war sehr diskret, kitzelte aber ein eigenes Bonmot aus ihr heraus: »Er kämpft im Frieden jedenfalls genauso hart wie im Krieg.«

»In mancher Hinsicht ist der Frieden schwieriger. Der Feind ist schwerer zu erkennen.«

»Lewis mag das Wort ›Feind‹ nicht. Er hat es aus seinem Sprachschatz verbannt. Aber er kann leichter vergeben als ich.«

»Vielleicht hat er weniger zu vergeben als Sie.«

Lewis hatte einmal gesagt, dass Vergebung die schärfste Waffe in ihrem Arsenal war. Und obwohl Rachael dem theoretisch zustimmte, sprach Burnham aus, was sie insgeheim glaubte, aber nicht über die Lippen brachte: dass es für Lewis leichter war, zu vergeben, weil er den Verlust nicht auf dieselbe Weise erfahren hatte wie sie. Er war weit weg gewesen, als es geschah, sie war dabei gewesen. Sie wiederholte, was sie oft zu Lewis gesagt hatte: »Ich bin nicht sicher, ob du das ganz ermessen kannst.« Aber das führte genau in die Richtung, die sie vemeiden wollte.

»Susan hat mich vorgewarnt, wie gut Sie im Verhören sind. Wie läuft es eigentlich mit dem Fragebogen? Spüren Sie die Kriminellen damit auf?«

»Es ist zu einfach, dabei etwas zu verschleiern. Deshalb lege ich Wert darauf, möglichst viele Leute persönlich zu befragen. Man muss ihnen in die Augen sehen, dafür gibt es letzten Endes keinen Ersatz.«

»Und durchschauen Sie die Leute? Wenn Sie ihnen in die Augen sehen?«

Burnham sah Rachael in die Augen. Seine eigenen Augen – die langen Wimpern, die tigergelbe Iris – waren entwaffnend hübsch.

»Leute, die man ihrem Verhalten oder ihrer Geschichte nach für schuldig halten könnte, sind es oft nicht. Ich habe diese Woche einen Ex-Obersten befragt, der eine Firma gründen will. Der klassische Preuße: autoritär, streitlustig, uneinsichtig. Hasst alles, was nicht blond und blauäugig ist. Ist gewöhnt, dass alles nach seiner Pfeife tanzt. Aber Hitler und die Partei verachtet er über alle Maßen. Wie das übrigens viele preußische Militärs tun. Seine Weste ist weiß. Die Leute, die ich wirklich befragen möchte – befragen muss –, drücken sich um das Ausfüllen der Formulare herum. Die großen Fische haben meist genug Kontakte – oder Vermögen –, um nicht arbeiten zu müssen, deshalb geben sie sich mit den Formularen gar nicht ab.«

»Haben Sie viele gefasst?«

»Nicht genug. Wir haben ungefähr dreitausend ins Gefängnis gesteckt.«

»Das kommt mir ziemlich viel vor.«

»Nicht, wenn Sie es im Verhältnis sehen: Dafür wurden eine Million Fragebögen ausgefüllt.«

»Wie viele müssten es denn sein, damit Sie sich zufriedengeben?«

Burnham hielt sein Kristallglas an die Kerzenflamme, das Licht brach sich darin. »Es geht hier nicht um Zahlen, Mrs. Morgan.«

Rachael konnte einen Moment lang nachempfinden, wie sich ein Befragter unter seinen prüfenden Blicken fühlen musste. Burnhams Motivation, wie auch immer geartet, schien sehr tief zu wurzeln und erschöpfte sich nicht in reiner Pflichterfüllung. Seine Selbstdisziplin, mit der er Gefühl und Intellekt auseinanderhielt, wirkte allzu aufgesetzt. Das weckte bei ihr den Verdacht, dass seine Motive nicht so rational waren, wie er es nach außen hin darstellte.

»Was hat Sie dazu bewegt, sich aufs Verhören zu spezialisieren?«

Burnham legte sein Besteck nieder und tupfte sich den Mund mit der Serviette ab.

»Jetzt sind Sie diejenige, die mich verhört, Mrs. Morgan.«

Rachael lachte. »Entschuldigen Sie. Ich bin nur … neugierig, warum Sie sich gerade darauf verlegt haben.«

Burnham goss sich selbst noch ein Glas Wein ein. Dies war die Geste eines Mannes, der es gewöhnt war, über Rhythmus und Richtung eines Gesprächs zu entscheiden; zugleich signalisierte er damit, dass dieses Thema für ihn beendet war.

»Ein guter Tropfen«, sagte er.

Rachael beließ es dabei, und bis zum Ende des Hauptgangs unterhielten sie sich über die Vorzüge deutschen Essens im Vergleich zum englischen, ein Thema, das Mrs. Thompson schnell an sich riss. Als Heike die Teller abräumte, wies Mrs. Eliot darauf hin, dass Lewis noch nicht erschienen war. Sie äußerte die Hoffnung, dass er wohlauf sei, und schlug vor, »auf den Kommandanten von Pinneberg« anzustoßen.

Rachael hatte vergessen, dass sie einen Zeitpunkt genannt hatte, wann sie Lewis zurück erwartete. Sie hatte das gesagt, um ihn zu schützen und ihre Gäste zufriedenzustellen, hatte aber keinen Augenblick geglaubt, dass er wirklich kommen würde. Jetzt merkte sie, dass sie den ganzen Abend kein einziges Mal an

ihn gedacht hatte. Es gab ihr sogar ein gewisses Gefühl von Freiheit, dass sie den Lauf der Dinge selbst in der Hand hielt, und
ihr kam der Gedanke, dass ihre Höchstform wahrscheinlich seiner Abwesenheit zuzuschreiben war. Ging es ihr etwa ohne ihn
besser? Als sie das Glas hob, hatte sie das Gefühl, nicht auf ihren
Mann anzustoßen, sondern auf einen gesichtslosen Funktionär,
dem sie nie begegnet war.

»Und dann noch auf unsere Gastgeberin«, fügte Captain
Eliot hinzu. »Ich würde sagen, das war ein erstklassiges Essen,
Mrs. Morgan. Auf Rachael.«

»Auf Rachael.«

»Das war alles das Werk von Greta, der Köchin, nicht
meins.«

»Dann auch ein Kompliment an sie.«

»Ich werde es weitergeben – doch ob sie es annimmt, ist eine
andere Sache. Sie ist sehr resistent gegen meine Bemühungen,
höflich zu sein.«

»Unsere Köchin ist ein Drachen«, sagte Mrs. Burnham. »Die
hat vielleicht Allüren, behauptet, dass sie eine Adelige ist. Aber
dann hat sich rausgestellt, dass sie nicht gelogen hat. Ich habe
ihr kein Wort geglaubt, bis sie mir ihren Schmuck gezeigt hat.
Du meine Güte.« Mrs. Burnham schlug ihren Schal zurück und
zeigte die Brosche an ihrer Brust, mit einem walnussgroßen To-
pas. »Dreihundert Zigaretten und eine Flasche Gilbey's.«

Mrs. Thompson stockte vor Bewunderung der Atem. »Lieber Himmel! Was für ein erlesenes Stück!«

»Keith hat das Rauchen aufgegeben. Da haben wir einiges
zum Ausgeben übrig. Und wir müssen tun, was wir können,
um zu helfen. Ich glaube, sie war überglücklich.«

Rachael fuhr beim Anblick des erschacherten Halbedelsteins
zurück, es schüttelte sie bei dem Gedanken, dass die Köchin ein
Erbstück verkaufen musste. Für ihren Geschmack war Susan

heute Abend allzu dreist. Sie schien sich über etwas zu ärgern – vielleicht, dass sie nicht die Sonne in diesem kleinen Planetensystem war?

»›Adliger‹ ist doch in der Regel ein Deckname für ›Waffenfabrikant‹, nicht wahr?« Captain Eliot warf dem Entnazifizierungsoffizier einen fragenden Blick zu, ob er seine Vermutung bestätigte.

Burnham schüttete sein Glas Wein hinunter. »Wenn es so einfach wäre, würden wir auf der Stelle alle ›Vons‹ in Deutschland zusammentreiben.«

»Und wie geht es deinem ›Von‹, Rachael?«, fragte Susan. »Benimmt er sich?«

Sie fragte so laut, dass es alle hörten und Rachael antworten musste.

»Ab und zu gibt es einen heiklen Moment, aber ich glaube, es klappt den Erwartungen entsprechend.«

»Erzähl uns von den heiklen Momenten.«

»Im Grunde geht es um banale Dinge«, schmetterte Rachael den Ball zurück. »Welches Geschirr wir teilen. Wer die Seitentür benutzt. Solche Dinge.«

»Ich kann mir nicht vorstellen, wie es ist, unter einem Dach zu wohnen«, sagte Mrs. Thompson. »Wie kommst du bloß damit klar?« Sie fragte, als erkundige sie sich nach einem Patienten mit einer tödlichen Krankheit. »Mich würde es um meine Ruhe bringen.«

»Wir kommen zurecht. Wie du schon einmal sagtest, Pamela: Wir haben großes Glück gehabt.« Mit der Serviette wedelnd kündigte Rachael den nächsten Programmpunkt des Abends an.

»Ich finde, es ist Zeit für ein paar fröhliche Lieder.«

Die Gäste gruppierten sich um den Flügel. Das Buch mit den Weihnachtsliedern lag schon auf dem Notenhalter. Rachael nahm ihren Platz ein und gab ausgelassen »I Saw Three Ships«

zum Besten, dann rumpelte sie durch »God Rest Ye Merry, Gentleman«. Major Burnham begann, bei jedem Refrain die Nachricht von der großen Freude mitzutrommeln; er schlug ziemlich neben dem Rhythmus mit den Handflächen gegen die Seite des Bösendorfers und brüllte die Melodie ebenso unrhythmisch mit. Er war betrunken, was man in dieser relativ angesäuselten Gesellschaft wahrscheinlich nicht so merkte, aber Rachael war genervt: Der Rausch war urplötzlich gekommen; der kultivierte, feinsinnige Mann, mit dem sie beim Essen diskutiert hatte, war zum Tier geworden. Sie manövrierte das schlingernde Schiff mit »In the Bleak Midwinter« in gemäßigteres Fahrwasser und versuchte, mit »Stille Nacht« Ruhe einkehren zu lassen. Burnham bestand darauf, das Lied auf Deutsch zu singen, und verhunzte den Text durch eine zynisch überdeutliche Aussprache, die nur noch sarkastisch klang.

»Wie wär's mit Gilbert & Sullivan?«, fragte Captain Thompson dann. Er hatte hinten auf dem Flügel die vollständige, in Leder gebundene Ausgabe dieser komischen viktorianischen Opern entdeckt und schlug die *Pirates of Penzance* auf. »Da ist das richtige Lied für Sie drin, Major.«

Burnham stellte sein Glas ab und baute sich neben dem Flügel auf. Rachael roch seinen Weinatem, und ihr unterdrückter Zorn brodelte wieder hoch. Diesmal sang er richtig, aber aggressiv und enthemmt:

I am the very model of a modern major general.
I've information vegetable, animal and mineral.
I know the kings of England and I quote the fights historical.
From Marathon to Waterloo, in order categorical…

Rachael verlangsamte ihr Tempo, damit er mithalten konnte, aber der witzige Galopp des Textes überstieg seine Kräfte. Durch die erste Zeile jeder Strophe kam er noch durch, den Rest sang er nur noch la-la-la und hämmerte mit den Handflächen immer heftiger auf den Deckel des Flügels. Mitten in der letzten Strophe stürzte durch die Erschütterungen die Vase, die auf dem Flügel stand, krachend zu Boden.

»Ups!«, machte Burnham.

Rachael hörte auf zu spielen und erhob sich, um den Schaden zu begutachten: Die Vase war in vier säuberliche Teile zerbrochen.

»Keith!«, rief Susan.

»Ich bitte um Entschuldigung«, sagte Burnham. »Die lässt sich sicher wieder kleben.«

»Die Vase gehört nicht mir, Major. Sie gehört zum Haus.«

»Ach so, dann ist's ja gut!« Er lachte, und die anderen lachten mit, was Rachael sehr beunruhigte. Als sie die Scherben aufsammelte, öffnete sich die Tür. Einen Augenblick dachte sie, Lewis sei zurückgekommen, aber es war Herr Lubert.

Lubert sah aus, als würde er gleich eine fürchterliche Tat begehen oder hätte sie schon begangen: Er hatte über der Augenbraue einen hässlichen Schnitt auf der Stirn, auf dem das Blut noch glänzte, und sein ganzer Körper hob und senkte sich mit seinem schweren Atem. Er stand da und starrte sie an wie ein Prophet, der in eine Orgie hineingestolpert ist.

»Herr Lubert?«, sagte Rachael, zum Teil, um den Gästen zu signalisieren, wer er war, zum Teil, um herauszufinden, was er vorhatte. »Alles in Ordnung? Sie bluten ja.«

Lubert sah erst die Vase an, dann Burnham. Seine Nasenflügel bebten, und seine Brust und seine Schultern hoben und senkten sich so heftig, als bereite er sich innerlich darauf vor, den Flügel hochzustemmen und den Major darunter zu begraben.

»Das mit der Vase tut mir leid, alter Junge«, sagte Burnham.

»Ich bin sicher, mit … Geduld und Spucke … kriegt Frau Morgan sie wieder hin …«

Rachael warf Susan Burnham einen auffordernden Blick zu, rasch einzugreifen.

»Komm, Keith«, sagte Susan schließlich. »Ich glaube, du hattest genug.«

»Was? Ein Liedchen können wir doch noch singen. Vielleicht singt Herr Lubert mit?« Und er klopfte wieder den Takt der Melodie, die immer noch in seinem Kopf galoppierte, auf den Deckel des Flügels.

»Ich möchte Sie bitten, nicht so auf den Flügel zu hämmern«, sagte Lubert. Er starrte Burnham jetzt unverhohlen drohend an, die Hände zu Fäusten geballt. Seit er den Salon betreten hatte, hatte er ihn nicht aus den Augen gelassen. Burnham war nüchtern genug, um sich zu ärgern und nun noch fester auf den Flügel zu schlagen, dass die Saiten klirrten.

»Sie werden sich damit abfinden müssen, dass dieser Flügel beschlagnahmt ist, Herr Lubert. Was bedeutet, dass er Eigentum der Militärregierung ist. Was bedeutet, dass er – genau genommen – mir gehört.«

Rachael war sicher, dass Lubert auf den Major losgehen würde; sie stand auf, legte die Scherben auf den Flügel und stellte sich zwischen die beiden Männer. Sie sprach Lubert leise und direkt an: »Wir hatten alle ein bisschen zu viel.«

Lubert sah sie an und öffnete die Fäuste. Dann starrte er Burnham ein letztes Mal an, drehte sich um, ging hinaus und knurrte dabei: *»Sie ekeln mich an!«*

»Ha!«, rief Burnham. »Habt ihr das gehört? *Sie ekeln mich an!* Er hat gesagt, dass wir ihn anekeln. *Wir* ekeln *ihn* an!« Er wandte sich an Rachael und verlangte von ihr, dass sie sofort eine Entschuldigung von Lubert einfordere und ihn irgendwie bestrafe.

»Ich glaube, er hat dich gemeint, Keith«, sagte Mrs. Burnham, und diesmal nahm sie ihren Mann am Arm und schob ihn zur Haustür, bevor er noch mehr Schaden anrichtete. »Zeit zum Schlafengehen.«

»Aber *I am the very model of a modern major general ...*«, protestierte er.

Der Abend war vorüber. Er endete nicht so, wie von Rachael geplant, das Kartenspiel und die Scharaden vor dem Kamin mussten entfallen. Jetzt sollten alle möglichst schnell nach Hause verschwinden. Rachael hatte nur noch einen Gedanken: Sie wollte zu Lubert. Die Gäste zogen sich höflich zurück, mit Komplimenten, Dank und Entschuldigungen. Zehn Minuten später schloss sich die Tür hinter einer verstörten Mrs. Eliot, die hoffte, dass sich die Wogen glätten würden, dass Rachael vielleicht zur englisch-deutschen Gruppe kommen und womöglich sogar Herrn Lubert mitbringen würde.

Rachael wollte schon nach oben zur Mansardenwohnung gehen, als sie ein Stöhnen hörte. Im Sessel vor dem Kamin, den Kopf in die Hände gestützt, die seine Augen verdeckten, saß Herr Lubert. Er atmete schwer durch die Zähne, ein Geräusch wie die Brandung an einem Kiesstrand.

»Stefan?«

Lubert öffnete sein gutes Auge, denn das andere war jetzt zugeschwollen, und blickte durch das Gitter seiner Finger. Er sah Rachaels runde Hüften, Hüften mit dem Schwung eines Cellos, sah die Pailletten ihres Kleids im Licht des Kaminfeuers funkeln.

»Was ist denn los?«, fragte sie.

Er spürte ihre Hand auf der Schulter und ließ die seine fallen, hinter der er seine Verletzung verbarg. Er hob das Gesicht, damit sie seine Wunde näher inspizieren konnte. Beim Anblick des klaffenden Spalts zuckte sie zusammen.

»Wie ist denn das passiert?«

Er dachte: Ich wurde beinahe von einem Plakat erschlagen, auf dem stand: »Lasst Deutschland leben!«, aber ihm fehlten die Worte, und da ihn das Sprechen ohnehin schmerzte, stöhnte er nur auf.

»Das muss behandelt werden«, sagte sie. »Ich bin gleich wieder da.« Rachael lief nach oben, um zu holen, was sie für die Wundversorgung brauchte; bei jedem Schritt auf der Treppe knisterte ihr Paillettenkleid.

Lubert stützte wieder die Ellbogen auf die Oberschenkel und den Kopf in die Hände; seine Handflächen rochen nach der Wunde, und er schmeckte den metallischen Geschmack seines eigenen Bluts. Die Ereignisse des Abends zogen in einem schwindelerregenden Strudel noch einmal an ihm vorbei. Er konnte sich an die Protestplakate erinnern: »Wir wollen Arbeit!«, »Bevin, Schluss mit der Demontage!«, »Lasst Deutschland leben!« Er hatte sich nur widerwillig zum Mitdemonstrieren bequemt, seine Kollegen hatten ihn unter Druck gesetzt. Er befürchtete, er könnte seine Entlastung gefährden, aber darüber hinaus waren ihm Menschenmassen einfach zuwider. Die Brutalität und das irrationale Verhalten, die in ihnen ausbrechen konnten, machten ihn nervös und zum Misanthropen. Aber diese Massen waren beruhigend schäbig gekleidet, ihre Reihen dicht geschlossen, und plötzlich war er überzeugt, hier bei seinen Brüdern und Schwestern in der Kälte zu stehen, sei besser als der behagliche Kompromiss seines eigenen Hauses. Sie hatten sich Schorschs kluge Rede angehört, der an die bekannte Fairness der Briten appellierte und zugleich an ihren Sinn für Humor; so zeigte er den Deutschen, dass es durchaus in Ordnung war, über die Machthaber zu lachen und sogar zu spotten, was sie seit Jahren nicht mehr ungestraft hatten tun können. Sie hatten sogar das Deutschlandlied gesungen, eher stoisch als provozierend und sicher ohne den Wahn der letzten Jahre. So klang ein Volk, das seine Stimme zu finden versuchte. Dann ertönten plötzlich ein Hupen und das hässliche Geräusch eines aufheulenden Motors, als ein Wagen der britischen Streitkräfte versuchte, zu den Fabriktoren vorzudringen. Die Masse wich auseinander. Ein, zwei Männer begannen, auf das Autodach einzutrommeln, um ihrem Missmut Ausdruck zu geben. Dann stemmte sich einer von ihnen mit beiden Händen gegen das Dach und gab dem Wagen einen Stoß, dass er schaukelte. Andere fanden das lustig und machten mit. Sie brachten den Wagen so stark ins Schwanken, dass die Räder vom Boden abhoben. Lubert sah, wie der ärgerliche Gesichtsausdruck des Offiziers drinnen in Angst umschlug. Dann schubsten die jungen Männer, als waren sie sich ihrer eigenen Kraft gar nicht bewusst, den Wagen tatsächlich um, sodass der Offizier sich gegen das Dach stemmen musste und das Gesicht gegen die Scheibe presste wie ein nach Luft schnappender Goldfisch. Es war fast komisch, aber Lubert sah die fürchterlichen Folgen schon kommen. Gewehrschüsse krachten. Beim ersten zuckten alle zusammen und erstarrten. Beim zweiten brach eine Massenpanik aus, die Menge walzte los wie eine Schafherde, die, von den unsichtbaren Kugeln gelenkt, geschlossen die Richtung wechselte. Lubert ließ sich mit der Herde treiben, wurde einfach mitgerissen; dann schlug ihm ein harter Gegenstand gegen die Stirn, doch er bewegte sich noch ein paar Meter weiter, ohne seine Beine zu benutzen – so kam es ihm jedenfalls vor. Mit einem Mal sah er Sternchen und spürte ein Dröhnen im Schädel, als ihm ein Fliehender sein Knie in die Schläfe rammte. Lubert war auf Hände und Knie gesunken und brauchte eine Weile, bis er merkte, dass die roten Flecken auf dem Weiß sein eigenes Blut im Schnee waren.

Rachael kehrte mit Mull, einer Bandage und Jod zurück.

»Lassen Sie mal sehen.«

Sie beugte sich über Lubert und hob mit einem Finger sanft sein Kinn, um an den Schnitt heranzukommen. »Vielleicht ist Schmutz in der Wunde.« Sie zog einen Schemel heran und setzte sich vor ihn. Dann tränkte sie den weißen Mull mit Jod, bis er gelb wurde. »Das tut jetzt weh«, warnte sie.

Lubert zuckte zusammen und zitterte bei dem stechenden Schmerz.

»Was ist denn passiert?«

Lubert hatte die Bilder im Kopf, konnte sie aber nicht schildern. Sein Kopf pochte und wummerte.

»Sie ... aaah!«

»Schon gut.«

Rachael drückte ihm den jodgetränkten Mull an die Stirn, deckte eine Hand darüber und lehnte sich mit dem ganzen Gewicht dagegen, um es erträglicher für ihn zu machen. Lubert stöhnte unter dem tiefen, reinigenden Schmerz und griff trostsuchend nach ihrem Arm. So verharrten sie eine Weile, und trotz der Schmerzen – oder auch wegen der Schmerzen – hielt er ihren Arm so lange wie möglich fest, und sie schien nichts dagegen zu haben. Nach einiger Zeit nahm sie den Mull wieder ab und untersuchte die Wunde.

»Sieht sauber aus. Gut. Jetzt verbinde ich Sie.«

Sie legte eine frische, jodgetränkte Mullkompresse auf und umwickelte seinen Kopf mit der Bandage. Um seinen Hinterkopf zu erreichen, stieg sie um ihn herum, den Bauch wenige Fingerbreit vor seiner Nase. Zum Schluss fixierte sie die Bandage mit einer Sicherheitsnadel.

»So. Das hab ich bei den Pfadfindern gelernt. Wie fühlt sich das an?«

»Es sticht. Trotzdem danke.«

»Der Auftritt mit dem Major tut mir leid. Er war betrunken.«

»Danke, dass Sie dazwischengetreten sind. Das hätte sich zu einem Zwischenfall von internationaler Bedeutung auswachsen können.«

Sein Gesicht war dicht vor dem ihren. Rachael fielen die Fältchen um seine Augen herum auf, sie sah eine Traurigkeit, die sie bei ihren früheren Begegnungen nicht bemerkt hatte. Sie stellte sich vor, wie es wäre, ihn zu küssen, und wurde sich im selben Moment bewusst, dass sie es gern tun würde. Tun konnte. Sie legte eine Hand an den Verband und streifte mit der anderen über seine Wange, und dann küsste sie ihn sanft auf die Lippen – ihr Tun legte sich über ihre Absicht wie in einem Palimpsest. Sie ließ die Lippen lange genug auf den seinen liegen, dass sein Atem und der ihre ineinanderflossen. Sie wartete, dass sich Stolperdrähte und Elektrozäune zwischen sie schöben, wartete auf Alarmglocken und Suchscheinwerfer, aber nichts geschah, kein Hindernis trennte sie. Sie betrat neues Territorium, und niemand hielt sie auf. So einfach war das.

»Dieser Kuss gefällt mir besser als der letzte«, sagte Lubert.

Rachael sah auf ihn herunter, ihr wurde wieder bewusst, wo sie war.

»Gehört das … zu einem Plan, um mich aus dem Haus zu werfen?«, fragte er.

»Das ist … mein Dank.«

»Dank wofür?«

»Dass Sie mich wachgerüttelt haben.«

9

Die Flutlichter der Fabrik erhellten eine aufgewühlte Schnee-fläche, wo hingeworfene Plakate herumlagen wie tote Störche. Der umgekippte Wagen war als das Epizentrum des Verbre-chens mit Band abgeriegelt worden. Einige deutsche Polizis-ten standen im Dunkeln herum, nicht ganz sicher, welche Rolle ihnen hier eigentlich zukam. Lewis überblickte, was vom Auf-ruhr übrig geblieben war. Über ihm schlug das überwältigende Gefühl zusammen, dass ihm nun ganz entglitt, was er ohnehin nicht fest im Griff gehabt hatte.

Der Militärpolizist, der den Schießbefehl gegeben hatte, ein gewisser Major Montagu, lieferte seinen Bericht über die Ereig-nisse ab, aber das Wie und Warum änderten nichts mehr an den Tatsachen. Hier war Riesenmist gebaut worden, und das auch noch, während Lewis in Bereitschaft war.

»Als der Offizier versuchte, das Fabriktor zu erreichen, wurde er von einem wütenden Mob umringt. Die Leute haben den Wagen attackiert. Wir haben Warnschüsse abgegeben, aber sie haben den Wagen so heftig zum Schaukeln gebracht, dass er umkippte. Zum Glück konnten die Leute den Offizier nicht aus dem Wagen ziehen, weil er auf der Seite lag.«

Montagu beschrieb den Vorfall mechanisch und gleichgültig. Lewis erwartete, dass er den Bericht fortsetze, aber Montagu schwieg.

Da sagte Lewis: »Und dann haben Sie das Feuer auf unbe-waffnete Zivilisten eröffnet.«

»Wir hatten keine Wahl, Sir.«

»Wer hier keine Wahl mehr hat, sind die Toten, Major. Drei Tote, verdammt noch mal!«

Lewis ging um den Wagen herum zu der Stelle, wo der Schnee von Blut verfärbt war. Umgekippt sah der Volkswagen einem Käfer noch ähnlicher.

»Sie hätten ihn gelyncht, wenn wir nichts unternommen hätten.«

»Das ist für Sie eine gesicherte Tatsache?«

»Zweifellos, Sir. Die Menge war inzwischen zu ... zu einem besinnungslosen Mob geworden. Wir glauben, dass an dem Protest subversive Elemente beteiligt waren«, fuhr er fort. »Leute, die nur kamen, um Aufruhr zu stiften. Möglicherweise vom Werwolf, Sir.«

»Ach, machen Sie doch einen Punkt! Haben Sie jemanden verhaftet?«

Montagu warf sich in die Brust und knurrte kurz angebunden: »Selbstverständlich. Wir halten ein halbes Dutzend Leute zum Verhör fest.«

»Kinder, was?«

Die Militärpolizei war gerade schwer in die Kritik geraten, weil sie über hundert Kinder festgenommen hatte, erwischt beim Kohleklauen. Die Geschichte war der Presse zugespielt worden, allerdings waren die Tatsachen – das Alter der Kinder – gefälscht worden.

Lewis hob eines der Plakate auf. Darauf stand: »Gebt uns die Mittel, und wir werden es schaffen!« Er hielt das Schild Montagu vors Gesicht. »Sie wissen doch, wer hier zitiert wird? Sie erinnern sich doch an Churchills Rede?«

Montagu reagierte allmählich gereizt auf das Trommelfeuer der Fragen. »Sie hätten genauso gehandelt – wenn Sie hier gewesen wären.«

Lewis schleuderte das Plakat zu Boden. »Wir bieten ihnen

Demokratie an und bestrafen sie dann, wenn sie sie ausüben wollen.«

Barker fuhr Lewis zu einer Krisensitzung mit seinem Vorgesetzten, General de Billier.

»Der Major hatte recht«, sagte Lewis. »Ich hätte zur Stelle sein sollen. Oder wenigstens einen größeren Trupp zu seiner Unterstützung hinschicken sollen.«

»Es war eine friedliche Demonstration geplant, Sir. Das hat uns die Gewerkschaft versichert. Wenn dann die Affen auf den Bäumen Panik kriegen, können Sie nichts dafür«, erwiderte Barker.

»Ich habe das Gefühl, mir steht der Rausschmiss bevor.«

»Das bezweifle ich, Sir.«

»Warum zitiert mich de Billier sonst um Mitternacht zu sich?«

»Wahrscheinlich hat er einen neuen Single Malt, zu dem er Ihre Meinung einholen will, Sir.«

Da musste Lewis doch lächeln. Der General war ein großer Whiskyliebhaber und bekannt dafür, sich seine Mitstreiter danach auszusuchen, ob sie den Unterschied zwischen Blend und Single Malt herausschmecken konnten.

»Die können Sie gar nicht rausschmeißen«, fuhr Barker fort. »Sie sind einer der wenigen, die kapieren, wozu sie eigentlich hier sind. Ich tippe darauf, dass die noch was anderes mit Ihnen vorhaben.«

»Ich bin weit weniger unentbehrlich, als Sie glauben, Barker.«

Wenn Lewis nach außen hin so tat, als pralle Barkers Kompliment an ihm ab, so kam es sehr wohl bei ihm an und wurde sorgsam in der inneren Ablage »Gut merken« verstaut, als Schutzschild gegen seine geheimen Selbstzweifel. In der Armee bekam man selten ein uneingeschränktes »Gut gemacht!« zu hören. Anerkennung, wenn es denn welche gab, wurde in der Regel gleich wieder mit einer Beleidigung wettgemacht. Diese Sparsamkeit beim Loben und Ermutigen beschränkte sich keineswegs aufs Militär und wurde von Lewis als sehr englisch empfunden. Dahinter stand ein mit Zurückhaltung gepaarter Realismus, eine Eigenschaft, die Lewis auch bei sich selbst erkannte. Hinzu kam die Angst, jemanden zu groß, ja größenwahnsinnig werden zu lassen, einer der Gründe, warum die Engländer – wie sie gern sagten – einen Diktator niemals so bereitwillig dulden würden wie ihre Nachbarn auf dem Kontinent.

»Ich bin übrigens fast fertig mit dem Verzeichnis, Sir«, fuhr Barker fort.

»Verzeichnis?«

»Das Vermisstenverzeichnis. Darum haben Sie mich doch gebeten.«

Lewis hörte das Klirren zu Bruch gehenden Geschirrs: Wie viele Teller hatte er sonst noch zum Kreiseln gebracht und dann vergessen, mit ihnen weiterzujonglieren? Eine Liste der »vermissten Toten« zu erstellen, deren Verbleib nach der Bombardierung ungeklärt war, und sie mit den Namen aller Patienten abzugleichen, die noch in Krankenhäusern, Pflegeheimen, Klöstern oder Sanatorien der Region untergebracht waren, gehörte zu den vielen von ihm angestoßenen Projekten, die er links liegen ließ, weil Dringenderes dazwischenkam.

»Das habe ich völlig vergessen. Ich hoffe, Sie haben nicht allzu viele Stunden daran verschwendet.«

»Das hat mich völlig aufgefressen, Sir. Aber ich kann bald damit anfangen, die Patientenverzeichnisse damit abzugleichen. Geben Sie mir noch ein paar Wochen.«

»Wie steht's mit der anderen Sache? Dem Bericht über die Wertgegenstände?«

»Da werden ein paar höhere Ränge ganz schön gerupft – das stößt auf wenig Gegenliebe. Ich werde nicht so schnell befördert werden.«

»Ach, gut.«

Das meinte Lewis durchaus ernst. Erstens brauchte er Barker. Zweitens war er davon überzeugt, dass viele, die nach oben kommen, ihre ursprüngliche Motivation verlieren, die sie dorthin gebracht hat; sie finden sich in einer Rolle wieder, die ihren Fähigkeiten nicht entspricht und ihre Talente verkümmern lässt. »Bleib lieber auf der falschen Seite des Schreibtischs«, war immer Lewis' Devise gewesen.

Als Lewis in de Billiers Büro trat, saß der General nicht hinter seinem Schreibtisch, sondern lehnte dagegen. Er bot Lewis gleich einen Stuhl, einen Whisky und eine Zigarette an – kaum die Präliminarien zu einem Anschiss. Die Anwesenheit von Zivilgouverneur Berry sprach dafür, dass Barker recht hatte: Sie hatten anderes mit ihm vor, als ihn rauszuwerfen.

»Kennen Sie den Zivilgouverneur schon?«

»Ja, Sir. Wir sind uns kurz begegnet, beim Besuch des Ministers.« Lewis mochte Berry. Er führte die unbeliebte, unmögliche Aufgabe, mit der er betraut war, mit einer gewissen Leichtigkeit und Würde durch.

Berry schüttelte Lewis herzlich die Hand. »Hallo, Colonel. Der Mann, der sein Haus teilt.«

»Nicht mein Haus, Sir, aber ja, der bin ich.«

»Die deutschen Ratsmitglieder haben eine hohe Meinung von Ihnen.«

»Und genau deshalb …« – de Billier unterbrach sich, um Lewis Feuer zu geben – »… sind Sie heute Abend hier. Wegen Ihrer Fähigkeit, die andere Seite zu sehen.«

Lewis setzte sich; ihm drängte sich der Gedanke auf, dass

sogar Häftlingen eine Zigarette angeboten wird, bevor sie erschossen werden. Wenn sie ihm so viel Honig ums Maul schmierten, hatten sie garantiert einen Scheißjob für ihn. Von seinem Stuhl aus sah Lewis hinter dem General den Vollmond durchs Fenster scheinen, so klar, dass er die pockennarbige Oberfläche erkennen konnte. Vielleicht würden sie ihn dort raufschicken.

»Was ich auf der anderen Seite an Wohlwollen guthatte, ist vor der Zeiss-Fabrik auf der Strecke geblieben, Sir.«

»Was heute Abend passiert ist, ist beklagenswert«, begann de Billier, »aber nur Teil eines viel größeren Problems. Die Demontage macht uns in der gesamten Zone echte Bauchschmerzen. Es hat Proteste in Köln gegeben, in Hannover, in Bremen, im Ruhrgebiet. Das erzeugt enorme Spannungen, die durch das Wetter und den Nahrungsmangel noch verschärft werden. Die Deutschen fangen an, uns zu hassen. Sie glauben immer noch, dass wir das Land in einen riesigen Bauernhof umwandeln wollen und dass wir ihre Werften nur zerstört haben, damit Belfast und Clyde einen Vorsprung bekommen.«

»Wir haben eine voll funktionsfähige Werft von Weltrang in die Luft gejagt.«

»Blohm & Voss war ein Fehler. Das wissen wir jetzt. Aber unsere Ziele und Bestrebungen ändern sich laufend. Fast jeden Monat. Vor einem Jahr war die Entmilitarisierung geplant. Dann die Entnazifizierung. Dann die Reduktion der industriellen Kapazität. Jetzt geht es nur noch darum, dieses verdammte Volk satt zu kriegen. Inzwischen ist allen klar – außer den Franzosen und den Russen –, dass wir ein starkes Deutschland brauchen. Wir haben uns mit den Amerikanern auf die Zusammenlegung unserer Zonen geeinigt. Im neuen Jahr werden wir zur Bizone. Wenn die Franzosen ihre Rolle im Universum besser ins Visier bekommen, vielleicht sogar zur Trizone. Eines zeichnet sich jedenfalls ab: Dass die Russen ihre Zone zurückgeben, wird immer unwahrscheinlicher. Umso unwahrscheinlicher, je länger wir für die Demontage von Deutschlands Schwerindustrie brauchen.«

Der General hatte die tragischen Ereignisse des Abends kaum erwähnt, und es war klar, dass er nicht weiter darauf eingehen würde. Aus seiner Sicht handelte es sich um ein lokal begrenztes Beben im Vergleich zu den tektonischen Umwälzungen, die zwischen den Nationen stattfanden. Lewis war fast enttäuscht. Ein Rauswurf, mit dem er auf der Herfahrt noch gerechnet hatte, wäre ihm gar nicht so unlieb gewesen.

»Wir haben immer noch die Chance, einen völligen Kollaps unserer Beziehungen mit Russland zu vermeiden. Schritt eins besteht darin, das Potsdamer Abkommen zu den Reparationen zu erfüllen. Tun wir das nicht, werden die Russen uns das Brot verweigern. Wenn wir keine sofortigen Demontagen durchführen, haben wir die Interalliierte Reparationsagentur am Hals. Dann erlegt uns die IARA Sanktionen auf, die wir uns nicht leisten können. Dann müssen die Amerikaner zahlen, um Millionen Menschen mit Nahrung zu versorgen, und dieser Eiserne Vorhang, von dem Churchill dauernd redet, wird Wirklichkeit.«

De Billier reichte Lewis eine Mappe. Sie trug die Aufschrift: »Demontage-Verzeichnis. Standorte der Kategorie 1. Vertraulich.«

»Es gibt in dieser Region vier Standorte der ersten Kategorie. Die Russen schicken eine Abordnung mit dem Überwachungsteam der IARA mit, um sicherzustellen, dass die Demontagen dort wirklich stattfinden. Wir brauchen Sie als Vertrauensmann. Und es ist nötig, dass Sie sofort anfangen.«

Lewis sah sich das Dokument an und blätterte die Standorte durch.

»Helgoland?«

Da hätten sie ihn genauso gut auf den Mond schicken können.

»Die gesamte Munition wird an eine Stelle verfrachtet und gesprengt. Wir brauchen jemanden, den die Deutschen mögen, der ihnen diese Notwendigkeiten vermitteln kann, jemanden, dessen echte Sympathie für das Land glaubhaft sichtbar ist. Sie sind dafür bekannt, Colonel. Der Bürgermeister spricht in sehr anerkennenden Worten von Ihnen.«

Für einen Außenseiter mochte das wie ein Lob klingen, aber Lewis durchschaute die Mission als Methode, ihn in die Wüste zu schicken, ohne viel Staub aufzuwirbeln. Sie wollten nicht, dass er sich bei Ministern und der Presse Gehör verschaffte. Er hatte vor Shaw die Bemühungen der Streitkräfte kritisiert. Er musste einen Dämpfer kriegen – auf konstruktive Art.

»Das ist nicht … mein Fachgebiet.«

»Es geht um Menschen, Colonel«, sagte de Billier. »Sie sind unser Mann des Volkes.«

»Sie meinen, Sie brauchen jemanden, der die Sachen auf feinfühlige Art in die Luft jagen kann.«

De Billier räusperte sich mit einem ungeduldigen Knurren. Sein Verkaufstalent war erschöpft, schöner konnte er Lewis die Sache nicht mehr verpacken.

»Colonel, ich verachte die Russen und verabscheue diese Reparationsauflagen. Aber wenn wir einen weiteren Krieg vermeiden wollen, müssen wir das hinter uns bringen. Bevor der Winter vorbei ist.«

Das Sondieren wurde zum Befehl. »Sie werden Kutov und seine Beobachter begleiten. Ein französischer und ein amerikanischer Beobachter werden mit Ihnen reisen. Ich wurde informiert, dass Ihre Dolmetscherin Russisch spricht. Wenn alles glattgeht, sind Sie nicht länger als ein paar Wochen unterwegs. Solange Sie weg sind, kann Ihr Stellvertreter Ihren Bezirk übernehmen.«

Bei dem ganzen Gespräch stellte Lewis sich vor, dass Rachael mit im Raum war. Wie würde sie diesen neuen Auftrag aufnehmen? Wäre das der letzte Tropfen?

»Kann das bis nach Weihnachten warten?«

»Die Russen feiern Weihnachten nicht mehr, Colonel. Außerdem ist das der perfekte Zeitpunkt«, feuerte de Billier zurück. »Während wir alle Weihnachtslieder singen, können Sie das Zeug in die Luft sprengen, ohne dass es jemand merkt.«

Der General war nicht auf die andere Seite des Schreibtischs gelangt, weil er so sentimental war. Nicht einmal nach Michaels Tod hatte er Lewis ein paar Tage Sonderurlaub angeboten – Lewis hatte allerdings auch nicht danach gefragt.

»Sir, ich bin erst wenige Monate mit meiner Familie zusammen und verbringe ohnehin kaum Zeit mit ihr. Das wird für uns eine riesige Belastung…«

»Colonel, ich regiere hier ein Land, ich betreibe keine Eheberatungsstelle.«

»Herr Morgan hat darum gebeten, ob Sie in den Salon kommen können, Herr Lubert.«

»Kam er Ihnen … zornig vor?«

Heike musste nachdenken. »Nein. Ich glaube nicht, Herr Lubert.«

Nein, natürlich nicht. Der Colonel geriet niemals in Zorn. Selbst wenn er entdeckt hätte, dass seine Frau einen anderen Mann geküsst hatte, würde er wahrscheinlich übers Wetter reden und ihm dann seinen Wagen anbieten.

»Danke, Heike. Ich komme herunter.«

Lubert legte seine Reißfeder beiseite und schraubte das Tintenfässchen zu. Er strich sich die Haare glatt, überlegte es sich dann aber anders und verstrubbelte sie, wie sie üblicherweise aussahen.

Lewis stand nachdenklich am Flügel und sah zum Fluss hinaus. Er war in voller Uniform samt Handschuhen und Mantel, wieder einmal im Aufbruch. Er zog die Mundwinkel zu einem halben Lächeln hoch.

»Herr Lubert. Kommen Sie doch herein. Bitte. Nehmen Sie Platz.«

Lubert setzte sich auf die Fensterbank.

»Wie geht's dem Kopf?«, fragte Lewis und fasste sich an seine eigene Schläfe.

Luberts Stirn sah aus wie hässliches Schildpatt in mehreren Farben, aber die Wunde war geschlossen. »Meine Haut heilt ziemlich schnell.«

»Der Abend neulich – da ist ja einiges los gewesen.«

Lubert wartete, dass Lewis zur Sache kam, und fragte sich dann, ob der Colonel womöglich auf eine Erklärung von *ihm* wartete. Diese Engländer litten anscheinend an emotionaler Verstopfung. Vielleicht sollte Lubert ihm als Abführmittel eine Entschuldigung anbieten, um es ihm leichter zu machen. Sollte sagen, er allein sei dafür verantwortlich und nicht seine Frau; er habe einen Schlag auf den Kopf bekommen und sei nicht mehr Herr seiner selbst gewesen, deshalb die Entgleisung.

»Der Vorfall tut mir leid …«

Lewis sah ihn fragend an und hob die Hände, um ihm das Wort abzuschneiden.

»Für eine Entschuldigung besteht doch Ihrerseits kein Anlass, Herr Lubert. Ich bin derjenige, dem die Sache peinlich sein muss. Die zu Bruch gegangene Vase, sonstige Beschädigungen Ihres Eigentums. Und das Verhalten eines gewissen Gastes.«

Lewis strich über den Bösendorfer, wie um die groben Schläge, die der Flügel unter Burnhams Händen erlitten hatte, wiedergutzumachen.«»Rachael hat mir erzählt, wie bewundernswert beherrscht Sie geblieben sind. In Anbetracht der Umstände.«

Beim hastigen Rückzug von seinem voreiligen Geständnis begann Lubert zu stottern: »Nun... das war... ich mache niemandem einen Vorwurf. Die Stimmung war eben ausgelassen... Die Vase – das macht doch nichts. Kein Stück, an dem mir viel lag...«

»Das entschuldigt nicht, was passiert ist. Wie Sie selbst sagten, Herr Lubert, dies alles hier ist Ihr Eigentum.«

»Ja.« Da breitet der Colonel wieder einmal eine Decke über alles aus, dachte Lubert.

»Und es tut mir auch leid, dass Sie in den Tumult bei Zeiss verwickelt wurden.«

»Ich habe nicht viel mitbekommen. Ich hörte einer Rede zu, und dann fielen die Schüsse.«

Lewis' Gesicht wurde ernst. »Die Ereignisse bei der Fabrik sind unentschuldbar. Gerade wenn wir glauben, es geht voran, muss so etwas passieren. Jemand verliert die Nerven oder bricht in Panik aus, und dann gerät alles aus den Fugen. Wir sind in einer heiklen Phase, alles hängt an einem sehr dünnen Faden. Jedenfalls bin ich froh, dass es Ihnen gut geht.«

»Sie haben hier eine sehr schwierige Aufgabe, Colonel. Ich beneide Sie nicht.«

»Das brauchen Sie wirklich nicht. Aber abgesehen von einer Entschuldigung für den Abend neulich wollte ich mit Ihnen reden, weil ich Sie um einen Gefallen bitten möchte. Wir müssen für Edmund einen neuen Lehrer finden. Ich weiß, dass Sie im Moment nicht in der Fabrik arbeiten können. Deshalb habe ich mich gefragt, ob Sie vielleicht bereit wären, Edmund zu unterrichten, und Rachael auch... den beiden ein bisschen Deutsch beizubringen. Solange ich weg bin, kann ich keinen anderen

Lehrer suchen. Und für Rachael wäre es eine gute Chance, mit der Sprache zurande zu kommen. Ich weiß, dass ihr die fehlenden Deutschkenntnisse hinderlich sind – vor allem beim Umgang mit dem Personal.«

»Selbstverständlich«, sagte Lubert. »Sie fahren weg?«

»Einige Wochen. Nach Helgoland.«

»Dann ... sind Sie an Weihnachten nicht hier?«

»Leider folgt das Militär seiner eigenen Liturgie, Herr Lubert. Ich wäre Ihnen dankbar, wenn Sie für mich die Stellung halten. Es wäre mir überhaupt lieb, wenn Sie sich hier wieder heimischer fühlten als vielleicht bisher. Ich weiß, dass es anfangs... nicht leicht war. Wie Sie vielleicht schon vermutet haben, war Rachael bei ihrer Ankunft ... noch sehr neben sich. Aber ich entdecke Anzeichen, dass ihr altes Selbst wieder zum Vorschein kommt. Ich glaube, sie möchte mehr Umgang mit den Leuten haben, vielleicht mit Frieda einkaufen gehen. Gesellschaft tut ihr gut. Ich bin froh, dass sie hier nicht allein ist. Besonders zu dieser Jahreszeit. Und wie ich immer betont habe: Wenn es hier jemals funktionieren soll, dann müssen die Engländer und die Deutschen fraternisieren, müssen einander kennenlernen. Was ich eigentlich sagen möchte, Herr Lubert: Bleiben Sie nicht für sich. Bitte fühlen Sie sich wieder mehr zu Hause in Ihrem Haus.«

»Danke, Colonel.«

Lubert mochte Lewis. Seine Großzügigkeit verlangte ihm Respekt ab. Er war dankbar dafür. Und er bewunderte Lewis, weil ihm jedes herablassende Gehabe fehlte. Aber es fiel Lubert schwer, ihm zuzuhören, ohne ihn für blind zu halten. Entweder war er absolut blauäugig oder mit den Gedanken ganz woanders. So oder so, der Mann setzte völlig falsche Prioritäten.

»Ich habe beschissene Nachrichten, Rach.«

Rachael las gerade ihre neueste Agatha Christie. Die raffinierten Verschlingungen der Handlung schlugen sie in den Bann, gerade spitzte sich alles auf einen enthüllenden Schlüsselmoment zu. Als Rachael das Buch niederlegte, kämpften in ihr zwei gleichermaßen unpassende Gedanken: Ich frage mich, wer der Mörder ist, und: Ich hoffe, Lewis erzählt mir nicht, dass Stefans Weste Flecken hat wie die von Herrn König.

»Was gibt's denn?«, fragte sie.

Lewis hatte sein Aufbruchsgesicht aufgesetzt. Das kannte sie zur Genüge, am schärfsten hatte es sich ihr eingeprägt, als er sofort nach seiner Ankunft zu Hause verkündet hatte, er müsse nach Michaels Beerdigung gleich wieder zum Stützpunkt zurück.

»Man hat mich beauftragt, die Demontage zu leiten. Ich soll gleich morgen anfangen. Das heißt, ich bin ein paar Wochen weg.«

»Oh.«

»Ich weiß. Das hat gerade noch gefehlt«, sagte er, ihre Reaktion falsch deutend. Er suchte in seinem Ankleidezimmer nach dem Koffer.

Irgendwo hatte sie die Phrasen der pflichttreuen Gattin gespeichert, Sätze, die jede Soldatenfrau parat haben musste, wenn ihrem Mann der Urlaub gekürzt oder ganz gestrichen wurde. Aber ihr war nicht nach solchen Phrasen. Und sie spürte, dass Lewis sie auch nicht von ihr erwartete. »Armee ist eben Armee«, bot sie an. Lewis sah ihr in die Augen und nickte.

»Tut mir leid, Rach.«

Als er seine Sachen zusammensuchte, nahm sie ihre Lektüre wieder auf. Sie hatte keine Lust, Lewis packen zu helfen. Nicht jetzt. Es wäre vielleicht ihre Pflicht gewesen, aber sie hatte von Pflichten die Nase voll. Sie wollte einfach diesen verdammten

Abschnitt zu Ende lesen und erfahren, wer der Mörder war. Aber dann konnte sie doch nicht mit ansehen, wie ungeschickt Lewis sich anstellte. Sie legte das Buch weg und half ihm, aus dem Korb frischer Wäsche, die Heike heute Vormittag gebracht hatte, Socken herauszusuchen.

»Wie viele?«

»Fünf, sechs Paar sollten reichen.«

Sie warf ihm die Sockenpäckchen eins nach dem anderen zu, und er hielt wie ein Fänger beim Cricket die Hände zu einem Fangkorb zusammen und beförderte in einer fließenden Bewegung jedes Sockenpaar gleich in den Koffer. Als sie das Durcheinander darin sah, begann sie umzupacken.

»Ist das eine Beförderung?«, fragte sie.

»Ich glaube, eher eine Strafe – weil ich mich im Gespräch mit dem Minister nicht an die offizielle Linie gehalten habe. Anscheinend habe ich zu viel gesagt.«

»Das klingt aber gar nicht nach dir. Wer leitet dann den Bezirk?«

»Barker. Ich habe ihm gesagt, er soll hier vorbeischauen. Die Post bringen. Kommt ihr beiden, du und Edmund, alleine klar?«

»Was glaubst du denn?«

Er nickte. Dumme Frage.

»Wenn ich wieder da bin, könnten wir, dachte ich … vielleicht mal wegfahren. Nur wir beide. Wenn's ein bisschen wärmer wird. Nach Travemünde. Oder in eins dieser prächtigen Seebäder an der Ostsee.«

»Ja, das wäre schön.«

»Nur … so schnell wird das nicht klappen.«

»Nein …«

Lewis gingen die Worte aus, aber sie war nicht bereit, sie ihm in den Mund zu legen.

»Na, dann zieh ich mal los«, sagte er. Er schloss seinen Koffer und wandte sich ihr zum Abschied zu. Sie wollte jede Schwere vermeiden und gab ihm ein Küsschen auf die Wange wie einem abreisenden Besucher oder einem Bekannten, den sie auf der Straße getroffen hatte.

10

Die braune Mappe, vom Strumpfhosengummi am Bauch gehalten, stach Frieda beim Gehen in die Rippen. Sie war nicht sicher,
was die Mappe enthielt, die sie dem Colonel aus der Aktentasche
gezogen hatte. Der Inhalt war auf Englisch, aber das Dokument
mit der Aufschrift *Confidential*, dem roten Rand und den Fotos
verschiedener industrieller und militärischer Anlagen würde
Albert garantiert beeindrucken. Wenn sie sich vorstellte, wie sie
ihm die Mappe überreichte, wurde ihr schwindlig vor Stolz.

Das »R« im schwarzen Kreis, das für *Requisitioned* stand,
»Beschlagnahmt«, hing lose an der Mauer des Margarine-Ma-
gnaten. Frieda sah nach links und rechts, ob ein Auto kam,
und als die Luft rein war, kletterte sie darüber, an der Stelle,
wo Albert eine Holzbrücke über den Glasscherben befestigt
hatte – damit hatte Peterson die Mauer gespickt, um Diebe ab-
zuwehren. Sogar noch nach den starken Schneefällen ragten
die schartigen Finnen durch das Weiß. Vor dem Krieg hatte
Peterson mit seinen Sicherheitsmaßnahmen Bestürzung unter
den Nachbarn ausgelöst. Friedas Mutter, die Peterson als einen
ordinären Emporkömmling betrachtete, meinte, dass kein Dieb
mit einem Minimum an Selbstachtung aus diesem Haus etwas
stehlen würde: Petersons Familie hatte das schnelle Geld gemacht, erst mit Sisal aus den Kolonien in Ostafrika, dann mit
der falschen Butter – und »je schneller das Geld verdient ist,
desto schneller schmilzt es wieder dahin«. Frieda war damals
zu jung gewesen, um sich in der subtilen Hierarchie von altem
und neuem Geld zurechtzufinden, aber wenn sie jetzt auf das

größte Haus an der Elbchaussee zuging, sah sie, dass ihre Mutter richtig prophezeit hatte: Da stand er, Petersons riesiger Villenwürfel, traurig, stumm und leer.

Sie drang durch das Küchenfenster im Souterrain in das Haus ein, wie Albert es ihr beschrieben hatte. Als sie die Hintertreppe zum Erdgeschoss hinaufstieg, roch sie Holzfeuer und Kerzenwachs und hörte hohe Jungenstimmen. Sie folgte den Stimmen bis zum Salon hinten im Haus, wo sich eine wahnwitzige Szenerie vor ihr auftat: ein Raum, von Kerzen erleuchtet und mit afrikanischen Objekten dekoriert, mit Speeren, Schilden, Fellen, Masken. Vier Jungen saßen um einen Billardtisch herum, auf dem ein fünfter Junge stand und eine Schachtel schwenkte, die allem Anschein nach Zuckerzangen enthielt. Er hatte sich einen Tropenhelm aufgesetzt, ein Zebrafell um die Schultern gehängt und pries seine Zangen an wie ein Fischhändler in St. Pauli seine Fische.

»Frisch vom Dammtor reingekommen«, rief der Junge. Er schüttelte die Schachtel, nahm eine Zange heraus und drückte sie zusammen, dass die Greifer klickten. Das Kerzenlicht warf ihn als grotesken Schatten an die Wand, verwandelte ihn in einen Riesen und die Zuckerzange in einen Blechhummer.

»Wozu sollen die gut sein? Wir haben nicht mal Zucker«, nölte eine hohe Jungenstimme.

»Schau her und lern was, Otto. Für dich sehen die Dinger aus wie Zuckerzangen, aber für eine schöne Dame, die auch schön bleiben will ...« Der Junge stellte die Schachtel ab und führte mit hochgehaltener Zange vor, wie man sich damit die Augenbrauen zupfen konnte.

»Oder ...« Er riss den Mund auf und tat, als zöge er sich einen Zahn.

»Oder ...« Er kniff sich mit der Zange die Nase zu und machte Furzgeräusche.

»Oder …« Er bückte sich und tat, als höbe er mit der Zange etwas vom Boden auf.

»Oder …« Er zog aus seiner Tasche eine Zigarette heraus, fasste den Filter mit der Zange, führte die Zigarette an seinen Mund und zog affektiert daran. »Die Damen werden ganz wild darauf sein.«

Die Jungen schienen nicht beeindruckt; ein Junge, der einen Speer in der Hand hielt, führte den Chor der Kritiker an:

»Die Leute wollen keine Zuckerzangen. Die Leute wollen Kartoffeln.«

»Das war eine Verschwendung von Zigaretten, Osi.«

»Du machst schlechte Geschäfte.«

Der Junge hob die Hände. »Regt euch nicht auf. Ich hab was ganz Besonderes. Das verdanken wir dem Tommy-Jungen. Was ganz Tolles.« Er zog unter seinem Zebrafell ein zigarrengroßes Röhrchen hervor. Frieda erkannte es: Das war die Hülle der Tabletten, die Albert nahm, Pervitin, die Droge, mit der junge Soldaten in den letzten bitteren Kriegstagen aufgeputscht worden waren.

»Eine davon macht euch stark. Sie hält euch warm. Und ihr habt keinen Hunger mehr. Berti hat die Schachtel. Aber ich habe für jeden von uns ein Röhrchen.« Der Junge hielt inne und sah zur Tür. »Hoppla. Schaut mal, wer da ist.«

»Die sind nicht für Kinder«, sagte Frieda. Sie behielt die Türklinke in der Hand, falls sie wegrennen musste.

Der Junge mit dem Speer hob seine Waffe zur Schulter, der dünne Schaft wackelte. »Wer sind Sie, Fräulein?«

Der Junge mit dem Tropenhelm sprang vom Billardtisch. »Schon gut – das ist Bertis Mädchen.«

Sein Freund senkte den Speer.

»Woher weißt du, wer ich bin?«, fragte Frieda den Jungen.

»Ich hab dich gesehen.«

»Wo?«

»Ich hab dich gesehen…« Der Junge bog den Zeigefinger und Daumen der linken Hand zu einem Ring zusammen und stieß den rechten Zeigefinger durch. Rein, raus, rein, raus. Seine Freunde kicherten.

Sie sollte ihm für diese Unverschämtheit eine runterhauen. Wie hatte er sie sehen können? War es in dem Haus in Blankenese gewesen? Oder hier?

»Wo ist er?«

»Oben, mit seinem Freund.«

»Welchem Freund?«

Der Junge hielt ein Röhrchen Pervitin hoch.

Albert war im großen Schlafzimmer, aber nicht im Bett; er tanzte zu einer Schallplatte, die sich auf einem tragbaren Plattenspieler drehte. Tanzte zu einer dieser primitiven amerikanischen Melodien, die Heike ständig auf Radio Hamburg hörte: lauter Buschtrommeln, quäkende Blasinstrumente und überhaupt ein einziges Durcheinander. Albert tanzen zu sehen ging ihr auf die Nerven. Nackt bis zur Hüfte, bewegte er sich mit lockeren Gliedern wie eine Marionette in den Händen eines betrunkenen Puppenspielers, trat mit den Füßen mal hierhin, mal dahin, als zerquetsche er Ameisen auf dem Teppich. Er gab sich der Bewegung so hin, dass er sie nicht hereinkommen sah. Sie fand ihn nur peinlich, dieser springende, hopsende, wippende junge Mann war nicht der glatte, kühle, beherrschte Albert, den sie kannte – zumindest im Moment schien er wie besessen.

»Albert? Was machst du da?«

Er drehte sich zu ihr um, nicht weiter erschrocken, und tanzte weiter zur Musik. »Meine echte deutsche Frau…« Er schlich mit übertriebenen Bewegungen auf sie zu, halb kriechend, pirschte sich im Rhythmus der Musik an sie heran und streckte die Hand nach ihr aus, wollte, dass sie mit ihm tanzte. Seine Haut glänzte, seine Augen waren ein bisschen zu sehr geweitet und hervorgetreten; sie traute ihm nicht über den Weg.

Sie zog die gestohlene Akte aus ihrem Rock und hielt sie ihm hin.

»Ich hab da was Wichtiges.«

»Benny Goodman«, sagte er, immer noch tanzend. »Benny Goodman. Tanz!« Er hielt ihr die Hand hin. Beharrlich. Sie war schweißfeucht. Die Doppelacht der Narbe auf seinem Bizeps zuckte. Frieda hätte ihm gern den Gefallen getan, aber sie konnte nicht tanzen.

»Ich kann nicht«, sagte sie.

»Doch, du kannst... meine echte deutsche Frau.«

Er legte ihr die Hand auf die Hüfte und führte sie mit der anderen. Frieda presste die Mappe an die Brust und schob die Füße halbherzig von einer Seite zur anderen, sie konnte sich der Musik nicht überlassen. Diese schrägen Töne waren zu anarchisch, zu schwer zu fassen. Und es war wichtig für sie, dass Albert... nun, jedenfalls nicht so war! Mit jedem Zucken, jedem Ruck seines Körpers wurde er ihr fremder.

»Ich kann das nicht!«

Albert zog sich tanzend zum Plattenspieler zurück. Er hob die Nadel von der Platte.

»So was, so was. Da will das Mädel nicht tanzen. Ein Soldat sollte wissen, wann es Zeit ist, sich zu amüsieren. Na, dann komm, meine schlaue Freundin. Zeig mir, was du hast.«

Sie hielt ihm die Mappen hin. Albert hatte zwar die Musik ausgeschaltet, tanzte aber weiter, nach der Melodie in seinem Kopf. Er nahm die Mappe und streichelte sie. »*Confidential...*«, las er. »Das ist gut.« Er ließ den Gummi zurückschnalzen und schlug die Mappe auf. Er nahm sich viel Zeit, um den Text zu lesen, bewegte beim Übersetzen die Lippen. Nach ein paar Sekunden begann er, beifällig zu nicken.

»Wo hast du das her?«

»Vom Colonel.«

Mit einem befriedigten Summen las Albert weiter.

»Ist das nützlich?«, fragte sie.

Er legte die Mappe hin und sah Frieda mit unverhohlener Gier an. Mit heißen Händen umfasste er ihren Oberarm. Sie sah das harte, schnelle Pulsieren seiner Halsschlagader und spürte, als er sich an sie presste, seine Erektion. Sie erinnerte sich an die Macht, die sie über ihn gehabt hatte, und machte sich an seinem Gürtel zu schaffen. Wieder summte er und drängte sich gegen sie. Er hob ihren Rock, sie streifte ihr Höschen ab. Dann lehnte sie sich zurück, gegen das Fußende des Bettes. Mit Lauten der Lust stieß er in sie hinein, und da fühlte sie sich wieder stolz und mächtig. Sie ahmte seine Laute nach, um ihm zu gefallen, aber bald stieß sie diese Laute unwillkürlich aus, für sich selbst nicht weniger als für ihn. Diesmal brauchte er viel länger, um den Höhepunkt zu erreichen, was ihr Zeit für neue, lustvolle Empfindungen gab. Als er gekommen war, blieb er an sie gelehnt, geschrumpft und schlaff, dann trat er zurück und machte die Hose wieder zu. Sie hatte das Gefühl, sie könne alles im Raum ganz scharf hören und sehen, auch alles draußen, außerhalb des Hauses.

»Machst du mir jetzt das Zeichen?«

Er lachte und steckte sich noch ein Pervitin in den Mund.

»Gut.«

Er nahm eine Zigarette aus dem Päckchen, das auf dem Nachttisch lag, zündete sie an, zog daran und kam dann auf sie zu.

»Es tut aber weh.«

»Das ist mir egal.«

»Wo willst du's haben?«

»Da.« Sie streckte ihm ihren lilienweißen Unterarm hin und machte einen Kreis, wo die Haut weich war.

»Du kannst eine von den Tabletten nehmen. Dann spürst du nichts.«

Sie schüttelte den Kopf. »Ich will aber was spüren.«

Da packte er sie am Handgelenk und drückte die Zigarette gegen ihren Arm, so lange, bis sie erloschen war. Frieda zwang sich, nicht zu schreien, stöhnte durch die zusammengebissenen Zähne. Er zündete die Zigarette wieder an und setzte zur Vollendung der Acht ein zweites Brandmal über das erste. Frieda sah sich die Wunde an, rot und roh. Wie ungewöhnlich, dieser Geruch verbrennender Haut. Sie stellte sich kurz ihre Mutter vor, wie sie brannte, wie ihr ganzer Körper gebrandmarkt wurde, dann nickte sie Albert zu, er solle weitermachen. Er versuchte, die Zigarette noch einmal anzuzünden, aber er hatte so stark gedrückt, dass sie zu fest zusammengepresst war, das Papier in Ziehharmonikafalten, und nicht mehr brennen wollte. Er zündete eine neue an und machte das nächste O. Der noch stechende Schmerz der ersten Acht dämpfte den Schmerz der zweiten. Und beim letzten O stieß sie ein lustvolles Stöhnen aus, den Geräuschen, die sie vor ein paar Minuten gemacht hatte, nicht unähnlich. Als alles getan war, nahm sie Alberts Gesicht zwischen ihre Hände, auf eine erwachsene Art, wie sie sich vorstellte – denn erwachsen war sie jetzt doch bestimmt. Sie sah ihm in die Augen. Die zuckten und flatterten unter dem Einfluss der Drogen, aber Frieda wollte, dass er den Blick auf sie richtete. Sie umfasste sein Gesicht noch einmal, die Hände zu Scheuklappen aufgestellt.

»Warum nimmst du diese Drogen?«

»Ich muss wach sein. Es gibt so viel, woran ich denken muss. Sie helfen mir bei meinen Missionen.«

»Du erzählst mir nichts von deinen Missionen. Oder deinen Plänen.«

»Alles zu seiner Zeit ...«

»Das sagst du immer. Vertraust du mir nicht?«

»Doch, natürlich. Aber ... es ist besser, wenn du nichts weißt. Du warst ... nützlich.«

Sie wollte mehr sein als nützlich.

»Du sagst, du bist ein Soldat. Aber ... ich sehe dich nicht kämpfen. Ich sehe dich tanzen. Und diese Drogen nehmen. Sonst tust du doch nichts.«

Albert erstarrte und entzog ihr seinen Kopf.

»Keine Sorge, du echte deutsche Frau. Ich weiß schon, was ich tue.« Er lächelte sie gönnerhaft an.

»Wirklich? Du redest von einer Armee. Aber wo ist die? Alles, was ich sehe, sind diese Trümmerkinder.«

Albert sah sie an, versuchte, den Blick scharf zu stellen.

»Du echte deutsche Frau ... du bist wie ein Geschwader von Tommy-Bombern. Wie das Wamm-wamm-wamm der Flak. Keine Bange. Ich weiß schon, was ich zu tun habe. Ich habe es schon gesehen. Sehe alles vor mir. Da drinnen.« Er klopfte an seinen Kopf. »Und das wird eine große Sache.«

Micky Maus stand im Sturm auf der Kreuzung, nur von einem Regenschirm geschützt. Auf der Suche nach einem besseren Unterschlupf lief er zu einem Haus und klopfte an die Tür. Da fiel der ganze Windfang in sich zusammen und enthüllte eine zweite Tür. Sie stand offen. Im Sturm schwankte das Haus von einer Seite zur anderen, es wurde fast von seinen Grund-mauern geweht. Als Micky eintrat, knallte die Tür zu, und das Schloss sperrte sich selbsttätig ab. Der Raum war voller Fleder-mäuse, und der entsetzte Micky sprang in einen Topf, bevor er, »Mummy!« schreiend, aus dem Zimmer flüchtete.

Um den Projektor hatten sich alle aus dem Haus versammelt bis auf Greta, die Rachaels Einladung abgelehnt hatte. Es lief der letzte Film des Abends: *Micky Maus im Spukhaus*. Rachael hatte Lewis den Projektor, ganz Stahl und Aluminium, zum zehnten Hochzeitstag geschenkt, aber sie hätte ihn genauso gut Edmund schenken können, denn der hatte die größte Freude daran und benutzte ihn am meisten. Jetzt war er ganz in seinem Element als Filmvorführer, Süßigkeitenverkäufer, Diplomat, Dolmetscher; er reichte die Dauerlutscher herum und die Ingwer-Zimt-Spekulatius mit ihren Modelmusterreliefs, er wies im Voraus auf den nächsten Gag hin, wenn er auch nur im Geringsten lustig war (»Jetzt kommt gleich was Witziges, das wird euch gefallen«), lachte und sah sich dann um, ob auch die anderen lachten. Im hypnotisierenden Schein dieser albernen kleinen Filme hatte der Haushalt zu einer glücklichen Einheit gefunden: Heike zögerte anfangs, kicherte und prustete aber bald, Richard war zunächst vor allem von der Technik fasziniert, lachte dann auch, wenn Popeye die Muskeln spielen ließ; bei Buster Keatons todesmutigen Stunts löste sich Friedas eherne Miene überraschend in Fröhlichkeit auf, und als sie schließlich in Gelächter ausbrach, klang es wie das väterliche Lachen, nur jünger.

Lubert lachte schallend und hemmungslos, ein Intellektueller, der schlichte Späße genoss. Rachael fragte sich, ob er wirklich in den Filmen aufging oder ob er der anderen wegen so dick auftrug. Spürte er etwa wie sie, dass das alles nur Vorgeplänkel für etwas Interessanteres war? Als die Bilder verschwanden und auf der Leinwand nur noch Punkte und Kratzer flimmerten, begegneten sich ihre Blicke, und Rachael bildete sich ein, in seinen Augen dieselbe gespannte Erwartung zu entdecken, die auch sie unter Strom setzte.

»Ende!«, sagte Herr Lubert, mit der Hand einen ausladenden Schnörkel in die Luft malend, und klatschte laut.

Edmund machte das große Licht wieder an, und alle blinzelten in der plötzlichen Helligkeit.

»Danke, Edmund. Darin liegt deine Zukunft. Ich glaube, eines Tages wirst du Filme machen. Mrs. Morgan, was meinen Sie?«

Edmund, der bisher nur daran gedacht hatte, Soldat zu werden wie sein Vater, sah seine Mutter an, ob sie wohl einer so ausgefallenen Berufswahl zustimmen würde.

»Das glaube ich auch«, sagte Rachael, und Edmund, doppelt ermutigt, schwoll vor Stolz.

Richard dankte Edmund für die Vorführung. »Popeye der Seemann«, sagte er, spannte den Bizeps an und gluckste vor sich hin. Heike war einfach sprachlos und konnte nur ein paarmal knicksen, die Hand auf der Brust, um ihre Dankbarkeit zu zeigen. Rachael war sicher, dass sie aus ihrem Mund das Wort »köstlich« hörte, an Edmund gerichtet.

Frieda, die die Haare wieder geflochten trug, wenn auch nur zu einem Zopf, blieb stumm.

»Bedank dich bei Edmund und Mrs. Morgan, Frieda.«

»*Thank you*«, sagte sie. Sie sah Rachael an und versuchte zu lächeln. »*I would like go to bed now.*«

»Selbstverständlich, Frieda«, sagte Rachael. »Frohe Weihnachten.«

»Können wir Micky noch mal anschauen, Mummy? Bitte?« Edmund spulte den Zelluloidstreifen bereits zurück.

»Ich glaube, das reicht für heute, Ed. Je schneller du ins Bett gehst, desto früher kannst du morgen deine Geschenke auspacken.«

»Machen wir die nicht jetzt schon auf? Wie die Deutschen?«

»Ich dachte, wir machen es diesmal auf die englische Art«, sagte Lubert und zwinkerte ihm zu.

Edmund hatte kurz damit zu kämpfen, dass er diese Freude

auf später verschieben musste, doch da die Entscheidung von Lubert kam, konnte er sie akzeptieren. »Na gut«, sagte er. Dann gab er seiner Mutter einen Kuss. »Gute Nacht, Mummy.«

»Gute Nacht, Liebling.«

Heike hatte angefangen, die Teller wegzuräumen.

»Sie können alles stehen lassen, Heike«, sagte Rachael. »Wirklich. Ich mache das schon.«

Heike zögerte und sah Lubert hilfesuchend an.

»Heute Abend haben Sie frei, Heike«, bestätigte Lubert, der mühelos wieder in seine alte Rolle des Hausherrn schlüpfte.

»Dann gute Nacht«, sagte sie, verbeugte sich errötend und zog sich zurück.

Rachael und Lubert warteten, bis alle oben in ihren Zimmern verschwunden waren. Lubert tat, als untersuche er die Linse des Projektors, während Rachael die Teller stapelte. Schließlich verstummte das Knarzen der Dielenbretter, das Knistern des Feuers blieb das einzige Geräusch im Haus.

»Das hat wirklich Spaß gemacht«, sagte Rachael. »Es war schön, alle so herzhaft lachen zu sehen.«

»Das Wunder der Micky Maus«, sagte Lubert. »Vielleicht kann Micky Maus uns allen den Weltfrieden bringen.«

»*Nightcap* gefällig?«

»Eine *Schlafmütze*?« Lubert war nicht sicher, was das bedeutete.

»So nennen wir den letzten Drink vor dem Schlafengehen. Hilft beim Einschlafen.«

»Ein Drink ist bei den Briten nie nur ein Drink.«

»Also?«

»Gern.«

Rachael goss zwei Whiskys von militärischen Ausmaßen ein und verlängerte sie mit einem Spritzer Wasser. Sie reichte Lubert ein Glas, zog einen Hocker vor den Kamin und lud ihn ein, sich neben sie zu setzen. So schauten beide schweigend in die Flammen, Seite an Seite, nur eine Handbreit getrennt. Ein Feuer war ein richtiges Theaterstück, und dieses Feuer war laut und lebhaft, mit einer spannenden Handlung und Nebenhandlungen. Rachael richtete den Blick auf das oberste Kohlenstück, das sich gerade orange färbte.

»Es gefällt mir, dass der Heiligabend hier mehr gefeiert wird«, sagte sie. »Mir war der Advent schon immer lieber als Weihnachten.«

»Sind Sie religiös?«

Rachael schüttelte langsam, aber nicht sehr energisch den Kopf.

»Ich mag das Drumherum.«

»Aber die Sache selbst? Wenn man mal alles Dekorative abstreift?«

»Mein Glaube, soweit vorhanden, ist aus mir herausbombardiert worden.«

»Vielleicht sollten wir nicht über solche Dinge reden.«

»Doch. Sollten wir«, sagte Rachael. Sie spürte den Drang, von ihren innersten Überzeugungen zu sprechen. »Wir reden selten über die Dinge, die uns wichtig sind. Sondern machen im Krebsgang einen Bogen um sie. Ich glaube, das ist der Zeitgeist. Eine viktorianische Altlast. Oder es liegt daran, dass wir zu viele Kriege erlebt haben. Ich weiß auch nicht. Wenn ich für die Zukunft einen Wunsch frei hätte, dann würde ich mir wünschen, dass die Leute wagen, über wichtige Dinge zu reden.«

Die Uhr im Arbeitszimmer schlug Mitternacht.

»Frohe Weihnachten«, sagte sie.

»Prost.« Lubert hob das Glas und stieß mit ihr an.

»Prost.«

»Auf die neue Ära, in der man über wichtige Dinge spricht«, schlug Lubert vor.

Aber das Wichtige blieb immer noch ungesagt.

»Und wie steht's mit Ihnen?«, fragte sie, noch nicht ganz bereit, auf den Punkt zu kommen. »Sind Sie gläubig?«

Lubert hielt das Glas vor das Feuer, dass der Whisky loderte und flammte.

»Meinen Sie damit, ob ich an einen Gott glaube, der zum Säugling wird? Das fällt mir schwer.« Er neigte sein Glas mit der Flüssigkeit, die der Kristallschliff in goldene Splitter brach. »Man glaubt leichter an einen starken Mann als an einen schwachen Gott.«

Das Gespräch war immer noch ein Tanz, bei dem keiner die Führung übernahm. Rachael konnte sehen, dass die Schnittwunde über Luberts Augenbraue bereits heilte.

»Der Colonel hat mir berichtet, dass er nach Helgoland geht«, sagte Lubert. »Auf die heilige Insel. Dort sind früher die Heiligen hingegangen.«

»Dann wird er sich dort wie zu Hause fühlen.« Das platzte prompt und unzensiert heraus. Sie sah wieder in die Flammen. Ihr glimmendes Kohlestück hatte inzwischen die Nachbarstücke zum Glühen gebracht.

»Als mir der Colonel sagte, er müsse verreisen, war ich ... erfreut«, sagte Lubert.

Rachael schwenkte ihr Glas, der Whisky schwappte. Sie spürte das feine, vorsichtige Taktieren in ihrem Herzen. »Ich auch.«

Linien. Randbereiche. Grenzen. Sie hatte schon ein paar davon überschritten, aber diese beiden Worte waren bisher der größte Sprung.

Lubert fasste mit einer heißen Hand nach der ihren, die viel kühler war, und küsste zärtlich ihre Finger. Rachael drückte seine Hand und zog an ihr, zog seinen Mund zu dem ihren und hielt den Kopf schräg, um ihn zu küssen. Er reagierte sofort und gab ihr einen tiefen, leidenschaftlichen Kuss. Rachael staunte wieder, wie schnell und leicht Intimitäten mit ihm waren. Als sie sich lösten, versuchte Lubert etwas zu sagen, aber sie verschloss ihm den Mund mit einem weiteren Kuss. Wenn sie darüber diskutierten, was sich da ereignete, wenn Rachael gezwungen würde, darüber nachzudenken, würde sie vielleicht die Flucht ergreifen. Nachdem sie ein zweites Mal Atem geschöpft hatten, wollte sie ihn weiterküssen, aber dieses Mal widerstand er ihr und bog wie ein Vogel den Kopf zurück, sodass sie in die Luft küsste.

»... ich gehe jetzt in mein Zimmer«, sagte er. »Warte, bis mein Licht angeht – du siehst es durch das große Fenster. Ich lasse die Tür auf.«

Diese Anweisung war so präzise, dass er sie sich im Voraus zurechtgelegt haben musste. Er stand auf, ließ ihre Hand los, ohne den Blick von ihr zu wenden, hob den Finger an die Lippen und zeigte dann nach oben, wo er nun hinging, gleichzeitig andeutend, wie kurz die Unterbrechung sein würde.

Rachael zählte bis sechzig wie ein Kind beim Versteckspiel, schloss die Augen und lauschte dem Knarzen der Dielenbretter. Sie wartete auf Stimmen – die Stimme der Vernunft, der Einsicht, des Gewissens, die ihr verbieten würden, zu ihm zu gehen. Aber keine solche Stimme ließ sich hören, Rachael hörte nichts als das Trommeln ihres Verlangens. Jetzt müsste schon etwas Außergewöhnliches passieren, um sie aufzuhalten, eine kosmische Intervention, ein Erdbeben, etwas so Einzigartiges wie eine große Raubkatze, die über den Rasen lief.

Bei »sechzig« öffnete sie die Augen und sah draußen das Licht, das durch Luberts Fenster in den Garten fiel. Sie machte sich auf, stieg vorsichtig die Treppe hoch, die Füße immer schön auf dem Teppich, nicht auf dem nackten, lauten Holzrand, auf jedes Knarzen achtend, auf neugierige Dienstmädchen, auf das womöglich schlaflose Kind. Für einen Ehebruch schienen nicht nur Schläue und Verstohlenheit nötig, sondern auch der unschuldige Wagemut und die Erfindungsgabe eines Kindes. War es das denn? Ehebruch? Sie hatte nicht das Gefühl. Aber vielleicht empfand so jeder, der die Ehe brach? Wie war Ehebruch definiert? Reichte schon der bloße Gedanke? Ein Kuss? Oder wurde sie offiziell erst zur Ehebrecherin, wenn sie auch den Rest von sich Lubert überließ?

Sie ging an der offenen Tür ihres eigenen Schlafzimmers vorbei. Am Fuß der zweiten Treppe warf sie einen kurzen Blick zu Edmunds Zimmer. Sie trat auf die erste Stufe und lauschte auf das leiseste Geräusch. Alles wirkte wie verstärkt, wie verlangsamt. Ihr fielen neue Einzelheiten auf: die geprägten Kugeln am Ende der Geländerstangen; ein hoher Pfeifton in ihren Ohren; die wärmere Luft oben im Haus. Die Tür zu Luberts Zimmer stand einen Spaltbreit offen, ein Lichtdreieck fiel heraus. Sie stellte den Fuß hinein, sah ihren Schuh, denselben Schuh, der sie schuldlos zu allen möglichen Zimmern getragen hatte, wo sie flüchtig häuslichen Tätigkeiten nachging – dieser Schuh sah nicht aus wie der Schuh einer Ehebrecherin. Sie drückte Luberts Tür auf, die so gnädig war, nicht zu knarzen, und betrat das neue Land.

Lubert stand mit dem Rücken zu ihr am Fenster. Sie schloss die Tür und lehnte sich dagegen, die Hände auf der Klinke, die Fragen hinter sich ausgesperrt. Die Klinke drückte ihr ins Kreuz. Lubert drehte sich um, sein Gesicht war angespannt in Erwartung der Lust – oder vor Beklommenheit? Einen Moment lang sah es aus, als wäre er unsicher, wolle vielleicht einen Rückzieher machen. Dann trat er mit einem einzigen Schritt auf sie zu und küsste sie, und beim Küssen zogen sie sich aus. Das war kein vernünftiges Ablegen der Kleider, eher eine getanzte Farce. Sie musste sich verrenken, um den Reißverschluss im Rücken aufzuziehen; er zerriss sein Hemd, als er es über den Kopf zog und an den Manschetten hängen blieb. Als sie nackt waren, schien er innehalten zu wollen, um ihren Anblick auszukosten, aber sie zog ihn zum Bett.

Erst nahm sie ihn kaum wahr, seinen Geruch, seinen Geschmack, seine Andersartigkeit; sie wollte seine Eigenheiten nicht zur Kenntnis nehmen, vermied es, ihm in die Augen zu sehen oder die eigenen zu öffnen. Sie wollte keine Zärtlichkeit. Keine Zuwendung. Auf dem Höhepunkt war ihr nicht bewusst, wie laut sie schrie, so laut, dass sie seine Ekstase übertönte. So laut, dass er ihr die Hand über den Mund legte.

»Die werden uns hören.«

Das war ihr egal.

Sie lag da, atmete den Geruch des Akts ein, spürte ihrer Vereinigung nach, dem Gefühl, das sich von ihrer Mitte her ausbreitete und bis in ihre Glieder strahlte.

»Alles in Ordnung?«, fragte er.

»Ja«, sagte sie nur.

»So habe ich mir dich vorgestellt. So … wild.«

Sie antwortete nicht. Sie lag jetzt mit offenen Augen da. Sie hielten sich an der Hand, ihre Unterarme und Schenkel klebten aneinander. Jetzt war sie hochempfänglich für jedes Detail dieses Moments, für den Mann und für den Raum: ein münzgroßes Muttermal an seiner Seite, ihren Herzschlag, der auf ihrem sich hebenden und senkenden Bauch pulsierte, seine knochigen Hüften, die winzigen blauen Äderchen um seine Brust herum. Nackt schien Lubert noch größer und dünner, und seine blasse Haut war um einiges heller als die ihre.

Die karge Einrichtung des provisorischen Raums begann sich abzuzeichnen. Rachael nahm die Möbel wahr, die hastig aus den unteren Räumen nach oben gebracht worden waren, damit sie einziehen konnte: seinen Architektenschreibtisch und die

Zeichenutensilien, Bücherstapel auf dem Boden. Und an der Wand lehnte, abgehängt und umgedreht, ein großes Gemälde. Es war genauso groß wie der Fleck an der Wand.

Lubert begann, ihre Schulter zu liebkosen.

»Ist das das Bild?«, fragte sie.

Lubert antwortete nicht.

»Stefan?«

»Ja.«

»Darf ich es jetzt sehen?«

Seine Sprödigkeit vergrößerte ihren Wunsch nur noch.

»Dann schau«, sagte er schließlich.

Rachael schwang die Beine auf den Boden, zog die Tagesdecke vom Bett und wickelte sich darin ein, mehr um sich zu wärmen als aus Scheu. Sie kniete sich hin und drehte das Bild um. Sie wusste, ohne zu fragen, wer das war. Ihr Fantasiebild lag gar nicht so weit daneben, die Familienähnlichkeit war zu ausgeprägt, als dass es jemand anderer hätte sein können.

»Claudia.«

Lubert nickte.

»Was für eine beeindruckende Frau. Ich sehe Frieda in ihr. Warum hast du das Bild abgenommen?«

»Ich wollte nicht, dass sie mich die ganze Zeit beobachtet. Rachael. Komm her.« Er klopfte aufs Bett, wollte sich nicht weiter darüber ausbreiten.

Ihre Neugier war so groß, dass sie sich über sein Unbehagen hinwegsetzte. »Warum hast du es mir nicht gesagt – als ich dich beschuldigt habe? Dass sie es war?«

Lubert war sichtlich im Zwiespalt. »Weil … weil ich versucht habe zu vergessen. Und wenn ich es gesagt hätte, dann hätte ich dich vielleicht nicht geküsst. Und du hättest Mitleid mit mir gehabt. Und gedacht, dass ich immer noch in meine Frau verliebt bin.«

»Bist du's denn?«

»Bitte. Dreh's um.«

»Aber bist du's?«

»Ich kann keine Erinnerung lieben. Ich will mehr.«

Rachael betrachtete das Porträt noch einmal, drehte es wieder zur Wand und kehrte in Luberts Bett zurück.

Lewis kauerte mit Ursula und den drei Abgesandten der IARA hinter dem Explosionsschutzwall und wartete auf die erste kontrollierte Explosion im Rahmen des Demontageauftrags. Der russische Delegierte Oberst Kutov rief ihm etwas zu, aber Lewis verstand kein Wort. Er nahm die Ohrenschützer ab und fragte Ursula:

»Was hat er gesagt?«

»Dass er Weizen in Ihre Zone schickt.«

Lewis drückte die Schützer wieder auf die Ohren. »Das macht dem Mistkerl anscheinend Spaß.«

Er dachte über die absurde Logik dieser Gleichung nach: Sie jagten eine Seifenfabrik in die Luft, in der zweitausend Deutsche damit beschäftigt waren, etwas Brauchbares ohne jeden militärischen Wert herzustellen, und im Gegenzug schickten die Russen Brot. Eine wahrhaft teuflische Bilanz.

Die Handvoll Demonstranten, die sich an den Toren der Henkel-Seifenfabrik versammelt hatten, ließen sich leicht durch das Dutzend deutscher Polizisten in Schach halten. Der General hatte recht: Weihnachten war die ideale Zeit für Demontagearbeiten.

Die IARA hatte errechnet, dass die Explosion fünfzig bis siebzig Kilometer weit zu hören sein würde. Die Sprengung selbst war dann eigenartig ungewaltsam, fast ästhetisch: Der Rauch quoll zu beiden Seiten des Gebäudes symmetrisch nach oben, dann knickte das gesamte Gebäude ein wie ein Mann, der in die

Knie geht, aber, um seine Würde zu bewahren, mit geradem Rücken. Die Fabrik sackte zusammen und verschwand in einer Staubwolke, die wie zu einem riesigen Blumenkohl aufquoll und sich immer weiter ausbreitete. Sie hätte beinahe den Schutzwall erreicht und die Gesandten eingenebelt. Das *Wumm* des fallenden Mauerwerks war sicher noch in der Ferne zu spüren, wo man es für ein mächtiges Donnergrollen oder einen schweren, in der Nähe vorbeistampfenden Zug halten könnte. Vielleicht würden manche darin die letzte, geisterhafte Welle verlorener Geschwader hören, die nun vollenden sollten, was sie begonnen hatten.

Der Einsturz eines hohen Kamins war gleichsam der Gnadenstoß. Danach stand Kutov auf und applaudierte dem Abriss, als wäre er Gast bei einem privaten Feuerwerk. Er war zu Recht beeindruckt von der großartigen technischen Leistung: Die Royal Engineers hatten diese kontrollierten Explosionen inzwischen hervorragend im Griff. Auch Jean Bolon, das französische Mitglied der Delegation, und der Amerikaner Lieutenant Colonel Ziegel erhoben sich und klatschten.

Lewis sah zu, wie der verfliegende Staub einen Haufen Steine und Schutt enthüllte, und plötzlich sah er Michael, wie er eingeklemmt unter den Balken und Lehmmauern des Hauses in Narberth lag. Rachael hatte ihm die Szene zwar beschrieben, doch hatte er sich nie erlaubt, sich das Bild ganz auszumalen, sondern ersetzte es durch ein Konstrukt im Kopf, mit dem er leben konnte – durch einen ordentlichen Haufen Mauerwerk, dem vor ihm liegenden nicht unähnlich, aber nie mit der Leiche seines Sohnes.

Kutov begann nun erneut, den Delegierten etwas zuzuschreien, das er mehrmals wiederholte, auf seine Uhr deutend.

»Was will er denn jetzt?«, fragte Lewis.

»Es ist Mitternacht«, antwortete Ursula. »Er sagt ›Fröhliche Weihnachten‹, auf Russisch.«

Die Delegation war in einem kleinen Hotel an der Straße nach Cuxhaven einquartiert. Es war ein Uhr früh, als sie es erreichten, aber Kutov betrachtete diese Reise als Urlaub und wollte vom Schlafengehen nichts wissen. Also fielen die fünf in der Bar ein, um auf die erfolgreich abgeschlossene Operation des Tages und auf den Retter der Menschheit anzustoßen. Der General zog eine Flasche Wodka hervor.

»Das Getränk, mit dem wir den Krieg gewonnen haben«, sagte Kutov und hob die Flasche mit dem Klaren. »Ihr Engländer habt da euren Gin.«

»Das Getränk, das uns den Krieg vergessen half«, sagte Lewis.

»Und Sie, Monsieur?«

Bolon wartete mit Pastis auf. »Das Getränk für die, die dem Krieg aus dem Weg gegangen sind.«

»Aber wir haben das Getränk, mit dem wir den Frieden gewinnen werden«, erklärte Ziegel. »Martini: die größte aller amerikanischen Erfindungen. Unterschätzen Sie den nicht. Zwei davon stecke ich weg«, sagte er. »Drei, und ich liege unter dem Tisch. Und nach dem vierten auf der Gastgeberin. Aber dieses Zeug – na ja.« Er hielt das Wodkaglas hoch. »Kommt mir vor, als merkte ich gar nichts davon.«

»Was ist mit Ihnen, Frau Paulus?«, fragte Kutov. »Welches Getränk hat denn Ihr Land zu bieten?«

Ursula hatte das Geschehen stumm beobachtet, und Lewis spürte, dass sie auf den Russen höchst allergisch reagierte.

»Ich würde sagen, Bier, Herr Oberst. Aber Sie haben uns ja den Hopfen und den Weizen weggenommen.«

Ursula starrte Kutov an und gab durch nichts zu erkennen, dass das scherzhaft gemeint sein könnte. Kutov erwiderte ihr Starren, seine Augen wurden rund, ihr Blick drohend. Ursula wich ihm nicht aus, es kam zu einem regelrechten Blickduell.

Da haute Kutov plötzlich auf den Tisch und lachte wie ein Mann, an dem jede Beleidigung abprallt. Er war untersetzt und hatte praktisch keinen Hals, aber Bärenkräfte; der Tisch erzitterte unter seinem Schlag.

»Sie haben Humor, Frau Paulus. Das gefällt mir. Und Sie erinnern mich an ein Trinkspiel, das wir in der Roten Armee gespielt haben.«

Das Spiel bestand daraus, so lange wie möglich nicht zu blinzeln, während jemand einem dicht vor den Augen in die Hände klatschte. Kutov spielte den Klatscher; nach zehn Sekunden hatte er Bolon, nach dreißig Sekunden Ziegel eliminiert. Lewis hielt fast eine Minute durch, aber mehr aus Müdigkeit als wegen seiner Körperbeherrschung; Ursula gewann mit Leichtigkeit; sie blinzelte erst nach drei Minuten, als Kutov Zuflucht zu einem plötzlich ausgestoßenen »Ha!« nahm.

Dann sang Kutov ein melancholisches russisches Volkslied, und Lewis war hin und her gerissen, ob er ihn als empfindsame Seele oder als sentimentalen Sack einordnen sollte. Er wäre jetzt liebend gern schlafen gegangen, als Ziegel ein weiteres Spiel vorschlug.

»Als wir vor der Landung in der Normandie Zeit totschlagen mussten, haben wir ein Spiel gespielt, das nannte sich *Wenn der Krieg nicht gewesen wäre*. Es half uns, die neuen Rekruten kennenzulernen. Kennen Sie das Spiel? Es geht ganz leicht. Sie sagen einfach, was Sie jetzt machen würden, wenn der Krieg nicht gewesen wäre. Gutes, Schlechtes, egal was. Aber es muss wahr sein. Die anderen dürfen Sie unterbrechen und nachfragen, wenn sie Ihnen nicht glauben oder mehr wissen wollen.«

Kutov hämmerte zustimmend auf den Tisch. »Exzellent!«, sagte er. »Ich kenne das Spiel nicht, aber es gefällt mir schon jetzt sehr gut!«

Lewis fing Ursulas Blick auf. Er riss die Augen auf und tat

beunruhigt. Er hätte sich gern zurückgezogen, aber aus Pflicht-
gefühl und einer gewissen Neugier blieb er doch sitzen.

Ziegel fuhr fort: »Ich stelle die Flasche vor mich hin zum
Zeichen, dass ich rede. Dann gebe ich sie nach links weiter. Ich
fange also an. Alles schön zwanglos, bitte. Okay. Wenn der
Krieg nicht gewesen wäre, würde ich immer noch in Philadel-
phia Lebensversicherungen verkaufen. Wenn der Krieg nicht
gewesen wäre, hätte ich nie den Eiffelturm gesehen. Wenn der
Krieg nicht gewesen wäre, hätte ich jetzt wahrscheinlich vier
Kinder statt zwei. Wenn der Krieg nicht gewesen wäre, wäre
ich ein paar Pfund schwerer als jetzt. So, das reicht für den Moment. Sie können die Flasche weitergeben, wann es Ihnen passt.
Und begeben Sie sich nicht auf Glatteis!«

Er gab die Flasche an Kutov weiter.

Kutov nahm sie in die Hand. Die Finger des Russen waren
dick und narbenübersät. Er streichelte die Flasche mit der anderen Hand, feierlicher Ernst legte sich über den Raum. »Wenn
der Krieg nicht gewesen wäre«, sagte er schwermütig und hielt
dann ein paar Sekunden inne. Die anderen machten sich schon
auf eine Geschichte über die übelsten Gräueltaten gefasst – der
Krieg hatte die Russen schließlich die meisten Menschenleben
gekostet. »Wenn der Krieg nicht gewesen wäre, dann wäre
ich heute Nacht in Leningrad bei meiner Frau.« Wieder Stille.
Niemand wusste so recht, was er damit anfangen sollte. Kutov
wirkte einsam, fast gebrochen; er atmete theatralisch ein, dass
die Nasenflügel bebten.

»Tut mir leid, Wasilij«, sagte Ziegel, streckte die Hand aus
und legte sie auf die grobschlächtigen Hände.

Plötzlich begann Kutov zu strahlen, ein derbes, hinterhälti-
ges Grinsen zog seinen Eierkopf in die Breite. »Und ich danke
dem Himmel für jeden Tag, den ich nicht mit dem Miststück
verbringen muss!«

Vor Erleichterung fiel das Gelächter noch lauter aus.

»Ja. Wenn der Krieg nicht gewesen wäre …« – Kutov dachte nach – »… wenn der Krieg nicht gewesen wäre, wäre ich immer noch bei meiner Frau und den drei Kindern: bei meiner Mascha, meiner Sonja und meinem Pjotr. Ich wäre ein schlechter Vater, der viel herumbrüllt. Ich würde für das Informationsministerium arbeiten. Ich würde an den Wochenenden in den Eislöchern fischen. Und wenn der Krieg nicht gewesen wäre, hätte ich keine Entschuldigung.« Wieder machte er eine Pause.

»Entschuldigung wofür?«, fragte Bolon.

Kutov kippte einen Wodka und füllte sich das Glas gleich wieder. Dann stand er abrupt auf. »Wenn der Krieg nicht gewesen wäre …« Er hob das Hemd und enthüllte seine tonnenförmige Brust; sein Bauch war von schwarzen Narben übersät.

»Das war der Bauer, von dem ich eine Kuh gestohlen habe.«

»Und wo ist dieser Bauer jetzt?«, fragte Bolon.

Kutov deutete auf den Boden.

»Muh!«, sagte Ziegel. »Gute Geschichte, Oberst. Gute Geschichte.«

Kutov reichte die Flasche an Bolon weiter.

Lewis konnte den Franzosen überhaupt nicht einschätzen. Er war mit Sicherheit kein Soldat. Ein Beamter? Vielleicht ein Akademiker?

»Wenn der Krieg nicht gewesen wäre … würde ich nicht diese Erfahrung internationaler Kameradschaft machen …«, begann er.

Kutov gefiel die Wortwahl, und er forderte jeden Delegierten auf, darauf anzustoßen. »Kameraden!«

»Wenn der Krieg nicht gewesen wäre …«, fuhr Bolon fort, »wäre ich natürlich nicht hier, sondern würde immer noch in Beaune arbeiten. Wenn der Krieg nicht gewesen wäre, hätte ich meine Doktorarbeit fertig geschrieben. Wenn der Krieg nicht gewesen wäre, wäre ich immer noch … mit Angèle zusammen. Wenn der Krieg nicht gewesen wäre, hätte ich meine Frau nie kennengelernt.«

»Der Herr hat's gegeben, der Herr hat's genommen«, sagte Ziegel.

»Was ist mit diesem Mädchen, mit Angèle?«, fragte Kutov.

»Ich war in Paris, als die Deutschen einmarschiert sind. Ich konnte nicht zurück nach Beaune. Angèle war Sekretärin an der Fakultät. Sie konnte nirgendwohin …«

»Wir verstehen, Jean … wir verstehen«, sagte Ziegel.

Ziegel war bei Weitem der Betrunkenste, zumindest sah man es ihm am meisten an, aber auch Lewis spürte den Alkohol und war sicher, er würde umkippen, wenn er aufstünde. Trotzdem nahm er von dem Russen noch einen Wodka an, der sich als wirksamster Wall gegen die andrängende Flut erwies.

»Und wo ist diese Angèle jetzt?«, wollte Kutov wissen.

»Sie wurde verhaftet. Mein Professor hat sie bei den deutschen Behörden denunziert. Sie war Jüdin. Danach habe ich die Universität verlassen. Aber … ich bin meiner Frau begegnet, Juliette. Und so – *comme ça* … genug für jetzt.«

Bolon gab die Flasche an Lewis weiter. »Colonel Morgan. Ich sehe Geschichten in Ihnen.«

O ja. Lewis war voller Geschichten, sein Leben war von den Kriegsfolgen geschwärzt wie das vieler anderer – aber er war nicht bereit, darüber zu reden. Nicht an diesem Tisch und auch an keinem anderen. Ihm war nicht danach zumute, Narben zu vergleichen. Die letzte Stunde hatte er praktisch Kette geraucht und versucht, sich hinter einem Qualmschirm zu verbergen.

»Colonel?«

Er schob die Flasche zu Ursula. »Tut mir leid. Ich passe. Erzählen Sie doch was, Ursula.«

»Irgendwas müssen Sie schon sagen, Colonel. Egal was.«

»Nach Ihnen«, sagte er. »Sie zuerst.«

Ursula legte die Hand um die Flasche.

»Wenn der Krieg nicht gewesen wäre … wäre ich immer noch verheiratet«, sagte sie. »Ich hätte vielleicht Kinder. Vier hätte ich gern gehabt. Ich würde immer noch auf Rügen unterrichten. Ich hätte keinen Bruder … ans Regime verloren. Wenn der Krieg nicht gewesen wäre, wäre ich nie über ein zugefrorenes Meer gelaufen.«

»Sie sind vor uns geflohen?«, fiel Kutov ein.

Ursula nickte.

Er lachte. »Sie dachten, diese Engländer würden Sie besser behandeln!«

Ursula sah dem Russen ins Gesicht. »Ja.«

»Sie mussten nicht mitmachen, was wir mitgemacht haben«, antwortete er. Es hatte bis jetzt gedauert, aber nun kam doch der Stolz des Mannes zum Vorschein, der mehr gelitten hatte.

»Es gibt Dinge, die sich durch den Krieg nicht entschuldigen lassen, Oberst. Egal, was Sie mitgemacht haben.«

»Fahren Sie fort, Miss Paulus«, forderte Ziegel sie auf.

»Wenn der Krieg nicht gewesen wäre … wäre ich nicht von Rügen nach Hamburg gelaufen. Und hätte auf dem Weg … nicht gesehen, wie grausam die Menschen sein können. Und wie … freundlich.«

»Einzelheiten, *Fräulein*! Einzelheiten!«, forderte Kutov.

Ursula starrte den Russen kalt an. Er hatte ihre Geduld den ganzen Tag und den ganzen Abend auf eine harte Probe gestellt. Er schien fast stolz darauf, dass er sie auf die Palme bringen konnte.

»Wenn der Krieg nicht gewesen wäre, hätte ich nicht die Grausamkeit der russischen Soldaten erlebt, die eine alte Dame erst vergewaltigt und dann totgeschlagen haben. Wenn der Krieg nicht gewesen wäre, hätte ich die Freundlichkeit ihres

Offiziers nicht erlebt, der seine Männer dazu brachte, mich zu verschonen und laufen zu lassen.«

Kutov winkte ab. »Seien Sie froh, dass Sie so viel Glück gehabt haben.«

Da kam es zu einem zweiten Blickduell zwischen Ursula und Kutov, das Kutov gewann, als er sie zunächst anlächelte und dann herzhaft lachte. Aber diesmal lachten die anderen nicht mit. Lewis war froh, dass er Ursula für einen Posten in London empfohlen und sie ihn angenommen hatte. Wenn sie noch einen Monat in Kutovs nächster Nähe ausharren müsste, würde es sicher zu einem Zwischenfall von internationaler Tragweite kommen.

Ziegel versuchte, das Gespräch voranzubringen. »Colonel, Sie sind uns allen gegenüber ungerecht im Vorteil. Wir wissen nichts von Ihnen.«

Lewis trommelte mit den Fingern auf den Tisch. »Ich möchte jetzt gern schlafen gehen. Wir müssen früh raus.«

»Machen Sie schon! So schlimm kann es doch nicht sein, Colonel?«, beschwatzte ihn Ziegel.

Ursula war noch gereizt von dem Hickhack mit Kutov, und diese Gereiztheit richtete sich nun auf Lewis. »Sie haben allen anderen zugehört. Es ist nur fair, dass auch Sie etwas rauslassen.«

»Genau«, stimmte Ziegel zu und schlug auf die Tischplatte. »Sie müssen uns auch was auftischen, Colonel. Wir haben alle einen Seelenstriptease gemacht. Ich appelliere an Fairplay und Cricket und so weiter.«

Ursula griff nach der Flasche und stellte sie vor Lewis. Er sah sie an, wollte sie aber nicht nehmen. Da packte Ursula sie ungeduldig und hielt sie vor ihn.

»Na schön. Als Ihre Dolmetscherin werde ich für Sie dolmetschen. Ich glaube, ich weiß, was der Colonel zu sagen hätte.«

Ursula sah Lewis an, und plötzlich hätte er ihr die Flasche am liebsten aus der Hand genommen.

»Wenn der Krieg nicht gewesen wäre, wäre Colonel Morgan nicht hier gewesen, um mir einen Job anzubieten. Ich würde nicht nach London gehen, dafür also danke. Wenn der Krieg nicht gewesen wäre, würde Colonel Morgan vielleicht irgendwo in England oder Wales ein angenehmes Leben führen. Wenn der Krieg nicht gewesen wäre, hätte Colonel Morgan wohl mehr Zeit mit seiner Familie verbracht. Wenn der Krieg nicht gewesen wäre, hätte er nicht einen Sohn verloren und dann versucht, ständig wie ein Berserker zu arbeiten, um sich nicht damit auseinandersetzen zu müssen. Obwohl es immer da ist. In seinem Herzen.«

Damit nahm Ursula die Flasche von ihm weg und stellte sie in die Mitte des Tischs.

Kutov klatschte. Ziegel nickte zustimmend.

Lewis spürte, wie es in ihm anschwoll, in seinen Nasenhöhlen und seiner Brust. Er hatte hart gearbeitet, um sich das Gespenst vom Leib zu halten, aber jetzt drängte es hervor und forderte sein Recht. Tränen stiegen in ihm hoch, und er schluckte schwer, um sie zu unterdrücken. Er stand auf. Die sirupartig betäubende Wirkung des Wodkas konzentrierte sich in seinen Beinen, und er musste erst wieder ins Gleichgewicht kommen. Er legte seine Hand ganz leicht über Ursulas Hand und klopfte darauf. »Gut gedolmetscht.« Er verbeugte sich vor den Männern. »Ich gehe schlafen. Gentlemen. Frau Paulus. *Good night. Spkoynoy nochi. Bonne nuit. Gute Nacht.*«

11

Richard bremste, um Rachael vor dem Tor der Burnhams ab-
zusetzen. Dabei würgte er den Austin ab, der so bockte, dass
Richard sich gegen das Armaturenbrett stemmen musste.

»Dieses englische Auto ist scheiße!«, knurrte er auf Deutsch,
aber sein Ausbruch war ihm sofort peinlich. »Entschuldigung.«

Selbst ohne ihre tägliche Lektion hätte Rachael den Sinn der
Worte mitbekommen.

»Keine Sorge, Richard. Das liegt an der Kälte. Ich stimme
Ihnen zu, es ist nicht das beste Auto der Welt. Danke, dass Sie
mich hergefahren haben. Es war viel näher, als ich dachte.« Sie
unterstützte das alles mit Gesten: laufenden Fingern, Händen,
die eine geringe Entfernung zeigten, und einer leichten, beruhi-
genden Hand auf seinem Arm.

»*You are good lady*«, sagte er.

Rachael ging die Auffahrt der Burnhams hoch. Einerseits
schmeichelte ihr Richards Kompliment, andererseits setzte es
ihr zu. Wie eine »*good lady*« fühlte sie sich ganz und gar nicht.
In den letzten Wochen hatte sie zu viel Verbotenes getan, was sie
für solches Lob disqualifizierte.

Wenn jemand hinter eine solche Fassade schauen konnte,
dann Susan Burnham. Rachael empfand ihre Einladung zum
Tee nun wie einen potenziellen Hinterhalt. Rachaels un-
gezügelte Gefühle, ihre Situation – das alles war für Susan
ein gefundenes Fressen. Beim Tee in Susan Burnhams ein-
drucksvollem Salon begann Rachael deshalb mit einem Ab-
lenkungsmanöver.

»Du hast vermutlich von Herrn König gehört? Edmunds Lehrer?«

»Ja. Keith hat es mir erzählt. Gestapo. Er wird vermutlich durch Erschießung hingerichtet.«

Rachael nickte.

»Habt ihr seine Geschichte nicht geprüft?«

»Doch. Aber was er uns erzählt hat, hat offensichtlich nicht gestimmt«, sagte Rachael. »Er hat sein Formular wie alle anderen ausgefüllt. Er hat sich um die belastenden Kategorien herumgemogelt. Behauptete, er sei Schulrektor in Kiel gewesen. Lewis hielt ihn für sauber.«

»Wie haben sie ihn drangekriegt?«

»Jemand, der ihn kannte, hat ihn angezeigt.«

»Nun ja – die Überprüfungsmethoden deines Mannes lassen ziemlich zu wünschen übrig.«

Anstatt Lewis zu verteidigen, hob Rachael ihre Teetasse an die Lippen und verbrannte sich. Sie blies über den Tee, dass er kleine Wellen schlug, und betrachtete die Tasse. Rachael hatte eine Schwäche für Porzellan. Sie kannte sich damit aus, und was Susan hier auf den Tisch gestellt hatte, war ein atemberaubendes Service mit dem exquisiten blauen Zwiebelmuster. Sie hob die Tasse, sah nach der Marke des Herstellers und fand die gekreuzten blauen Schwerter, Emblem der Manufaktur in jener Stadt an der Elbe unweit von Dresden, Sitz der weltbesten Porzellanmanufaktur. Wie seltsam, dass diese Tasse aus einer Stadt am selben Fluss stammte, der nur ein paar hundert Meter von ihnen entfernt floss. Im April würden Lewis und sie ihren zwanzigsten Hochzeitstag feiern. Sie hatte ihm immer ein Geschenk aus dem passenden Material gemacht; nach zwanzig Jahren war es Porzellan.

»Meißen«, sagte sie.

»War alles im Haus. Die Schränke quellen über davon.«

Susan hatte nie durchblicken lassen, dass das Haus der Burnhams so stattlich war. Sie hatte sich derart überschwänglich über die Pracht der Villa Lubert geäußert, dass Rachael annehmen musste, sie selbst lebe in viel bescheideneren Umständen. Susans Haus fehlten zwar die beeindruckenden Dimensionen, aber es war auf seine eigene Art prachtvoll, vielleicht auch ein wenig zu elegant, ein wenig zu vornehm für Leute wie Susan Burnham. Das würde Rachael natürlich niemals sagen. Sie waren beide kulturlose Kuckucke in den noblen Nestern anderer Vögel.

»Ich hätte dich Weihnachten gern eingeladen, aber wir feiern nicht groß – Keith kann Weihnachten nicht ausstehen.«

»Nett, dass du daran gedacht hast. Aber wir hatten ein sehr schönes Fest.«

»Dein Mann ist wirklich viel weg. Ich habe ihn, seit wir hier sind, erst einmal gesehen.«

»Ich glaube, er ist zum Teil ganz froh, wenn er rauskommt.«

Das war nicht ganz, was Rachael zu sagen beabsichtigt hatte, und sofort witterte Susan Burnham Blut. »Hat er seine Dolmetscherin mitgenommen?«

»Das hat er mir nicht gesagt. Wahrscheinlich schon.«

»Keith hat mir erzählt, dass er sie neulich gesehen hat, beim Mittagessen. Er hat gesagt, Lewis habe eine ›absolut göttliche‹ Dolmetscherin. Normalerweise ist er ziemlich blind auf diesem Auge, deshalb muss sie wirklich eine Sensation sein. Du hast sie dir nicht angesehen?«

»Nein.«

»Bist du nicht … ein winziges bisschen misstrauisch? Hast du von Captain Jackson gehört?«

Rachael hatte von Captain Jackson nicht gehört und wollte auch nicht von ihm hören, aber Susan würde ihr trotzdem berichten.

»Er ist mit seiner Übersetzerin nach Schweden durchgebrannt. Hat drei Kinder zurückgelassen. Und nicht einmal einen Abschiedsbrief.«

»Warum erzählst du mir das, Susan?«

»Wenn ich euch beide so ansehe, frage ich mich schon, wie ihr klarkommt. Ich mache mir Sorgen um dich.«

Das nahm Rachael ihr nicht ganz ab. Wurde ihre Freundin wirklich von Sorge umgetrieben oder nicht eher von Laszivität?

»Und du? Wie geht es Keith? Ich habe ihn seit … seit diesem Abend nicht mehr gesehen.«

»Du liebe Zeit. Wahrscheinlich erinnert er sich überhaupt nicht daran.« Sie lachte. Aber die Anspielung auf den Vorfall bremste sie doch. »Er wird zum Tier, wenn er betrunken ist. Ich fürchte, seit wir hier sind, ist es noch schlimmer geworden.«

»Ich habe eine große Wut bei ihm gespürt.«

»Das liegt an seiner Arbeit. Keith ist auf einer Mission. Er will nicht, dass sie so ohne Weiteres davonkommen.«

»Sie?«

»Die Nazis.«

»Nein. Das will keiner von uns.«

»Die Bilder von den Lagern haben ihm furchtbar zugesetzt. In der Woche, als sie veröffentlicht wurden, hat er um die Entsendung zum Entnazifizierungsprogramm gebeten. Er fühlt sich dazu berufen, das Übel auszurotten.«

Rachaels Blick blieb an einer Reihe Umzugskartons an der Wand hängen. Sie nahm an, dass die Kartons gerade aus England gekommen waren.

»Bist du immer noch am Auspacken?«

»Wir schicken was zurück.«

»Aber ihr habt doch genug Platz …«

»Na ja … du weißt schon … wir verschicken ein paar Sachen.«

»Ein paar Sachen?«

»Ach, Rachael – Kriegsbeute eben. Es ist doch sowieso alles geklaut. Diese Bilder in deinem Haus – glaubst du, Herr Lubert hat kein Blut an den Händen?«

Wie blöd bin ich eigentlich, dachte Rachael.

»Ich würde ... nicht im Traum daran denken.«

»Na, ihr habt das ja auch nicht nötig.«

»Wie bitte?«

»Ihr kommt aus guten Familien. Habt Familienschmuck und schöne Antiquitäten. Wir sind Habenichtse.«

»Da täuschst du dich. Weder Lewis noch ich stammen aus privilegierten Schichten.«

Ein Dienstmädchen trat mit einem Teller Weihnachtsgebäck herein.

»*Nein?* Du meine Güte!«, sagte Susan, während sie das Mädchen zur Anrichte wies. Sie war ziemlich aus der Fassung.

Rachael tupfte sich den Mund mit der Serviette ab. Plötzlich hatte sie das dringende Bedürfnis, dieses Haus zu verlassen.

»Er hat dich rumgekriegt, was?«, fragte Susan.

»Wer?«

»Dein gut aussehender Architekt.«

Rachael konnte nicht verhindern, dass ihr vor schlechtem Gewissen das Blut in die Wangen schoss. »Was ... willst du damit sagen?«

»Ich habe beobachtet, wie glühend du ihn verteidigt hast, als die Vase zu Bruch ging.«

»Es ist sein Haus, Susan. Wir haben seine Sachen kaputt gemacht. *Seine* Sachen!«

»Du weißt schon, was ich meine.«

»Nein. Ich weiß nicht, was du meinst.«

»Als du eingeschritten bist – damit er sich nicht mit Keith prügelt –, wie ihr euch angesehen habt ...«

»Susan! Bitte.«

»Pass bloß auf. Die sind nicht wie wir. Die sind anders. Ganz anders. Nicht, dass ich ihm Vorwürfe mache.«

»Weshalb denn?«

»Dass er auf seinen Vorteil bedacht ist.«

»Ich bitte dich, Susan.«

»Du bist eine attraktive Frau. Und so gut wie unbeaufsichtigt. Ich sage das nur, weil ich dich beneide.«

»Mich?«

»Es ist alles ein bisschen komplizierter«, sagte sie. Plötzlich bekam sie rote Flecken um Augen und Nase, verräterische Anzeichen heftiger Gefühle. »Ich hasse es, hier zu sein.«

»Ich dachte, es gefällt dir.«

»Ich tu nur so, weil ich tapfer bin. Man wird gut in solchen Dingen, wenn man mit einem Trinker verheiratet ist.« Sie lachte leichthin und etwas fahrig, um ihre Worte herunterzuspielen, aber sie waren nun einmal heraus.

Die Armee war voller geheimer Alkoholiker, aber Rachael hätte Major Burnham nicht dazugerechnet. »Mir war nicht klar, dass es so schlimm steht.«

Susan Burnham legte abrupt ihre Hand auf die von Rachael. »Du erzählst es doch niemandem? Bitte sag's nicht weiter.«

»Nein.«

»Und das andere auch nicht.«

»Welches andere?«

Susan Burnham sah zu den vollgepackten Kartons hinüber, die auf ihren Versand warteten.

»Das Porzellan und so.«

Edmund legte eine Spur von Spielkarten quer durch sein Zimmer, mit der Vorderseite nach unten, während Frieda auf der Seite lag, auf dem Teppich ausgestreckt, den Rock bis zu den Schenkeln hochgerafft. Sie untersuchte die Naht um Cuthberts

Hals. Seit dem weihnachtlichen Filmabend war Frieda freundlicher zu Edmund; der wiederum versuchte, sich von seinem Stoffsoldaten und anderen Spielen zu distanzieren, die sie für kindisch halten könnte. Keine Spielzeugautos mehr auf dem Gang, keine Jagd nach imaginären wilden Tieren mehr im Garten. Jetzt gab es nur noch Filme und Kartenspiel.

»Dem englischen Soldaten geht es besser«, sagte Frieda in einem viel besseren Englisch, als Edmund ihr zugetraut hätte.

»Ist er ein königlicher Soldat?«

»Ein Gardegrenadier.«

Edmund wollte mit dem Memory-Spiel weitermachen, aber Frieda strich mit dem Finger um Cuthberts Naht, dann nach oben über seine Bärenfellmütze, und lächelte vor sich hin. Vielleicht würde sie ein volles Geständnis ablegen.

»Deine Mutter hat ihn heil gemacht. Nach dem Unfall im Speiseaufzug.«

Edmund zuckte gleichgültig mit den Achseln, um ihr zu zeigen, dass er über Soldaten und Speiseaufzüge längst hinaus war. Er betrachtete jetzt ihre nackten Beine und hatte sich so hingesetzt, dass er sie besser sehen konnte. Er fühlte sich auf eine Weise zu Frieda hingezogen, die sich jeder Vernunft und seinem eigenen Begreifen entzog. Wenn er nachts nicht schlafen konnte, kehrten seine Gedanken immer wieder zu ihrer Turnvorführung zurück, zu ihrem weißen Unterhöschen tief zwischen ihren Schenkeln, zu dem scharfen Ammoniak-Zitrus-Geruch ihrer Pisse im Nachttopf. Aus diesen Momentaufnahmen konnte er ganze Fantasiesequenzen entwickeln.

Er tat, als wolle er die Karten gleichmäßiger auf dem Teppich verteilen, streifte leicht gegen ihre Haut und ließ seine Hand dort liegen. In seinen köstlichen Fantasieabenteuern hatte er sie schon berührt. Aber es in Wirklichkeit zu tun ... Das waren die Spiele, die er spielen wollte. Er wollte ihre Haut dort

streicheln, über ihrem Knie, immer im Kreis, wollte darüber-
streichen, als wischte er ein beschlagenes Fenster. Der Gedanke
fuhr ihm direkt in die Lenden und löste eine drängende Emp-
findung aus. Edmund wollte mit der Hand immer höher hinauf
zu diesem unglaublichen Weiß ihres Höschens, bis er den Stoff
spürte. Und was dann? Würde sie die Schenkel zusammenpres-
sen, seine Hand zwischen ihre Beine klemmen?

Frieda ließ sich nicht anmerken, ob sie seine Berührung
wahrnahm. Sie legte Cuthbert hin und richtete die Aufmerksamkeit auf das Puppenhaus, erhob sich auf die Knie und studierte die Puppenkonstellation. Sie deutete auf den kleinen Jungen im Schlafzimmer.

»Das bist du. Das ...« – sie deutete auf die Puppe am Klavier – »... ist Mrs. Morgan. Das ...« – sie deutete auf die Puppen
unter dem Dach – »... sind mein Vater und ich.«

Edmund nickte. Er wollte zu dem anderen Spiel zurückkehren, aber Frieda schien von seiner Umgruppierung der Puppen
sehr angetan. Sie vertauschte die Frieda-Puppe mit der Ra-
chael-Puppe und stellte Frieda im ersten Stock zu Edmund
und Edmunds Mutter zu Herrn Lubert in die Mansarde. Dann
schickte sie die Erwachsenen zusammen in das große Schlafzimmer, worüber sie sich ziemlich amüsierte. Auch Edmund
lachte, obwohl er in Wirklichkeit nicht sicher war, ob er das so
komisch fand. Der Anblick der Lubert-Puppe und der Mutter-
Puppe zusammen im Schlafzimmer rief bei ihm merkwürdige
Gefühle hervor.

»Wo ist Edmunds Vater?«, fragte Frieda.

Edmund deutete auf das Auto, das auf einer Kleiderinsel neben dem Schaukelpferd stand. »Auf Helgoland.«

Frieda stand auf und ging zu dem Schaukelpferd hinüber.
Sie streichelte seinen glänzenden Rücken und hob den Fuß auf
das Auto. Sie rollte es auf dem Teppich vor und zurück.

»Du kannst ihn wieder heimschicken«, sagte Edmund.

»Jetzt gleich?«

»Jetzt gleich.«

Frieda schubste das Auto mit dem Fuß so kräftig über den Teppich, dass es gegen das Puppenhaus knallte und umkippte.

Rachael nahm im Wäldchen eine Bewegung wahr: Gestalten liefen in einigem Abstand neben ihnen her, suchten Deckung hinter Bäumen, huschten von einem Baum zum anderen. Während Rachael hinübersah, wurde sie langsamer und zog Lubert am Arm, dass auch er hinsehen musste. »Ich glaube, wir werden verfolgt.«

Lubert sah zu den Bäumen hinüber: »Das sind nur ein paar Trümmerkinder.«

Die Gestalten blieben stehen und spähten hinter einem Baum hervor. Einer von ihnen schien einen großen, speerähnlichen Stecken zu tragen. Er konnte in Edmunds Alter sein.

»Mach dir ihretwegen keine Sorgen. Die halten uns für Flüchtlinge oder für ein Liebespaar, das im Park spazieren geht.«

Der Begriff »Liebespaar« kam Rachael reichlich verwegen vor. Eine heimliche Liebesbeziehung erforderte, hatte sie festgestellt, mehr List und Tücke, mehr Planung und Vorausschau, als die Autoren von Liebesromanen erahnen ließen. Sie hatten so manchen Abend vor dem Kamin verbracht und tiefgründige Gespräche geführt, aber das Haus hatte Augen und Ohren, und da in den kalten Monaten alle drinnen blieben, war es nicht einfach, für Intimitäten einen Ort zu finden. Sogar für diese kurze Flucht hatte sie das Haus als Erste verlassen müssen, um »frische Luft zu schnappen«, er war später gefolgt, »um Holz zu suchen«. Lewis war seit fast zwei Monaten weg, dennoch war dies seit jenem Weihnachtsabend das erste Mal, dass sie sich Zeit zum Alleinsein stehlen konnten.

Als sie durch den Jenischpark gingen, kam Rachael der Gedanke, dass der Winter die richtige Jahreszeit für eine Affäre war. Wer Anonymität suchte, fand sie leichter, wenn alle dick vermummt waren. Aus der Ferne sahen alle gleich aus, und heute steckten sowohl sie als auch Lubert in so dicken Schichten – Rachael hatte Galoschen an und einen schwarzen Wollmantel, Lubert trug eine Skimütze und auf dem Rücken einen Rucksack mit Brennmaterial für die Wildhüterhütte –, dass sie leicht für zwei Vertriebene auf dem Weg zum nächsten Lager durchgehen konnten.

Der Park lag nur eine Viertelstunde zu Fuß vom Haus entfernt, aber man hatte das Gefühl, in ein anderes Land zu reisen. Der Schnee war unberührt bis auf die Spuren von Wild. An den Dachtraufen des herrschaftlichen Hauses in der Mitte des Parks hingen Eiszapfen. Unterwegs berichtete Lubert von der Geschichte des Parks. »Er wurde um 1800 von Caspar Voght ursprünglich als Mustergut angelegt. Als Voght zu alt war, um sein Gut weiter zu bewirtschaften, verkaufte er es an Jenisch, der es zu einem Park umgestaltete und auch das klassizistische Haus erbauen ließ.« Während sie sich der Wildhüterhütte näherten, erklärte er, dass er aufgrund von Claudias familiären Beziehungen die Erlaubnis hatte, Wild im Park zu schießen, und außerdem freien Zugang zur Hütte. Die war im Stil einer amerikanischen Blockhütte erbaut, an einem Teich, der im Sommer als privater Badeteich diente. Im Schnee und zwischen den umgebenden Kiefern hätte man sich einbilden können, dass die Hütte an einer einsamen Grenze lag. Lubert zog den Schlüssel heraus, wischte Schnee und Eis vom Schloss und sperrte auf.

Die Hütte war mit klobigen Stühlen und dicken Läufern ausgestattet; ein Gewehrhalter und ein Hirschkopf schmückten die Wand über dem Kamin, in dem ein Holzofen stand. Lubert zog Holzspäne aus dem Rucksack und eine Ausgabe von *Die*

Welt; damit entfachte er ein Feuer. Der Boden war mit vertrockneten Insekten übersät, die unter ihren Füßen knirschten und knackten. Rachael fegte sie mit einem Tannenzweig zur Tür hinaus und machte den Boden vor dem Kamin sauber, wo sie alle Läufer zu einem Bett übereinanderstapelte. Dann setzte sie sich darauf und sah zu, wie Lubert das Feuer in Gang brachte. Er wartete, bis die ersten Flammen etwas heruntergebrannt waren, und legte ein paar Kohlen darauf, sorgsam zwischen die brennenden Späne verteilt. Dann setzte er sich zu ihr auf das Teppichbett, und gemeinsam sahen sie wie zwei Pfadfinder zu, wie sich das Feuer voranfraß. Trotz der tiefen Bedeutsamkeit ihres Tuns fühlte sich die Affäre für Rachael immer noch an wie ein Kinderspiel.

Der Schnee auf ihren Kleidern begann zu dampfen. Lubert nahm die Mütze und den Schal ab, Rachael tat dasselbe. Dann bettete er ihren Kopf in seine Hand und küsste sie, legte sie auf den Rücken. Lange küssten sie sich so, dann begannen sie sich zu lieben, behielten aber diesmal den größten Teil ihrer Kleider an. Es war nicht so wie am ersten Abend. Die Temperaturen zwangen zu Hast und unbeholfenem Gefummel. Trotz ihrer Kleider fühlte sich Rachael schutzloser als an dem Abend, als sie nackt beieinanderlagen. Sie konnte sich diesmal nicht so vergessen, spürte das Drängen der Zeit und des Lebens. Danach lagen sie auf dem Rücken und schauten zu den Spinnweben in den Balken hinauf. Sie fragte sich, wie lange sie sich die Realitäten der Außenwelt noch vom Leib halten konnten.

»Wenn ich wieder arbeite, werde ich Hütten im Wildweststil entwerfen.« Lubert stand auf und zeichnete mit dem Zeigefinger auf das beschlagene Fenster. »Was alle Menschen wirklich brauchen.«

»Wann bekommst du deinen Entlastungsbescheid?«

»Bald. Obwohl dieser Major entschlossen scheint, etwas zu

finden. Irgendetwas, was beweist, dass ich nicht sauber bin. Stell dir vor, er könnte uns jetzt sehen ... «

»Lieber nicht«, sagte sie. Sie waren beide nicht »sauber«, doch beim Gedanken, dass Burnham von dieser Affäre Wind bekam, fühlte sich Rachael noch schmutziger.

Lubert zeichnete weiter. »Ein einziger Raum, aber mit Galerie und einer größeren Veranda. Ich glaube, mehr brauchen wir nicht.«

Sie sah ihm mit echtem Vergnügen zu. Solche Gedankenspiele brachten das Beste in ihm zum Vorschein. Was sie erst für dreiste Anmaßung gehalten hatte, war in Wirklichkeit verständnisvolle, kreative Begeisterung. Seine Bereitschaft, mit ihr über alles Mögliche zu reden und sie zum Reden zu bringen – über Religion, Ehe, Kunst, Trauer, Verlust und Tod –, war unerschöpflich. Sie hatte das Gefühl, als hätte sie in wenigen Wochen mehr mit ihm geteilt als in den zwanzig Jahren mit Lewis.

»Keine Villen für Millionäre mehr. Keine Aufträge mehr von übersatten Hamburger Geschäftsleuten ohne jedes soziale Verantwortungsgefühl, die nur ihre Nachbarn übertrumpfen wollen. Ab jetzt plane ich Gebäude, die dem Allgemeinwohl dienen.« Als er fertig war, trat er zurück, damit sie sehen konnte. »Da. Was meinst du?«, fragte er. »Könntest du darin leben?«

Rachael betrachtete die Zeichnung im Fensterdunst, einen nur durch wenige Linien angedeuteten Bau. Aber in Wahrheit war er eine zweidimensionale Unmöglichkeit, die keine Antworten auf bedrängende praktische Fragen lieferte. Fragen, die sich um Edmund drehten. Und Lewis.

»Ich glaube schon.«

»Mit mir?« Diesmal fragte er ernsthafter.

Plötzlich tauchte am Fenster, mitten im Bauplan, der Helm eines britischen Soldaten auf. Rachael setzte sich auf und zog ihre Hüllen über sich. Die Gestalt klopfte ans Fenster und drückte ihr Gesicht an die Scheibe. Das Gesicht eines kleinen Tunichtguts – eines der Trümmerkinder.

»*Weg!*«, schrie Lubert und klopfte ebenfalls an das Glas.

Der Junge machte mit Daumen und Zeigefinger eine obszöne Geste und grinste weiter hämisch zu ihnen herein. Lubert ging vor die Tür und verjagte ihn. Ein kalter Luftzug blies durch den warmen Mief, und Rachael zog ihren Mantel enger um sich. Sie stand auf und ging ans Fenster, um zuzusehen. Lubert rannte dem Jungen ein paar Meter hinterher und schleuderte ihm energisch einen Schneeball nach. Der Junge machte sich in den Wald davon, Worte schreiend, deren Sinn sie nicht verstand.

Lubert kam wieder herein und lachte. »So ein Racker. Wenigstens hat er die Show verpasst.«

Rachael knöpfte den Mantel zu; die Bezeichnung »Show« für ihre Intimitäten behagte ihr nicht.

»Gut«, sagte Lubert und streifte sich die Schneereste von den Händen. »Zeit für unser Picknick.«

Er zog aus dem Rucksack ein Stück Käse, ein Glas saure Gurken, einen halben Brotlaib, einen Topf Margarine und eine kleine Flasche Pfirsichschnaps. Auch eine karierte Tischdecke und Besteck hatte er mitgebracht, dazu zwei Zinnbecher. Mit abgezirkelten Bewegungen deckte er den Tisch, als hätte er schon Übung darin.

»Bist du mit Claudia hergekommen?«

Ärger blitzte in seinem Gesicht auf. »Natürlich. Warum?«

»Entschuldige. Sie … ich bin nur neugierig, was sie für eine Frau war.«

»Was möchtest du denn gern hören?« Er klang nun abwehrend.

»Ich weiß nicht. Die Wahrheit.«

Lubert seufzte. Anscheinend gehörten solche Erinnerungen nicht zum Plan.

»Sie war hochmütig. Gnadenlos gegenüber jeder Dummheit. Stilvoll bis zur Anstößigkeit. Hatte die Begabung, das Beste aus den Leuten hervorzukitzeln. Stur. Introvertiert, aber ein Gesellschaftsmensch. Eine Leserin, aber unbelesen. Musikbegeistert, aber selbst völlig unmusikalisch. Und ein besserer Mensch als ich.«

»Warum besser?«

»Sie hätte in einer Situation wie der meinen ... mehr Selbstbeherrschung gehabt.«

»Ist sie damit auch besser als ich?«

»Nein. Sie hätte zum Beispiel nie das Haus geteilt.«

»Du vermisst sie immer noch, nicht wahr?« Das war im Grunde keine echte Frage.

»Lange Zeit – fast bis zu deiner Ankunft – konnte ich an wenig anderes denken. Nach dem Feuersturm habe ich Monate damit verbracht, nach ihr zu suchen. Ich habe alles andere und jeden anderen vergessen. Vor allem Frieda. Frieda hat darunter gelitten. Ich glaube, dass ich in dieser Zeit den Zugang zu ihr verloren habe. Und den habe ich noch nicht wiedergewonnen. Aber dass du gekommen bist ... hat etwas verändert.« Er sah sie an und wollte, dass sie daran glaubte. »Doch jetzt machst du dir zu viele Gedanken, wie ich sehe.«

»Tut mir leid. Ich glaube, das liegt an dem seltsamen Jungen.«

Der Junge mit dem grotesken Gesicht hatte sie erschreckt, hatte die Blase ihrer Idylle angepiekt.

Lubert goss Schnaps in einen Becher und reichte ihn ihr.

»Du denkst nach. Über die Situation, über das, was wir tun.«

Bis heute hatte sie nicht an sich herankommen lassen, was sie da eigentlich tat, und es war gerade erst an den Rand ihres Bewusstseins gelangt, aber schon bemerkte er es.

»Ich hatte auch solche Gedanken«, sagte Lubert. »Dein Mann

ist immer freundlich zu mir gewesen. Und er hat mir vertraut.«
Er nahm ihre Hand. »Aber was wir miteinander haben, ist doch
kostbar, oder? Wir verstehen einander. Du hast mich dazu gebracht, dass ich wieder fühlen kann. Und ich möchte gern glauben, dass ich dasselbe für dich getan habe.«

Sie beugte sich vor und küsste ihn zärtlich. Solche Gedanken
fielen hier, in dieser Hütte, leichter. Jetzt, in der Gegenwart.

»Ich habe fast das Gefühl, ich muss weg, damit ich denken
kann. Weg vom Haus und allen seinen Gespenstern. Irgendwohin, wo wir ohne die Angst reden können, dass jemand zuhört
oder uns beobachtet.«

»Dann fahre ich mit dir fort. Ich fahre mit dir in die schönste
Stadt Deutschlands. Nach Lübeck. Die Stadt, in der ich geboren
bin. Ein paar Tage lang. Wir können den Zug vom Hauptbahn-
hof nehmen. Ich kenne einen Ort, wo wir bleiben könnten. Ein
hübsches Hotel. Heike und Greta können sich um die Kinder
kümmern. Das lässt sich machen, Rachael. Wir können morgen
fahren, nächste Woche.«

So weit konnte sie nicht vorausdenken. Dann hätte sie auch
an ihre anderen Verpflichtungen denken müssen.

»Rachael?«

»Ja. Ja. Aber lass uns jetzt nicht davon reden.«

12

Osi zahlte Hokker die tausend Zigaretten und ging nach Altona, zur Wohnung eines Mannes namens Grün, das Gewehr abholen. Grüns Gesichtsfarbe wurde seinem Namen fast gerecht; er war so fahl wie eine billige Teetasse, trug einen zweireihigen Anzug und den gleichen Hut wie Hokker. Er gab sich alle Mühe, seine zwei Goldzähne möglichst oft bei einem breiten Grinsen aufblitzen zu lassen, indem er alles, was Osi sagte, unglaublich lustig fand. Das Gewehr lag, wie ein Baby in eine Decke gewickelt, auf einem Feldbett in einer Ecke seiner stinkenden Bude. Grün schlug die Decke zurück, um Osi seine Ware zu zeigen.

»Ein Mosin-Nagant 91/30 mit Zeiss-Zielfernrohr, Vierfachvergrößerung. Russische Praxistauglichkeit. Deutsche Präzision. Und zwei Schachteln Munition dazu.«

Das Gewehr war ein eindrucksvolles Objekt ohne jeden Schnickschnack, und Osi strich über den kalten Lauf bis zur Mündung, kenntnisreich nickend, als wäre er in solchen Dingen beschlagen.

»Sieht ganz gut aus«, sagte er.

Grün lachte den Jungen aus. »Klar ist es gut. Mit dem Gewehr haben die Russen den Krieg gewonnen. Hast du mein Trinkgeld?«

Hokker hatte Osi gesagt, Grün verlange ein Trinkgeld in Form von Gold oder Schmuck. Osi hatte von Berti ein Granatcollier bekommen, das er nun hervorzog und an Grün aushändigte. Grün hielt es an die nackte Glühbirne.

»Keine Rubine.« Er biss auf einen Stein. »Aber das passt.« Mit dem Ergebnis der Untersuchung zufrieden, schob er die Kette in die Hosentasche. Dann hüllte er das Gewehr in die Decke und übergab es Osi. »Was hast du damit vor?«

Osi hatte von Berti die strikte Anweisung erhalten, zu sagen, das Gewehr sei für die Jagd bestimmt.

»Ich werde Kaninchen damit schießen. Vielleicht auch diese fetten Krähen, die den Fluss runtertreiben. Warum sollen diese Scheißviecher leben, wenn wir alle Hunger haben?«

Grün sah Osi zweifelnd an. »Solltest du nicht in der Schule sein oder so?«

»Meine Schule ist ein Ziegelhaufen. Aber ich geh zu den Tommy-Vorträgen. Frag mich was über den *British Vay of Life*, und ich weiß es. Über den König von Windsor und alles.«

»So, so.«

Osi hatte seinen Koffer mitgebracht. Er machte ihn auf und legte das Gewehr schräg ins obere Fach, verstaute die Munitionsschachteln in den Ecken und schloss den Deckel wieder.

»Na, ich hoffe, du kriegst mit der Knarre ein paar schöne, fette Fasanen. Du siehst aus, als könntest du 'n bisschen Fleisch auf den Rippen brauchen.«

Osi fuhr mit der Tram bis zum Anfang der Elbchaussee und ging dann die Straße entlang zu Petersons Haus. Dabei begann er zu überlegen, wofür das Gewehr in Wirklichkeit bestimmt war, und je länger er darüber nachdachte, desto schwerer wurde der Koffer. Er musste alle hundert Meter stehen bleiben, um die Seite zu wechseln und sich die roten Striemen zu reiben, die der Griff in seine Handflächen drückte. Berti brütete einen Anschlag auf den Tommy aus. Er wollte nichts darüber sagen, nur dass es eine große Sache war. Osi hatte ihm zu verklickern versucht, dass der Tommy gar nicht so übel war, aber wenn Berti sich einmal eine Meinung über etwas gebildet hatte, ließ er schwer wieder davon ab. Da biss man bei ihm auf Granit. Hatte Mutti nicht immer gesagt, das passiert, wenn man ein Unrecht nicht vergessen kann: Da wird man zu Stein? Berti konnte die nächtlichen Angriffe nicht vergessen, als er zusehen musste, wie sein Freund Gerhard von innen nach außen gekrempelt wurde. Das konnte er dem Tommy nicht verzeihen, genauso wenig wie das, was ihrer Mutter, ihren Cousins, Tanten und Onkeln und allen anderen im Feuersturm zugestoßen war. Die Tabletten hatten geholfen, aber er hatte immer noch Albträume. Er schlief nicht genug. Vielleicht würde die stärkere Medizin besser wirken.

Osi hob den Koffer hoch und ging weiter, sprach die Sache durch.

»Ich könnte das Gewehr in den Fluss werfen und Berti sagen, dass mich ein paar Tommys gejagt haben.«

»*Berti kriegt das raus.*«

»Ich könnte es wegschmeißen und machen, dass ich aus Hamburg wegkomme.«

»*Er würde dich verfolgen und aufspüren.*«

»Ich könnte Edmund warnen. Zum Tor seines Hauses gehen, wenn niemand hinschaut.«

»*Zu gefährlich. Wenn Berti davon erfährt…*«

»Wer kann ihn aufhalten?«

»*Es gibt nur einen Menschen, der das kann.*«

»Der wäre?«

»*Ich.*«

»Er kann dich nicht hören. Du weißt, dass ich der Einzige bin, der dich hören kann, Mutti.«

»*Er wird meine Stimme erkennen. Wenn er mich sieht, wird er es sich gut überlegen… Lass mich mit ihm reden.*«

»Ja. Auf dich wird er hören. Für dich ist er immer noch der kleine Berti, der nachts weinte und uns zum Lachen brachte, wenn er unter Wasser gesungen hat. Berti, der sich seine Comic-Hefte in die Hose stopfte, wenn er wusste, dass er den Arsch vollkriegt. Er hatte früher ein Lächeln wie Lew Ayres. Ich hab ihn schon mehrere Winter nicht mehr lächeln sehen, aber für dich wird er lächeln, Mutti.«

Osi fand Berti dösend im Sessel, den er vor das Feuer im Ess-zimmerkamin geschoben hatte. Der Haltung seines Arms und seinem abwesenden Lächeln nach zu urteilen, hatte er sich ge-rade die neue Medizin gespritzt.

»He, Berti.«

Albert registrierte nicht, dass Osi hereinkam. Dem war Berti lieber gewesen, als er noch die alten Tabletten nahm, da beschäf-tigte er sich wenigstens noch mit der Welt, während diese neue Medizin ihn in weite Ferne versetzte.

»Er ist nicht bereit dazu, Mutti. Machen wir es ein anderes Mal.«

»Es muss jetzt sein.«

»Aber schau ihn doch an, diesen benebelten Gesichtsaus-druck. Glaub mir, Mutti, wenn er so ist, brauchst du gar nicht mit ihm zu reden.«

»Es muss jetzt sein!«

Albert machte ein Auge auf und setzte sich gerade hin.

»Hast du's?«

»Ich hab's, Berti. Es besitzt russische Praxistauglichkeit und deutsche Präzision.«

»Hast du gesagt, dass du's zum Jagen brauchst?«

»Hab ich. Genau wie du wolltest.«

»Wo ist es?«

Osi öffnete den Koffer, hob das eingewickelte Gewehr her-aus und legte es seinem Bruder zu Füßen. Albert beugte sich im Sessel vor und begutachtete es. Seine Hände zitterten stark, ein

Schweißfilm lag auf seinem Gesicht. Er schlug die Decke auseinander, nahm das Gewehr am Schaft hoch und drückte es an seine Schulter. Er richtete den Lauf auf die Wand, die Decke und dann auf Osi.

Jetzt, wo er das Gewehr hat, wird er nicht reden, dachte Osi.

»*Vertrau mir.*«

»Hat dich jemand kommen sehen?«, fragte Albert.

»Er hat nicht mal mich gehört, Mutti. Wie soll er da dich hören?«

»*Zeig mich ihm.*«

»Mit wem brabbelst du da?«, fragte Albert.

»Mit niemandem.«

»Doch. Du führst Selbstgespräche. Redest du immer noch mit unserer Mutter?«

»Nein.«

»Doch, hast du aber. Ich hab dich ›Mutti‹ sagen hören.«

»*Jetzt zeig mich ihm.*«

Albert stand auf und kam auf Osi zu, immer noch auf ihn zielend, dabei stellte er das Fernrohr scharf.

»Sie will mit dir reden, Berti. Sie sagt, dass in dir immer noch derselbe Junge steckt, der früher so viel gelächelt und gelacht hat. Der in Hammerbrook alle Flaschen aufgesammelt hat. Sie sagt, sie weiß, dass du schlimme Dinge gesehen hast ... aber sie findet diesen Plan, dem Tommy was anzutun, nicht gut. Dann lieber dem Iwan. Oder dem Franzos. Oder so 'nem verwanzten Vertriebenen aus Schlesien.«

»So, sagt sie das?«

»Ja. Komm, Berti.« Osi winkte ihn zum Koffer. »Komm und schau.«

Albert trat heran.

»Unter dem oberen Fach.«

Mit dem Gewehr hob Albert den Trenndeckel, damit ans Licht kam, was das untere Fach des Koffers enthielt.

Darin lagen Kopf und Brustkorb, halb Skelett, halb Fossil, einer mumifizierten, geschrumpften Leiche, die vom Feuersturm in einer bestimmten Phase erfasst worden war, nun bekleidet mit einem Taufkleid aus Spitzenstoff, das von den Jahren und der Lagerung in der Enge des Koffers vergilbt war. Der graubraune Schädel wies immer noch ein paar gekräuselte, versengte schwarze Haare auf. Er war klein wie eine Kopfjägertrophäe.

»Bombenbrandschrumpffleisch?«, sagte Albert. »Wozu zum Teufel schleppst du das mit dir rum?«

»Das ist Mutti. Schau doch, Albert. Das ist unsere *Mutti*. Ich hab sie vor der Kaffeefabrik in der Wendenstraße gefunden. Drei Tage nach dem großen Feuer. Ich musste ihr dieses Kleid anziehen. Sie war nackig. Und das fand ich nicht richtig. Es ist auch schon bisschen was von ihr abgebrochen. Und die Tommy-Bomben haben sie so klein gemacht.«

Albert starrte die Skelettpuppe an.

»Das ist doch bloß irgend ne alte Leiche.«

»Nein, das ist sie. Schau sie dir an. Schau, was sie um den Hals trägt.« Osi deutete auf die Silberkette und das angeschmolzene, aus der Form geratene Kreuz. »Sie wollte dich sehen, Berti. Und ich bin sicher, wenn du gut aufpasst, dann hörst du, was sie sagt... Du kannst sie hören. Weißt du, was sie gerade sagt? Ich hör's. Sie sagt: *Leg dein Gewehr weg. Vergiss das Unrecht!* Das hat sie früher auch immer gesagt. Hörst du das nicht, Berti?«

Albert sah den grässlichen Kadaver an, und sein Mund begann vor Wut und Ekel zu zucken.

»Hast du's gehört?«, fragte Osi wieder. »Sie spricht wirklich.«

»Du bist ja völlig übergeschnappt«, blaffte Albert. »Du Trottel! Dir ist das Hirn wohl im Feuer verschmort!«

Er packte seinen Bruder an den Aufschlägen seiner Kaminjacke und zog ihn dicht an sich heran. Sie starrten einander an, Auge in Auge. »Du hast ja komplett den Verstand verloren. Der ist in der Hitze zusammengeschmolzen. Sie ist tot. Tot! Tot! Tot! Tot! Tot!«

Osi ließ sich nicht beirren. »Aber du weißt genau, dass sie recht hat.«

»Nein! Hat sie nicht, weil sie tot ist! Sie weiß überhaupt nichts von dieser Sache, weil sie tot ist! Sie redet nicht, weil sie tot ist! Gestorben! Tschüs! Auf Nimmerwiedersehen!«

»Aber sie würde ... sie würde das sagen.«

»Nein, würde sie nicht. Sie würde wollen, dass ich's mache. Und Gerhard würde es auch wollen, und alle meine Freunde würden es wollen, und unsere Cousins. Und unsere Tanten und Onkel. Sie würde auf *mich* hören, nicht auf dich. Sie hat immer auf mich gehört. Ich war ihr Lieblingssohn. Du warst ja eine Missgeburt! Im Sack zur Welt gekommen!«

»Sie hat gesagt, das bringt Glück.«

»Sie wollte dich nicht mal! Ich hab mal gehört, wie sie das zu unserem Vater gesagt hat. Du warst ne Panne. Reine Fehlplanung ...«

Albert stieß ihn weg von dem Kofferkatafalk. Dann hob er die Leiche heraus, die leicht und zerbrechlich war wie ein aus Weidenruten geflochtener Vogelkäfig, und trug sie zum Kamin hinüber. Dabei fiel eine Rippe zu Boden, und Osi krabbelte hastig hin, schnappte sie sich und stopfte sie in seinen Gürtel.

»Was machst du da, Berti? Mach Mutti nicht kaputt!«

Albert hob die Leiche in die Höhe und ließ sie dann in die Flammen fallen. Der trockene Stoff des Taufkleids loderte auf wie Zunder. Osi versuchte einzuschreiten, aber Albert stieß ihn wieder beiseite und stand vor dem Scheiterhaufen wie ein Kaminschirm. Er sah zu, wie die Knochen zusammenfielen und ihre Mutter zu Asche wurde.

»Ist es für dich in Ordnung, hierzubleiben … während ich in Kiel bin? Und die Buckmans besuche?«

»Ja, Mummy. Das hast du mich heute Vormittag schon dreimal gefragt.«

Rachael hatte gemerkt, dass eine Affäre von einem ganzen Gerüst aus Lügen gestützt werden musste, bis man vermuten durfte, dass das Gebäude solide genug war, um sich selbst zu tragen. Jeden Tag schien Rachael die Konstruktion mit einem neuen Querbalken verstärken zu müssen. Ihre Gespräche mit Edmund setzten das Fundament einer größeren Belastungsprobe aus als alles andere.

»Ich fahre nicht, wenn es dir lieber ist, dass ich bleibe.«

»Es geht mir gut hier.«

»Und bist du auch bestimmt brav? Strolchst nicht zu weit herum? Und tust, was Greta und Heike sagen, ja?«

»Ja.«

Sie konnte es sich nicht verkneifen, ihm über die Wange zu streichen, über die herrlich daunigen Härchen, die eines Tages zu steifen Stoppeln verhärten würden.

»Darf ich Frieda die Filme noch mal zeigen?«, fragte er. »Sie hat mir erzählt, dass ihr Buster Keaton am besten gefällt.«

»Natürlich. Ich freue mich, dass sie jetzt freundlicher zu dir ist.«

»Ich glaube, sie war vorher eifersüchtig. Wahrscheinlich, weil sie keine Mutter hat.«

Rachael war erleichtert, dass Edmund anscheinend immer noch der Meinung war, es lohne sich, eine Mutter zu haben.

»Mummy, stimmt es, was geredet wird? Dass es wieder einen Krieg geben wird?«

»Ich bin sicher, es wird keinen mehr geben.«

»Versucht Vater, das zu verhindern?«

»Ja. Kann man so sagen.«

»Macht es dir was aus, dass Vater so viel weg ist?«

Das kam ganz unschuldig heraus, aber Rachael durfte ihr Gerüst nicht aus den Augen verlieren.

»Schon. Sehr viel sogar.« Als sie das sagte, klang es gar nicht so gelogen. »Warum fragst du?«

»Du kommst mir gar nicht mehr unglücklich vor.«

Rachael war überzeugt, dass Edmunds geradezu unheimliche Beobachtungsgabe nicht nur eine Fähigkeit war, die Kindern generell eigen ist, sondern das unbeabsichtigte Nebenprodukt ihrer eigenen Versäumnisse, ein Geschick, das er rasch erworben hatte, weil er musste. Sie fragte sich, ob es nicht sogar ein Gewinn für ihn war, dass sie ihn so vernachlässigt hatte.

»Mummy?«

»Ja?«

»Glaubst du, dass Herr Lubert sauber ist?«

»Ja. Ganz bestimmt.«

»Nicht wie Herr König?«

Es klingelte an der Haustür. »Nein, nicht wie Herr König.«

»Ist es in Ordnung, wenn ich Herrn Lubert sehr gern habe?«

»… Natürlich. Ich seh mal nach, wer da ist.«

Als Rachael die Haustür öffnete, stand, einem Cherub nicht unähnlich, ein Captain mit einer Aktenschachtel da, auf der ein Päckchen und ein paar Briefe balancierten. Der Motor seines Volkswagens tuckerte noch in der Einfahrt. Rachael hatte Lewis' Nummer zwei noch nicht kennengelernt, erriet aber nach den vielen Beschreibungen ihres Mannes gleich, wen sie vor sich hatte.

»Mrs. Morgan?«

»Ja.«

»Captain Barker.« Er streckte ihr die Hand entgegen. »Der Stellvertreter Ihres Mannes. Oder – je nachdem, mit wem man spricht – sein Mit*streiter*.«

»Schön, Sie kennenzulernen. Lewis spricht sehr anerkennend von Ihnen.«

»Wird er nicht mehr, wenn er sieht, was ich mit seiner Abteilung angestellt habe. Jedenfalls hat er mich gebeten, Ihnen diese Nachricht weiterzuleiten.« Der Captain überbrachte sicher keine schlechten Nachrichten, dafür war er zu fröhlich, trotzdem fing ihr Herz unter einem Adrenalinstoß an zu rasen, als er das Telegramm oben auf dem Stapel vorlas. »Das wurde heute früh im Hafenbüro der königlichen Marine diktiert. *Werde auf Helgoland aufgehalten. STOPP. Anwesenheit logistisch erforderlich. STOPP. Voraussichtliche Rückkehr 1. März. STOPP.*«

Vor nicht allzu langer Zeit wäre sie gleich auf die im Datum versteckte Zärtlichkeit angesprungen. Der erste März war der Tag des heiligen David, an dem Lewis, wenn immer möglich, ihr Narzissen geschenkt hatte. Jetzt hörte sie nur heraus, was zwischen den Zeilen stand: *STOPP mit dem, was du machst. STOPP, solange noch Zeit ist. STOPP, bevor es zu spät ist.*

Lewis würde in ein paar Tagen zurück sein? Er war seit zwei Monaten weg, aber Rachael kam es viel länger vor. Das Telegramm versetzte sie unsanft in eine realere Zeitrechnung zurück.

»Danke.«

»Die anderen Sachen hätte ich schon viel früher bringen sollen. Die lagen die ganze Zeit im Büro. Zwei Monate überfällig, aber besser spät als nie...«

Barker gab ihr die Briefe und das in braunes Papier eingeschlagene Päckchen, das an Edmund adressiert war. Es stammte von Lewis' Schwester Kate, war weich und leicht – sicher hatte Kate ihm den versprochenen Cricket-Pullover gestrickt. Wenn Rachael an ihre Schwägerin dachte, wurde ihr warm ums Herz, und sie empfand einen Stich der Reue. Sie hatte Kate sehr gern.

»Und das ist für den Colonel; das soll er sich anschauen, wenn er zurück ist.« Er klopfte auf den Deckel der Aktenschachtel und reichte sie ihr.

»Was ist denn da drin?«

»Nur eins von den schlauen Projekten, die er angeregt hat. Ich möchte nicht, dass es in der Versenkung verschwindet.«

Er trat näher heran, um ihr beim erneuten Auftürmen der Sendungen zu helfen. »Soll ich Ihnen die Sachen reintragen?«

»Nein, vielen Dank. Das schaffe ich schon.«

Rachael fragte sich, ob Barker vielleicht durch die Fassade der mustergültigen Ehefrau eines Colonel, die selbstsicher, loyal und auch ein wenig an der Arbeit ihres Mannes interessiert war, hindurchsehen konnte auf den Mahlstrom, der in ihrem Inneren tobte.

»Tut mir leid, dass ich nicht schon früher vorbeigekommen bin. Aber die Gottlosen haben eben keinen Frieden. Ich gehe davon aus, dass hier alles bestens läuft. Sie sehen aus, als kämen Sie gut zurecht.«

»Wir … schlagen uns ganz gut durch. Wie läuft es … im Büro?«

»Spaß beiseite, mir wäre es recht, wenn Ihr Mann zurückkommt, bevor alles zusammenbricht. Er ist wie eines dieser tragenden Bauteile, die man erst bemerkt, wenn sie fehlen.«

Lob anzuhören war nicht einfach, aber bei Barkers warmherzigen Worten empfand sie ein unerwartetes Prickeln – sie war stolz auf Lewis.

»Dann mach ich mich mal wieder vom Acker«, sagte er.

Als er die Stufen hinunterging und zu seinem Wagen zurückkehrte, hob er die Hand dankbar zum Himmel: »Endlich Sonne!«

Rachael sah zu, wie er davonfuhr, und spürte der Wärme auf ihrer Haut nach. Der Wind wehte nicht mehr von Osten, sondern von Westen und blies den grauen Deckel, unter dem sie seit Wochen gelebt hatten, vom Himmel weg, dass sein Meißen-Blau zum Vorschein kam.

Sie ging hinein und trug die Post ins Arbeitszimmer. Sie stellte die Aktenschachtel auf Lewis' Schreibtisch und machte die Briefe auf: zwei Weihnachtskarten, eine von Lewis' Mutter, eine von seiner Schwester. Die Karte ihrer Schwiegermutter war wie üblich knapp und aufs Wesentliche beschränkt – Lewis hatte von seiner Mutter die Abneigung gegen Schnörkel und Schnickschnack geerbt. Die Karte seiner Schwester dagegen war bewusst geschmacklos: ein Rotkehlchen auf einem Zweig, dahinter leuchteten kränklich gelb die Lichter eines idyllischen, zwischen Hügeln hingeschmiegten Dorfs.

Drinnen stand hingekritzelt:

Liebste Rach, uns hat ein fürchterlicher Winter fest im Griff. Alan und ich sind vier Wochen in einem schrecklichen Hotel in Ross-on-Wye gestrandet! Ich weiß nicht, ob dich dieser Brief jemals erreichen wird. Jeder klagt hier über ziemlich alles. »Askese« ist das Wort der Stunde. Ich höre, dass ihr recht hochherrschaftlich lebt. Stimmt es, dass ihr Dienstboten habt? Wir haben schreckliche Sehnsucht nach Sonne. Im Hotel wird ein trostloses Essen serviert, gekocht mit einer Art triumphierender Tristesse, die der Menschenverachtung nahekommt und die grundlegendsten Bedürfnisse ignoriert. Trotzdem wünschen wir euch allen sehr verspätet fröhliche Weihnachten und ein glückliches neues Jahr. Wenigstens ist das Wetter zum Stricken gut. Hoffe, der Pulli passt! Alles Liebe, K. und A.

Kate war außer Lewis der einzige Mensch auf der Welt, der sie Rach nannte. Kate liebte ihren Bruder sehr, und so konnte sie es sich erlauben, ihn gnadenlos aufzuziehen. Als Rachael das erste Mal zu ihnen nach Hause kam, sah sie Lewis an und sagte: »Jetzt bringst du zum ersten Mal ein Mädchen an, das keine zwei Köpfe und Schuppen hat! Was ist denn mit dir los, Lew?«

Dann betrachtete Rachael die Aktenschachtel. Was hatte Barker gesagt? »Nur eins von den schlauen Projekten, die er angeregt hat.« Die herzlichen Komplimente des Captains schienen über Bewunderung auf rein beruflicher Ebene hinauszugehen. Bildete sie es sich ein, oder hatte Barker versucht, ihr etwas mitzuteilen, wofür Lewis viel zu bescheiden war – dass ihr Mann unterschätzt wurde?

Rachael nahm den Deckel von der Schachtel. Das Dokument hatte den Titel »Verzeichnis vermisster Personen. Hospize und Hospitäler im Kreis Pinneberg«. An der obersten Seite hing eine handschriftliche Notiz: »Siehe Patientenakte Seite 27. Eine Verwandte? Vielleicht nichts von Belang. Barker.«

Rachael nahm das Dokument, das mehrere hundert Seiten umfasste, heraus und blätterte zu Seite 27.

Es handelte sich um ein Patientenprofil. An die maschinengetippte Seite war ein Foto geklammert. Der körnige Schnappschuss einer Frau, die in einem sommerlichen, von Mauern umgebenen Garten im Rollstuhl saß und leicht an der Kamera vorbeistarrte, als posiere sie für ein Porträt in einer Zeitschrift, nicht für ein Foto zu medizinischen Zwecken. Obwohl diese Frau dünner und ungeschminkt war, die Haare ungepflegt, erkannte Rachael Claudia sofort. Die Claudia des abgehängten Porträts – die buschigen Augenbrauen, die Entschlossenheit, die Intelligenz. Rachael las die Aufzeichnungen:

Aufnahme im September 1944 nach der Entlassung aus einem Krankenhaus in Buxtehude. Bei der Bombardierung schwer verletzt. Konnte mehrere Monate nicht gehen. Gehör geschädigt. Begann letztes Jahr zu sprechen. Leidet an chronischer Amnesie, macht aber kontinuierliche Fortschritte. Patientin erinnert sich an einige Details aus ihrem Leben. Gibt ihren Namen als Lubert an. Sagt, sie ist verheiratet. Hat eine Tochter. Hat an einem Fluss gewohnt.

Rachael las die Details noch einmal durch – um sicherzugehen, um Zeit zu schinden –, aber sie konnte die Seite nicht zu Ende lesen und brauchte es auch nicht. Der Text hatte sich ihr gleich beim ersten Mal tief eingeprägt. Als sie das Foto studierte, berührte sie unwillkürlich Claudias Gesicht.

»Du bist es«, sagte sie. Und dann sackte sie auf dem Stuhl zusammen und weinte bittersüße Tränen über die Herrinnen des Hauses.

Rachael trug den Hut auf einer Seite tief ins Gesicht gezogen und den Mantelkragen hochgeschlagen, damit sie nicht so leicht erkannt würde. Am Bahnhof meinte sie an jedem vorbeigehenden Fremden vertraute Züge wahrzunehmen: Der Gepäckträger hätte Richard sein können oder sein Zwillingsbruder, der rundliche Beamte am Fahrkartenschalter erinnerte sie an Captain Barker.

»*Zwei Rückfahrkarten nach Lübeck, bitte*«, sagte sie auf Deutsch und zeigte ihren Pass, der ihr kostenloses Reisen ermöglichte. Ihr Deutsch hatte sich sehr verbessert, war aber noch nicht so gut, dass der Beamte nicht ins Englische gewechselt hätte.

»Für wen ist die zweite Fahrkarte?«

»Für einen Bekannten.«

»Ist der Bekannte hier?«

»Noch nicht. Soll ich wiederkommen, wenn er eintrifft?«

»Ist der Bekannte Engländer?«

»Nein, Deutscher.«

Der Beamte sah sich ihre Papiere an. »Was ist der Zweck der Reise? Geschäftsreise oder Vergnügungsreise?«

»Der Zweck …«

»Ja. Der Zweck?«

»Vergnügungsreise.«

»In diesem Zug gibt keinen eigenen Wagen für das Besatzungspersonal. Sie müssen zusammen mit den Deutschen reisen.«

»In Ordnung.«

»Miss – ist was mit Ihnen?«

»Nein, nein … ich habe nur … eine Erkältung.«

»Hier. Die Fahrkarte. Für Ihren Bekannten.«

Rachael tupfte sich die Nase ab und ging, wie verabredet, zu der zeigerlosen Uhr hinüber. Sie stellte ihre Reisetasche zwischen den Füßen ab und drückte mit beiden Knöcheln fest dagegen, um sie einzuklemmen, aber nach ein paar Minuten war ihr das nicht mehr sicher genug; sie hob die Tasche auf, schob den Arm durch den Tragegurt und hielt sie in der Armbeuge.

Sie zündete sich eine Zigarette an. Vögel flogen durch das glaslose Bahnhofsdach ein und aus. Das Rauchen dämpfte ihre Unruhe nicht im Geringsten, und schon nach zwei Zügen ließ sie die Zigarette auf den Bahnsteig fallen. Ein Mann bückte sich und hob sie auf; Rachael kam sich richtig mies vor, weil sie Kostbares verschwendet hatte, und hielt ihm schuldbewusst auch den Rest des Päckchens hin.

Eine Gruppe britischen Militärpersonals ging vorbei, und Rachael zog sich wieder in ihre Vermummung zurück und drückte die Hutkrempe tief ins Gesicht. Sie schnappte Bruchstücke der Unterhaltung auf, unter anderem, dass Brighton prachtvoller sei als Travemünde. Sie hatte zu dem englischen Seebad weder eine Beziehung, noch wurde sie bei dem Namen nostalgisch, doch er weckte Bilder, bei denen sie Heimweh bekam.

Lubert erschien unter dem Eingangsbogen, und sogar aus fünfzig Metern Entfernung erkannte sie, wie sehr ihr Anblick ihn in Aufregung versetzte. Er streckte eine zusammengerollte Zeitung in die Höhe und ließ sich davon wie vom Sehrohr eines U-Boots durch das Menschenmeer zu ihr leiten. Als er sie erreicht hatte, küsste er sie unbefangen auf die Lippen.

»Stefan...« Sie musste ihn bremsen. »Deine Fahrkarte«, sagte sie. »Wir müssen schauen, dass wir Sitzplätze bekommen.«

Es sah aus, als sei ganz Hamburg unterwegs nach Lübeck. Unter den Fahrgästen waren viele Hamsterer mit Körben und Taschen für die Nahrungsmittel, die sie auf dem Land zu ergattern hofften. Die Wartenden standen schon in drei, vier Reihen auf dem Bahnsteig, und als der Zug einfuhr, drückte die Menge wie ein Mann nach vorn, jeder wollte einen Sitzplatz erobern. Junge Männer ohne Fahrkarten sprangen zwischen die Puffer und wurden von pfeifenden Wachmännern unsanft zurückgezerrt. Der Zug war in einem schrecklichen Zustand, die Wände voller Einschusslöcher, die Sitze einfache Holzbänke. Rachael quetschte sich zwischen zwei Frauen auf die harte Bank und behielt ihre Tasche lieber auf den Knien, als sie auf die Ablage über ihren Köpfen zu schieben. Lubert setzte sich ihr gegenüber und brachte die Mitreisenden dazu, enger zusammenzurücken, damit er in ihrer Nähe sein konnte. Im Wagen roch es nach Ersatztabak und verschwitzten Leibern. Lubert zog die Nase kraus, eine verschmitzte Unterstellung, dass die beiden Frauen links und rechts von Rachael die Geruchsquelle seien.

Eine der Frauen wandte sich verärgert ab. Rachael brachte Lubert mit einem strengen Blick zur Räson. Er beugte sich vor zu ihr.

»Ich habe eine Frage an dich. Frage 132 auf dem Fragebogen: Ist es in Ordnung, so glücklich zu sein?«

Sie blickte aus dem Zugfenster, um sich vor einer Antwort zu drücken.

Der Himmel war seit drei Tagen wolkenlos, sodass die Sonne ihr Werk verrichten konnte: Sie brachte den Schnee auf den Feldern einer sanft gewellten, uralt wirkenden Kulturlandschaft zum Schmelzen, die Sussex oder Kent hätte sein können statt Schleswig-Holstein. Rachael sah einen Landarbeiter das Eis in einem Trog aufhacken. Ein Pferdegespann zog einen Pflug über den Boden, der monatelang unter einer Schneedecke gelegen hatte. Als die berühmten grünen Türme von Lübeck in Sicht kamen, stand Lubert auf, um besser sehen zu können.

»Die Stadt, in der ich zur Welt gekommen bin«, sagte er stolz. »Schau dir die Türme an ...«

Rachael konnte sie sehen: bronzegrüne, spitze Türme, die in den Himmel stachen.

»Der Marienkirche fehlt der Turm«, sagte er. »Trotzdem ist sie immer noch die schönste Kirche Deutschlands. Du wirst gleich sehen.«

Am Bahnhof nahm er ihr die Reisetasche ab, und als sie zu den alten Stadttoren liefen, hakte sie sich bei ihm unter.

»Möchtest du erst ins Hotel oder erst die Stadt anschauen?«, fragte er.

»Schauen wir uns möglichst viel an, solange es hell ist«, meinte sie.

Lubert war ein ebenso gelehrter wie temperamentvoller Stadtführer; er zeigte ihr sein Geburtshaus nur wenig außerhalb der Stadttore, in dem seine Eltern gelebt hatten.

»Die Vororte haben stark gelitten. Die Royal Air Force hat dort die Bomben getestet, die dann in Hamburg eingesetzt wurden. Die alten Holzhäuser sind rasch verbrannt.« Je länger die

Umgebung auf ihn wirkte, desto trauriger wurde er. Erinnerungen an sein früheres Leben kehrten zurück. »Mein lieber Freund Kosse hat dort gewohnt.« Er deutete auf eine Haushülse. »Er war ein richtiger Filmnarr. Für eine Kinokarte hätte er seine Großmutter verkauft.« Er lächelte.

»Und jetzt zeige ich dir mein Lieblingsbauwerk von ganz Deutschland.« Lubert schritt zielstrebig voran, wollte er ihr doch einen Teil von sich zeigen, der tief in ihm verwurzelt war.

Sie gingen durch das Holstentor, die mittelalterlichen Türme mit dem Zugang zur Stadt, überquerten den Kanal und hielten auf den roten Backsteinbau der Marienkirche zu, ein prächtiger, dennoch maßvoller Bau, von Bomben beschädigt und darum vielleicht noch eindrucksvoller. Der Hauptturm war durch Brand zerstört und das Dach offen für Wetter und Wind, das hohe Gewölbe des Transepts teilte einen Plafond, der nur aus Luft bestand. Lubert trat in das Kirchenschiff und begann sofort, es im Kopf zu rekonstruieren und mit den Händen Pläne zu zeichnen.

»Siehst du, wie schön das ist? Sogar in diesem Zustand. Eine wunderschöne Ruine. Vielleicht werden sie den Holzturm wiederaufbauen.«

Rachael zog es zu den beiden zerborstenen Glocken, die vom Turm gestürzt waren und auf dem rissigen, löchrigen Boden der Südkapelle lagen. Der Bereich war abgesperrt, die Glocken von den Briten als Mahnmal, vielleicht als Entschuldigung zurückgelassen. Was musste das für ein Anblick gewesen sein: der stumme Sturz des Tonnengewichts hundert Meter in die Tiefe, dann der donnernde Aufprall und das mächtige Getön, mit dem Krone, Schulter und Flanke der Glocken zerschellten und der klingende Schlagring barst. Die beiden Glocken lagen Seite an Seite. Sie hatten einen gewaltigen Sturz hinter sich, waren aber trotz allem immer noch vereint.

Lubert deutete Rachaels Tränen falsch. »Du bist bewegt. Zu Recht. Das ist schon erschütternd. Das nimmt einen mit.«

Er legte die Hand auf ihren Ellbogen und schob sie weiter. »Es gibt noch so viel zu sehen«, sagte er. »Die Straßen, wo ich als Junge gespielt habe, meine alte Schule, den großartigsten Marzipanladen der Welt.«

Die ganz persönliche Stadttour ging weiter, und je mehr Erinnerungen Lubert mit ihr teilte, desto mehr eigene stiegen in ihr hoch. Bei ihrer Trauung hatte der Priester gesagt, dass sich nun zwei Biografien zu einer einzigen Geschichte verbanden. War ihre Geschichte mit Lewis vorbei? Trotz all dem, was zusammengewirkt hatte, immer noch wirkte und in Zukunft wirken würde, um diese Geschichte zu beenden, wollte sie ihr Ende nicht.

Im Hotel Alter Speicher trug Lubert sie beide als Herrn und Frau Weiß ein, den Persilschein vorwegnehmend, den er bald bekommen musste. Ihr Zimmer war bescheiden und gemütlich eingerichtet. Über dem Bett hing das kitschige Bild einer oberbayerischen Gebirgslandschaft. »Das Bild ist schlecht«, sagte er, »aber für dieses Zimmer passt es.«

Rachael nahm den vermummenden Hut ab und legte ihn auf den Tisch am Fenster, dann schüttelte sie ihr Haar aus. Draußen war die Sonne noch zu sehen, blutrot. Lubert stellte sich zu ihr ans Fenster und musterte ihr Gesicht, wie sie die Aussicht musterte. Er fuhr mit zwei Fingern die Konturen ihres Kinns nach.

»Jetzt kennst du mich ein bisschen besser.«

Er küsste sie, doch sie brach den Kuss ab, drückte die Wange an seinen Mantel und legte die Arme um ihn, weniger wie eine Geliebte, eher geschwisterlich. So hielt sie ihn und versuchte die richtigen Worte zu finden, mit denen sie beginnen könnte.

»Dieser lange Winter geht zu Ende«, sagte sie.

»Jetzt redest du vom Wetter!« Er hob ihr Kinn mit dem

Zeigefinger und versuchte, ihre Gedanken zu lesen. »Was ist das für ein Code? Was denkst du? Jetzt, in diesem Augenblick?«

»Ich denke, dass ich mich für dich freue, Stefan. Ich freue mich, dass du... dass du eine Zukunft hast.«

Er versuchte wieder, sie zu küssen, aber sie entzog sich ihm. Sie musste ihn von den Höhenflügen des Tages auf den Boden herunterholen. Sie nahm seine Hand und musterte die Linien in seiner Handfläche. Sie sah eine Landkarte aus Straßen mit Gabelungen und Kreuzungen, sah abrupt endende Sackgassen und langsam ins Nichts sich verlierende Wege.

»Ich glaube, du wirst eine gute Zukunft haben, Stefan. Du hast Pläne. Gute Pläne. Für den Wiederaufbau deines Lebens, deiner Stadt. Die musst du verwirklichen.«

Er zog die Stirn in Falten.

Sie ging zu ihrer Reisetasche, öffnete sie und nahm die Aktenschachtel heraus, die unter dem einzigen Satz Kleider zum Wechseln lag. So nachlässig hatte sie noch nie gepackt. Sie hatte ihre Kosmetiktasche vergessen und ein Buch eingesteckt, das sie garantiert nicht lesen würde. Sie schlug das Dokument auf. Barkers handschriftliche Notiz hing immer noch am Deckblatt.

Sie blätterte zur einschlägigen Seite vor und hielt sie Lubert hin.

Lubert nahm sie und betrachtete das Foto von Claudia. Er starrte es so lange ohne jede Gefühlsregung an, dass Rachael plötzlich Zweifel bekam, ob es wirklich Claudia zeigte. Lubert stand lange Zeit wie versteinert da. Dann bewegte er ganz langsam den Kopf von einer Seite zur anderen, und ein Ausdruck schmerzlichen Nichtverstehens legte sich über sein Gesicht. Er zog das Foto aus der Klammer, hielt es auf Armeslänge von sich weg und kniff die Augen zusammen. Er wollte es Rachael zurückgeben. »Das ist ein übler Trick«, sagte er. »Ich habe nach ihr gesucht. Monatelang. Sie ist tot.«

Rachael weigerte sich, das Foto entgegenzunehmen. »Stefan. Das ist sie…«

Lubert richtete die Augen wieder auf das Bild, immer noch kopfschüttelnd, wollte es immer noch nicht wahrhaben. Schließlich strich er Claudias Gesicht entlang. Er hatte sich die Notizen mit den Fakten, die Rachael auf einen Blick erfasst hatte, noch gar nicht angesehen.

»Stefan. Lies. Lies die Aufzeichnungen. Sie ist im Franziskanerhospiz in Buxtehude. Sie fängt gerade wieder an zu sprechen. Sie hat das Gedächtnis verloren, macht aber ständige Fortschritte, Stefan… ständige Fortschritte.« Er war immer noch zu betäubt, um zu lesen, deshalb fuhr sie fort: »Gibt ihren Namen als Lubert an. Deinen Namen, Stefan. Sie erinnert sich an deinen Namen. Die Patientin sagt, sie habe an einem Fluss gewohnt. Das ist sie. Deine Frau. Sie lebt.«

Er sah sie an.

»Aber… zwischen uns hatte gerade etwas angefangen.« Er benützte schon die Vergangenheitsform.

»Du hast mich aufgeweckt, Stefan. Du hast mich aufgeweckt, ich werde wieder für Dinge empfänglich, die ich vergessen hatte. Aber…« Sie machte eine Pause, wollte seinen Schmerz nicht vergrößern, hatte aber doch das Bedürfnis, die Wahrheit auszusprechen. Sie legte ihre Hände um die seinen, die immer noch das Foto hielten. »Was uns zusammengebracht hat, war unser Verlust. Und du hast wiedergefunden, was du verloren hast.« Da begann Lubert zu weinen, und Rachael hielt seine Hand, als er sich krümmte und in sich zusammensank.

13

Als Lewis aufwachte, lehnte er mit dem Gesicht am Rahmen des Beifahrerfensters, das nass war von seinem Speichel. Barker fuhr den Mercedes und sah ihn mit amüsierter Fürsorglichkeit an.

»Alles klar, Sir?«

»Schlechte Träume«, erklärte Lewis, wischte sich den Mund ab und setzte sich aufrecht hin. »Hab ich was gesagt?«

»Sie haben mehrmals gerufen.«

»Hoffentlich keine Staatsgeheimnisse ausgeplaudert.«

»Sie haben den Namen Ihrer Frau gerufen.«

Nachdem Barker ihn vom Hauptquartier abgeholt hatte, war Lewis beim ozeanischen Geschaukel des Wagens eingeschlafen. Im Traum lag die Villa Lubert vor ihm, zu einer Jahreszeit, in der er sie noch nicht erlebt hatte: mit sattgrünem Rasen, alles in Blüte, die Beete voller Narzissen. Aber die Szenerie hatte etwas allzu Grelles; irgendwie unheimlich, wie die Narzissen das Bild beherrschten.

»Wie lange war ich weggetreten?«

»Zehn Minuten.«

Lewis rieb über sein Gesicht und klatschte sich gegen die Wangen. »Kommt mir wie Stunden vor.«

Während des Kriegs hätte ihn ein solcher Kurzschlaf so sehr belebt, dass er mehrere Nächte ohne Schlaf ausgekommen wäre, aber jetzt fühlte er sich unendlich erschöpft. Auf Helgoland hatte er eine noch nie erlebte Entkräftung an sich beobachtet. Erst hatte er sie auf die heimtückisch feuchte Luft und seine sinnlose Aufgabe geschoben, die ihn anödete: Er hatte die Vorbereitungen für die größte nicht-nukleare Explosion der Geschichte zu überwachen. Aber seit er die Insel verlassen hatte, war es noch schlimmer geworden. Er konnte das Phänomen nur als Schmerz bis tief ins Mark beschreiben – Rachael hatte nach Michaels Tod über Ähnliches geklagt.

»Alles in Ordnung?«

»Ziemlich genauso, wie es vorher war, Sir.«

»Das heißt, die Lage ist einigermaßen grauenhaft.«

»Verdammt grauenhaft, Sir.« Barker grinste.

Lewis hätte auf Helgoland Barkers Gesellschaft gut brauchen können. Nachdem Ursula nach London abgereist war und Kutov, Ziegel und Bolon alles Nötige gesehen hatten, schleppten sich die Tage nur noch dahin.

»Die Militärregierung sieht das Fraternisieren allmählich lockerer«, berichtete Barker. »Der Fragebogen wurde überarbeitet, nachdem die Jungs vom Nachrichtendienst ihre Aufmerksamkeit jetzt gen Osten richten müssen. Die große Neuigkeit ist das Hilfspaket, das die Amerikaner vorschlagen. Ich kann mich an die Zahl nicht erinnern, weil sie so groß ist. Den Russen passt das nicht. Sieht so aus, als steuern wir auf zwei Deutschlands zu. Aber Sie haben mir immer noch nicht erzählt, was der General von Ihnen wollte.«

Lewis gingen noch die Konsequenzen durch den Kopf, die der Wunsch des Generals für ihn haben würde.

»Er wollte mir einen Job anbieten.«

»Da sehen Sie's. Sie kriegen mehr Pluspunkte für die Zerstörung von Dingen als für ihre Wiederherstellung. Berlin?«

»Berlin.«

Barker wirkte etwas verloren. »Verdammter Mist. Die nächste Front. Haben Sie angenommen?«

»Unter zwei Bedingungen. Dass von mir nicht verlangt wird,

ein Haus mit einem Russen, einem Franzosen und einem Amerikaner zu teilen.«

»Da besteht keine Gefahr. Dort gibt's nur Wohnungen«, witzelte Barker, aber er konnte seine Enttäuschung darüber, dass Lewis weiterziehen würde, nicht verbergen. »Und die zweite Bedingung?«

»Dass Sie mitkommen.«

Barker warf einen raschen Blick zu Lewis hinüber. »Verdammter Mist.«

»Sie brauchen mir nicht gleich zu antworten. Es reicht in fünf Minuten.«

»Verdammter Mist.«

Lewis bemerkte auf dem Rücksitz einen massiven Stapel von »Unerledigtem«, den Barker ihm zur Durchsicht mitgebracht hatte.

»Noch mehr Akten, die ich verlegen kann?«

»Tut mir leid. Es ist ein Bericht über die illegale Ausfuhr von Wertgegenständen dabei, den Sie sich ziemlich dringend ansehen sollten. Eine ... unschöne Lektüre. Egal. Sie sollten sich dafür in die Badewanne legen.«

Ein Bad war genau, wonach Lewis sich sehnte. In ein paar Minuten hätten sie das Haus erreicht: Der Mercedes fuhr schon an den Patrizierhäusern in der Klopstockstraße vorbei. Lewis klopfte sich wieder Farbe in die Wangen und überprüfte im Spiegel seine Frisur. Seiner Meinung nach sah er fürchterlich aus. Sein Haar war länger, als es die Vorschriften erlaubten, und er hatte sich ein paar Tage nicht rasiert. Es brauchte gar nicht viel Schlafmangel, damit er Augen bekam wie Untertassen. Sein Aussehen war ihm immer ziemlich egal gewesen – er fand seine Nase zu lang, sein Gesicht zu hager und war immer überrascht, wenn Rachael ihm ein Kompliment machte. Er hatte nie Bestätigung gebraucht, aber wenn er in letzter Zeit sein müdes Gesicht im Spiegel ansah, hätte ihm ein beifälliger Blick von seiner Frau doch gutgetan.

Barker bog in die Elbchaussee, und zur Linken sah Lewis durch die Lücken in den Bäumen den Fluss. Die Elbe war einhundert Tage lang zugefroren gewesen, ein Rekord, der nie wieder erreicht würde, sagten die Leute. Jetzt sah man schon ein wenig fließendes Wasser, das Eis begann zu tauen.

»Es muss Ihnen leid getan haben, dass Frau Paulus gegangen ist.«

»Whitehall hat angefragt, ob ich jemanden kenne, der dolmetschen kann und bereit wäre, in London zu arbeiten. Da habe ich sie empfohlen.«

»Schade. Ich glaube nicht, dass es die Berlinerinnen mit ihr aufnehmen können.«

Lewis sah am Fuß eines Gehölzes Krokusse und Schneeglöckchen.

»Gibt es in Deutschland auch Narzissen?«

»Ich hab noch keine gesehen.«

»Halten Sie an, wenn welche auftauchen.«

Ein Sprung lief über die Windschutzscheibe und breitete sich aus wie ein Spinnennetz. Lewis nahm an, dass Splitt oder ein Stein gegen das Glas geprallt war; erst als der Wagen schräg über die Straße auszuscheren begann, bemerkte er, dass Barker zusammengesackt im Fahrersitz saß, den Kopf im Nacken. Dicht über seiner Augenbraue war ein sauberes, rot-schwärzliches Loch. Lewis griff ins Steuer, hob Barkers Bein vom Gaspedal und zerrte an der Handbremse. Der Wagen ruckelte, als der Motor erstarb, streifte eine Platane und kam zum Stehen, halb auf der Straße, halb auf dem Grünstreifen.

Der Rücksitz und die Rückscheibe waren hinter Barker mit Blut und Gewebe vollgespritzt. Noch bevor Lewis den Puls an seiner Halsschlagader fühlte, wusste er, dass er tot war. Er rutschte auf seinem Sitz nach unten und zog die Pistole aus dem Handschuhfach. Er prüfte das Magazin und sah dabei das Blut an seinen Händen, hellrot und warm. Die Windschutzscheibe war durch den Schuss undurchsichtig geworden, deshalb musste er zum Seitenfenster hinaus über die Straße sehen. Hinter ihm verschwand die Elbchaussee nach einer Kurve, vor ihm lag ein gerades Stück Allee, das weiter vorn nach rechts abbog, weg vom Fluss. Der Schuss musste aus einem der großen Häuser am Ufer abgegeben worden sein. Ein paar hundert Meter weiter sah er eine Gestalt über die Straße spurten, auf den Fluss zu.

Lewis stieg aus, zog seinen Mantel aus, warf ihn ins Auto und nahm die Verfolgung auf. Er rannte los. Das Adrenalin in seinen Adern ließ ihn alle Müdigkeit und mangelnde Kondition vergessen, er rannte bis zu dem Wiesenstreifen, der von der Straße abging, und folgte seiner Biegung zum Fluss hinunter, immer dem Fliehenden nach. Der erreichte das Ufer und lief auf die gefrorene Elbe hinaus, bis er mit einem Bein einbrach. Da kehrte er um und lief am Ufer ein Stück weiter, auf der Suche nach festerem Eis. Dann machte er sich ein zweites Mal auf über den Fluss, warf einen Blick zurück und sah, vielleicht zum ersten Mal, dass er von Lewis verfolgt wurde. Er lief schneller und begann, auf dem Eis herumzuschlittern. An dem schlanken Körper und den geschmeidigen Bewegungen erkannte Lewis, dass es sich um einen jungen Mann handelte. Kaum älter als ein Junge, siebzehn vielleicht, allerhöchstens.

Lewis wurde langsamer, verfiel in ein rasches Gehen. Ein stechender Schmerz bohrte in seiner Schulter, das Herz schlug ihm bis zum Hals. Als er das Ufer erreichte, war der junge Mann schon an die hundert Meter davon entfernt. Lewis beugte sich vor, stützte sich mit den Händen auf die Knie und rang nach

Luft. Er hatte bereits nachgesehen, kontrollierte das Magazin seiner Pistole aber ein zweites Mal: noch sechs Kugeln. Die sechsfache Chance, Barkers Mörder zu töten.

Der junge Mann war stehen geblieben und sah zögernd auf die vor ihm liegende Eisfläche hinaus, trat prüfend mit dem Stiefel darauf. Das Eis gab nach, und er sprang zurück. Da hörte man, wie das Eis in der Mitte des Flusses weitere Risse bekam – das klang wie das Knarren einer alten Tür. Lewis sah zu, wie der junge Mann nach einem anderen Weg über den Fluss suchte. Vor ihm brach eine weitere Eisplatte weg. Der Weg nach vorn war abgeschnitten.

Lewis spürte, wie der Schweiß, der ihm am ganzen Körper ausgebrochen war, eisig wurde. Er fühlte sich körperlos und setzte sich auf einen umgestürzten Baumstamm. Der junge Mann käme nicht weg von hier und hatte, soweit Lewis sehen konnte, keine Waffe. Lewis wartete einfach ab, was er tun würde. Von einer sprunghaften Energie getrieben, lief er auf dem Eis hin und her. Dann fing er an, etwas auf Deutsch zu rufen.

»Guten Morgen, Morgan!« Er lachte über seinen eigenen Witz und wiederholte ihn mehrmals, bis Lewis mitbekam, was er sagte. Woher kannte er seinen Namen?

»Hier bin ich!«

Der junge Mann breitete die Arme aus, um ihm ein besseres Ziel zu bieten. Er stand gerade noch in Schussweite. Lewis konnte ihn treffen, aber wenn er auf Nummer sicher gehen wollte, müsste er auf den soliden Eisriegel, der in den Fluss ragte, hinauslaufen und ihn von dort aus erschießen. Aber er blieb, wo er war; sein Atem beruhigte sich langsam. Er fühlte sich wie ein Zuschauer bei einer Wintersportveranstaltung.

»Machen Sie schon, Colonel!«

Lewis wollte ihn nicht erschießen. Aber seinen Tod, ja, den wollte er.

»Diese Kugel war für Sie bestimmt, Colonel. Egal. Alle Ihre Freunde sind meine Feinde.«

Wieder dieses Knarren. Diesmal kam es von der Eisplatte unter den Füßen des jungen Mannes.

»Das Eis bricht. Zeit, dass Sie aus Deutschland abziehen! Das ist mein Land! Mein Fluss! Mein Himmel!«

Der junge Mann schritt auf der Eisplatte hin und her und quasselte weiter. Ein richtiges Schauspiel, mit dem Gelächter und den Gesten eines Wahnsinnigen. In der Aufregung brach seine Stimme und wurde wieder hell wie die eines Jungen. Je mehr er quasselte, desto mehr schien ihn Lewis' Schweigen zu ärgern, ja, zu erbittern. Lewis glaubte zu hören, wie die Stimme des Jungen schrill wurde vor Angst. Er schwieg weiter und ließ die Angst Fuß fassen. Das tat ihm gut.

»Kommen Sie doch und verhaften Sie mich.«

Vom Fluss kamen aus verschiedenen Richtungen Geräusche wie die Schallimpulse eines Sonargeräts. Das Wasser unten und die Sonne oben hatten sich zusammengetan, um das Eis zu brechen. Lewis schloss einen kurzen Moment die Augen. Die Sonne hinterließ Abdrücke auf seiner Netzhaut. Er blinzelte sie weg. Der junge Mann stand ein paar Sekunden als ruhige Silhouette da, dann begann er plötzlich auf dem Eis wie auf glühenden Kohlen herumzutanzen, denn die Platte unter ihm zerbrach in ein Dutzend Stücke. Er sprang auf das größte, ein etwa türgroßes Eisstück, breitete die Arme aus, um beim Landen die Balance zu halten. Die Platte hielt aber sein Gewicht nicht aus und kippte. Er rutschte ins Eiswasser, und bevor er untertauchte, griffen seine Hände ins Leere. Er schrie auf beim Kälteschock, versuchte das Eisstück zu packen, bekam es aber nicht zu fassen. Ein paar Sekunden strampelte er herum, dann schwamm er zum Rand der nächsten kleinen Eisscholle. Wieder versuchte er, sich hinaufzuziehen, aber auch diese Scholle kippte und ließ ihn abgleiten. Nach dem dritten Mal gab er auf und trieb nur noch im Wasser.

»He! Hilfe!« Da war nichts Großkotziges mehr, nur noch Angst. »Ein Ast! *Tree!*« Das letzte Wort rief er auf Englisch.

Sogar vom Ufer hörte Lewis das Kälteschlottern in den Worten. Er sah zu, ein wenig traurig über seinen Mangel an Mitgefühl mit dem jungen Mann.

»Bitte ... Colonel!«

In weniger als einer Minute war sein Ton von provozierender Verachtung in panisches Flehen umgeschlagen.

»*Tree!*«, rief er noch einmal.

Der junge Mann war nun etwa fünfundzwanzig Meter an den Eisriegel herangedriftet. Wenn Lewis ihn retten wollte, dann musste er jetzt zu dem Ast greifen. Doch ihn lähmte ein archaischer Grundsatz, an dessen Widerlegung er ein Leben lang hart gearbeitet hatte. Auge um Auge. Junge um Junge. Aber in Wahrheit tickte die Welt immer noch so.

Dem jungen Mann ging die Luft aus, er konnte nur noch einzelne Worte hervorstoßen.

»Frieda! Sie. Kennen. Frieda!«

Lewis schaltete langsam, wer das war.

»Frieda ... Eine ... echte ... deutsche ... Frau ...«

Lewis sah zu und zählte die Sekunden. Es würde bald vorbei sein. Der junge Mann trat schon länger Wasser, als es bei der Kälte menschenmöglich schien, und jetzt trieb er ganz langsam mit der Strömung davon, auf die Mitte des großen Flusses zu. Lewis hörte kraftloses Japsen. Der junge Mann stieß einen letzten wimmernden Schrei aus – er klang wie »Mutti« – und ging unter.

Lewis stand da und schaute aufs Wasser. Er betrachtete den Fluss und lauschte dem lauten Knarzen der aufspringenden Risse, den großen Schmelzbewegungen, mit denen der Fluss seine Eisbesatzung abschüttelte. Lewis sah zu und dachte, dass es viel zu tun gäbe, aber vom Tun hatte er die Schnauze voll. Er spürte, wie etwas in ihm kaputtging. Während er den Horizont beobachtete, spürte er es in sich bröckeln. Er fühlte sich wie die Windschutzscheibe, brüchig von tausend Rissen. Wenn er zum Haus zurückkehren könnte, bevor jemand an ihm rührte, könnte er vielleicht verhindern, dass er völlig zerbrach.

Der Schmerz in Lewis' Schulter wurde heftiger, dieses Stechen, das er immer bekam, wenn er schnell gerannt war, und das mit dem Alter und dem starken Rauchen schlimmer wurde. Er rieb sich die Stelle und kreiste mit dem Arm, um das Gewebe zu lockern, aber das Stechen blieb. Fast geschafft, sagte er zu sich. Fast geschafft.

Bisher war er ganz geblieben. Sogar als er Barkers seelenlosen Körper und die gebrochenen Kapillaren in seinen Augen untersucht hatte, als er vor der Militärpolizei, die bei seiner Rückkehr bereits am Tatort eingetroffen war, seine Aussage gemacht hatte. Irgendwie hatte er es fertiggebracht, diese schlaffe Hülse von dem Barker abzukoppeln, den er so gemocht hatte. Aber jetzt, als er an den Toren der Villa Lubert ankam, war er nicht mehr sicher, was er da eigentlich zusammenhalten wollte.

Als er das Haus vor zwei Monaten verlassen hatte, war alles makellos weiß und bildschön gewesen, aber der plötzliche Übergang vom Winter zum Frühling hatte hässliche kahle Grasflecken unter dem Schnee hervorgeholt, braun-grau-schwarzer Mulch erschien im Weiß. Lewis betrat das Haus durch den Seiteneingang und war froh, auf niemanden zu treffen, der ihn begrüßte. Er zog den Mantel aus und rieb sich das Gesicht, unsicher, was er als Nächstes tun sollte: Er wollte sich hinsetzen, er wollte eine Tasse Tee, er wollte eine Zigarette, er wollte einen Drink, er wollte Edmund und Rachael sehen – aber nichts davon sofort. Er goss sich einen Whisky ein und kippte ihn auf einen Sitz, um durch den brennenden Alkohol wieder ein wenig zu sich zu kommen. Dann füllte er das Glas nach und ging nach oben.

Edmund war in seinem Zimmer, stand vor der Frisierkommode und bewunderte sich im Spiegel. Er trug einen Cricket-Pullover ähnlich wie den, den Michael gehabt hatte, bis auf den türkisen Streifen um den V-Ausschnitt. Sogar in den beiden Monaten war sein Sohn gewachsen. Lewis hätte ihn so gern in die Arme genommen.

»Ed.«

»Dad.«

Edmund strahlte, schien aber verlegen, weil er dabei ertappt worden war, wie er sich im Spiegel betrachtete.

»Das ist aber ein schöner Pullover.«

»Der ist von Tante Kate. Die hat ihn selbst gestrickt.«

Lewis merkte, dass er sich gegen die Tür stützte. Seine Beine schmerzten von den paar Treppenstufen. Er war noch nie umgekippt, fragte sich aber, ob das luftige Gefühl in seinen Armen der Vorbote einer Ohnmacht war.

»Ist Mummy nicht da?«

»Ich glaube, sie kommt heute aus Kiel zurück.«

»Hat sie die Buckmans besucht?«

»Ja.«

»War hier alles in Ordnung?«

»Ja. Alles prima.«

Sein Sohn sah ihn ziemlich beunruhigt an. »Und bei dir, Dad? Hast du dich geschnitten?«

»Ich hatte ... einen Unfall ... Aber es ist nichts passiert.« Lewis sah zu dem Blut auf seinen Händen hinunter. Es sah schlimmer aus, als er gedacht hatte. Er musste sich bald hinsetzen. Sofort.

»Dann hast du also für mich die Stellung gehalten?«, fragte er und sackte in den Sessel.

»Ja.«

»Und den Luberts geht es gut?«

»Ja. Aber Herr Lubert ist nicht hier … Ich glaube, er ist weggefahren. Irgendwohin. Hat wohl mit seiner Entlastung zu tun. Ich weiß nicht so genau.«

»Dann … bist du ganz alleine hier?«

Edmund nickte.

»Tut … tut mir leid, dass ich so lange weg war. Ich hab schon wieder Weihnachten verpasst.«

»Schon in Ordnung. Hast du viel gesprengt?«

»Ein paar Fabriken. U-Boot-Bunker. Die ganz große Sprengung steht noch bevor. Die bringen die ganze Munition, die Deutschland nach dem Krieg noch hat, an einen Ort und jagen sie in die Luft. Das wird man sogar noch in London spüren. Vielleicht merkt sogar Tante Kate in Berkshire was davon.«

Lewis zog sein Zigarettenetui aus der Jackentasche. Es war die erste heute, und beim ersten Zug wurde ihm schwindlig.

»Hat Mummy dir das Etui geschenkt?«

»Ja.«

Lewis gab es Edmund. Edmund klappte es auf und betrachtete das Foto von Michael. Michael hatte seinen Cricket-Pullover an.

»Warum hast du kein Bild von mir?«, fragte Edmund rundheraus.

Lewis war nicht sicher, ob er überhaupt einen Grund dafür hatte, merkte aber, wie er schon an einer Lüge bastelte, um besser wegzukommen.

»Weil Michael gestorben ist?«, rettete ihn Edmund. »Und du eine Erinnerung an ihn gebraucht hast?«

»Ja … genau. Von dir habe ich kein Foto gebraucht, Ed. Ich habe ja dich.«

Das konnte Edmund anscheinend akzeptieren.

Lewis durchschaute allmählich, dass die Kleider nicht willkürlich auf den Boden geworfen waren, sondern eine bestimmte Topografie bildeten. Er folgte dem Sockenboulevard zwischen dem Puppenhaus und der Pulloverinsel und sah den Lagonda auf der Straße dazwischen.

»Was haben wir denn hier?«, fragte er.

»Das war nur ein blödes Spiel«, sagte Edmund verschämt.

»Sieht aber lustig aus.«

»Der Wagen soll dein Mercedes sein. Aber Dinky macht keine Mercedes, deshalb ist es nur ein Lagonda. Und das ist Helgoland.« Edmund deutete auf den Hügel aus Pullovern und Hemden, auf dessen Gipfel ein einsamer Zinnsoldat stand.

»Bin ich das da oben?«

Edmund nickte.

Lewis' Blick kehrte zu dem Puppenhaus zurück. Er konnte die beiden Kinderpuppen im Schlafzimmer sehen, die beiden erwachsenen Puppen lehnten im Salon am Klavier.

»Dann sind das also Mummy und Herr Lubert – beim Klavierspielen?«

»Ich habe die Puppen nicht so hingestellt. Das war Frieda … sie hat sie vertauscht«, sagte Edmund errötend und schien sich über sich selbst zu ärgern, dass er überhaupt darauf hingewiesen hatte.

Lewis betrachtete die Miniatur-Rachael und den Miniatur-Lubert und nickte.

»Sieht aus wie eine glückliche Familie«, sagte er. »Anscheinend kommen alle gut miteinander aus. Das ist die Hauptsache.«

Als Rachael zu Hause ankam, war es schon dunkel. Drei Fenster waren erleuchtet, das Licht kam aus dem Salon, aus Friedas Zimmer ganz oben und aus ihrem eigenen Schlafzimmer. Für Rachael sah es aus, als schiele das Haus sie mit zusammengekniffenen Augen an. Die Dämmerung machte aus dem Balkongitter ein verzerrtes Lächeln. Lewis' Mercedes stand nicht in der Auffahrt, aber bei dem Gedanken, ihn wiederzusehen, hatte sie Schmetterlinge im Bauch.

Heike kam ihr in der Eingangshalle entgegen, verbeugte sich und nahm ihr die Reisetasche ab. Das Dienstmädchen war noch aufgeregter als sonst und warf immer wieder nervöse Blicke in Richtung Salon. Rachael hatte den Eindruck, jemand spiele mit einem Finger die Stakkatotöne zu Beginn des »Erlkönig«.

»Alles in Ordnung, Heike?«

»Der Colonel ...«, begann sie. Und sah wieder zum Salon.

Rachael gab ihr ihren Mantel.

»Wie geht es Edmund?«

»Gut. Er ist im Bett.«

Rachael trat in den Salon und fand Lewis über die Tasten gebeugt, die Stirn auf eine Hand gestützt. Er sah nicht auf, als sie hereinkam, sondern hämmerte weiter und plagte sich erfolglos mit dem Arpeggio, das auf die Eingangstöne folgte.

»Lewis?«

Er blickte nicht hoch, sondern schlug beharrlich eine einzelne Note an.

»Lew? Warum willst du das denn spielen?«

Lewis brach ab, ohne die Stirn von der Hand zu heben. Er war blass, und Rachael bemerkte das Blut auf seinen Jackenärmeln.

»Das erste Stück ist leicht«, sagte er. »Aber was dann kommt ... Ich weiß nicht, wie du das hinkriegst.«

Rachaels erster Gedanke war, dass er es irgendwie erfahren hatte. Alles. Sie ging zu ihm. »Lew...?« Vorsichtig ließ sie sich neben ihm auf der Klavierbank nieder. Die Noten von »Warum?« standen auf dem Notenhalter. Lewis lief die Nase. Sie hätte gern seinen Kopf angehoben, um in seinen Augen zu lesen, aber er hielt den Blick auf die Tasten gesenkt, auf die auch der Schleim aus seiner Nase heruntertropfte.

»Was ist denn passiert? Da ist doch was passiert...«

Lewis wischte sich die Nase am Ärmel ab, und Rachael sah das angetrocknete Blut auf seinem Handrücken. Sie nahm seine Hand in die ihre – sie war eiskalt. »Deine Hände! Und Blut...«

»Nicht mein Blut...«

»Wessen Blut? Lew? Du machst mir Angst.«

»Barkers... Er wollte unbedingt fahren... ich hätte ihn nicht ans Steuer lassen sollen... Die Kugel war für mich bestimmt.«

»Welche Kugel?«

»Von dem jungen Mann, den ich habe sterben lassen.«

»Wen hast du sterben lassen? Welchen jungen Mann?«

»Den jungen Mann, der Barker erschossen hat. Den jungen Mann... der gesagt hat, dass er Frieda kennt...«

Rachael konnte mit diesen Sprüngen nicht mithalten.

»Ich habe die Gefahr nicht erkannt. Aber sie war da. Direkt vor meinen Augen. Direkt in meinem Haus.«

Rachael drehte sein Gesicht zu sich und zwang ihn, sie anzusehen. Dieser wunde, gebrochene Lewis faszinierte sie ebenso, wie er sie beunruhigte.

»Ich habe ihn verfolgt... Ich hätte ihn retten können. Aber ich habe ihn sterben lassen... Ich wollte, dass er stirbt... Nicht nur wegen Barker... sondern auch wegen Michael... wegen allem.«

Lewis streckte die Hände mit den rotbraunen Spuren kreuz und quer über den Handrücken – Barkers Blut – von sich weg. »Ich bin den falschen Weg gegangen, Rach. Ich habe meine

Fahne an den falschen Mast gehängt. Burnham hatte recht…
Wenn man jedem vertraut, wird einer dafür zahlen.«

Rachael nahm sein Gesicht in beide Hände. »Sag das nicht…«

»Aber du weißt, dass es stimmt. Sag's mir, Rach. Sag's mir.
War ich zu vertrauensselig?«

Er sah ihr in die Augen.

»Ja…« Rachael strich ihm über die Wange, schob ihm die
Haare aus der Stirn. »Aber… mir ist sehr wichtig, dass du weiter vertrauen kannst… Lebenswichtig, Lew…« Sie küsste ihn
auf die Stirn, streifte seine Haut mit Lippen und Nase, atmete
ihn ein.

»Es tut mir leid.«

»Ich bin diejenige, der etwas leid tun sollte. Tut es auch. Es
tut mir leid.«

»Wir sind ein ganz schön jämmerliches Paar.«

Rachael zog seinen Kopf an ihre Brust. »Ruh dich erst einmal aus.«

Lewis ließ den Kopf dort liegen, und sie schlang die Arme
um ihn und wiegte ihn langsam. Sie hatte Lewis selten weinen
sehen. Er hatte einmal zu ihr gesagt, sie weine für sie beide. Aber
während sie ihn wiegte, stieß er ein leises, nicht enden wollen-
des Stöhnen aus, einen Laut, den sie nie von ihm vermutet hätte,
aber den sie wiedererkannte: Es war die Trauer um ihren Sohn.

Lewis konnte sich weder vom Bett erheben, noch fand er Schlaf.
Er war gelähmt von Schock und Erschöpfung, wurde wach gehalten von Selbsthass und einer Verzweiflung, in der er sich fast
lustvoll suhlte. Plötzlich hatte er viel für die alte Weisheit übrig,
dass der Tod die Fleißigen genauso holt wie die Faulen, warum
sich also abmühen? Ob er nun hier herumlag oder durch die
Gegend hetzte, lief letztlich auf dasselbe hinaus. Wenn man sich
seine letzten Aktivitäten so ansah, konnte man sogar zu dem

Schluss kommen, es wäre ein Gewinn für die Welt, wenn er nie wieder aufstünde. Dinge in Ordnung und Menschen wieder auf die Beine zu bringen erforderte eine Ausdauer und Geduld, die er nicht mehr hatte, dazu ein Wertesystem, dem er nicht mehr vertraute. Zerstören war viel leichter als aufbauen: Eine über Jahrtausende gewachsene Stadt ließ sich an einem Tag dem Erdboden gleichmachen, ein Menschenleben im Bruchteil einer Sekunde auslöschen. In künftigen Jahren würden Edmund und seine Kinder die Namen von Flugzeugen, Panzern, Schlachten und Invasionen kennen, sie würden sich gut an die Gräuel dieser Zeit erinnern, an die Namen derer, die sie verübt hatten. Aber könnte einer von ihnen den Namen eines einzigen Menschen nennen, der die Lücken wieder zugemauert und die Wege aus-gebessert hatte?

Lewis lag da und frönte seiner pessimistischen Nabelschau. Er fand sie fast befriedigend. Vielleicht hatte er seine Berufung verfehlt. Er hätte Dichter oder Philosoph werden sollen, viel-leicht auch Nihilist.

Ihm stieg der Geruch von Teerseife in die Nase. Er hielt die Hand hoch und sah, dass Rachael ihm das Blut von den Fingern gewaschen hatte. Sie hatte ihm auch die Stiefel ausgezogen und das Hemd aufgeknöpft. Irgendwann musste sie die Vorhänge aufgezogen haben. Staubpartikel tanzten im hereinströmenden Licht. Er musste geschlafen haben, weil er sich an keines dieser Dinge erinnern konnte. Er erinnerte sich nur, wie Rachael ihn unten am Flügel in den Armen gehalten, ihm übers Gesicht ge-streichelt und ihn angesehen hatte wie einen wiedergefundenen Schatz. Was hatte ihn plötzlich so anziehend und liebenswert gemacht? Dass er beinahe erschossen worden wäre? Sie hatte gesagt, sie habe einen schrecklichen Fehler begangen. Hatte er-zählt, dass Luberts Frau wiedergefunden worden sei. Und dann hatte sie zu ihm ganz ohne Umschweife gesagt, nicht einmal durch Koseworte abgepolstert, dass sie ihn liebe, ein Satz, den sie nicht leichthin aussprach, den er schon ewig nicht mehr von ihr gehört hatte ... Er konnte sich nicht erinnern, wann zuletzt.

Die Tür ging auf, und Edmund kam mit einem Frühstückstablett herein – einem gekochten Ei im silbernen Eierbecher, einer Scheibe Brot, in schmale Streifen zu »Soldaten« geschnitten, und einer Tasse Tee. Er bewegte sich *andante* durch den Raum und konzentrierte alle seine Kräfte darauf, keinen Tropfen zu verschütten. Damit Edmund einen ebenen Platz fand, wo er das Tablett abstellen könnte, setzte sich Lewis auf und zog die Beine an. Er hatte Kreuzschmerzen und von der Verfolgungsjagd einen Muskelkater in den Beinen.

»Mummy hat mir gesagt, ich soll dich um zwölf aufwecken. Und dich erinnern, dass du ins Hauptquartier musst.«

»Ist es schon zwölf? Du meine Güte!«

Edmund sah ihn an und wartete. »Willst du dein Ei nicht essen? Das hab ich selber gekocht. Greta hat mir gezeigt, wie.«

Lewis nahm das Messer und wollte das Ei am spitzen Ende köpfen, doch dann erinnerte er sich und drehte das Ei um, sodass das breite Ende oben war.

»Mummy ist auch eine Breit-Enderin. Wir sind alle Breit-Ender.«

Lewis klopfte das Ei auf und tauchte den Kopf eines Brotsoldaten in das gerade noch flüssige Eigelb.

»Perfekt. Genau, wie ich es mag.«

»Herr Lubert ist ein Spitz-Ender. Und Frieda auch. Ich frage mich, ob Frau Lubert auch eine Spitz-Enderin ist.«

»Das werden wir bald rauskriegen.«

Lewis tunkte mit seinen Soldaten das Eigelb auf, dann löffelte er das Weiße heraus.

»Dad? Wenn man was Schlimmes denkt, ist das dann dasselbe, wie wenn man es wirklich tut?«

Lewis hatte das Gefühl, dass er die Antwort auf diese Frage auf gar keinen Fall versieben durfte. »Kommt darauf an. Du musst mir ein Beispiel geben.«

»Also, als du gestern beinahe erschossen worden wärst, dachte ich … war ich froh … dass Captain Barker an deiner Stelle gestorben ist. Obwohl das traurig ist.«

Lewis schob das Tablett zur Seite und winkte Edmund näher heran. Sein Sohn kam zu ihm, und Lewis nahm sein ovales, flaumiges Gesicht zwischen seine Hände und küsste ihn, verfehlte seine Stirn und landete auf seinem Nasenrücken, weil Edmund vor Verlegenheit ein bisschen zuckte.

»Ist das schlimm?«

»Das ist nicht schlimm, Ed. Schlimm ist nur, dass … dass du in die Situation gekommen bist, so etwas denken zu müssen.«

»Hast du auch schlimme Gedanken?«

»Ja. Hab ich. Ich hatte heute schon mehrere.«

»Wie schlimm?«

»Na, ich dachte, dass ich vielleicht gar nicht aufstehe. Weil es egal ist, ob ich aufstehe oder nicht. Ich hatte keine Lust mehr, anderen Leuten zu helfen. Ich habe angefangen zu denken, dass das weder mich noch andere wirklich weiterbringt. Ich wollte Deutschland nicht mehr helfen. Oder den Briten. Oder Herrn Lubert. Oder Frieda. Oder Mummy. Oder dir. Oder mir selbst. Ich wollte aufgeben. Da – findest du das schlimm?«

Edmund sah unsicher aus. »Aber das wirst du doch nicht tun, oder?«

»Vielleicht ein paar Minuten.«

»Das würde gar nicht zu dir passen.«

»Nein.«

»Wusstest du schon, dass Frieda verhaftet wurde?«

»Nein.«

»Weißt du, was die mit ihr machen werden?«

»Was glaubst du denn, dass die mit ihr machen sollten?«

Edmund dachte nach. »Wenn die wüssten, dass ihre Mutter lebt ... dann würden sie sie vielleicht freilassen.«

Dem Nachrichtendienst fehlt so ein Junge, dachte Lewis. Der würde ihnen Monate von Arbeit und Berge von Papier sparen. Er hätte Edmund gern noch einmal geküsst und geknuddelt, wie er es getan hatte, als sein Sohn noch ein Baby war. Aber zwei Küsse an einem Tag kamen ihm ein bisschen viel vor.

»Hast du schon beschlossen, was du machen wirst?«, fragte Edmund.

»Ich glaube, ja. Aber du musst mir erst deine Hand geben.«

Lewis streckte seine Hand aus. Edmund nahm sie in beide Hände und zog seinen Vater auf die Füße.

14

Sie saß in einem Sessel und stickte an einem Mustertuch. Durch ihr Haar zog sich eine neue weiße Strähne; ihr Gesicht war voller geworden, hatte dadurch aber gewonnen. Sie sah ruhig aus – ruhiger, als Lubert sie je gekannt hatte –, schien aber, wie die Schwester gesagt hatte, ihre fünf Sinne beieinanderzuhaben: Ihr waches Gesicht, auf dem das vertraute leise Lächeln lag, hatte einen nachdenklichen Ausdruck; beim Blinzeln schlug sie rasch die Lider wieder auf.

Die diensthabende Schwester hatte seinen Wunsch akzeptiert, dass »er sie sehen konnte, bevor sie ihn sah«, und stand neben ihm, während er Claudia durch die Luke im Vorraum betrachtete.

»Sie stickt den ganzen Tag«, erklärte die Schwester. »Sie war sehr produktiv. Wir haben viele Mustertücher, die wir rahmen und in den Stationen aufhängen werden. Wenn sie nicht stickt, schreibt sie. Ihre Erinnerungen.«

»Sie hatte einen so scharfen Verstand«, sagte Lubert mehr zu sich als zu der Schwester. »Ist sie … geistig da?«

»Sie weiß, was sie will – auch wenn einige geistige Fähigkeiten gerade erst zurückkommen. Sie ist eine hochintelligente Frau. Witzig. Kreativ. Schlagfertig.«

Wie oft sie die Klingen gekreuzt hatten, dachte Lubert. Meist hatte er verloren.

»An manches kann sie sich erinnern?«

»Sie besitzt Erinnerungsbruchstücke, manche sehr detailliert, verliert sie aber auch wieder. Doch langsam wächst ein

Bild, Stück für Stück. Und wenn sie ein Stückchen gefunden hat, kann das zu dem nächsten Stückchen führen. Die letzten Monate hat sie echte Fortschritte gemacht. Wir haben sie dazu ermutigt, aufzuschreiben, was ihr einfällt. Das macht sie jetzt: Sie erinnert sich und schreibt.«

Claudia legte ihre Stickerei auf den Schoß und nahm von dem Tischchen neben ihrem Stuhl ein Notizbuch und einen Stift.

»Das passiert jetzt immer öfter. Sie schreibt jeden Tag etwas auf. Zeichnet auch Bilder.«

Claudia schrieb rasch, ohne zu stocken.

Was sie wohl schreibt?, fragte sich Lubert. Woran erinnerte sie sich? Gehörte er dazu? Würde sie sich an ihn erinnern? An seine besten Seiten? Oder an die schlimmsten? Würde er ihren Erinnerungen gerecht werden?

»Erinnert sie sich, was ihr zugestoßen ist? In der Nacht des Feuersturms?«

»Davon hat sie noch nicht gesprochen. Und auch nichts darüber geschrieben. Aber ich glaube, sie ist zu diesen Erinnerungen noch nicht bereit. Bisher erinnert sie sich an Gutes, was mit Beziehungen zu tun hat. An die Familie, an Freunde, an ihr Zuhause. Das ist in solchen Fällen oft so. Der Geist erinnert sich an Dinge, die die Seele verkraften kann. Alles zu seiner Zeit.«

Er beneidete sie: noch einmal anfangen und auf festem Boden bauen können. Darin lag eine gewisse Unschuld. Sie sah zufrieden aus. Vielleicht sollte er sie in diesem Zustand lassen. Im Zustand eines unbeschriebenen Blattes. In dieser Stunde Null der Seele. Warum sollte er alles mit seinen chaotischen Komplikationen verderben?

»Ich bin nicht mehr derselbe. Ich habe die Erinnerung an sie ... nicht bewahrt.«

Die Schwester sah Lubert forschend ins Gesicht. Er hätte

gern den Blick von dieser gütigen Frau abgewandt, fühlte sich so unwürdig, aber ihre Freundlichkeit bewegte ihn zu weiteren Bekenntnissen. »Ich dachte, sie wäre tot. Ich habe versucht, noch einmal anzufangen. Mit jemand anderem. Mit jemandem, den ich zu lieben glaubte.«

Sie fasste Lubert an den Händen, völlig unbeeindruckt von seinem Geständnis.

»Sie lieben Ihre Frau immer noch, Herr Lubert. Gehen Sie einfach davon aus.« Sie vermittelte ihm ihre felsenfeste Gewissheit mit einem Händedruck. »Kommen Sie. Ich möchte Ihnen etwas zeigen. Kommen Sie mit.«

Sie führte ihn an einen Tisch, auf dem drei fertige Mustertücher ausgebreitet waren. Eines war abstrakt, mit Zickzackmuster und Blumenmotiven, das zweite ein Kreuzstich-Alphabet wie fürs Klassenzimmer, das dritte hatte Bildmotive. »Sobald wir können, rahmen wir sie«, sagte sie, dann hob sie das Tuch mit den Bildmotiven hoch und legte den Stoff quer über Luberts Hände.

»Das war das erste, das sie gestickt hat.«

Das Mustertuch zeigte ein Haus mit Säulengang, einer langen, baumbestandenen Auffahrt und einem Garten, der zu einem Fluss führte, wo ein Segelboot vor Anker lag. Vor dem Haus standen drei Menschen: ein Mann mit der Reißschiene eines Architekten, eine Frau mit Hut und altmodischen Röcken und dazwischen ein Mädchen mit Zöpfen.

»Sie sagte, das sei die Kopie eines Tuchs, das sie früher einmal gestickt habe. Sie war nicht sicher, ob es ihr Haus oder ihre Familie darstellte. Sie konnte nur sagen, dass das Schiff ein Symbol der Hoffnung sei. Aber Sie erkennen es …«

Lubert hatte das Original nie groß beachtet und auch das Recht auf jeden Kommentar dazu verwirkt, nachdem er Claudia gnadenlos wegen ihres »volkstümlichen Hobbys« verspottet

hatte – aber ja, er erkannte das Tuch. Es war die genaue Repro-
duktion des Mustertuchs, das nun in Friedas Zimmer hing.

»Ist das Ihr Haus?«

Lubert nickte.

»Und der Mann sind Sie?«

»Ja.«

»Und das Mädchen? Ist das Ihre Tochter?«

»Das ist Frieda.«

»Und Ihre Frau.«

Er nickte.

»Fehlt etwas?«

Er schüttelte den Kopf. »Nein. Es ist … alles da.«

»Setzen Sie sich, Colonel.«

Lewis setzte sich auf den einzigen Stuhl vor Donnells und
Burnhams Schreibtisch. Der Sitz war noch warm vom vorigen
Besucher. Die beiden Männer standen; es sah aus, als müssten sie
sich nach einem langen Befragungstag die Beine vertreten und
durchatmen. In diesem Befragungsduo war Donnell klar für die
einleitenden Worte und den Austausch von Nettigkeiten zu-
ständig, während Burnham den gespannten Beobachter spielte.

»Das mit Barker tut uns leid«, sagte Donnell. »Wir tun natürlich alles, was wir können, um den Mörder zu finden. Wir
haben ein paar Anhaltspunkte. Haben eine Reihe von Aufständischen verhaftet, einschließlich Frieda Lubert.«

»Haben Sie das Mädchen schon verhört?«

»Zumindest damit angefangen«, antwortete Donnell. »Doch
wir mussten abbrechen. Sie klagte über Magenkrämpfe. Jetzt
kümmert sich der Sanitätsoffizier um sie.«

Die haben sie sicher fertiggemacht, dachte Lewis. Burnham
hatte seine Folterwerkzeuge über den Tisch gebreitet: Fotografien von den Gräueln der Nazis – KZs, Lynchmorde, Ex-

perimente. Lewis' Blick fiel auf eines der Fotos: ein nacktes, entsetztes Mädchen in Friedas Alter, das seinem Folterer entgegenstarrte, dessen Unsichtbarkeit das Foto noch grausiger machte.

»Wir haben sie in einem der beschlagnahmten Häuser auf der Elbchaussee aufgegriffen. Die Aufständischen haben es offenbar als Stützpunkt benutzt.«

»Haben Sie sie für schuldig befunden?«, fragte Lewis.

»Schuldig?«, wiederholte Donnell verwirrt.

»Aller dieser Gräuel.« Lewis nickte zu der grotesken Collage hinüber.

Burnham nahm dies als Stichwort.

»Sie finden das plump, Colonel, aber es ist immer noch ein sehr einfacher und wirkungsvoller Test: Manche können gar nicht hinsehen. Manche sehen hin und gleich wieder weg, andere sehen hin und zögern. Manche sehen hin und weinen. Manche sehen mit Genuss hin. Manche lachen sogar. Und dazwischen gibt es Reaktionen in allen möglichen Schattierungen. Ich habe bemerkt, wie Sie hingesehen und rasch wieder weggesehen haben, eine Reaktion, die auf einen verständlichen Überdruss schließen lässt, was das Thema angeht, vielleicht auch auf einen gewissen Unwillen, dem Übel entgegenzutreten – oder sogar auf die Tendenz, es nicht wahrhaben zu wollen.«

Burnham verkündete dies so nüchtern, als handle es sich um empirische Tatsachen. Captain Donnell, der das wahrscheinlich alles schon öfter gehört hatte, nickte pflichtschuldig.

»Und wie hat Fräulein Lubert reagiert?«, fragte Lewis und griff nach seinem Zigarettenetui. Er war ungewohnt nervös, fürchtete sich ein wenig vor der bevorstehenden Konfrontation.

»Sie wollte die Fotos nicht ansehen. Hat stattdessen mich angestarrt.«

»Wer hat als Erster geblinzelt?«

»Wie bitte?«

»Ach, nichts. Sie glauben also, dass sie mit der Sache zu tun hat?«

»Wir wissen es«, sagte Donnell. »Hier. Das wurde im Haus gefunden.« Donnell holte die Akte mit den Demontage-Unterlagen hervor, die Lewis verlegt zu haben glaubte, und schob sie über den Tisch. »Das wurde mit vielem anderem Belastungsmaterial gefunden.« Donnell sah in seine Aufzeichnungen. »Die hatten eine richtige kleine Drogerie dort. Lebensmittelkarten, Kaugummi, Penizillin, Chinin, Saccharin, Salz, Streichhölzer, Feuersteine für Feuerzeuge, Kondome. Sogar einen Koffer voller Zuckerzangen.«

Lewis sah zu der Akte, berührte sie aber nicht. Er klappte sein Zigarettenetui auf, klopfte eine Zigarette heraus und zündete sie an.

»Und was beweist das?«

»Sie hat gestanden, dass sie die Akte gestohlen hat«, erklärte Burnham. »Außerdem hat sie noch eine Menge anderes gestanden.«

Burnhams Vorgehen war interessant. Wie ein Pokerspieler wurde er immer ruhiger, je sicherer er sich seiner Überlegenheit war.

»Frieda Lubert gehörte zu einer Gruppe, die von dem jungen Mann angeführt wurde, den Sie für den Mörder halten. Wie sie von ihm spricht, sind sie sich nahegestanden. Sie behauptet, sie habe nichts von seinem Plan gewusst, Sie zu ermorden, aber das kommt mir unwahrscheinlich vor. Der junge Mann heißt Albert Leitmann«, sagte Donnell. Er reichte Lewis ein Foto. »Das hatte sie im Geldbeutel, als wir sie verhaftet haben. Bei Kriegsende war er bei der Alster-Flugabwehr auf dem Schwanenwik stationiert.«

Lewis sah sich das Foto an, ihm war elend zumute. Albert

trug die Flugabwehr-Uniform, hatte sich die Haare mit Brillantine nach hinten gekämmt und lächelte siegesgewiss von einer Abschussrampe herunter. Ein stolzer, gut aussehender junger Mann, bereit, sein Land zu verteidigen.

»Das ist das einzige Foto, das bei Fräulein Lubert eine emotionale Reaktion ausgelöst hat«, fügte Donnell hinzu.

»Ich sehe, dass Sie ihn erkennen, Colonel«, bemerkte Burnham. »Kennen Sie diesen Mann?«

»Für mich sieht er eher aus wie ein Junge«, sagte Lewis.

»Mann oder Junge, er hat Ihren Stellvertreter erschossen. Und wir glauben, dass er und seine Bande für den Diebstahl von Lastwagen und anderem Eigentum der Militärregierung verantwortlich sind. Die Gruppe entspricht dem Profil anderer Freischärlergruppen in der Zone, die sich an der Organisation Werwolf orientieren.«

»Was für ein Profil wäre denn das, Major? Unterernährt? Waisenkinder? Unter sechzehn? Frieda ist nur ein Mädchen mit einem Trauma. Sie wurde von jemandem aufgehetzt, der stärker war als sie, jemandem, der ebenfalls ein Trauma erlitten hat.«

»Das ist die Geschichte der gesamten Nation: *Wir wurden aufgehetzt, Euer Ehren!*«, witzelte Donnell.

»Dafür, dass ihr so viel Freundlichkeit erwiesen wurde, zeigt sie einen bemerkenswerten Mangel an Dankbarkeit«, sagte Burnham. »Sie wirft uns vor, dass wir ihr Land zerstört haben, ihre Stadt, ihre Mutter. Dass wir ihr Haus gestohlen haben. Sie beklagt sich über alles – einschließlich Ihrer Frau.«

»Rachael hat sich sehr um Freundlichkeit bemüht.«

»Zu sehr, wenn man dem Mädchen glaubt. Moment.« Burnham suchte nach seinen Verhörnotizen. »*Mrs. Morgan hat versucht, mir meinen Vater zu stehlen.*«

Lewis wandte den Blick nicht von Burnham und wartete, ob der Major mehr wusste als er selbst.

»Sie ist natürlich zornig und lebt in einem Wahn, ihre Ansichten dürfen nicht zu ernst genommen werden«, fuhr Burnham fort. »Aber anscheinend haben Sie es nicht geschafft, sie auf Ihre Seite zu bringen, Colonel.«

»Sie ist fünfzehn.«

»Wir wissen beide, dass ihr Alter keine Entschuldigung ist. Das Brandzeichen auf ihrem Arm genügt, um sie erschießen zu lassen.« Er sah wieder in seine Aufzeichnungen. »*Ich kann Ihnen nicht sagen, wo er ist. Auch wenn Sie mich tausend Jahre hier behalten, könnte ich es Ihnen nicht sagen!* Ist Ihnen schon aufgefallen, dass Fanatiker immer in Zeiträumen von tausend Jahren denken?«

Lewis bekam Herzklopfen bei dem Gedanken, was nun bevorstand.

»Wie soll ich Ihr Schweigen auffassen, Colonel? Haben Sie kein Interesse daran, dass wir Leitmann fassen? Und seiner gerechten Strafe zuführen?«

»Sagen Sie mir eins, Major: Wenn Sie ihn fassen, was wäre Ihr Urteil?«

»Nach geltendem Recht würde er zum Tode verurteilt.«

»Wären *Sie* dann zufrieden?«

»Wenn er gefasst wird, wird er hingerichtet.«

»Albert Leitmann wurde bereits hingerichtet.«

Da endlich regte sich etwas in Burnhams glatter Miene: Er runzelte die Stirn, er warf Donnell einen Seitenblick zu, er seufzte müde.

»Ich habe ihn bis zur Elbe verfolgt. Er hat versucht, über den Fluss zu fliehen, aber das Eis hat Sprünge bekommen. Er ist ins Wasser gefallen. Ich habe zugesehen, wie er starb.«

»Sie haben ihn erschossen?«

»Er ist ertrunken.«

Donnell hörte auf zu notieren. »Verstehe ich richtig, Colonel:

Sie haben ihn sterben sehen? Sind Sie ganz sicher? Er ist nicht entkommen oder auf die andere Seite geschwommen?«

»Ich habe ihn sterben lassen. Das werde ich nie vergessen.«

»Sie haben es vergessen, als Sie den Vorfall der Polizei berichtet haben.«

»Ich stand unter Schock.« Burnhams Reaktion darauf – ein verächtliches Zucken – gab Lewis eine seltsame Sicherheit. Er fuhr fort. »Ich erinnere mich, dass Sie einmal sagten, Sie wollten die Psyche dieses verrohten Volks wiederaufbauen. Das waren doch Ihre Worte, oder? Als Sie mit Shaw gesprochen haben? *Zwölf Jahre der Ignoranz und kulturellen Ahnungslosigkeit haben die Menschen zu Tieren gemacht.*«

Burnham antwortete nicht. Er trug eine Langeweile zur Schau, die Lewis ihm nicht abkaufte.

»Ich nehme an, Sie fühlen sich diesem Ziel immer noch verpflichtet.«

»Im Fall von Fräulein Lubert ist keine Zeit dafür.«

»Und ob dafür Zeit ist.«

»Das ist doch absurd, Colonel«, protestierte Donnell. »Sie hat Beihilfe zum Mord geleistet. Dafür haben wir Beweise.«

»Sie werden sie erschießen lassen, weil sie eine Akte gestohlen hat? Hören Sie. Ich schlage Ihnen einen Tauschhandel vor. Wenn Sie sie freilassen, werde ich ihre Psyche innerhalb eines Tages wiederaufbauen.« Lewis wartete die Antwort nicht ab. »Ich habe hier zwei Berichte, die ich de Billier vorlegen muss. Barker hat beide erarbeitet. Sie handeln von unterschiedlichen Dingen, haben aber durchaus miteinander zu tun. Der erste ist ein Verzeichnis der Patienten aller Hospitäler und Hospize, die als vermisst galten und noch darauf warten, wieder mit ihren Familien zusammengeführt zu werden. Darin steckt ein beträchtlicher Arbeitsaufwand; ich habe lediglich das Verdienst, den Bericht angeregt zu haben. Aber er hat zu der Entdeckung geführt, dass Herrn Luberts Frau noch lebt; sie befindet sich in einem Franziskanerhospiz in Buxtehude. Ich bin sicher, Sie möchten diese Information einer jungen Frau, die ihre Mutter für tot hält und diese Überzeugung zur Grundlage ihres Handelns gemacht hat, nicht vorenthalten. Ich möchte den Bericht Frieda zeigen und sie dann zu ihrer Mutter bringen.«

»Das ist alles sehr interessant«, sagte Burnham. »Aber es ändert nichts an der Tatsache, dass Fräulein Lubert Beihilfe zu einem Verbrechen geleistet hat, Colonel.«

Jetzt war die Zeit gekommen, den größten Trumpf auszuspielen.

»Der andere Bericht ist von unmittelbarerem Interesse.«

Lewis zog aus seiner Aktentasche eine blaue Mappe und schob sie über den Schreibtisch. Burnham las den Titel: »Unbefugte Ausfuhr von Wertgegenständen aus deutschem Besitz«. Er schlug den Bericht auf, ohne sich etwas anmerken zu lassen. Er überflog die einschlägigen Seiten, von Barker hilfreich markiert. Lewis war erschüttert gewesen, um welche Größenordnungen es da ging. Die Burnhams hatten nicht etwa ein wenig beiseitegeschafft, sondern im großen Stil geplündert. Er wartete, dass Burnham sich äußerte.

Der Major hielt den Blick gesenkt, als er den Bericht schloss, und obwohl seine Miene wenig preisgab, spürte Lewis, wie die Machtbalance sich auf seine Seite des Schreibtischs hin verschob. Nach langem Schweigen schloss der Major kurz die Augen. Dann sah er Lewis an, mit einem neugierigen, fragenden Blick, der echtes Unverständnis verriet. Burnham wog den Bericht auf der Handfläche, als wollte er sein Gewicht abschätzen.

»Ihre Fähigkeit,... das Fehlverhalten anderer... zu übersehen,... ist grenzenlos. Sie sind mir wirklich... ein Rätsel, Colonel.«

Eine Viertelstunde später stand Lewis vor der schweren Zellentür in der Haftanstalt und sah Frieda durch die Klappe an. Sie hockte auf einer Bank, die Knie an die Brust gezogen. Sie wirkte unversehrt, aber zutiefst niedergeschmettert, mehr Fünfzehnjährige als mordende Aufständlerin. Der Sanitätsoffizier hatte sie untersucht und erklärt, er könne keine Symptome von Mangelernährung, Hungerödemen, Tuberkulose oder anderen Erkrankungen feststellen, von denen ihre Landsleute heimgesucht wurden. Doch die Magenkrämpfe konnte er erklären.

»Kein Grund zur Sorge, Sir, obwohl ihre Eltern vielleicht anders darüber denken werden«, sagte er. »Sie ist schwanger.«

Als Lewis in die Zelle trat, zuckte Frieda zurück und kauerte sich zusammen. Um sie nicht zu erschrecken, blieb er in der Tür stehen und streckte die Hand aus. Frieda wich noch weiter zur Wand und zog die Knie noch fester an. Ihre feindselige Trotzhaltung fiel von ihr ab, und eine schlichte, animalische Angst kam zum Vorschein.

»Ich wusste nicht … ich wusste nicht, was er vorhatte.«

»Schon gut. Komm.«

»Wohin?«

»Nach Hause.«

»Warum?«

»Warum? Na, weil das der richtige Ort für dich ist.«

»Das ist nicht mehr mein Zuhause.«

»Besser als hier ist es schon.«

»Aber der Mann hat gesagt, ich komme ins Gefängnis.«

»Ich habe meinen Wagen auf dem Ballindamm geparkt. Ich warte draußen auf dich.«

Lewis ließ Frieda zurück; sie starrte auf die offene Tür. Er gab dem Wachmann die Anweisung, Frieda Zeit zu lassen, bis sie bereit wäre zu gehen, und verließ das Haus. Auf der Treppe zündete er sich eine Zigarette an und wartete. Er sah zwei jungen Männern zu, die ein Segelboot ins aufgetaute Wasser der Binnenalster ließen. Auf dem Jungfernstieg herrschte lebhaftes Treiben, die vielen Menschen, die dort zu Fuß unterwegs waren, hatten alle ein Ziel. Hundert Leben, in denen Entscheidungen getroffen, Fehler gemacht, Schnäppchen erjagt, Geschäfte abgeschlossen, Verabredungen getroffen, Versprechen gegeben wurden.

Eine Zigarettenlänge später erschien Frieda im Eingang. Sie blieb ein paar Schritte entfernt von ihm stehen. Lewis trat seinen Zigarettenstummel aus, zeigte in die Richtung, in die er gehen würde, und machte sich auf. Beim Gehen vergewisserte er sich, dass sie ihm folgte, ließ sie aber ein paar Meter Abstand halten und spielte mit bei dem Spiel, dass sie nicht zusammengehörten, damit Frieda sich nicht mehr schämen musste, als sie es ohnehin schon tat.

Am Ende des Jungfernstiegs stand ein neu errichteter, weiß gestrichener Holzkiosk mit Wellblechdach, in dem Süßigkeiten und Zeitungen verkauft wurden. Lewis blieb stehen und kaufte eine Tüte Pfefferminzbonbons für die Fahrt und *Die Welt*. Die Titelseite zeigte eine Luftaufnahme von Helgoland mit der Schlagzeile: *Insel bereitet sich auf große Sprengung vor.* Er überflog den ersten Absatz: »Die Reste der Nazi-Kriegsmaschinerie werden mit einer riesigen Sprengung in die Luft gejagt.«

Frieda war ein paar Schritte hinter ihm stehen geblieben. Lewis behielt die Pfefferminztüte vorerst, weil er wusste, dass Frieda ablehnen würde, wenn er sie ihr in der Öffentlichkeit anböte. Ein langer Lasterkonvoi, der Schutt abtransportierte, tuckerte vorbei. Herabwehender Staub und Gries rieselten mit leisem Klimpern auf die Straße. Am Ende des Konvois gingen die beiden zur anderen Straßenseite hinüber, wo Lewis' schlammbrauner Volkswagen stand. Lewis hielt Frieda die Tür auf und gab ihr die Bonbons.

»Die sind für dich.«

Sie nahm die Tüte und stieg ein.

Sie fuhren Richtung Süden, dann nach Osten, vorbei an den mächtigen Lagerhäusern der Speicherstadt, an der Nordelbe entlang, bis sie die Trümmerwüste von Hammerbrook erreichten.

Frieda igelte sich in Schweigen ein und wandte den Blick von Lewis ab. Als sie auf die Autobahn nach Buxtehude auffuhren, richtete sie sich auf.

»Das ist nicht der richtige Weg.«

»Ich weiß.«

»Sie fahren in die falsche Richtung. Mein Haus liegt da hinten.«

»Ich weiß«, sagte Lewis. »Aber wir nehmen heute mal einen anderen Weg.«

»Aber das ist der falsche. So dauert es viel länger.«

»Dieser Weg ist der bessere. Das kannst du mir glauben.«

15

Auf dem Weg zur Entnazifizierungsbehörde kam Lubert an der einzigen noch stehenden Mauer des alten Kunstmuseums vorbei, der Mauer mit den Suchanzeigen. Dort hingen immer noch dicht an dicht, manchmal sogar überlappend, die Anfragen mit der Bitte um Information über vermisste Angehörige. Neu hinzugekommen war ein Bereich mit Fotografien verloren gegangener Kinder, die ihre Eltern suchten. Ein Mann und eine Frau beugten sich darüber und betrachteten gewissenhaft jedes Foto. In den Monaten nach der Katastrophe, als die Leute allmählich in die Stadt zurückkehren durften, war Lubert fast täglich hergekommen. Zwar war damals Herbst, doch die Vegetation hatte verrückt gespielt: Bäume und Büsche, die bei den Sommerangriffen verbrannt waren, grünten völlig zur Unzeit; Flieder und Kastanien trieben Blütenrispen hervor. Der Boden war nach der großen Hitze fruchtbar wie nie und erlaubte eine bizarre Besiedelung der Ruinen durch Pflanzen und Blumen: Überall blühten dicke Butterblumen, Vogelmiere, Wegmalven und Weidenröschen, wuchsen hervor aus der Asche einst geliebter Menschen. Lubert wollte dem Augenzeugenbericht von Claudias Freundin Trudi nicht glauben, dass Claudia im Feuersturm umgekommen sei, und hatte der Collage aus tausend Zetteln einen weiteren Zettel hinzugefügt. Heute ging er zum ersten Mal an der Mauer vorbei, ohne nachsehen zu müssen.

»Ich hoffe, Sie finden sie«, sagte er zu dem suchenden Paar, dann setzte er seinen Weg zu der Behörde am Ende des Steindamms fort.

Luberts eigene Hoffnungen kreisten nun um den Entlastungsbescheid, den er brauchte, um wieder als Architekt arbeiten zu können. Er gab sich alle Mühe, seine Erwartungen im Zaum zu halten. Nicht jeder, der seinen Schein abholen wollte, konnte zufrieden nach Hause gehen; viele wurden mit leeren Händen weggeschickt, mit einem Termin für eine weitere Befragung, oft ohne Angabe von Gründen. Doch seit Claudias Rückkehr strömten Lubert Ideen zu, Visionen von Gebäuden, die sich aus dem Schutt erhoben: ein neues Rathaus, eine Elbbrücke, eine Konzerthalle inmitten der Hafenanlagen. Überspannte, viel zu hochfliegende Projekte, wahrscheinlich nur das Bild gewordene Lamento eines gescheiterten, frustrierten Architekten, aber die Visionen kamen ungerufen. Claudia forderte ihn auf, seine alten Pläne auszugraben. Er hatte sie seit Kriegsbeginn nicht mehr angesehen, er krümmte sich beim Anblick seiner Jugendwerke, aber sie brachten ihn auch zum Lächeln. Dieser Idealismus, diese Arroganz seiner Studententage! Es war wie das Wiederlesen alter Liebesbriefe. Er fand seinen Plan für ein »Haus ohne Geschichte«, eine Arbeitersiedlung mit Gärten und Kanälen, Brunnen und Erholungsflächen. Der Name war schiere jugendliche Eitelkeit: Wer hatte je ein Haus ohne Bezug zur Vergangenheit entworfen, geschweige denn gebaut? Professor Kramer, sein Betreuer am Institut, hatte seine Pläne als ideologisch gefärbt und zu bourgeois verworfen. Lubert war zu unreif gewesen, um einem so brillanten Intellektuellen Kontra geben zu können, aber jetzt, zwanzig Jahre später, glaubte er in den Plänen etwas Hochaktuelles zu erkennen.

Im Warteraum befanden sich zwei Personen: eine Frau, die an den Nägeln kaute, und ein Mann, der in einem Roman las. Lubert setzte sich auf die Bank gegenüber und vertrieb sich beim Warten die Zeit mit Spekulationen, wer seinen Bescheid erhalten würde und wer nicht. Die Weste der Frau, die immer wieder zu ihren Füßen hinuntersah, ob sie auch genau parallel nebeneinanderstanden, hatte wohl einen akzeptablen Grauton; der Leser dagegen, der mit behandschuhten Händen die Seiten umblätterte, wirkte zu ruhig, um unschuldig zu sein. Lubert konnte ihn sich gut in makelloser SS-Montur vorstellen, beim morgendlichen Polieren des Totenkopfabzeichens. Er war hier sicher unauffälliger gekleidet als in seinem früheren Leben. Wieso war Lubert mit diesem Menschen überhaupt in einem Raum?

»Wie lange warten Sie schon?«, fragte Lubert ihn, nach einem biografischen Anhaltspunkt forschend, der seinen Verdacht bestätigen könnte.

»Hab ich vergessen.«

Der Mann sah nicht einmal von seinem Buch hoch.

»Und Sie?«, fragte Lubert die Frau.

»Ich bin jetzt zum dritten Mal hier«, sagte sie, ohne seine Frage wirklich zu beantworten. »Ich kann denen nur immer wieder erzählen, was sie schon wissen. Wir waren nicht verheiratet. Wir hatten nicht einmal ein Verhältnis! Ich bin nur ein paarmal mit ihm ins Theater gegangen. Und jetzt wollen sie mich in ein Internierungslager stecken!«

Lubert konnte die Details erraten: Der Mann musste eine Parteigröße gewesen sein, sie selbst sein unschuldiges Flittchen. So etwas kam häufig vor.

»Beruhigen Sie sich«, sagte der Totenkopf. »Je länger Sie diese Platte auflegen, desto weniger glaube ich Ihnen. Sparen Sie sich Ihre Energie. Bleiben Sie bei Ihrer Geschichte. Wenn Sie bei Ihrer Geschichte bleiben, haben Sie nichts zu befürchten.« Er kehrte zu seiner Lektüre zurück. Lubert war sicher: Der Kerl war so schwarz wie seine Schuhe.

Die Warterei zog sich hin. Vielleicht gehörte das zur Strategie: Lass sie schmoren, bis Zweifel auftauchen, lass sie in diesem stinkenden Raum zusammen mit anderen herumsitzen, die eine schmutzige Vergangenheit haben, und warte, bis sie sich gegenseitig beschuldigen.

»Rosa Turnweg?«

Die Frau näherte sich hastig dem Schalter, der aussah wie ein Kassenschalter bei der Bank, mit einem Fenster und einer Öffnung darunter, durch die die gute oder schlechte Nachricht kam. Lubert versuchte den Wortwechsel zu belauschen, aber er war kaum zu verstehen. Etwas wurde unter der Scheibe zu der Frau durchgeschoben.

»Was ist denn das?«, fragte die Frau. Plötzlich stieß sie einen Schrei aus und schlug mit der Hand auf das Holzsims. »Nein! Keine Befragungen mehr! Lieber Gott im Himmel! Da gibt es nichts mehr zu wissen! Ich habe Ihnen alles erzählt, was ich weiß. Ich brauche diesen Bescheid! Lassen Sie mich doch mein Leben leben!«

Von dem Beamten auf der anderen Seite der Scheibe kam kein Trost. Nur Schweigen. Als die Frau weiter protestierte, trat der Wachmann vor und führte sie weg, bevor sie eine größere Szene machen konnte. Trotz der dreifachen Ablehnung hatte Lubert das Gefühl, der Frau sei Unrecht geschehen.

Ein paar Minuten später rief der verborgene Beamte den Totenkopf auf.

»Herr Brück.«

Wenn das kein Parteiname ist, fress ich 'nen Besen! Herr Brück sieht so selbstsicher aus. Der Schweinehund kann sich auf was gefasst machen.

Totenkopf trat an den Schalter. Hinter der Scheibe sprach dieselbe gedämpfte Stimme, Herr Brück bekam etwas zugeschoben. Er sah es an und hielt es hoch. Es war ein Entlastungsbescheid, wunderbar blütenweiß.

Claudia hatte recht, er war zu impulsiv. Vorschnell in seinem Urteil. Wie Kramer immer gesagt hatte, machte ihn das sowohl zu einem sehr guten Architekten als auch zu einem sehr schlechten.

Lubert hatte eine Ablehnung überhaupt nicht ins Auge gefasst. Er glaubte an seine Unschuld und hatte sogar eine nebulöse Vorstellung von britischer Gerechtigkeit – aber jetzt bedrängten ihn neue Zweifel. Vielleicht hatten sie etwas gefunden, was ihm gar nicht bewusst war, hatten jemand Zwielichtigen in seiner Familie aufgespürt, einen Cousin Bormanns, einen Onkel Himmlers. Vielleicht hatten sie seinen Ehebruch mit Rachael entdeckt.

»Stefan Lubert?«

Es fing schon schlecht an: Der britische Beamte sprach seinen Namen französisch aus, mit einem stummen »t« am Ende. Lubert stand mit schwachen Beinen auf, sie kribbelten, als würde er von tausend Nadeln gestochen. Der Sachbearbeiter hinter der Scheibe trug die marineblaue Uniform der Militärregierung und hatte genauso ein Schnauzbärtchen, wie es der Führer zu seinem Markenzeichen gemacht hatte. Lubert hatte schon immer eine Abneigung gegen Schnauzer gehabt und den Bart des Führers insgeheim affektiert und albern gefunden. Es kam ihm merkwürdig vor, dass so viele britische Soldaten einen solchen Bart trugen – sahen sie denn nicht, wem sie ähnelten? Welcher Gedanke, dass ihm seine Freiheit von einem englischen Hitler-Doppelgänger vorenthalten wurde!

»Ihr Bescheid.«

Eine weiße Karte mit der Aufschrift »Entlastungsbescheid durch die Militärregierung Deutschlands« kam durch die Schalteröffnung. Lubert starrte sie an. Es war kaum Text darauf gedruckt. Die Hälfte des Raums nahm der Stempel der Militärregierung und die Unterschrift des Nachrichtendienstoffiziers ein. Eine präzise, beherrschte Unterschrift, bis auf die extravaganten Schnörkel beim ersten Buchstaben des Nachnamens. Burnham.

Lubert strich über den Bescheid, roch daran und drückte ihn sogar an die Brust wie ein Billetdoux. Er hatte einen Persilschein! Am liebsten hätte er den Hitler-Doppelgänger abgeküsst, seinen Bescheid durch die Luft geschwenkt und ganz Hamburg verkündet: »Ich bin sauber! Ich darf arbeiten! Ich darf reisen! Ich darf leben!«

Lubert verließ das Gebäude und trat auf die Straße. Er atmete tief ein und ging auf die andere Straßenseite hinüber, wo die Ruinen begannen. Der Steindamm war die Grenze, bis zu der der Feuersturm gewütet hatte, was man sogar noch vier Jahre später deutlich sehen konnte: Auf einer Seite der Straße standen sechsstöckige Gebäude, auf der anderen lag ein flaches, sich nach Süden bis Hammerbrook ausdehnendes Ruinenfeld wie eine große Ebene, die an zerklüftete Steilklippen heranreichte. Alles Leben schien daraus verschwunden bis auf ein paar Rotschwänze, die in dem schmelzenden Schnee nach Futter und im Schutt nach Nistplätzen suchten.

Lubert sah den Vögeln zu, und seine Fantasie begann zu blühen: Der Schutt war weggeräumt, die Gruben ausgehoben für neue Gebäude, die schon im Boden Wurzeln schlugen: eine Bücherei mit einer Loggia, die auf einen Vorplatz hinausging, ein Krankenhaus mit einem Säulengang, eine Schule mit verziertem Gesims und Bossenquadern. Ein neues Kino mit einer Galerie, seinem Markenzeichen, für Freiluftprojektionen. Straßen für Autos. Fahrradwege. Gehwege für die Menschen. Bäume an den Seiten von Prachtstraßen. Bootshäuser am See. Hochbahnen, die über den Hausdächern fuhren. Brunnen, aus denen Wasserfontänen in Blütenmustern hochspritzten. Parks und Gärten zum Nachdenken, Reden, Spielen, Diskutieren – zum gemeinsamen Leben. Aus der Ödnis konnte Lubert eine ganze neue Stadt emporwachsen sehen. Eine schöne Stadt, genau richtig für Kinder, Eltern und Großeltern, für Liebende und Suchende, für die Gebrochenen und Geheilten, für die Verschollenen und Vermissten, für die Verlorenen und Wiedergefundenen.

Epilog

Osi und Ernst gingen am Elbeufer entlang, auf dem Weg, der von hinten zum Haus des guten Tommys führte.

»Warum hast du ihn nicht abgeknallt?«, fragte Ernst. »Die Chance hättest du gehabt.«

Das stimmte. Osi hatte den Panther im Fadenkreuz seines Vierfach-Zeiss-Zielfernrohrs gehabt, den Finger auf dem Abzug des Mosin-Nagant, den Gewehrkolben fest an die Schulter gedrückt, wie Berti es ihm gezeigt hatte. Sie waren wie die Jäger durch den Park geschlichen, mit gebeugten Knien, die Füße nach außen gedreht, auf der Suche nach einem Fasan, als sie direkt vor sich den schwarzen Panther entdeckten, den Kopf in den Eingeweiden eines Rehs. Seine Halsmuskeln zuckten, als er das Fleisch von den Knochen riss. Osi sah die Zähne, Klaviertasten gleich, das schwarze Fell, das ihn umhüllte wie ein piekfeiner Pelzmantel, die Augen wie Smaragde. »Los!«, hatte Ernst geflüstert. »Worauf wartest du?« Osi hätte den Panther in diesem Moment erschießen können, aber er brachte es nicht fertig, und im Augenblick seiner Unsicherheit sah die große Katze auf, blinzelte mit ihren Smaragdaugen und schlich davon.

Osi zuckte mit den Achseln. »Keine Ahnung. Ich kann's auch nicht erklären.«

Beim Weiterlaufen schlug Osi nach der Fliegenschwadron, die um seinen Kopf surrte.

»Ich wette, jetzt fängt das Jahrtausend der Fliegen an. Die kleinen Arschlöcher haben die Stadt übernommen. Die sind nicht wählerisch. Eine Fliege beschlagnahmt einen Scheißhaufen, lädt die ganze Familie und alle Neffen und Nichten zum Bleiben ein und nennt das dann ihr Zuhause.«

»Ich vermisse den Schnee«, sagte Ernst. »Wenigstens hat er den Gestank zugedeckt.«

Sie kamen zu der Biegung des Flusses, wo Osi am Ende eines Stegs die Asche seiner Mutter ins Wasser gestreut hatte. Er fragte sich, wo sie jetzt war. Man konnte nie sagen, wohin ein Fluss einen trieb. Vielleicht war sie in Cuxhaven. Vielleicht auf Helgoland. Auf Sylt. Solange sie nur nicht im Schlick bei Grünendeich gestrandet und von den fetten Krähen verfrühstückt worden war! Als der Wind ihre Asche zurück über seine Stiefel und in seinen Mund wehte, gab es einen Moment, in dem er dachte, er hätte sie lieber über den Ruinen von Hammerbrook oder auf den Wiesen des Jenischparks ausstreuen sollen. Aber dann fiel ihm ein, dass sie immer gesagt hatte, sie würde so gern am Fluss leben. Deshalb wartete er, bis der Wind sich legte, schaufelte die Handvoll Asche aus der Keksdose und warf sie hinaus, und diesmal landete sie wie Schneeflocken auf dem Elbewasser und trieb nach Westen zum Meer.

Als sie sich dem Haus näherten, wurde Ernst unruhig.

»Ich bin nicht sicher, dass wir das machen sollten. Glaubst du wirklich, wir sollten das machen?«

»Edmund ist unser Freund. Er hat uns immer Zigaretten gegeben.«

»Die Polizei sucht vielleicht noch nach uns.«

»Wir bleiben zwischen den Bäumen, schlau wie der Panther.«

Sie bogen vom Fluss landeinwärts, überquerten die Gärten und gingen über die Straße, witschten von Baum zu Baum, bis sie dem Haustor gegenüber standen. Sie kletterten auf einen Baum, damit sie über den Gartenzaun sehen konnten. Osi hatte das Zielfernrohr von dem Mosin abmontiert. Er zog es aus der Tasche und begann, das Gelände abzusuchen.

»Siehst du ihn?«, fragte Ernst.

Der alte Wagen des Colonels stand nicht mehr in der Auffahrt, die Tommy-Fahne flatterte nicht mehr an der Stange. Von Edmund, dem Colonel und seiner Frau war nichts zu sehen. Keine Spur.

»Ich kann die Tommys nicht sehen.«

»Vielleicht sind sie zurück nach Hause«, sagte Ernst. »Wahrscheinlich sitzen sie bei den Weißen Klippen von Windsor und machen Witze über Hitlers Gasrechnung.«

Bei diesem Gedanken wurde Osi sehr traurig, und das nicht nur, weil er Zigaretten brauchte. Er suchte das Haus und den Garten weiter ab und hoffte, seinen Freund zu sehen. Oder wenigstens einen der anderen guten Tommys.

Da bewegte sich etwas hinter einem Erdgeschossfenster. Osi stellte das Fernrohr scharf und sah die Beine eines Mannes, der auf einer Leiter stand. Der Vater von Bertis Mädchen hängte etwas auf, hängte ein Bild an die Wand. Osi schaute ihm eine Weile zu, dann suchte er weiter. Fenster – Mauer – Fenster – Garten. Er sah eine Dame in einem Sessel sitzen, mit Blick zum Fluss. Sie arbeitete mit Nadel und Faden, woran, konnte er nicht erkennen.

»Was siehst du jetzt?«

»Da ist eine Dame. Aber nicht Edmunds Mutti. Ich habe sie noch nie gesehen. Sieht ganz nett aus. Aber eine Marlene D. ist sie nicht gerade.«

»Jemand läuft durch den Garten«, sagte Ernst. »Ein dickes Mädchen.«

Osi nahm das Fernrohr von den Augen und sah ein Mädchen durch den Garten zu der Dame im Sessel gehen.

»Das ist Bertis Mädchen.« Er schaute wieder durch das Fernrohr. »Jemand hat ihr einen Medizinball in den Rock gestopft.«

»Was?«

Osi ließ das Fernrohr sinken. »Bertis Mädchen wird Mutti.« Er reichte Ernst das Zeiss und verfolgte die Szene mit bloßem Auge weiter. Er dachte an seinen Bruder. Gut, dass er davon erfuhr, das ging ihn doch auch etwas an.

»Jetzt kommt ein Mann«, sagte Ernst.

Osi sah den Vater von Bertis Mädchen über den Rasen zu den anderen schlendern, ein Tablett mit Kaffee und Kuchen in den Händen. Er stellte es auf den Gartentisch und zog einen Stuhl neben die Dame heran. Er sagte etwas zu ihr und nahm ihre Hand.

»Können wir nicht später noch mal herkommen?«, fragte Ernst. »Osi? Was willst du denn so lange hier?«

»Gucken wir noch ein bisschen«, sagte er. »Ich möchte sehen, wie's weitergeht.«

Dank...

... an meinen Vater, dass er mir erzählt hat, wie mein Groß-
vater Walter Brook 1946 in Hamburg ein Haus für seine Familie beschlagnahmte und etwas Einzigartiges tat: Er erlaubte den
Eigentümern, in ihrem Haus zu bleiben. So kam es, dass eine
deutsche und eine britische Familie fünf Jahre lang miteinander
in einem Haus wohnten, ein Jahr nach dem Ende des Zweiten
Weltkriegs. Eine Situation, die mich zu diesem Roman inspi-
riert hat.

... an meinen Onkel Colin Brook, der wie mein Vater wesentliche Hintergrundinformationen lieferte, Erinnerungen
(und Fotos) aus dieser Zeit, die dem Stoff Struktur gaben. Ohne
diese Informationen wäre in mir kein eigenes Bild, keine Geschichte entstanden.

... an meine Agentin Caroline Wood, weil sie mir jahrelang
zugesetzt hat, ich solle die Geschichte zu Papier bringen. Sie bestand darauf, dass nicht nur ein Drehbuch, sondern ein Roman
daraus werden sollte. Sie fuhr so hartnäckig mit ihrer Überzeu-
gungsarbeit fort, bis sie genug Worte aus mir herausgekitzelt
hatte, dass sie das Interesse eines Verlegers gewinnen konnte.

... an Jack Arbuthnot, Filmproduzent bei Scott Free, der bei
mir nach Durchsicht meines Exposés ein Drehbuch in Auftrag
gab und damit meine Agentin veranlasste, mir noch mehr zuzu-
setzen, damit ich aus dem Stoff einen Roman machte.

... an meine Lektoren Will Hammond bei Penguin und
Diana Coglianese bei Knopf, weil sie einem Buch, von dem erst
ein Sechstel geschrieben war, einen Vertrauensvorschuss ein-

379

räumten und mir dann halfen, aus dem Kittklumpen, den ich schließlich abgeliefert habe, etwas Lesenswertes zu formen.

…an etliche Freunde, die mich über viele Jahre hinweg ermutigt haben, einen weiteren Roman zu schreiben, als ich nicht sicher war, ob ich das wieder wollte oder konnte. Ihr wisst, wen ich meine.

…an meine Frau und Cheflektorin Nicola, die es mit mir ausgehalten hat, als ich zu schreiben versuchte, während sie die letzten zwanzig Jahre wahrhaft große Literatur lehrte.

…an den Autor aller Dinge.